VERGIFFENIS

DONNA LEON BIJ UITGEVERIJ CARGO

Duister glas
Vriendendienst
Onrustig tij
Dood van een maestro
Bedrieglijke zaken
De stille elite
Kinderspel
Mijn Venetië
Dood in den vreemde
Droommeisje
Gezichtsverlies
Een kwestie van vertrouwen
De dood draagt rode schoenen
Dodelijke conclusies
Salto mortale
Acqua alta
Beestachtige zaken
Hemelse juwelen
Het onbekende kind
Tussen de regels
Ik aanbid je
Eeuwige jeugd
Wat niet verdwijnt

DONNA LEON

VERGIFFENIS

VERTAALD DOOR
LILIAN SCHREUDER

2019
AMSTERDAM

Cargo is een imprint van Uitgeverij De Bezige Bij, Amsterdam

Copyright © 2018 Donna Leon en Diogenes Verlag AG Zürich
All rights reserved
Copyright Nederlandse vertaling © 2019 Lilian Schreuder
Oorspronkelijke titel *The Temptation of Forgiveness*
Oorspronkelijke uitgever William Heinemann, Londen
Omslagontwerp Wil Immink Design
Omslagillustratie © Damaisin1979 | Dreamstime.com
Foto auteur © Michiel Hendryckx
Vormgeving binnenwerk Perfect Service
Druk Wilco, Zutphen
ISBN 978 94 031 5800 6
NUR 305

uitgeverijcargo.nl

Voor Ann Hallenberg

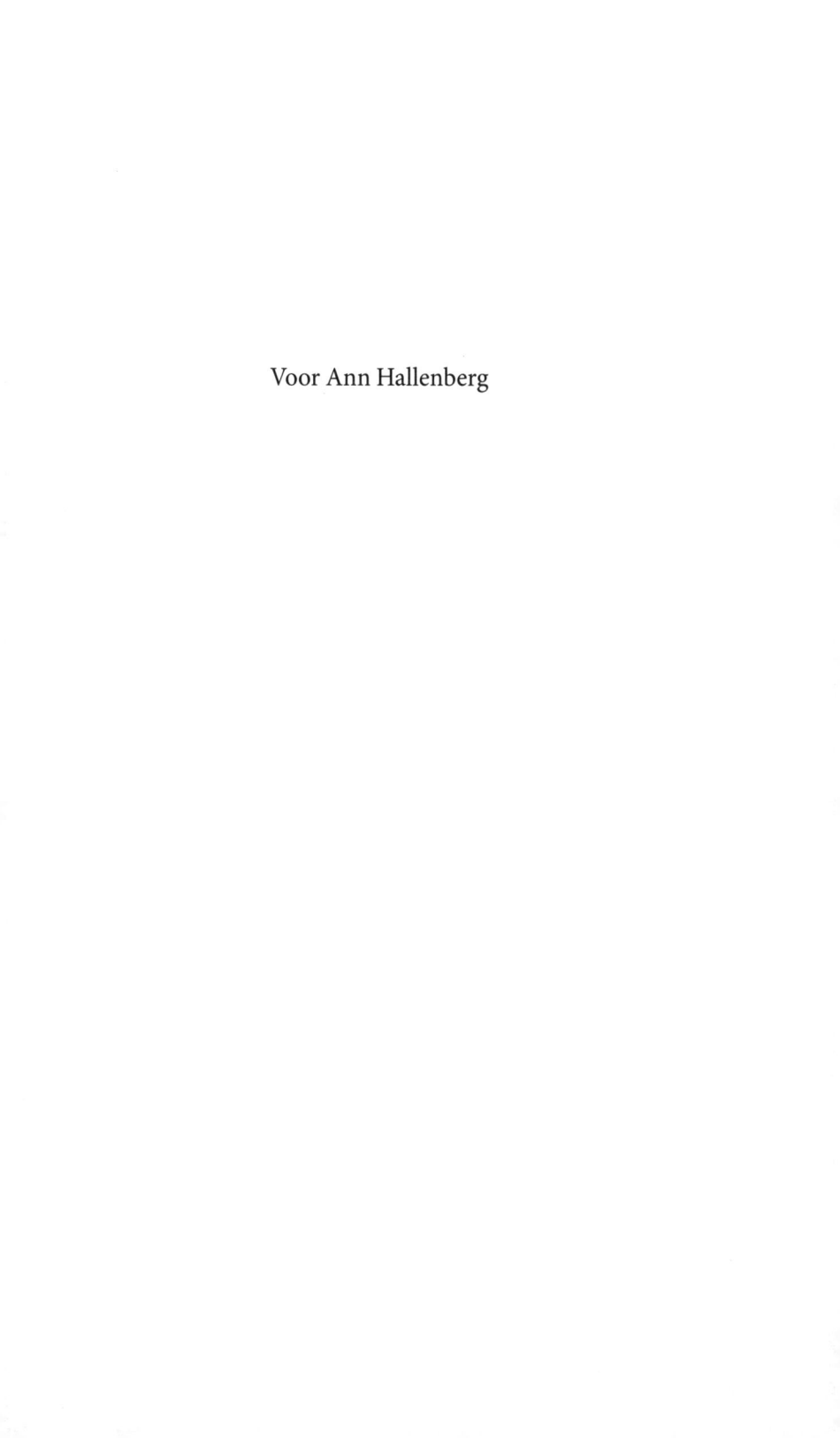

De wet veroordeelt, maar liefde zal sparen

Händel, *Esther*, akte 2, scène 3

1

Brunetti verliet keurig op tijd zijn appartement om niet te laat bij de *questura* te komen voor een bespreking met zijn baas. Hij ging achter in een *vaporetto* van lijn 1 zitten en bladerde door *Il Gazzettino* van die dag. Onderbewust wist hij dat ze zojuist Salute hadden verlaten en nu de oversteek naar Vallaresso gingen maken, toen hij hoorde hoe de motor van de boot in zijn achteruit werd gezet. Een Venetiaans systeem van vleermuisachtige echolocatie zei hem dat ze nog op enige afstand van de linkeroever van het kanaal waren, zodat het geluid van de boot die achteruit voer nogal vreemd was. Misschien was de kapitein bezig iets te vermijden dat in het water vóór hem lag.

Brunetti liet zijn krant zakken, keek op, maar zag niets bijzonders. Of, beter gezegd, hij kon niet verder kijken dan een egaal grijze muur, die hij meteen herkende als een naderende mistbank. Hij kon zijn ogen bijna niet geloven, zo helder was de lucht geweest toen hij twintig minuten eerder van huis was gegaan. Terwijl hij had zitten lezen over de meest recente blunder bij de bouw van de MOSE-stormvloedkering – na meer dan dertig jaar corruptie en projectontwikkeling – leek het alsof iemand een dikke grijze deken voor de vaporetto had gehangen.

Het was november; dan kon je dus mist verwachten, en ook de temperatuur was niet hoger dan die van de afgelopen week. Brunetti keek naar de man die rechts van hem zat. Die werd echter zo in beslag genomen door wat er op het scherm van zijn telefoon te zien was, dat hij het nog niet eens in de gaten zou hebben gehad als er engelen waren neergedaald en in strakke formatie aan weerszijden van de boot hadden gevlogen.

De boot kwam een paar meter vóór de grijze muur tot stilstand, waarna de motor in zijn vrij werd gezet. Achter hem hoorde Brunetti een vrouw '*Oddio*' fluisteren, haar stem vol milde verbazing, maar zonder angst. Brunetti keek in de richting van de *riva* aan zijn linkerkant en kon het Hotel Europa en Palazzo Treves zien, maar kennelijk was Ca' Giustinian opgeslokt door dezelfde dichte mist die zich uitstrekte over het Canal Grande voor hen.

De man naast hem keek eindelijk op van zijn mobiel en staarde recht voor zich uit, maar richtte even later toch weer zijn aandacht op het scherm in zijn linkerhand. Brunetti vouwde zijn krant op en draaide zich om, om achter hen te kijken. Door de deur en ramen aan de achterkant zag hij boten hun kant op komen, terwijl andere van hen wegvoeren, naar de Rialtobrug. Een boot van lijn 2 vertrok bij de halte Accademia en begon in hun richting te varen, maar minderde toen vaart en leek te stoppen.

Hij hoorde de claxon al voordat hij de taxi om de stilliggende boot van lijn 2 heen zag zwenken, om vervolgens in hun richting te scheuren. Toen de taxi de grotere boot passeerde, zag Brunetti dat de bestuurder aan het praten was met een blonde vrouw die achter hem stond. Net toen ze langs Brunetti kwamen, opende ze haar mond om naar lucht te happen of misschien te gaan gillen. Het zorgde er in elk geval voor dat de bestuurder ineens een draai maakte en recht voor zich uit ging kijken. Uitdrukkingsloos gaf hij een ruk aan het stuur, zwenkte om de voorkant van Brunetti's vaporetto heen en dook in het gordijn van mist.

Brunetti werkte zich langs zijn buurman heen en ging het

dek op, waar hij luisterde naar een botsing voor hen, maar het enige wat hij hoorde was het geluid van de verdwijnende taxi. Hun eigen motor kwam even later ronkend op gang en ze begonnen langzaam weer te varen. Vanaf de plek waar hij stond kon Brunetti niet zien of de radar op het dak van de kajuit ronddraaide, maar dat moest haast wel, want anders zouden ze het er toch niet op wagen om weer in beweging te komen.

Toen, alsof ze aan boord van een magische boot in een fantasyverhaal waren, gleden ze door het grijze gordijn en kregen ze ineens de zon weer te zien. In de stuurhut leunde de matroos volkomen ontspannen tegen het raam, terwijl de kapitein voor zich uitkeek, handen op het stuur. Op de oever gleden de palazzi langzaam links aan hen voorbij, bevrijd van hun mistige omhulsels, terwijl de vaporetto de halte Vallaresso naderde.

Achter hem gleed de kajuitdeur open, en passagiers schoven langs hem heen en dromden samen voor de reling. De boot meerde af, de matroos schoof de metalen reling terug, mensen stapten van boord, mensen stapten in, de matroos sloot de reling weer en de boot vertrok. Brunetti keek om in de richting van de Accademia, maar er was geen mist meer te bekennen. Boten voeren in hun richting en bij hen vandaan; voor hen lag het *bacino*, links stonden de basilica, de Biblioteca Marciana en het palazzo rustig op hun vaste plaats, terwijl de ochtendzon doorging met het opruimen van de laatste schaduwen van die nacht.

Brunetti wierp een blik in de kajuit, terwijl hij zich afvroeg of de mensen die daar zaten hetzelfde hadden gezien als hij, maar hij kon zich niet herinneren wie van hen aan boord waren geweest toen hij de mistbank had gezien. Hij zou het hun moeten vragen, maar de gedachte aan hoe ze hem zouden aankijken, weerhield hem ervan om dat ook echt te doen.

Brunetti streek over de bovenkant van de reling, maar die was droog, evenals het dek. Hij droeg een donkerblauw pak en hij voelde hoe de zon zijn rechtermouw en schouder verwarmde. De zon straalde, de lucht was fris en droog en de hemel onbewolkt.

Hij stapte uit bij San Zaccaria, maar vergat zijn krant. Terwijl hij keek hoe de boot vertrok, liet hij de hoop varen om nog te kunnen verifiëren wat hij zojuist had gezien. Hij liep langzaam langs de riva en kreeg er genoeg van om na te denken over het onverklaarbare. In plaats daarvan richtte hij zijn gedachten op wat hij moest doen als hij straks op de questura was.

De vorige middag had Brunetti een e-mail gekregen van zijn baas, *vicequestore* Giuseppe Patta, met het verzoek om de volgende ochtend bij hem langs te komen. Er werd geen uitleg gegeven, wat normaal was. De taal was op het oog beleefd.

Het gedrag van vicequestore Patta was grotendeels voorspelbaar voor iemand die was opgeklommen in het overheidsapparaat. Hij leek het drukker te hebben dan in werkelijkheid het geval was; hij miste nooit een kans om voor zichzelf lof op te eisen die eigenlijk toekwam aan de organisatie waarvoor hij werkte. Ook was hij een meester in het op anderen afschuiven van de schuld of verantwoordelijkheid voor iets wat fout was gegaan. Wat je niet zou verwachten van iemand die met zo'n gemak de paal van organisatorisch succes had weten te beklimmen, was dat hij al tientallen jaren op dezelfde plek zat. De meeste mannen die zijn rang wisten te verwerven, hadden dat gedaan door zich omhoog te werken. Ze zigzagden daarvoor van provincie naar provincie, van stad naar stad, totdat een promotie aan het einde van hun carrière hen misschien naar Rome bracht. Meestal bleven ze daar hangen, als dikke vlokken stremsel op de melk, waarbij ze licht en lucht wegnamen en de mogelijkheid van groei voor diegenen onder hen belemmerden.

Patta had zich als een cambrische trilobiet ingegraven bij de Venetiaanse questura en was een soort levend fossiel geworden. Naast hem, versteend in dezelfde laag slib, was zijn assistent, hoofdinspecteur Scarpa, eveneens afkomstig uit Palermo, wie deze nieuwe omgeving goed leek te bevallen. *Commissari* kwamen en gingen, drie verschillende questori hadden de leiding gehad gedurende Patta's tijd in Venetië; zelfs de computers waren in die tijd twee keer vervangen. Maar Patta zat er nog steeds, als een puntkokkel vastgezogen aan zijn rots, terwijl het water over hem heen spoelde en zich terugtrok, maar hem onbeschadigd op zijn plek achterliet, met zijn trouwe hoofdinspecteur aan zijn zijde.

En toch had noch Patta noch Scarpa ooit blijk gegeven van enig enthousiasme voor de stad, laat staan van een speciale verbondenheid ermee. Als iemand zei dat Venetië mooi was – misschien zelfs zo ver ging om te zeggen dat het de mooiste stad van de wereld was – dan wisselden Scarpa en Patta soms een blik die aangaf dat ze het daar niet mee eens waren, al zeiden ze dat niet hardop. O ja, zo leken allebei te denken, maar heb je Palermo weleens gezien?

Het was Patta's secretaresse, signorina Elettra Zorzi, die Brunetti begroette toen hij de kamer binnenstapte vanwaar ze die van de vicequestore bewaakte. 'Ah, commissario,' zei ze. 'De vicequestore heeft me een paar minuten geleden gebeld, of ik u wilde zeggen dat hij er zo zal zijn.'

Als Vlad de Spietser zich zou hebben verontschuldigd voor de stompheid van de spietsen, dan had die boodschap niet meer verbazing kunnen wekken. 'Is er soms iets met hem?' flapte Brunetti eruit.

Ze hield haar hoofd schuin om na te denken over deze vraag, begon te glimlachen, maar hield daar meteen weer mee op. 'Hij zit de laatste tijd lang aan de telefoon met zijn vrouw', zei ze en voegde er toen aan toe: 'Moeilijk te zeggen; hij zegt erg weinig als reactie op wat zij tegen hem zegt.' Ze was er op de een of andere manier in geslaagd een soort afluisterapparatuur – Brunetti wilde er verder niets over horen – in het kantoor van haar baas te plaatsen, maar hij vond het beter om net te doen alsof hij van niets wist.

'Als hij met Scarpa praat, lopen ze naar het raam.' Betekende dit dat de apparatuur zich op zijn bureau bevond of dat Patta iets vermoedde en erop lette dat hij en zijn assistent zo zacht spraken dat ze niet te verstaan waren? Of hielden ze gewoon van het uitzicht?

'Oh?' zei Brunetti met opgetrokken wenkbrauwen. Haar blouse, zo merkte hij op, had de kleur van rode biet en had witte knoopjes aan de voorkant en aan de manchetten. De stof viel met de vloeibare elegantie van zijde.

Ze legde de uitgestrekte vingers van de ene hand over die van de andere in een roosterpatroon waarmee ze een stukje van haar bureau bedekte. 'Ik heb geen idee wat hem dwarszit.' Brunetti begreep dat dit eigenlijk een vraag was, maar had geen idee hoe dat mogelijk was. Als er iemand was die wist waar Patta mee bezig was, dan was het wel signorina Elettra. Ze ging door, haar blik nog steeds op haar handen gericht. 'Hij is niet nerveus als hij met zijn vrouw praat. Hij luistert en vertelt haar dan dat ze gewoon moet doen wat haar het beste lijkt.'

'En met Scarpa?'

'Dan klinkt hij wél nerveus.' Ze stopte, alsof ze er nog even over nadacht, en voegde er toen aan toe: 'Het zou kunnen dat het hem niet bevalt wat Scarpa hem vertelt. De vicequestore onderbreekt hem vaak. Op een keer zei hij zelfs tegen hem dat hij hem niet meer lastig moest vallen met nog meer vragen,' zei ze, waarbij ze leek te vergeten hoe onwaarschijnlijk

het was dat ze dit allemaal zou kunnen horen vanuit haar eigen kamer.
'Problemen in het paradijs,' zei Brunetti met een uitgestreken gezicht.
'Daar lijkt het op,' zei ze instemmend. Toen vroeg ze: 'Wilt u op zijn kantoor op hem wachten, of zal ik u bellen als hij binnenkomt?'
'Ik ga wel naar boven. Bel me maar als hij er is.' Toen, omdat hij het niet kon laten nog een laatste opmerking te maken, voegde hij eraan toe: 'Ik zou niet willen dat de vicequestore mij aantreft terwijl ik zijn laden aan het doorzoeken ben.'
'Hij ook niet,' zei een zware stem bij de deuropening.
'Ah, hoofdinspecteur,' zei Brunetti kalm, terwijl hij opgewekt glimlachte naar de man die tegen de deurpost leunde. 'We zijn opnieuw twee harten die slaan als één in onze zorg voor het belang van de vicequestore.'
'Bent u nu ironisch?' vroeg Scarpa met een onoprechte glimlach. 'Of misschien zelfs sarcastisch, commissario?' De hoofdinspecteur pauzeerde kort en zei erachteraan, als een soort toelichting: 'Diegenen onder ons die niet het voordeel van een universitaire opleiding hebben genoten, hebben soms moeite om dat verschil aan te voelen.'
Brunetti wachtte even om de vraag de aandacht te geven die deze verdiende en antwoordde toen: 'In dit geval zou ik zeggen dat het eerder hyperbolisch is, hoofdinspecteur, waarbij de duidelijke overdrijving is bedoeld om aan te geven dat de hele bewering vals en ongeloofwaardig is.' Toen Scarpa niet reageerde, voegde Brunetti eraan toe: 'Het is een retorisch middel dat wordt gebruikt om humor te creëren.' Scarpa zei niets, dus ging Brunetti door terwijl hij bleef glimlachen: 'In de filosofie – een van de vakken die we kregen op de universiteit – wordt dat reductio ad absurdum genoemd.' Toen hij zich realiseerde dat hij nu wel ver genoeg was ge-

gaan, weerhield hij zichzelf ervan om nog te zeggen dat het een bijzonder geschikt retorisch middel was voor zijn gesprekken met de vicequestore.

'En wordt dat geacht grappig te zijn?' vroeg Scarpa uiteindelijk.

'Precies, hoofdinspecteur. Precies. Het is zo overduidelijk absurd om te denken dat ik op welke manier dan ook het vertrouwen van de vicequestore zou misbruiken, dat alleen al de gedachte daaraan voldoende is om gelach op te wekken.' Brunetti verbreedde zijn mond alsof zijn tandarts hem had gevraagd om zijn voortanden te laten zien.

Scarpa maakte zich los van de deurpost met een snelle duw van zijn linkerschouder. Het ene moment stond hij er nog nonchalant bij, het volgende moment stond hij recht overeind en was hij veel langer. De snelheid waarmee zijn ontspannen, lome houding was veranderd deed Brunetti denken aan slangen die hij in natuurfilms op televisie had gezien: laat ze met rust en ze liggen opgerold, stil als de dood; maak een geluid en ze worden een zweep die uitschiet in de zon, waarbij de reikwijdte waarbinnen ze kunnen toeslaan verveelvoudigt.

Zijn glimlach onveranderd, hoogstens nog breder dan daarvoor, wendde Brunetti zich tot signorina Elettra en zei: 'Ik ben op mijn kamer. Wilt u zo vriendelijk zijn om mij even te bellen als de vicequestore arriveert?'

'Natuurlijk, signor commissario,' stemde signorina Elettra in en wendde zich daarna tot Scarpa om te vragen: 'Wat kan ik voor u doen, hoofdinspecteur?'

Brunetti liep naar de deur, waar een roerloze Scarpa effectief de uitgang bleef blokkeren. De tijd stond stil. Signorina Elettra keek een andere kant op.

Eindelijk deed de hoofdinspecteur een stap in de richting van signorina Elettra's bureau en verliet Brunetti de kamer.

2

Op zijn bureau vond Brunetti wat hij helemaal niet wilde vinden: een dossier waaraan steeds meer bladzijden waren toegevoegd sinds de aanmaak ervan op de questura. Hij had het misschien twee maanden geleden voor het laatst gezien, toen het een week in zijn bakje met te behandelen zaken had gelegen. Het bleef daar, zoals iemand die met een vriend is meegekomen naar een etentje, te veel drinkt, niets zegt tijdens de maaltijd en uiteindelijk weigert om te vertrekken, zelfs nadat de andere gasten allang zijn vertrokken. Brunetti had het dossier niet uitgenodigd, het vertelde hem praktisch niets en nu wist hij geen manier meer te bedenken om ervan af te komen.

De donkergroene manilla map werd gebruikt voor misdrijven die met auto's te maken hadden: roekeloos rijden, doorrijden na een ongeluk, vernieling van snelheidscamera's aan de kant van de weg, rijden onder invloed, mobiel bellen in de auto of, veel gevaarlijker, sms'jes versturen. In een autoloze stad als Venetië werd dit soort misdrijven zelden onder de aandacht van de questura gebracht. De map bevatte echter ook zaken die te maken hadden met het illegaal verwerven van documenten: voertuigregistratie, verzekering, rijbewijs, de uitslag van een rijexamen. Ook al moesten dit soort documenten worden geregistreerd bij het centrale bureau in Mestre, toch werd elke illegale poging om die documenten te verwerven gemeld aan de Venetiaanse politie, zoals gebruikelijk was bij elk misdrijf dat werd gepleegd in de conglomeratie.

Het gewicht van de map was momenteel vooral te wijten aan een voorval op het vasteland. Na lezing van het eerste rapport hield Brunetti er een hernieuwd gevoel van respect voor de eindeloze creativiteit van zijn medemens aan over. Het misdrijf was in eerste instantie aan het licht gekomen in het ziekenhuis in Mestre. Daar hadden zich in slechts twee dagen tijd vijf mannen bij de Pronto Soccorso gemeld met miniatuurontvangapparatuur die zo diep in hun oren was geplaatst dat ze niet in staat waren die zelf te verwijderen. Hierdoor hadden ze geen andere keus gehad dan naar het ziekenhuis te gaan. Toen ze werden onderzocht bleek dat alle mannen ook zendapparatuur op hun buik hadden getapet en dat er een minicamera op hun borst zat bevestigd, waarvan de lens door een knoopsgat naar buiten stak.

Omdat vier van hen Pakistanen waren en niemand goed Italiaans sprak, werd er eerst een tolk en later de politie bijgehaald. Alle vijf de mannen, zo bleek, hadden zich ingeschreven bij dezelfde rijschool in Mestre en waren eerder allemaal gezakt voor hun examen, waarbij ze onder meer moesten zeggen wat de betekenis van bepaalde verkeersborden was.

De zendertjes, zo ontdekte de politie later, waren op hun buik bevestigd door mannen die door de rijschool waren gestuurd; dezelfde mannen die de kleine zendertjes diep in hun oren hadden geplaatst. Tijdens het examen filmden de knoopsgatcamera's de borden die de mannen moesten verklaren. Helpers op afstand fluisterden dan de juiste betekenis van de getoonde verkeersborden in het oor van de examenkandidaten. En zo slaagden ze en kregen ze hun rijbewijs.

De dienstverlening kostte twee- tot drieduizend euro en had er waarschijnlijk voor gezorgd, tot het moment waarop de fraude werd ontdekt, dat honderden onbevoegde chauffeurs achter het stuur konden gaan zitten, niet alleen van personenauto's, maar ook van vrachtwagens voor langeafstandsvervoer en trucks met oplegger.

Aangezien Brunetti niemand kon bedenken die het dossier nog niet had gezien, besloot hij het maar op zijn bureau te laten liggen. Het had iets van een auto die in een file stond waar die niet uit kon, behalve als de chauffeur het lef had om over de vluchtstrook te gaan rijden tot de volgende afslag.

Hij dacht soms dat hij de map daar bewust liet liggen om zichzelf eraan te herinneren hoe slim mensen konden zijn, in elk geval bij het verzinnen van manieren om geld te verdienen.

Zijn telefoon ging. 'De vicequestore is er nu, commissario,' meldde signorina Elettra op de toon die ze gebruikte als Patta bij haar bureau stond.

'Ik kom er meteen aan,' antwoordde Brunetti en kwam overeind.

Hij trof een licht gebruinde Patta voor het bureau van signorina Elettra aan, waar hij samen met haar zijn agenda voor die middag aan het doornemen was. Vandaag droeg Patta een donkergrijs pak dat Brunetti nooit eerder had gezien. Terwijl hij stond te wachten totdat ze klaar waren, richtte Brunetti zijn aandacht daarop. Hij bestudeerde de stille liefkozing die het jasje aan de brede schouders van Patta gaf, het soepel vallende, licht getailleerde voorpand. Zijn blik gleed over de mouwen van het jasje en naar de knoopsgaten van de manchetten. Ja, ze waren handgenaaid, een detail dat altijd op Brunetti's bewondering met betrekking tot kleding kon rekenen.

Patta's zwarte schoenen waren duidelijk ook speciaal voor hem gemaakt, waarbij de kleine gaatjes die de tenen versierden, alleen dienden om de aandacht te vestigen op de soepelheid van het leer. De veters hadden kwastjes. Het kostte Brunetti moeite om toe te geven hoe erg hij die schoenen bewonderde.

'Ah, goedemorgen, commissario,' zei Patta vriendelijk. 'Kom alsjeblieft mee naar mijn kantoor.' In de loop der jaren was Brunetti gaan geloven dat Patta zijn uitspraak aanpaste aan de belangrijkheid van de persoon met wie hij sprak. Met de questore sprak Patta onberispelijk, zuiver Italiaans, Toscaanser dan enige Toscaan zou kunnen. Precies zo sprak hij ook tegen signorina Elettra. De zwaarte van zijn Palermitaanse accent nam toe in directe verhouding tot de afnemende belangrijkheid van de persoon met wie hij aan het praten was. Er waren dan ineens vreemde klinkers te horen; zo belandde er een i aan het einde van vrouwelijke zelfstandige naamwoorden, dubbele l'en werden dubbele d's, de Madonna werd de Maronna en *bello* werden *beddu*. Soms verdween er een i aan het begin van een woord, om weer snel op zijn plaats te belanden zodra hij iemand in het vizier kreeg die hoger in rang was. Door het zuivere Italiaans van Patta's begroeting schatte Brunetti in dat hij kennelijk in aanzien was gestegen, een bevordering waarvan zijn gezonde verstand hem zei dat die waarschijnlijk maar tijdelijk was.

Patta ging als eerste zijn kamer binnen en liet Brunetti de deur achter hen sluiten. De vicequestore liep naar zijn bureau, maar veranderde toen van richting en ging op een van de stoelen ervoor zitten. Hij liet het aan Brunetti over om een van de andere te kiezen.

Toen ze allebei zaten, begon Patta: 'Ik wil graag openhartig met je praten, commissario.' Brunetti negeerde de kans die deze opmerking hem gaf om te vragen hoe Patta dan in het verleden met hem had gesproken. In plaats daarvan trok hij een vriendelijk, geïnteresseerd gezicht. Patta had in elk geval geen tijd verspild aan een lange inleiding.

'Het gaat over een lek,' zei Patta.

'Een lek?' vroeg Brunetti, die de aandrang weerstond om naar het plafond te kijken.

'Vanuit de questura,' vervolgde Patta.

Ah, zo'n soort lek, zei Brunetti bij zichzelf en hij vroeg zich af waar Patta op doelde. Er was al een tijdje niets gênants verschenen in *Il Gazzettino* of *La Nuova di Venezia*, dus Brunetti was niet al van tevoren gewaarschuwd over informatie die vanuit de questura zou zijn gelekt.

Hij wist niet goed hoe hij moest reageren op de opmerking van Patta en richtte daarom maar zijn blik op het jasje van zijn baas en de handgenaaide knoopsgaten. Schoonheid was waar jij die zelf zag, en het gaf altijd voldoening als dat gebeurde.

'Wat is er, commissario?' vroeg Patta, dit keer op zijn gebruikelijke inquisitietoon.

Zonder aarzeling, misschien wel voor het eerst in jaren, antwoordde Brunetti recht uit zijn hart: 'De knoopsgaten van uw jasje, signore.'

Geschrokken trok Patta zijn rechterarm naar zich toe en staarde naar de mouw, bijna alsof hij bang was dat Brunetti van plan was de knopen te stelen. Nadat hij die had bestudeerd vroeg Patta: 'Hoezo?'

Brunetti's glimlach was ontspannen en oprecht. 'Ik bewonder die, vicequestore.'

'Die knoopsgaten?'

'Ja.'

'Kun jij dan het verschil zien?'

'Ik denk dat dat wel duidelijk is,' zei Brunetti. 'Het is mooi om handstiksel van die kwaliteit te zien. Net als het schuim op een kop koffie: dat zit er niet altijd op, en voor de meeste mensen maakt dat niet uit, maar als het er wél is en je ziet het, dan zorgt het er op de een of andere manier voor dat de koffie beter smaakt.'

Patta's uitdrukking verzachtte, en Brunetti had het vreemde gevoel dat de vicequestore opgelucht was, net als bij de plotselinge verschijning van een vriend op een plek waar hij had verwacht alleen onbekende gezichten te zullen zien.

'Ik heb een kleermaker in Mogliano gevonden,' onthulde Patta. Hij keek even naar Brunetti en zei: 'Ik kan je zijn naam geven als je wilt.'

'Dat is heel vriendelijk van u, meneer.'

Patta rechtte zijn arm en trok aan de manchet van zijn overhemd. Daarna schoof hij naar achteren op zijn stoel.

Brunetti realiseerde zich dat dit het eerste persoonlijke gesprek was dat ze ooit hadden gevoerd – twee mannen die als gelijken met elkaar spraken – en het ging over knoopsgaten!

'Dat lek, meneer: kunt u mij er wat meer over vertellen?'

'Ik wilde er met jou over praten, Brunetti, omdat jij de mensen hier goed kent,' zei Patta, wat Brunetti eraan herinnerde dat dit nog steeds dezelfde oude Patta was, voor wie elke informatie over de interne werking van de questura deel uitmaakte van de delfische mysteries.

Brunetti wapperde met één hand in de lucht, als om de verborgen waarheden af te wijzen waarvan Patta dacht dat hij die kende of misschien vanuit onmetelijke diepten naar boven kon halen.

'Met jou praten ze wel,' insinueerde Patta. Bij het horen van Patta's verdenkingen ontspande Brunetti, want die zeiden hem dat, ook al was het onderwerp dan misschien nieuw, de oude, antagonistische orde weer was hersteld. Hij zette zijn kortstondige warmere gevoelens voor Patta van zich af en keerde terug naar zijn aangeboren gezonde verstand.

'Waar praten ze volgens u dan over, vicequestore?'

Patta schraapte licht zijn keel. 'Ik heb geruchten gehoord dat sommige mensen niet blij zijn met hoofdinspecteur Scarpa,' zei Patta. Hij leek er moeite mee te hebben om de verontwaardiging uit zijn stem te houden. Even later voegde hij er wat rustiger aan toe, alsof hij het van minder groot belang achtte: 'Het schijnt ook zo te zijn dat iemand heeft gepraat over een persoon die hierheen is gebracht voor verhoor.'

Kom op zeg, zei Brunetti bij zichzelf, terwijl hij nog even stilstond bij de opmerking over Scarpa. Hij had een hekel aan de hoofdinspecteur en wantrouwde hem, en deed weinig moeite om dat te verbergen. Toch leek Patta dat, net zoals zoveel andere dingen op de questura, niet in de gaten te hebben. Het was maar het beste om verbazing te tonen; verontwaardiging zou overdreven zijn. Misschien in combinatie met een beetje nieuwsgierigheid? Maar hoe zat het dan met dat lek?

'Hebt u de vrijheid om mij te vertellen waar u die informatie vandaan heeft, meneer?'

'Beide zaken zijn mij gemeld door de hoofdinspecteur zelf,' antwoordde Patta.

'Heeft de hoofdinspecteur ook zijn bron onthuld?'

Patta aarzelde even maar zei toen: 'Hij vertelde me dat hij het had van een van zijn informanten.'

Brunetti wreef over zijn onderlip met de vingers van zijn linkerhand. Hij liet een lange stilte vallen voordat hij zei: 'Ik vind het vreemd dat een informant iets zou hebben gehoord over de questura waar niemand anders hier iets van weet.' Na een korte pauze stelde hij voor: 'Misschien moet u het eens aan signorina Elettra vragen.'

'Ik wilde eerst met jou praten,' zei Patta zonder verdere uitleg.

Brunetti knikte, alsof hij de redenering van Patta begreep. Waarschijnlijk deed hij dat ook wel: Patta zou signorina Elettra niet zo snel lastigvallen met een verdenking die later ongegrond zou blijken. 'Is die informant een betrouwbare bron?' vroeg Brunetti.

'Hoe moet ik dat weten?' antwoordde Patta. 'Het is niet mijn taak om me bezig te houden met informanten.' Brunetti's instinct voor institutionele overleving zorgde ervoor dat hij zijn mond hield. Hij gebaarde met zijn hand, knikte instemmend en zei: 'Iemand kan dit gerucht hebben verzonnen om spanning te veroorzaken tussen de hoofdinspecteur en de collega's. Dat de hoofdinspecteur door de collega's wordt gewaardeerd hoeven we niet te betwijfelen.' Brunetti pauzeerde heel kort, terwijl Patta probeerde te duiden waar hij precies heen wilde. Toen zei hij: 'Ik zou die rapporten negeren, meneer. Dat wil zeggen, als u mijn mening wilt weten.'

Bewoog Patta ongemakkelijk op zijn stoel? vroeg Brunetti zich af. Hij vond het niet gepast om meteen weg te lopen en wachtte daarom nog even voordat hij opstond. 'Als er verder niets meer is, vicequestore, dan ga ik nu terug naar mijn kamer.'

3

Brunetti sloot de deur achter zich en liep naar signorina Elettra, in de hoop dat zij hem meer kon vertellen. Hij zag tot zijn verbazing Vianello bij haar staan. De inspecteur stond voorovergebogen en wees iets op haar computerscherm aan. 'Ah, juist ja,' zei hij met ontzag in zijn stem. 'Zo simpel is het dus.' Hij knikte tevreden over zichzelf en ging weg bij de computer. 'Ik heb het twee keer geprobeerd, maar ik bleef het voor de hand liggende negeren.'

Signorina Elettra verplaatste haar aandacht van het scherm naar Brunetti en trok haar wenkbrauwen op in een onuitgesproken vraag. Hij glimlachte en schudde zijn hoofd. 'Er valt altijd wel iets te leren van de vicequestore.' Toen hij zeker was van hun aandacht, vervolgde hij: '*Dottor* Patta's huidige achterdocht betreft het lekken van informatie vanuit de questura.' Hij was nieuwsgierig hoe Vianello zou reageren. Toen die bleef zwijgen, voegde Brunetti eraan toe: 'Hij heeft waarschijnlijk te veel spionagefilms gekeken, of anders de hoofdinspecteur wel. Die heeft de melding gedaan.'

Signorina Elettra, die zich had afgewend toen Brunetti sprak, drukte op een toets en maakte haar scherm leeg. Even later verscheen de voorpagina van *Il Gazzettino*, de krant die Brunetti op de boot had zitten lezen. Ze las een paar regels, keek even naar Brunetti, maar richtte haar blik daarna zonder verder commentaar weer op het scherm. Brunetti vroeg zich af waarom het onderwerp haar niet boeide; meestal was ze wel geïnteresseerd in roddels. Misschien strekte haar nieuwsgierigheid zich niet uit tot hoofdinspecteur Scarpa.

Vianello liet een zucht van ongeloof horen. 'Alsof wat wij hier doen geheim is.'

Nonchalant, haar blik nog steeds op het scherm gericht, vroeg signorina Elettra: 'Zei hij nog wat er was gelekt?'

Brunetti keek naar Patta's deur en stak beide handen in de lucht, palmen naar haar toe gericht. 'Alleen de suggestie dat hoofdinspecteur Scarpa hier niet de populairste persoon is.' Hij nam niet de moeite om te vertellen wat er nog meer gelekt zou zijn, omdat hij dat onbelangrijk vond.

Scarpa's naam had de aandacht van signorina Elettra getrokken. Met een onverwachte glimlach keek ze naar Brunetti en zei: 'Onmogelijk te geloven.'

Brunetti lachte en antwoordde: 'Dat is precies wat ik tegen de vicequestore zei.'

'Hebben we niets beters te doen dan ons druk te maken over de hoofdinspecteur en het zogenaamd lekken van informatie over hem?' vroeg Vianello.

Brunetti wilde alweer weglopen, maar zijn nieuwsgierigheid won het en hij vroeg: 'Wat waren jullie met zijn tweeën aan het oplossen toen ik binnenkwam?'

Vianello en signorina Elettra wisselden een blik en de inspecteur zei: 'Ga je gang. Vertel het hem. Ik kan het aan. Ik ben een man.'

'Het ging om een huiswerkopdracht van zijn zoon,' vertelde signorina Elettra.

'Luca zit in de klas voor gevorderden in computertechnologie,' legde Vianello uit. 'De docent gaf een opdracht aan de studenten, en Luca had er moeite mee, dus ik dacht: ik ga er hier mee aan de slag, omdat onze computers veel geavanceerder zijn. Ik dacht dat ik die dan wel kon oplossen.'

'En?' vroeg Brunetti, die vermoedde dat hij het al wist.

'Ik kreeg het ook niet voor elkaar,' zei Vianello met een schouderophalen.

Signorina Elettra onderbrak hem. 'Ik heb er ook lang aan gezeten voordat ik doorhad wat ik moest doen.' Ze wendde zich tot Vianello. 'Heeft Luca de oplossing nog gevonden?'

Vianello lachte. 'Ik heb het hem bij het ontbijt gevraagd, en hij zei dat die hem vannacht ineens te binnen was geschoten. Hij is opgestaan en heeft net zolang gewerkt totdat hij eruit was.' Hij glimlachte en zuchtte.

'Had hij dezelfde oplossing als wij?' vroeg ze. Brunetti merkte op dat ze zo aardig was om het meervoud te gebruiken.

'Dat weet ik niet,' zei Vianello. 'Hij had haast. Zei dat hij het me wel bij het avondeten zou vertellen.'

Ze werden onderbroken door de komst van Alvise bij de deur. 'O, daar bent u, commissario,' zei hij en salueerde. Daarna leunde hij hijgend tegen de deurpost, hand op zijn hart, om te laten zien dat hij de trap was opgerend. Alvise was de kleinste man van het politiekorps; waren de treden soms hoger voor hem?

'Er staat beneden een vrouw die zegt dat ze met u wil praten, commissario,' zei hij met enige inspanning.

'Misschien zou het gemakkelijker voor je zijn geweest als je me even had gebeld, Alvise,' opperde Brunetti.

Alvises gezicht bevroor, zijn hand viel van zijn hart en hij hield op met hijgen. Hij stond daar een paar seconden, geconfronteerd met het gezonde verstand, voordat hij eruit gooide: 'Dat weet ik, *dottore*. Maar ik wilde haar laten zien dat ik wist dat het belangrijk was.'

Bij die uitleg had Brunetti geen andere keus dan te antwoorden: 'Ga haar dan maar halen en breng haar naar mijn kamer als je wil.' Alvise, die weer was gaan hijgen en alleen nog maar kon knikken, draaide zich om en verdween.

Geen van hen zei iets totdat het geluid van Alvises voetstappen op de trap was verdwenen. 'Waarom bent u altijd zo vriendelijk tegen hem, signore?' vroeg signorina Elettra.

Brunetti moest hier even over nadenken. Hij had er nooit bewust over nagedacht hoe hij reageerde op Alvise. 'Omdat hij dat nodig heeft,' zei hij.

'Aha,' was de enige reactie van signorina Elettra.

'Ik ben op mijn kamer,' zei Brunetti.

Toen hij daar was, ging hij even bij het raam staan en bestudeerde de wingerd tegen de muur van de villa aan de overkant van het kanaal. Af en toe vielen er een paar bladeren in het water. Het werd eb, merkte Brunetti op. Ah, wat hadden dichters dit toch altijd mooi gevonden als een beeld van vertrek, dingen die werden weggevoerd door het onverbiddelijke getij.

Hij draaide zich om bij het geluid van voetstappen en zag Alvise in de deuropening staan, met achter hem de kruin van een vrouw die zeker tien centimeter langer was dan de agent. 'Commissario,' begon Alvise, terwijl hij een indrukwekkend saluut liet zien en opzijstapte om de vrouw zichtbaar te maken. 'Dit is signora Crosera. Ze wil u graag spreken.'

'Dank je, Alvise,' zei Brunetti. Terwijl hij in hun richting liep, herkende hij de vrouw, hoewel hij zich niet meteen herinnerde waarvan precies. Maar toen schoot het hem te binnen: ze doceerde op de universiteit, en hoewel ze bij een andere faculteit werkte, was ze een kennis van Paola, die veel waardering voor haar leek te hebben. Paola had hem jaren geleden aan haar voorgesteld en daarna, zoals wel vaker gebeurde in Venetië, waren ze haar nog een aantal keren op straat tegengekomen. Bij diverse gelegenheden was ze in het gezelschap geweest van een lange man met grijzend haar dat zo steil en dik was dat Brunetti, zich bewust van het kalende plekje op zijn achterhoofd, hem benijdde.

'Ah, *professoressa* Crosera,' zei Brunetti, die haar hand pakte en hoopte dat hij klonk alsof hij haar meteen herkend had. Ze was bijna net zo lang als hij, met donkerbruin haar tot op haar schouders en donkere ogen die daarbij pasten. Haar mond was vol; ze probeerde te glimlachen, maar het lukte haar niet om meer te doen dan haar mondhoeken optrekken.

'Kom, gaat u zitten,' zei Brunetti. Hij wachtte totdat ze zat en besloot toen om zijn bureau heen te lopen en in zijn stoel te gaan zitten, al was het maar om aan te geven dat ze hem raadpleegde omdat hij een politieman was, niet de echtgenoot van een collega.

Ze zat op het puntje van de stoel, knieën tegen elkaar gedrukt, en wierp snelle blikken om zich heen in de kamer. Ze droeg een zwarte broek en een donkergroen jasje en zag eruit alsof ze al een tijdje niet goed sliep. Ze bukte zich om haar handtas naast haar stoel te zetten. Toen ze overeind kwam, had ze meer controle over haar gezichtsuitdrukking.

'Wat kan ik voor u doen, professoressa?' vroeg Brunetti rustig, alsof het doodnormaal was dat een universiteitshoogleraar nerveus voor een *commissario di polizia* zat.

Toen Brunetti zweeg, begon ze: 'Ik dacht dat het gemakkelijker zou zijn als ik zou kunnen praten met iemand die ik ken.' Meteen corrigeerde ze zichzelf: 'Niet dat ik u persoonlijk ken, commissario. Paola heeft het nooit over u, nou ja, in elk geval niet over uw beroep. Uw werk, welteverstaan. Nooit. Als ze al iets zegt over uw werk, dan zou u net zo goed een notaris of een elektricien kunnen zijn.'

Brunetti glimlachte. 'Waarschijnlijk omdat ze ons allebei tijd en moeite wil besparen.'

'Hoe bedoelt u?' zei ze, niet in staat haar verwarring te verbergen.

'Als ze haar collega's zou vertellen dat ik politieman ben, dan zouden ze op de gekste tijden naar ons appartement komen om te zeggen dat een buurman een nieuwe badkamer aan het installeren is zonder dat hij daar een vergunning voor heeft. Of ze zouden ons om drie uur 's nachts opbellen om te melden dat de studenten die boven hen wonen een wild feest hebben.' Hij glimlachte en zag hoe ze een beetje ontspande.

'O nee, zoiets is het helemaal niet,' zei ze en ze bukte zich om haar handtas een paar centimeter naar achteren te schuiven. 'Het gaat over iets heel anders.' Ze sloeg haar benen over elkaar en zette ze toen weer naast elkaar, waarna ze wat schuiner ging zitten op haar stoel. Het licht viel door de ramen op de rechterkant van haar gezicht en accentueerde de holte onder haar slaap. Ze legde haar handen in elkaar en bestudeerde die even. 'Ik weet dat Paola en u kinderen hebben,' zei ze, waarbij ze even opkeek.

'Ja, twee.'

'Tieners, nietwaar?'

'Nog net,' zei Brunetti rustig.

Haar blik keerde terug naar haar handen. 'Wij ook,' zei ze. 'Twee. Een jongen en een meisje.'

'Net als wij,' zei hij. 'Een jongen en een meisje,' voegde hij eraan toe, hoewel ze dat misschien allang wist. 'En over een paar jaar,' vervolgde Brunetti kalm, 'zullen ze een man en een vrouw zijn.' Hij glimlachte, alsof hij een tweede handdruk gaf met dit geschenk van een persoonlijke onthulling. 'Dat is een ontnuchterende gedachte.'

'Het zijn goede kinderen, toch?' vroeg professoressa Crosera. Brunetti had verwacht dat ze iets over haar eigen kinderen zou zeggen, maar sommige mensen kostte het een hele tijd om zich te ontspannen en het feit te accepteren dat ze uit vrije wil aan het praten waren met een politieman. Ze hadden de verzekering nodig dat een gesprek onbelangrijk, zelfs prettig kon zijn, voordat ze in staat waren zich voldoende te ontspannen om te praten over wat hen daar had gebracht.

'Ik geloof van wel,' antwoordde Brunetti. 'Paola ook.' Hij gaf zoiets zelden toe en zei er daarom meteen achteraan, gedreven door iets wat dicht tegen bijgeloof aan zat: 'Maar ik ben bang dat we geen van beiden betrouwbare getuigen zijn.' Het was te vroeg om al naar haar kinderen te vragen, hoewel die weleens de reden konden zijn dat ze hier was.

'Aan welke faculteit doceert u, professoressa?' vroeg Brunetti in plaats daarvan, waarmee hij haar opnieuw geruststelde dat Paola hem geen informatie over haar had gegeven.

'Architectuur. Ik werk nu parttime omdat ik ook als stedenbouwkundig adviseur werkzaam ben, voornamelijk in Turkije, maar ook in Roemenië en Hongarije. Ik reis veel.'

Er viel een stilte. Brunetti bleef zitten wachten, omdat hij had ervaren dat die tactiek meestal heel effectief was. De mensen die naar hem toe kwamen wilden ergens over praten, en vroeg of laat deden ze dat ook, als je ze maar met rust liet en niet lastigviel met vragen.

Nadat er zeker een minuut was verstreken zei professoressa Crosera: 'Mijn kinderen zijn ook goed. Maar mijn zoon is... veranderd.' Ze leunde naar voren en Brunetti dacht dat ze zich naar haar tas uitstrekte en hem een foto wilde laten zien van óf de dochter die nog goed was, óf van het andere kind. Maar ze schoof alleen wat heen en weer op haar stoel en bleef toen stilzitten.

'Ik maak me zorgen...' begon ze, maar haar stem liet het daarna afweten. Ze sloot haar ogen, legde haar handen tegen haar mond en bewoog haar hoofd heen en weer.

Brunetti wendde zich af en staarde uit het raam, omdat dit het beste was wat hij kon doen. Het was gaan regenen, een onregelmatige, miezerige regen die mensen zou irriteren en waar de boeren helemaal niets aan hadden. Hoewel Brunetti een verstokt stadsmens was, moest hij altijd aan de boeren denken als het regende – ongeacht het seizoen – waarbij hij hun voorspoed, verrijkte grond en een goede oogst toewenste. In de loop der jaren had de regen zijn schoenen bedorven, zijn regenjassen doorweekt en één keer zelfs zijn plafond geruïneerd, maar toch verwelkomde hij regen, was hij er blij mee en schepte hij er een fysiek genoegen in om te kijken hoe de druppels omlaagkwamen.

Het ging harder regenen en hij vroeg zich af of professoressa Crosera een jas beneden bij de portier had achtergelaten. Hij had, zo wist hij, twee extra paraplu's in zijn *armadio*; een kleine moeite om haar er een mee te geven als ze klaar waren. Maar hoe konden ze klaar zijn als ze nog niet eens waren begonnen?

'Het gaat over hem,' hoorde hij haar zeggen. Brunetti zag dat haar ogen nog steeds gesloten waren, hoewel haar handen nu gevouwen in haar schoot lagen.

Gespetter tegen de ramen trok zijn aandacht, en hij ging opnieuw de regen bestuderen.

'Ik denk dat ik het nu wel kan vertellen,' zei ze op een rustigere toon. 'Mijn zoon,' vervolgde ze, terwijl ze naar Brunetti keek, die zich naar haar had toegedraaid en haar aankeek, 'is vijftien. Hij zit op de Albertini, net als zijn zus.' Als Brunetti niet zou hebben besloten om zijn kinderen naar een openbare school te laten gaan, dan zou hij hen zeker naar de Albertini hebben gestuurd, een dure particuliere school, waar de lessen bijna volledig in het Engels werden gegeven. De school was gevestigd in een palazzo niet ver van de Campo ss Giovanni e Paolo, had een goede reputatie en verdiende die ook. De meeste leerlingen gingen na het eindexamen door naar de universiteit, vaak met een beurs om in het buitenland te studeren.

'Dat is een heel goede school,' zei Brunetti.

Het kostte haar wat tijd voordat ze knikte om dat te bevestigen.

'Hoe lang zitten uw kinderen daar al op school?' vroeg Brunetti, die niet specifiek naar haar zoon wilde verwijzen.

'Sandro zit er nu twee jaar op. Hij zit in het tweede jaar van het *liceo*.'

'En uw dochter?' informeerde Brunetti vriendelijk, alsof het vanzelfsprekend was dat deze vraag zou volgen.

'Die zit in het vierde jaar.'

'Doen ze het goed?' vroeg Brunetti, die de vraag zo vaag mogelijk probeerde te houden.

'Aurelia wel,' zei ze meteen, alsof ze antwoordde op een zegen. 'Sandro...' begon ze, maar toen stierf haar stem weg. Even later leek ze zichzelf ertoe te dwingen om de zin af te maken. '...niet. Niet meer tenminste.'

'Studeert hij niet genoeg?' vroeg Brunetti uit pure beleefdheid, terwijl hij zich al afvroeg wat de redenen zouden kunnen zijn waarom haar zoon niet goed presteerde.

'Hij studeert niet,' zei ze aarzelend. 'Vroeger wel. Toen hij begon. Maar dit jaar...' Haar handen zochten en vonden de harde armleuningen van de stoel. Professoressa Crosera staarde naar Brunetti's bureau, alsof ze de schoolrapporten met dalende prestaties en verslechterend gedrag daar kon lezen.

'Hm,' mompelde Brunetti; het soort bezorgde geluid dat mensen wel maken bij slecht nieuws, wat voor slecht nieuws ook. Hij wilde dat ze hem zelf de informatie zou geven, niet dat hij het uit haar moest trekken door slimme ondervraging. Brunetti dacht weer aan de mogelijke redenen, en drugs kwamen meteen bij hem op; die eerste vrucht uit de nachtmerrieachtige hoorn des overvloeds van iedere ouder.

Kort geleden had Brunetti gemerkt dat hij onbewust de spieren van zijn heupen spande als hij de trappen van zijn appartement afliep. Hij had de spanning niet opgemerkt, totdat hij op een dag hoorde hoe er een bijna kreunend geluid ontsnapte aan zijn longen terwijl hij van de laatste trede stapte en zijn lichaam zich kon ontspannen. Ongeveer hetzelfde gebeurde als hij hoorde over tieners die de gevaren van het moderne leven opzochten: hij werd gespannen en belette zijn geest om angstige gedachtes over zijn eigen kinderen toe te laten. Hij dwong zichzelf dan ook rustig te blijven nu hij hoorde dat een tiener zich wispelturig gedroeg.

'Vorig jaar was Sandro de één na beste van zijn klas. Maar dit schooljaar – ook al zijn er pas twee maanden verstreken – krijgt hij slechte beoordelingen van zijn leraren. Het is nog te vroeg voor een schoolrapport, maar hij neemt geen boeken mee naar huis en ik heb hem nog geen huiswerk zien maken. Of zien lezen.'

'Aha,' zei Brunetti zacht, die zich gedwongen zag om het contrast met zijn eigen kinderen te zien. Die namen vrienden mee naar huis om samen te studeren, of gingen zich bij hen thuis voorbereiden op toetsen; blij met de lessen, opgewonden bij de gedachte aan leren.

Ze sloeg haar benen weer over elkaar, eerst naar de ene kant en even later naar de andere kant. 'Mijn man wilde niet...' begon ze en veranderde dat toen snel in: 'Uiteindelijk besloot ik hierheen te komen om te proberen wat informatie te krijgen.'

Brunetti, die dacht dat ze was gekomen om informatie te geven, zei niets. Veel mensen, zo wist hij, beschouwden het als verraad om iets te onthullen aan de politie. Hoe gemakkelijk zou het voor hemzelf zijn, vroeg Brunetti zich af, om iets over zijn eigen kinderen te onthullen aan een vreemde? Het feit dat professoressa Crosera naar de politie was gegaan – niet naar een dokter, een hulpverleningsinstantie of misschien zelfs een priester – wees in de richting van het onderwerp waar ze over wilde praten.

'Wat voor informatie zou u graag willen hebben, professoressa?'

Op een toon die op de een of andere manier hoger was geworden vroeg ze: 'Ik weet dat het een misdrijf is om drugs te verkopen, maar is het ook een misdrijf om ze te gebruiken?'

Dus dat was het, dacht hij zonder verbazing en hij was opgelucht dat hij haar kon vertellen: 'Nee. Niet om ze te gebruiken. Het is wél een misdrijf is om ze te verkopen, vooral in de buurt van een school of aan jonge mensen.' Hij zag de opluchting die dit bij haar teweegbracht.

'Dat wilde ik graag zeker weten,' zei ze uiteindelijk. Nadenkend vervolgde ze: 'Dus als je alleen drugs gebruikt, dan kom je niet in de problemen?' Bij het horen van deze absurditeit betrok haar gezicht. Haastig voegde ze eraan toe: 'Met de autoriteiten, bedoel ik.'

'Zolang je ze zelf niet verkoopt, nee,' antwoordde Brunetti, die net deed alsof hij de slecht geformuleerde vraag niet begreep.

'Vindt u dat een goede wet?' vroeg ze tot Brunetti's verrassing.

Brunetti voelde geen verplichting, en zeker geen verlangen om commentaar te geven op de rechtvaardigheid van de wet en antwoordde daarom: 'Het is niet belangrijk wat wie van ons ook denkt over de wet.'

'Wat is er dan wel belangrijk?'

'Dat onschuldige mensen worden beschermd. Dat is de bedoeling van wetten,' zei hij. Diep in zijn hart geloofde Brunetti dit niet: wetten die werden aangenomen door de mensen die aan de macht waren, waren bedoeld om hen aan de macht te houden. Als ze dan ook nog onschuldige mensen beschermden, mooi, maar dat was niet meer dan een welkom neveneffect.

'Zo heb ik het nooit bekeken,' zei ze.

Brunetti, die dat evenmin had gedaan en dat ook nu niet deed, permitteerde zich een schouderophalen. 'Ik neem aan dat de meeste mensen niet veel nadenken over het doel van een wet.'

'Om mensen te straffen. Daar zijn wetten voor, meende ik altijd.' Ze dacht hier nog even over na en glimlachte toen. 'Ik geloof dat ik de voorkeur geef aan uw interpretatie, commissario.'

Brunetti knikte, maar gaf geen commentaar. Hij liet even zijn ongeduld doorklinken toen hij zei: 'We hadden het over uw zoon, professoressa.'

4

De bruuskheid in Brunetti's stem maakte haar aan het schrikken. 'Ja, ja. Natuurlijk,' zei ze. Ze richtte haar blik omlaag naar Brunetti's bureau en leek dat te bestuderen. Uiteindelijk zei ze: 'Ik denk dat hij drugs gebruikt.' Ze stopte, alsof ze daarmee had gedaan waarvoor ze was gekomen en nu weg kon gaan.

Brunetti realiseerde zich dat hij er wat meer vaart achter moest zetten. 'Denkt u dat of weet u dat?'

'Ik weet het,' zei ze en voegde daar meteen aan toe: 'Dat wil zeggen, ik denk dat ik het weet. De leerlingen op school praten, en een van hen zei tegen Aurelia dat Sandro grote moeilijkheden zou krijgen door waar hij mee bezig was.'

'Grote moeilijkheden?' vroeg Brunetti. Toen ze knikte, vervolgde hij: 'Zei die leerling ook dat het kwam door drugs?'

Haar verbazing was overduidelijk. 'Wat zou het anders kunnen zijn?' Toen Brunetti niet antwoordde legde ze uit: 'Zijn jongere zus zit bij Sandro in de klas; zij is degene die het tegen haar broer heeft verteld.' Haar stem klonk plotseling vasthoudend toen ze zei: 'Dat is het enige wat het zou kunnen zijn. Drugs.'

'Hoe lang geleden is dit gebeurd?'

'Hij zei het ongeveer een week geleden tegen Aurelia, en die heeft het me twee dagen geleden verteld.'

'Waarom heeft uw dochter gewacht met het u te vertellen?'

'Ze zei dat ze eerst nog wat op hem – Sandro – wilde letten voordat ze iets ging zeggen.'

'En heeft ze dat ook gedaan?'

Haar blik was scherp. Ze klonk verdedigend toen ze zei: 'Ze heeft geprobeerd met hem te praten, maar hij werd boos en zei tegen haar dat ze zich met haar eigen zaken moest bemoeien.'

Brunetti dacht aan zijn eigen kinderen en hoe zij af en toe tegen elkaar spraken. Zijn scepsis was kennelijk van zijn gezicht af te lezen, want ze zei: 'Hij heeft nooit eerder zo tegen Aurelia gesproken. Ze zei dat hij echt kwaad werd.'

'Wat is uzelf verder nog opgevallen, professoressa?' vroeg hij. 'In welk opzicht is hij veranderd?'

'Hij is humeurig en vindt het vervelend als ik vraag hoe het op school gaat. Hij komt soms niet thuis voor het avondeten, of hij belt op en zegt dat een vriend hem heeft uitgenodigd om te blijven eten.'

'Twijfelt u daar weleens aan?' vroeg Brunetti neutraal.

'Ik ben geen politieagent,' snauwde ze, maar ze keek toen in de richting van Brunetti en zei: 'Sorry. Dat had ik niet moeten zeggen.' Ze stopte en probeerde niet om een andere uitleg te geven of zich te verontschuldigen. Brunetti waardeerde dat in haar.

'Ik heb wel ergere dingen gehoord,' zei Brunetti en vroeg toen: 'Heeft uw man die veranderingen ook opgemerkt?'

Ze knikte een paar keer, keek weg, keek hem weer aan en zei: 'Ik heb u al verteld dat ik veel reis voor mijn werk,' en wachtte totdat Brunetti dit zou bevestigen. Hij knikte, waarna ze doorging: 'Soms ben ik een paar dagen achter elkaar weg.'

'En de kinderen? Wie zorgt er dan voor hen?' Brunetti had dit nog niet gezegd of hij besefte al dat dit zijn zaken niet waren.

'Dan logeren ze bij mijn zus,' zei ze.

Omdat hij al te ver was gegaan met die vraag, vroeg Brunetti verder niets over haar man.

Zijn gedachten waren kennelijk makkelijk te lezen, want ze zei: 'Mijn man werkt in Verona en is soms nog niet klaar voordat de laatste trein vertrekt. Dan blijft hij bij vrienden slapen, maar niet heel vaak.'

Als dit een normale ondervraging zou zijn geweest en als Brunetti daarbij de noodzaak zou hebben gevoeld om dieper in te gaan op iets wat zijn aandacht had getrokken, dan zou hij hebben gevraagd: 'Vrienden?' of: 'Hoe vaak?' In plaats daarvan vroeg hij, denkend aan de man met het dikke grijze haar: 'Wat voor werkt doet hij?'

'Hij is accountant,' zei ze en stopte toen. Ze wierp een snelle blik in Brunetti's richting en keek toen weg. Daarna voegde ze eraan toe, alsof het deel uitmaakte van de vorige zin: 'Hij zei tegen me dat Sandro te mager is en niet luistert als er iets tegen hem wordt gezegd.' Ze zei verder niets meer en Brunetti kwam in de verleiding om te vertellen dat tieners nu eenmaal zo zijn.

Toen ook hij niets zei, vervolgde ze: 'Als ik over drugs begin, zegt mijn man dat het onmogelijk is dat Sandro die gebruikt.' Ze perste haar lippen op elkaar en staarde naar de grond.

Brunetti besloot hier niet op te reageren en vroeg in plaats daarvan: 'Wat is u verder nog opgevallen, professoressa?'

Ze draaide zich naar het raam en staarde naar buiten, waar het nu hard regende. Ze plantte haar rechterelleboog op de leuning van de stoel, steunde met haar voorhoofd tegen haar rechterhand en zei toen: 'Hij praat steeds minder. Het is net alsof hij een hoofdtelefoon op heeft en naar iemand anders aan het luisteren is, of naar muziek. Ik weet het niet. Als ik hem een vraag stel, dan vraagt hij altijd of ik het wil herhalen, en dan duurt het lang voordat hij antwoordt.' Ze keek op naar Brunetti en ging door: 'Ik denk dat hij niet goed slaapt, en hij wordt snel boos, terwijl hij altijd heel zachtaardig was.'

Terwijl ze aan het praten was, concludeerde Brunetti dat professoressa Crosera dan wel een collega of vriendin van Paola was, maar niet van hem. Daarom voelde hij zich ook niet verplicht om hier nog veel meer tijd aan te besteden. Het was een probleem dat beter door een hulpverleningsinstantie kon worden aangepakt. Hij had weinig zin in een directe confrontatie met haar en zei daarom: 'Als ik mijn zoon zou beschrijven zoals hij drie jaar geleden was, dan zou ik ongeveer hetzelfde hebben gezegd, op het slechte slapen na.'

Haar verbazing viel van haar gezicht af te lezen. Ze vouwde haar handen in haar schoot, als een leerling die bij de *preside* moet komen, zich ervan bewust dat ze iets verkeerds heeft gedaan, zonder precies te weten wat.

Brunetti liet enige tijd verstrijken en zei toen, zonder er echt bij na te denken: 'Ik ben bang dat ik nog steeds niet goed begrijp waarom u hier bent, professoressa.'

Deze keer zei ze zonder enige aarzeling: 'Ik dacht dat de politie wel iets zou doen.'

'Zou u misschien wat duidelijker kunnen zijn? Wat wilt u dat wij gaan doen?'

'Erachter zien te komen wie hem die drugs verkoopt. En die personen arresteren.'

Ah, wat zou het prachtig zijn als ze dat konden doen, dacht Brunetti. Arresteer ze en houd ze vast totdat ze voor moeten komen, waarna ze door de rechters naar de gevangenis worden gestuurd, samen met de mensen die met hen of voor hen werkten: al die kleine dealers die in de parken zaten te wachten totdat de scholieren langskwamen en naast hen kwamen zitten, of die ze troffen in de disco of bij de bioscoop of – verrassing – even buiten hun school.

Jammer dat het zo niet werkte. De realiteit was totaal anders: arresteer ze, breng ze naar de questura en ondervraag ze, bedreig ze misschien zelfs, ook al wisten ze allemaal dat dit zinloos was. Maak een rapport van hun arrestatie. Als het buitenlanders zijn, vertel ze dan dat ze achtenveertig uur hebben om het land te verlaten, en laat ze vrij. Als het Italianen zijn, zeg dan dat er een onderzoek naar hen zal worden ingesteld en stuur ze naar huis.

'Nou, waarom doet u er niets aan?' vroeg ze, geconfronteerd met zijn aanhoudende zwijgen.

Brunetti haalde een notitieboekje naar zich toe en pakte een pen. Hij schreef de naam van professoressa Crosera bovenaan, gevolgd door de namen van haar twee kinderen en daaronder de naam van hun school. Hij liet een lege plek over om daar later de naam van haar man in te vullen. Hij kwam in de verleiding om het boekje naar haar toe te schuiven en haar te vragen om hem aan te wijzen of iets op die bladzijde haar een idee gaf wie hij zou moeten arresteren en op grond waarvan. In plaats daarvan zei hij, terwijl hij de pen boven het notitieboekje hield: 'Als we willen praten met de vriend van uw dochter, dan moet er een advocaat of een van de ouders bij aanwezig zijn. Wilt u mij zijn naam geven?'

Voor het eerst sinds haar komst en misschien zelfs voor het eerst sinds dit gaande was met haar zoon, werd professoressa Crosera geconfronteerd met de wettelijke consequenties van de situatie waarin ze zich bevond. Als zich eenmaal een draaikolk had gevormd, liepen zelfs de mensen die op een kalme en rustige zee aan het zeilen waren het risico dat ze erheen werden getrokken en erdoor werden overspoeld.

'Nee,' zei ze en nu verhief ze haar stem. 'Dat kan ik hem niet aandoen.' Deze keer had ze niet door dat ze impliciet de politie beledigde.

Brunetti legde de pen neer op zijn bureau en vouwde zijn handen voor hem. 'Weet u waar uw zoon de drugs vandaan heeft waarvan u denkt dat hij ze gebruikt, professoressa Crosera, of wat voor soort drugs hij gebruikt?'

Nu haar een vraag werd gesteld waar ze niet op was voorbereid, ontweek ze Brunetti's blik en staarde ze naar haar knieën.

Brunetti vond het vreselijk wat drugs met mensen deden, verafschuwde het hoe die de geest aantastten van zelfs de sterkste mensen, en toch woonde hij samen met drie mensen die geloofden dat alle drugs gelegaliseerd zouden moeten worden. Simpele oplossingen, simpele oplossingen, waarom wilden mensen toch altijd simpele oplossingen?

Drugs veranderden alles. Hij had vrouwen meegemaakt die zich aan hem aanboden, mannen die hem hun vrouw aanboden, zelfs hun dochters, als hij hen maar niet zou arresteren en hen ergens zou opbergen waar ze dachten dat ze geen drugs konden krijgen. Hij had ooit een vrouw gezien, nog in haar trouwjurk, die was gestorven door een overdosis. Hij was eens geroepen naar een appartement waar een jongetje van drie jaar was gestorven door honger en verwaarlozing tijdens een heroïnefestijn van meer dan een week, waar zijn ouders zichzelf op hadden getrakteerd met geld dat ze hadden gestolen van alle vier de grootouders van het gestorven kind.

'Nee,' hoorde hij haar zeggen. Na nog eens een lange pauze en op een heel andere toon zei ze: 'Als ik het hem zou vragen, zou hij tegen me liegen.' Brunetti zag hoe ze dit aanvaardde en toen voegde ze er een verklaring aan zichzelf evenals aan hem aan toe: 'Ik weet niet hoe ik dat weet, maar het is de waarheid.' Ze bracht een hand naar haar voorhoofd en bleef zo stil zitten. Hij staarde opnieuw uit het raam toen hij haar hoorde zeggen, met een stem die rauw en bijna onhoorbaar klonk: 'Het is mijn kind, en ik weet gewoon niet wat ik moet doen.'

Hij wendde zich weer naar haar toe; de aanblik van de tranen van de vrouw die tussen haar vingers door op haar jasje druppelden, waar de wol ze snel absorbeerde, maakte dat Brunetti ineens ging staan. Hij liep naar het raam en staarde naar de gevel van de kerk. San Lorenzo: een martelaar.

Brunetti's vader was overleden aan kanker, na een lang en vreselijk sterfbed, in een ziekenhuis dat werd geleid door personen die menselijk lijden beschouwden als een goede manier om de weg naar verlossing te effenen. Om die reden hadden ze geweigerd hem pijnstillers te geven in de laatste dagen van zijn leven. Drie dagen voor zijn vaders dood had Brunetti, die toen al commissario di polizia was, een doos morfineampullen gestolen uit het depot waar de politie in beslag genomen drugs en wapens bewaarde, en met tussenpozen van acht uur had hij die toegediend aan zijn stervende vader. Nadat zijn vader rustig was gestorven in de armen van zijn jongste zoon, was Brunetti naar huis gegaan. Daar had hij de resterende ampullen opengebroken, waarna hij alle morfine door de wasbak in de keuken had gespoeld. Hij geloofde in absolute zin heel weinig, maar hij wist wel dat lijden nergens goed voor was.

'Is er iets wat u kunt doen?' vroeg ze op haar normale toon vanaf de andere kant van de kamer.

Ze was weer in staat om te praten, dus liep Brunetti terug naar zijn bureau.

'Ik kan proberen erachter te komen of er drugs bij zijn school worden verkocht en wie die verkoopt,' zei Brunetti. Hij kon zich niet herinneren dat hij geruchten had gehoord over de Albertini, maar hij zou er onderzoek naar kunnen laten doen.

Professoressa Crosera schoof heen en weer op haar stoel, plotseling rusteloos. Misschien verlangde ze ernaar om weg te gaan, omdat nu iemand anders actie wilde gaan ondernemen. Nee, dat was niet eerlijk tegenover haar. 'Kunt u mij uw telefoonnummer geven?' vroeg Brunetti.

Terwijl ze dat deed, schreef Brunetti het op in zijn notitieboekje en schreef er toen boven: 'Albertini', gewoon voor het geval iemand zijn boekje vond en nieuwsgierig was naar de persoon met wie hij had gesproken.

Hij realiseerde zich dat ze hiermee uitgepraat waren, omdat hij toch niet veel kon doen. Een enkele blik op haar zei hem dat ze niet de energie had hem nog meer te vertellen, en daar ook niet meer toe bereid was.

Brunetti kwam overeind en bedankte haar voor haar komst. Ze leek verbaasd dat ze op een nauwelijks verhulde manier werd weggewerkt, maar liet zich toch door hem naar de deur begeleiden. In een poging zijn bruuskheid tijdens het gesprek te vergoelijken, glimlachte Brunetti en beloofde te zullen doen wat hij kon, waarbij hij haar niet vertelde dat dit maar heel weinig was. Nadat ze was vertrokken ging hij terug naar het raam om na te denken over het bezoek en over de zorgen van deze vrouw. Hij was opgelucht dat het was opgehouden met regenen.

5

Na de lunch belde Brunetti met Vianello en vroeg hem om naar boven te komen. Toen de inspecteur arriveerde, bood Brunetti hem een stoel aan en vertelde hem tamelijk uitgebreid over zijn gesprek met professoressa Crosera.

Vianello knikte en vroeg: 'Zitten haar kinderen op de Albertini?'

'Maakt dat enig verschil?'

De inspecteur sloeg zijn benen over elkaar en zwaaide met een voet in de lucht. 'Vijf jaar geleden misschien wel, maar tegenwoordig niet meer, denk ik: ze kunnen nu overal drugs krijgen.' Hij zette zijn benen weer naast elkaar en plaatste zijn voet op de grond. Brunetti merkte plotseling op dat zijn vriend behoorlijk grijs werd en dat zijn gezicht smaller leek te zijn geworden. 'Voorheen was het zo dat leerlingen op particuliere scholen minder drugs gebruikten, maar dat is aan het veranderen. Dat heb ik tenminste gehoord.'

'Van wie?' vroeg Brunetti, die zich te laat realiseerde dat hij dat niet had moeten doen. Iedereen op de questura hield de naam van zijn bronnen voor zichzelf.

Even later zei Vianello mild: 'Van iemand die het weet. Hij vertelde dat alle scholen nu dat probleem hebben, in min of meer dezelfde mate.'

Brunetti wist dit natuurlijk wel, net zoals hij wist dat de lucht in de stad in de winter vele malen meer vervuild was dan de grenswaarden die het een of andere Europese wetenschappelijke bureau had vastgesteld ter bescherming van de bevolking. Maar zolang hij het niet rook of niet voelde in zijn longen, negeerde Brunetti het, zich ervan bewust dat hij niets kon doen om de lucht te ontlopen, behalve dan door uit de stad weg te gaan. Zo was het ook met drugs. Zolang het niet je eigen kinderen betrof...

'Goddank dat we werden geboren toen we werden geboren,' zei hij tot Vianello's verrassing.

'Wat bedoel je daarmee?'

'Dat er minder drugs voorhanden waren toen wij jong waren. Of tenminste, ze leken toen niet zo... normaal, niet zoals tegenwoordig. Sommige van mijn vrienden experimenteerden er wel mee, maar ik kan me niemand herinneren die constant drugs gebruikte.' Toen Vianello instemmend knikte, voegde Brunetti eraan toe: 'Bovendien had ik er het geld niet voor.'

'Ik heb één keer hasj geprobeerd,' zei Vianello, terwijl hij naar zijn voeten keek.

'Dat heb je me nooit verteld.'

Vianello lachte om Brunetti's toon en zei: 'Ik probeer wat geheimen voor mezelf te houden, Guido.'

'Wat gebeurde er?'

'Ik was op een feest bij een vriend thuis, en er werd me een kop kruidenthee aangeboden,' verklaarde Vianello.

Brunetti vond zijn gebruik van de lijdende vorm interessant. 'Je hebt dus geen hasj gerookt?'

'Nee. Als ik naar huis was gegaan en ik had naar hasj geroken, dan zou mijn vader...'

'Wat zou hij dan hebben gedaan?' vroeg Brunetti, zich ervan bewust dat Vianello zelden over zijn vader sprak.

'Ik weet het niet. Hebben gedreigd dat hij me verrot zou slaan waarschijnlijk.'

'Alleen gedreigd?' vroeg Brunetti.

'Ja,' antwoordde Vianello zonder enige aarzeling of uitleg.

Toen vroeg hij: 'Wat wilde professoressa Crosera precies?'

Brunetti zette zijn nieuwsgierigheid om de rest van Vianello's verhaal te horen van zich af, en ging de voor de hand liggende redenen en de werkelijke redenen nog eens zorgvuldig na. Uiteindelijk antwoordde hij: 'Ik denk dat ze wilde dat wij de problemen zouden laten verdwijnen. Het enige wat wij hoefden te doen was de mensen te arresteren die drugs aan haar zoon verkopen.'

Vianello trok zijn wenkbrauwen op.

'Ook al kwam ze niet met concrete informatie,' zei Brunetti. 'Ze wilde me niet vertellen wie er tegen haar dochter heeft gezegd dat Sandro in de problemen zat, en ze maakte verder duidelijk dat er niet bij werd gezegd om welke drugs het precies zou gaan.' Hij voegde er met hoorbare irritatie aan toe: 'Ik weet niet wat zij denkt dat wij geacht worden te doen.'

'Het is net zoiets als dat Griekse ding waar je het weleens over hebt,' zei Vianello tot Brunetti's totale verwarring. Dat ding met die Latijnse naam.'

'De deus ex machina?' vroeg Brunetti, die het plotseling doorhad en glimlachte bij de verwijzing van Vianello. 'Wat zou dat handig zijn: er daalt een god neer die het probleem oppakt en er dan mee naar de hemel verdwijnt.'

Hij gaf de god even de tijd om het raam uit te vliegen voordat hij terugkeerde naar minder fantasierijke oplossingen. 'Tenzij ze ons helpt door met haar zoon te gaan praten, is er niet veel wat wij kunnen doen.'

'En dus?' vroeg Vianello.

Toen Brunetti geen antwoord gaf, kwam Vianello overeind. 'Laten we koffie gaan drinken.'

Het enige interessante wat er de rest van de dag gebeurde was een telefoontje van een van Brunetti's informanten, die hem vertelde dat de politie de volgende morgen even langs moest gaan op de vismarkt; niet die in Rialto, maar die voor de groothandel op Tronchetto.

Brunetti bedankte hem en zei dat hij de lokale politie en de afdeling voedselfraude van de carabinieri op de hoogte zou stellen.

'Vertel ze dat ze moeten kijken bij de schelpdieren,' zei de man op zijn gebruikelijke opgewekte toon. 'En misschien ook even bij de tonijn. Die reist zonder paspoort.' Hij liet een schijnheilig 'o, o, o' horen en hing toen op.

Brunetti had deze man nog nooit ontmoet, hoewel ze elkaar al jaren telefonisch spraken. Hij had het nummer van Brunetti's *telefonino* voor het eerst zes of zeven jaar geleden gebeld. Hij negeerde daarbij Brunetti's vraag hoe hij aan zijn nummer was gekomen en zei alleen dat hij informatie voor hem had. Zijn belletje leidde tot de arrestatie van twee mannen die drie dagen daarvoor een juwelierszaak hadden beroofd. Toen hij een paar maanden later opnieuw belde, had Brunetti geprobeerd te polsen, terwijl hij zijn vraag omhulde met eufemisme en discretie, hoe hij betaald wilde worden. Die vraag had gezorgd voor een lachsalvo. 'Ik wil helemaal niets,' had de man nadrukkelijk gezegd. 'Ik wil gewoon de lol hebben om dit te doen.'

Brunetti had willen vragen wat daar in vredesnaam voor lol aan was, maar besloot uiteindelijk de informatie gewoon te accepteren zoals de man het bedoelde: als een cadeautje. Hij belde drie of vier keer per jaar, altijd met gedetailleerde informatie die leidde tot een arrestatie, maar verrassend genoeg nooit twee keer over hetzelfde soort misdrijf. Nep-parmaham uit Hongarije; twee ton smokkelsigaretten, aan land gebracht op een strand in de buurt van Grado; de man die een röntgenapparaat had gestolen uit de behandelkamer van een tandarts in Mirano; zelfs de twee Roemeense oplichters die een aantal oude vrouwen hadden bestolen door hen ervan te overtuigen dat ze moesten bijbetalen voor hun elektriciteitsverbruik. Brunetti wist niets over zijn beller, behalve dan wat hij had geconcludeerd uit diens klaarblijkelijke bekendheid met misdaad en misdadigers. Alles wees erop dat hij iemand was die in het verleden betrokken was geweest bij misdrijven zoals die welke hij rapporteerde. Maar nu had hij zich kennelijk, om redenen waar Brunetti geen idee van had, tegen zijn vroegere collega's gekeerd. Dat zou de juistheid van zijn informatie kunnen verklaren, evenals zijn totale gebrek aan verontwaardiging over de misdrijven die hij meldde. Het zou een persoonlijke wraakactie kunnen zijn – dieven die met elkaar overhoopliggen – of misschien was hij een crimineel die de concurrentie aan banden wilde leggen. Los van de waarde die de tips voor Brunetti hadden, was hij dusdanig gehecht geraakt aan de man dat hij bezorgd was om diens veiligheid. Hij hoopte dan ook dat hij goed had nagedacht over het risico dat hij liep.

Nadat hij de boodschap van zijn informant over de vismarkt had doorgegeven, besloot Brunetti dat hij die dag genoeg had gedaan en daarom vroeg weg mocht. Zonder dat hij het tegen iemand vertelde, verliet hij de questura. Hij sloeg rechtsaf en daarna linksaf, over de eerste brug, weg van het centrum van de stad, waarbij hij zijn voeten liet beslissen waar die hem zouden brengen. Hij ging de kant van het *bacino* op, sloeg linksaf en liep nog verder door, Castello in, nog steeds zonder enig idee waar hij heen wilde gaan.

Hij sloeg de Via Garibaldi in, verbaasd dat hij nog zoveel mensen op straat aantrof. Was november soms ook een toeristenmaand geworden zonder dat hij dat in de gaten had gehad? Honderd meter verder kalmeerde hij bij het besef dat bijna iedereen om hem heen Venetiaan was. Hij hoefde hen niet hun dialect te horen spreken; hun kleding en de onbewuste ontspannenheid waarmee ze liepen – niet alert op iets pittoresks om te fotograferen of een winkeltje waar ze origineel lokaal handwerk konden vinden – zei hem dat ze dat waren. Zijn tempo werd langzamer en hij ging een bar in voor een kop koffie, maar veranderde dat in een glas witte wijn toen hij een bakje zoute krakelingen op de bar zag staan. Hij wierp een blik op de koppen van *Il Gazzettino* en verbaasde zich erover hoe bekend die hem allemaal voorkwamen, tot hij zag dat het de krant van gisteren was. Hij sloeg hem dicht en vroeg zich af hoe het toch mogelijk was dat elke editie zeker acht pagina's kon bevatten met schreeuwende krantenkoppen die nieuws verkondigen over ernstige scheuringen en nieuwe formaties die het aanzien van de nationale politiek compleet zouden veranderen, terwijl er in feite niets veranderde en niets gebeurde.

Brunetti viste een euro uit zijn zak en legde die op de bar. 'Hoe komt het toch dat we nu al meer dan vijf jaar geen gekozen regering hebben?' vroeg hij. Het was eigenlijk geen vraag, meer een poging om zijn verbijstering te uiten.

De barista stopte het muntstuk in de kassa en sloeg een bonnetje voor Brunetti aan. Hij legde het op de bar naast het lege glas en zei: 'Zolang we voetbal op de televisie hebben, kan het niemand veel schelen of we een regering kiezen of dat een bejaarde politicus er een benoemt.'

Brunetti, die geen antwoord had verwacht, stond stil en dacht na over de verklaring van de man. '*Ciò*,' zei hij, met de gedachte dat zijn instemming het beste, en misschien alleen maar, kon worden uitgedrukt in het *Veneziano*. Hij verliet de bar en vervolgde zijn weg door de Via Garibaldi, dieper het doolhof van Castello in.

Hij kwam pas na zeven uur thuis, omdat hij helemaal tot aan de San Pietro in Castello was gewandeld, waar hij naar binnen was gegaan om een kaars aan te steken voor de ziel van zijn moeder. Hij was van mening dat dit ook goed was voor zijn eigen ziel, net als een glas wijn. Een lichte geur van kruidnagels begroette hem toen hij thuiskwam, wat hem de keuken inlokte om te zien waar Paola mee bezig was. *Spezzatino di manzo* met exotische kruiden, zo leek het, en voor zover hij iets wist van groenten, moesten dat *cavolini di bruxelles alla besciamella* zijn.

'Als ik beloof dat ik mijn bord zal leegeten, ga je er dan met mij vandoor naar Tahiti voor een hele week vol wilde uitspattingen?' vroeg hij, terwijl hij zijn armen om Paola sloeg en zijn neus in haar nek duwde.

'Als je belooft dat je je zult scheren voordat je mijn nek weer kust, dan is dat afgesproken,' zei ze, waarna ze zich bij hem vandaan wurmde en met de palm van haar rechterhand over de plek van zijn kus wreef. 'Hoewel ik denk dat er weinig kans is dat jij je bord niet leeg zult eten.' De glimlach die ze hem gaf toen ze dat zei, nam alle stekeligheid uit haar woorden weg.

Omdat hij de avond ervoor *De Oresteia* voor het eerst in twintig jaar helemaal had uitgelezen, ging hij naar Paola's studeerkamer om de kast te raadplegen waar zijn boeken stonden en te beslissen wat hij nu zou gaan lezen. Hij besloot zich bij toneelstukken te houden en boog zich dichter naar de boekenplanken toe om de titels te bestuderen. Doordat zijn gesprek met professoressa Crosera en haar grote bezorgdheid voor haar zoon hem nog bezighield, viel het hem ineens op hoe vaak ook de Grieken zich zorgen maakten om hun kinderen. De meeste stukken leken te handelen over de ellende die kinderen hun ouders bezorgden. Maar, zo moest hij zichzelf even later toegeven, ook het omgekeerde gebeurde. Hij zag de stukken van Euripides en herinnerde zich een productie van *Medea* die hij in Londen had gezien, waar Paola hem mee naartoe had gesleept, hoe lang geleden ook alweer, twintig jaar of meer? Zijn blik bleef gericht op de ruggen van de boeken, maar zijn herinnering ging naar de slotscène: Medea op een verhoging boven het toneel waar ze zich vastklemde aan haar twee kinderen. En toen, in plaats van hen van het toneel te voeren om haar slechte daad te plegen, trok ze een mes en stak ze hen allebei dood. Zelfs bij de herinnering aan die scène kromp Brunetti ineen en voelde hij een steek in zijn eigen maag.

Tijdens zijn carrière had Brunetti meegemaakt hoe een man in koelen bloede werd vermoord, en hij had ook andere mensen zien sterven. De Grieken hadden gelijk. Ze wisten het. Wij hoorden dat soort dingen niet te zien. Ze waren bedoeld om ons te schokken, niet om ons te vermaken. Nee, geen *Medea*. Hij boog zich naar voren en trok in plaats daarvan de toneelstukken van Sophokles eruit.

Allebei zijn kinderen waren thuis voor het eten, en de aanblik van hen bevestigde Brunetti in zijn besluit om niet *Medea* te gaan lezen. Zonder erbij na te denken strekte hij zich uit over de tafel en legde zijn hand op Raffi's arm. Zijn zoon keek verbaasd op. Brunetti ging met een hand over de stof van Raffi's trui en zei: 'Ik kan me niet herinneren dat ik die ooit eerder heb gezien.'

'Mama heeft hem vorige winter uit Rome voor me meegenomen. Vind je hem mooi?'

Brunetti greep de gelegenheid aan die deze vraag hem bood om zijn hand weg te halen en schoof naar achteren om een betere blik op de trui te kunnen werpen. 'Hij is heel leuk.' Hij keek naar Paola en zei: 'Goede keus,' en vroeg toen om meer spezzatino.

Ik ga ze niets vragen over drugs. Ik ga ze niets vragen over drugs. Terwijl hij deze mantra reciteerde, at Brunetti zijn spezzatino en vroeg toen om nog wat. Chiara vroeg Raffi of hij even naar haar huiswerk natuurkunde wilde kijken, om haar te vertellen of haar antwoorden ergens op sloegen. 'Ik begrijp niet waarom ik dit moet leren,' zei ze. 'Ik hoef er toch nooit meer over na te denken als dit schooljaar voorbij is.'

'Is de bedoeling ervan niet om je hersenen te trainen door de wetten te leren die het heelal regeren?' vroeg Brunetti.

'Heb jij natuurkunde gehad op school?' vroeg Chiara hem.

'Natuurlijk.'

'Heb jij geleerd...' begon ze, maar veranderde haar vraag toen in: 'Herinner jij je er nog iets van?'

Ongevraagd kwam Paola overeind en boog zich naar voren om twee stukken bloemkool op zijn bord te scheppen, waarmee ze Brunetti even de tijd gaf om een antwoord te bedenken.

Hij besloot de waarheid te spreken en zei: 'Ik herinner me nog wel een paar wetten en ook dat ik het toen leuk vond om op een andere manier te moeten nadenken over fenomenen die ik daarvoor nooit had begrepen. Het maakte dat ik op een nieuwe manier naar de wereld ging kijken. Ik geloof dat ik het geruststellend vond dat er orde was in wat er gebeurde in het heelal, zelfs op de allergrootste schaal. En dat er regels waren.'

'Als wat onze docent ons vertelt juist is,' begon Chiara, 'dan is veel van wat jij hebt geleerd – wat is het woord? – herroepen en moeten wij nieuwe regels of natuurwetten leren. Denk je dat mijn kinderen nog willen luisteren naar hun leraren als die alle wetten herroepen die ik nu moet leren?'

Raffi mengde zich erin door te zeggen: 'Er zijn Grote Regels, en die gaan echt niet veranderen. Het universum is geen toevallig systeem dat doet wat het wil en dat we nooit zullen begrijpen.'

'De regels laten ook zien dat de goden zich niet in alles kunnen mengen en doen wat zij willen,' voegde Paola eraan toe, ongetwijfeld blij dat ze de kans kreeg om zomaar te kunnen uithalen naar religie in welke vorm dan ook.

'Maar het is een jaar van mijn leven,' kreunde Chiara, alsof ze werd vastgebonden en met een stok op haar blote voetzolen werd geslagen.

'Zou je soms liever willen leren hoe je sokken moet breien en stoppen, zoals ik dat moest?' vroeg Paola, die de keuzes tot twee beperkte.

Brunetti riep het beeld op van Paola die een sok moest stoppen, probeerde zijn reactie te onderdrukken, maar verloor al snel zijn zelfbeheersing en kreeg de slappe lach. Hij sloeg zijn hand voor zijn mond, maar dat bleek nutteloos. Het zien van haar verbaasde blik maakte het alleen nog maar erger, en hij werd gedwongen zijn ogen te sluiten en zijn hand nog harder tegen zijn mond te drukken. Dit zorgde er weer voor dat hij tranen in zijn ogen kreeg, zodat hij zijn servet nodig had om die weg te vegen.

Niemand aan tafel sprak; de kinderen hielden hun blik op hun bord gericht, terwijl Paola de bovenkant van Brunetti's gebogen hoofd bestudeerde. Hij droogde zijn ogen en legde zijn servet weer in zijn schoot, om daarna naar haar te kijken.

'Ik ben geneigd om je zonder toetje naar je kamer te sturen, Guido,' zei ze vriendelijk, toen ze zijn blik ving. 'Ik moet bekennen dat ik nooit sokken heb hoeven stoppen, maar dat kwam omdat ik weigerde de lessen huishoudkunde te volgen.' Om te voorkomen dat de kinderen haar zouden beschuldigen van oneerlijkheid, ging ze door: 'Ik verzon het stoppen van sokken als een voorbeeld van het soort dingen dat ik gedwongen werd te doen en waarmee ik mijn tijd verspilde toen ik op school zat. Ik hoop dat jullie begrijpen dat ik het gebruikte als een retorisch middel.' Haar uitleg was hiermee kennelijk klaar, want ze wuifde elegant met haar hand naar haar kinderen, die knikten. Paola glimlachte en alles was weer goed.

6

Alsof de vertrekkende toeristen hadden besloten om de criminaliteit met zich mee te nemen, werden er in de week die volgde weinig misdrijven gemeld op de questura. Brunetti belde een vriend bij de carabinieri om te vragen naar de situatie van drugs op scholen. Hij kreeg te horen dit al werd onderzocht door een speciaal team in Treviso. Omdat zijn geweten hiermee gesust was, ging Brunetti niet op zoek naar meer informatie. Hij besteedde wat tijd aan het lezen van de dossiers die zich hadden verzameld op zijn bureau. Vijf ervan bevatten de cv's van mensen die in februari zouden gaan rouleren bij de staf van de questura. Hij vond tijd om naar de schietbaan in Mestre te gaan, om te voldoen aan zijn verplichting van vorig jaar om minstens één keer per jaar te oefenen in schieten. Daar werd hij aangemoedigd om nieuwe vuurwapens uit te testen. Signorina Elettra was er kennelijk op de een of andere manier in geslaagd voldoende geldmiddelen te vinden om de pistolen die werden verstrekt aan commissari en hogere rangen, te vervangen door nieuwere modellen. Nadat hij met drie ervan had geschoten en daarna met zijn eigen dienstwapen, besloot Brunetti dat een van de nieuwe pistolen lichter en kleiner was en dus minder hinderlijk zou zijn bij het dragen. De schietinstructeur was een lange, stevige man die kennelijk bezig was aan zijn laatste jaren vóór zijn pensioen. Hij vertelde Brunetti dat het pistool waar hij de voorkeur aan gaf in mei beschikbaar zou komen, maar het zou ook goed kunnen dat het er pas aan het einde van de zomer zou zijn.

Brunetti schoof het pistool over de balie, stak zijn eigen wapen in de holster en stopte die in zijn tas. 'Moet ik u erover bellen?' vroeg hij. Hij sloot zijn aktetas en maakte zich klaar om te vertrekken.

'Nee, commissario. Ik heb contact gehad met signorina Elettra en ik zal haar bellen als ze er zijn. U kunt dan terugkomen en het pistool nog eens uittesten; kijken of u dan nog steeds liever dat nieuwe model wil.'

Brunetti bedankte hem en zei: 'Nou, ik verheug me erop u dan weer te zien.' Hij bedacht ineens: 'Wat gebeurt er eigenlijk met onze oude vuurwapens?'

'U bedoelt de wapens die worden vervangen, meneer?'

'Inderdaad.'

'Die worden naar een metaalgieterij gestuurd om te worden omgesmolten.'

Brunetti knikte, tevreden over het antwoord. 'Beter dan dat ze ergens rondslingeren.'

'Absoluut, meneer. Wapens zorgen alleen maar voor problemen.'

Brunetti stak zijn hand uit. 'Ik zal niet vergeten dat u me dat hebt verteld,' zei hij en glimlachte om aan te geven dat hij een grapje maakte. Brunetti hield niet van wapens, hield er niet van dat hij er een had, had een onbehaaglijk gevoel gehad bij de weinige keren dat hij er een had gedragen, en had zijn wapen al die jaren zelfs nog nooit op iemand gericht. Het lag vaak wekenlang opgeborgen in een afgesloten metalen kistje achter op de plank waar hij zijn ondergoed bewaarde. De kogels bevonden zich in een soortgelijk vergrendeld kistje, en dat deelde een plank met de schoonmaakproducten in de kast achter de keuken.

*

Het leven ging vreedzaam door zonder dat er iets gebeurde, totdat de telefoon Brunetti op een nacht wakker liet schrikken uit een diepe, droomloze slaap. Toen hij eindelijk opnam, leek het alsof het ding eindeloos was overgegaan.

'Sì?' antwoordde hij, nog duf van de slaap maar zich ervan bewust wat het telefoontje kon inhouden.

'Guido?' vroeg een vrouwenstem.

Het duurde even voordat hij de stem van Claudia Griffoni herkende, zijn bevriende collega. 'Ja, Claudia, wat is er?'

'Ik ben in het ziekenhuis,' zei ze. 'Bij een man die mogelijk is aangevallen.'

'Waar?' vroeg hij. Hij kwam uit bed en liep naar de gang, waarbij hij zich uitstrekte om de deur te sluiten.

'In de buurt van de San Stae.'

'Ernstig?'

'Daar lijkt het wel op.'

'Wat is er gebeurd?'

'Iemand heeft ongeveer een uur geleden het ziekenhuis gebeld met de mededeling dat hij een man aan de voet van een brug had aangetroffen. Hij dacht dat hij was gevallen; er lag bloed op straat.'

'Maar?' vroeg Brunetti. Waarom zou ze hem anders bellen?

'Maar toen ze hem naar het ziekenhuis hadden gebracht, ontdekte de dokter op de Pronto Soccorso sporen op zijn linkerpols die veroorzaakt kunnen zijn door vingernagels. Alsof iemand hem heeft vastgegrepen.' Voordat Brunetti het kon vragen zei ze: 'Hij heeft monsters genomen. Er lag veel bloed op de grond, waar hij zijn hoofd had gestoten. De dokter zegt dat hij zo te zien een hersenschudding heeft; hij zegt dat hij waarschijnlijk met zijn hoofd tegen de metalen reling is geklapt toen hij viel. Hij probeert erachter te komen hoe erg de schade is.' Ze haalde diep adem. 'Ze belden de questura; ik was vannacht oproepbaar.'

'Is de brug afgezet?'

'Ja. Twee *vigili urbani* patrouilleerden in Rialto, dus die zijn erheen gegaan. Ze zorgen ervoor dat er niemand in de buurt van de brug kan komen. Het forensisch team is onderweg.'

'Getuigen?' vroeg hij.

Ze maakte een geluid.

'Wil je dat ik erheen ga?'

'Daar of hier,' zei ze.

'Vertel me welke brug het is, dan ga ik eerst daarheen en kom dan later naar het ziekenhuis.'

'Een ogenblik. Ik heb het ergens opgeschreven.' Hij hoorde haar aan de andere kant van de lijn rommelen. 'De Ponte del Forner,' zei ze. 'Die is...'

'Ik weet waar die is,' kapte hij haar af.

'Wil je dat ik een boot stuur?'

'Dank je, Claudia, maar nee. Ik kan daar in een kwartier zijn. Lopend gaat het sneller.'

'Goed. Dan zie ik je hier. Later.'

Brunetti verbrak de verbinding en duwde de slaapkamerdeur open. Hij zette de telefoon terug in zijn standaard en liep naar het bed. De bovenste helft van Paola's blonde hoofd op het kussen leek te glanzen in het licht dat door de volle maan naar binnen werd geworpen. Hij deed het lampje aan zijn kant van het bed aan, zag dat het bijna twee uur was en liep naar de armadio waarvoor hij zich ging aankleden. Hij gooide zijn pyjama op zijn kant van het bed en ging zitten om zijn schoenen aan te trekken.

Hij deed zijn lampje uit en gaf zijn ogen de gelegenheid om zich aan te passen aan het maanlicht. Daarna liep hij om het bed en legde zijn hand op Paola's schouder. 'Paola, Paola.'

Haar ademhaling veranderde en ze draaide haar hoofd opzij om hem aan te kijken. Ze maakte een vragend geluid.

'Ik moet weg.'

Ze bromde.

'Ik bel je wel.'

Ze bromde opnieuw.

Hij dacht erover om haar te zeggen dat hij van haar hield, maar dat was niet het soort verklaring dat hij beantwoord wilde hebben met gebrom.

In de hal trok hij zijn jas aan en verliet zachtjes het huis.

Het was een nacht vol *caigo*, die eigenaardige Venetiaanse klamheid die de longen vult, het zicht verduistert en een stroperig, glibberig laagje op straat achterlaat. Hij liep naar Rialto, min of meer genietend van het gevoel om in een verlaten stad te zijn, omhuld door iets wat meer was dan nevel maar minder dan mist. Hij stopte even en luisterde, maar er klonken geen voetstappen. Hij ging verder in de richting van de Campo Sant'Aponal. Hij naderde de nasleep van geweld, pijn en letsel, maar hij voelde geen angst, alleen de kalmte die voortkwam uit het besef dat hij in zijn stad was zoals die ooit was geweest: een slaperig provinciestadje waar heel weinig gebeurde en de straten vaak leeg waren.

Terwijl Brunetti de campo opliep, verscheen er een man, die hem passeerde, zijn blik op de grond gericht. Voor de kerk zag hij een man en een vrouw die langzaam hand in hand liepen, terwijl ze verrukt om zich heen keken. Toen ze dichterbij kwamen hoorde hij het gestamp van hun wandelschoenen, en toen ze voorbijliepen zag hij hun zware rugzakken. Ze hadden hem totaal niet in de gaten, en dat was mooi, vond hij.

Hij stak de campo over en ging in de richting van de San Cassiano. Omdat het bijna helemaal donker was, waren veel referentiepunten moeilijk te zien, maar Brunetti gaf zich over aan zijn voeten en de herinnering die deze hadden aan de smalle bruggen en de nog smallere *calli* waar die heen leidden. Hij passeerde de San Cassiano aan zijn rechterkant, liep over de brug, omlaag, naar rechts, links en over nog een brug. Even later zag hij vijftig meter vóór zich in de mist de plotselinge schittering van een zaklantaarn die in zijn richting wees.

'Meneer, de brug is gesloten,' riep een mannenstem op normale toon. 'Ga terug naar de Calle della Regina.' Hij sprak Veneziano, alsof alleen een ingezetene daar op dit uur van de nacht kon lopen.

'Ik ben het, Brunetti,' zei hij, terwijl hij gewoon doorliep.

'Ah, goedemorgen, commissario,' zei de man en de lichtbundel van zijn zaklantaarn scheen even omhoog terwijl hij salueerde. Brunetti had geen idee hoe het kon, maar in de buurt van de brug leek de mist veel minder dicht. De agent moest zich dat ook hebben gerealiseerd, want hij deed de zaklantaarn uit en bevestigde die weer aan zijn riem.

Hij was een van de vigili urbani, zag Brunetti; niet een van zijn eigen mensen. Op dat moment hoorde hij mannenstemmen achter de agent. 'Is dat het forensisch team?' vroeg hij.

'Ja, meneer.' Terwijl de man sprak, trok de mist aan de andere kant van de brug op en Brunetti zag hoe het daar lichter werd.

Hij liep naar de brug toe, waarbij de agent naast hem meeliep. Hij stopte bij de eerste trede en riep: 'Ik ben Brunetti. Mag ik naar boven komen?'

'Ja, meneer,' riep een stem terug, en Brunetti liep naar de bovenkant van de brug, waarbij hem de dikke metalen reling opviel. De vigile bleef achter en keerde terug naar het begin van de calle om mensen tegen te houden die erin wilden gaan.

Vanaf de bovenkant zag Brunetti twee van de forensisch rechercheurs in witte pakken die zorgvuldig te werk gingen. Ze controleerden de grond op alles wat van het slachtoffer of van zijn vermoedelijke aanvaller afkomstig zou kunnen zijn. Ambrosio, een van de mensen van Bocchese, lang en beangstigend mager, zelfs in zijn opgeblazen witte overal, kwam de trap op, naar Brunetti toe. 'We controleren of er verder nog iets is gevallen toen hij onderuitging.'

'De dokter zei tegen Griffoni dat het erop lijkt alsof iemand hem heeft vastgegrepen en naar beneden heeft getrokken,' zei Brunetti.

'Ja, meneer,' zei Ambrosio op de neutrale toon die technisch rechercheurs meestal gebruikten in reactie op de veronderstellingen van hun collega's. 'Ze heeft ons gebeld en het ons verteld. We zijn op zoek naar sporen van een andere persoon, of van wat er gebeurd zou kunnen zijn.' Ambrosio wees omlaag naar het gebied waar zijn collega's aan het werk waren.

'Zijn er nog getuigen?' vroeg Brunetti.

Ambrosio haalde zijn schouders op. 'Sinds we hier zijn leunen er een stuk of wat mensen uit hun ramen om te kijken wat we aan het doen zijn, maar als we vragen of ze iets hebben gehoord, dan heeft niemand dat.'

Het ondervragen van mogelijke getuigen was niet het soort werk dat het forensisch team geacht werd te doen en dus zei hij: 'We sturen morgen wel een paar mensen om van deur tot deur te gaan.' Hij wist dat zowel *Il Gazzettino* als *La Nuova Venezia* het incident zouden melden. Hij maakte daarom een aantekening dat iemand de redacties moest bellen om te vragen of ze een verzoek konden opnemen of iemand iets vreemds had gezien of gehoord in de buurt van de San Stae en of ze dan de questura wilden bellen. Dergelijke verzoeken leverden zelden iets bruikbaars op, maar er was geen reden om het niet te proberen.

Brunetti riep naar de mannen aan de voet van de brug. 'Mag ik naar beneden komen?'

'Ja, meneer. We hebben het gebied gecontroleerd.'

'Hebben jullie iets gevonden?' vroeg hij terwijl hij de treden afliep in hun richting.

'De gebruikelijke dingen die op straat liggen: sigarettenpeuken, een bootkaartje, snoeppapiertjes.'

'Vergeet de hondenpoep niet,' zei de andere man terwijl hij overeind kwam, zijn handen op zijn heupen legde en achterover leunde, alsof hij hoopte dat hij zo zijn rug kon strekken. Tegen Brunetti voegde hij eraan toe: 'Dat is het ergste deel van dit werk. Er is niet zoveel poep als vroeger, maar nog steeds genoeg. Meer dan genoeg.'

Brunetti verkoos dit te negeren en vroeg aan Ambrosio, die naast hem was komen staan: 'Heeft hij daar zijn hoofd gestoten?'

Ambrosio knikte en wees naar een plek op de straatstenen onder aan de brug, waar Brunetti een grote rode vlek zag. 'We hebben bloed op de reling aangetroffen, meneer,' zei hij, terwijl hij op de plek wees. 'Het ziet er, tenminste voor mij, uit alsof hij daar zijn hoofd heeft gestoten, daarna ermee langs de muur is geschuurd en uiteindelijk onder aan de brug terecht is gekomen. Daar heeft hij bloedend gelegen, totdat de man die hem heeft gevonden het ziekenhuis heeft gebeld.' Hij liet dit vergezeld gaan van een slotgebaar in de richting van de voet van de brug.

Brunetti zag een rode veeg op de reling en nog een op de binnenmuur van de brug, wat erop wees dat de reconstructie van de forensisch rechercheur juist was.

'Hebben jullie nog veel te doen?' vroeg hij de andere twee mannen.

De langste van de twee, die had gezocht aan de onderkant van de brug, antwoordde: 'Nee, meneer, we hebben alles al opgeraapt. We hebben al afdrukken gemaakt van de reling en monsters genomen van die drie plekken, dus het enige wat we nog moeten doen is alles inpakken en de boel schoonmaken.'

'Hoe schoonmaken?' vroeg Brunetti, die wenste dat hij de neiging om dat te vragen had kunnen weerstaan.

'We hebben altijd een emmer in de boot, meneer. Met een touw eraan. We kunnen het water uit het kanaal gebruiken om het bloed weg te spoelen.' Hij sprak net zo gewoon alsof hij iemand de weg wees. 'Daarna gaan we terug naar de questura. Als u nog vijf minuten wacht, kunnen we u een lift geven.'

'Nee, dank je,' antwoordde Brunetti. 'Ik ga naar het ziekenhuis.'

'We kunnen u daar onderweg ook afzetten. Geen moeite.'

Dat zou sneller zijn, wist Brunetti, net zoals hij wist dat ze op de Pronto Soccorso een espressomachine hadden in hun personeelskamer. Brunetti was al zo vaak in de nasleep van ongevallen daar aangekomen dat het personeel hem was gaan beschouwen als een van hen. Hij mocht er daarom ook gebruik van maken, op wat voor moment ook.

'Bedankt,' zei Brunetti en liep op de politieboot af die lag afgemeerd bij de muur naast de brug.

De boot kwam even na drieën aan bij de ambulance-ingang van het ziekenhuis, de tijd van slecht nieuws. Brunetti bedankte de schipper en stapte op de steiger. Hij ging op weg naar de Pronto Soccorso, waar acht mensen op stoelen tegen de muur zaten, wachtend op hun beurt. De man bij de balie herkende Brunetti en gebaarde dat hij door mocht lopen.

Brunetti vroeg naar de man die was binnengebracht met een hoofdwond en kreeg te horen dat hij waarschijnlijk nog op Radiologie was: er was op dat moment nog geen bed voor hem beschikbaar. Voordat Brunetti ernaar kon vragen zei de man tegen hem dat hij zelf maar een kop koffie moest pakken. Waarschijnlijk zou hij daar zijn collega aantreffen; ze was een paar minuten geleden van Radiologie gekomen.

Uit gewoonte klopte Brunetti op de deur van de personeelskamer. Hij hoorde stoelpoten schrapen, voeten die naderden, en toen opende Griffoni de deur en glimlachte naar hem. Om drie uur 's nachts, doodmoe, zonder make-up, gekleed in een verschoten zwarte spijkerbroek, bruine schoenen met afzakkende sokken, en een grijze mannensweater die drie maten te groot voor haar was, zag ze er goed genoeg uit voor een fotoshoot. 'Ik pak even koffie,' zei ze ter begroeting en voegde eraan toe, 'en red daarmee mijn leven.' Ze liep terug naar de tafel en dronk wat er nog over was in haar kopje, nam dat toen mee en zette het in de spoelbak. 'Het apparaat staat nog aan. Wil jij ook?'

Brunetti zag geen reden waarom hij niet zelf koffie zou kunnen maken en wilde dat net zeggen toen zij opmerkte: 'Ik ben geen onderdanige vrouw hoor, Guido. Maar jij ziet er vermoeider uit dan ik me voel.'

'In dat geval, ja,' zei Brunetti. 'Graag.' Hij trok een stoel naar achteren en wachtte in stilte, totdat ze de koffie bij hem bracht, waarbij ze zei dat ze er al suiker in had gedaan. 'Dank je wel, Claudia. Ik ben al heel lang buiten. Had er geen idee van dat het zo koud was.'

'En vochtig. Vergeet de klamheid niet,' zei ze, waarbij ze dramatisch rilde. Daarna trok ze een stoel bij tegenover hem. 'Hebben ze nog iets gevonden?' vroeg ze.

'De gebruikelijke troep op de grond,' zei hij en nam een slok.

'Vreselijk, hè?' zei ze toen ze zijn uitdrukking zag. 'Als iemand dit in Napels zou serveren, zou hij worden neergeschoten.'

Brunetti dronk zijn koffie op en bracht de kop en schotel naar de spoelbak. 'Ik vond het wel meevallen, maar goed, als ik alcoholist was, zou ik waarschijnlijk aftershave drinken.'

'Volgens mij heb je dat net gedaan,' antwoordde ze.

Hij glimlachte en leunde tegen de spoelbak achter hem. 'Vertel.'

'Hij is ongeveer vijftig en heeft een hersenkneuzing. De dokter is geen neuroloog, dus hij kan niet veel meer vertellen dan dat. Hij heeft bloeduitstortingen en verwondingen op zijn hoofd en in zijn gezicht, waarschijnlijk van de val, en verder die rode striemen aan de binnenkant van zijn pols, waar ik je al over vertelde.' Ze haalde een paar keer diep adem en ging door. 'Nadat ik je belde heeft de dokter gezegd dat de grootste schade aan de zijkant van zijn hoofd zit.' Ze pauzeerde terwijl ze naar het juiste woord zocht. 'Hij zegt dat er een soort deuk in zijn schedel zit.'

Brunetti's ogen vernauwden zich bij dat woord.

'Hij zei dat dit gebeurd kan zijn toen hij viel en zijn hoofd tegen de reling sloeg.'

'Hoe heet hij?' vroeg Brunetti, die dichter bij de tafel ging zitten.

'Dat weet ik niet. Hij had huissleutels in zijn zak, maar geen identificatie. En hij had geen jas aan.'

'Dan woont hij waarschijnlijk ergens daar in de buurt,' zei Brunetti. 'Kan ik hem zien?' vroeg hij.

Ze schudde haar hoofd. 'De verpleegkundigen zeiden tegen me dat ik niet voor vijf uur terug mag komen. Ze hebben te weinig personeel en ze willen niemand op de afdeling die geen dokter of patiënt is.'

'Heb je geprobeerd om...?'

Zelfs voordat hij de zin had afgemaakt, antwoordde ze al.

'Ik heb alles geprobeerd, op bedreigingen na, maar ze menen het echt. Degene met wie ik sprak probeerde nog vriendelijk te zijn. Het is de enige tijd die ze hebben om patiënteninformatie in te voeren in de computer, en ze willen dan echt niet dat er dan mensen rondlopen.' Toen Griffoni zag dat hij iets wilde zeggen zei ze: 'Geloof me maar, Guido.' Ze keek op haar horloge en zei: 'Het is nog maar iets meer dan een uur.' Ze probeerde een bemoedigende indruk te maken, maar ze klonk moe.

Hij accepteerde dat het allemaal langer zou gaan duren, maar daardoor was het gedaan met zijn adrenaline of zijn energie, want ineens begon hij te rillen van uitputting. Hij had vooover geleund gestaan, met beide handen op de rug van een van de stoelen bij de tafel, maar nu moest hij echt om de stoel heen lopen en gaan zitten.

Hij plantte zijn ellebogen op de tafel, leunde naar voren en legde zijn gezicht in zijn handen, waarbij hij in zijn ogen wreef. Plotseling wilde hij niets liever dan zijn gezicht en handen wassen met warm water.

Griffoni kwam overeind en zei dat ze op zoek ging naar een toilet, maar hij keek niet naar haar. Hij opende zelfs niet eens zijn ogen. Hij hoorde de deur dichtgaan en legde zijn armen op tafel, en daarna zijn hoofd op zijn armen.

Het volgende waar hij zich van bewust werd was dat Claudia zijn naam zei en haar hand op zijn schouder legde. 'Guido, het is na vijven. We kunnen nu naar boven gaan.'

Zwijgend, moe, de energie van de koffie allang verdwenen, volgde hij Griffoni omhoog naar de afdeling Radiologie. De verpleegkundige achter de balie knikte naar Griffoni toen ze binnenkwamen. 'Hij is nog steeds bewusteloos.'

'Kunnen we naar hem toe?' vroeg Griffoni.

De verpleegkundige keek naar Brunetti, die zei: 'Ik ben ook van de politie.'

Ze knikte en Griffoni liep langs de balie, de gang door. Aan het einde ervan, geparkeerd tegen de linkerkant, stond een brancard op wielen waarop onder een deken een gestalte lag. Elektrische draden piepten onder de deken uit en liepen omhoog via een metalen stang naar een soort zekeringskast aan de bovenkant.

Griffoni wees met haar kin en liep naar de zijkant van het bed. Brunetti kwam naast haar staan en keek neer op de man op de brancard.

Het was de man met het dikke haar die hij met professoressa Crosera had gezien.

7

'Wat is er?' vroeg Griffoni.

'Ik ken hem,' antwoordde Brunetti. 'Zijn vrouw is een week geleden bij me geweest, omdat ze me wilde spreken.'

'Waarover?'

'Over haar zoon. Ze is bang dat de jongen drugs gebruikt.'

'En is dat zo?' Griffoni sprak zacht en terwijl ze over de zoon begonnen te praten, deed ze een paar stappen bij de man op de brancard vandaan. Brunetti volgde haar.

'Het zou kunnen. Het enige wat ze me kon vertellen was dat hij zich vreemd gedroeg, zijn huiswerk verwaarloosde en geen aandacht besteedde aan wat ze tegen hem zei.'

Griffoni zei, tamelijk ernstig: 'Alleen dat?'

Brunetti haalde zijn schouders op. 'Zo ongeveer,' antwoordde hij, terwijl hij terugdacht aan wat professoressa Crosera tegen hem had gezegd en zijn eigen geringe bereidheid om actie te ondernemen.

'Wat heb je tegen haar gezegd?'

'Ik heb haar proberen uit te leggen dat wij niet veel kunnen doen. Ze wilde me geen concrete informatie geven; ik wist niet eens zeker of het gedrag dat ze beschreef te wijten was aan drugs.' Als reactie op Griffoni's sceptische uitdrukking zei hij: 'Het is een jongen van vijftien en hij is humeurig en gesloten geworden.'

Griffoni knikte begrijpend en instemmend. 'Het is vreemd, maar de meeste ouders die ik heb gesproken, willen te horen krijgen dat het onmogelijk is, dat de kans uitgesloten is dat hun kind...' Ze eindigde met een zwierig handgebaar, om daarmee alle dingen aan te geven die ouders niet wilden weten van hun kinderen.

Brunetti keek even naar de man; hij lag op zijn rug, het hoofd licht gekanteld, alsof hij wilde dat ze het verband zouden bestuderen dat er als een slordige tulband omheen zat gewikkeld; aan hun kant naar beneden getrokken langs zijn voorhoofd en oor, terwijl het aan de andere kant zeker een handbreedte boven het oor zat. Het was onmogelijk te zeggen wat er onder het verband zat, en evenmin waar de verwondingen konden zitten: een snee die gehecht was? Een gedesinfecteerde schaafwond die nu was afgedekt om hem schoon te houden? Een deuk? Er zaten krassen en schaafwonden op zijn gezicht en rond zijn ogen was de huid opgezwollen. Hij leek rustig te slapen.

'Ik zal ze even gaan zeggen wie hij is,' zei Brunetti. Daarna haalde hij zijn notitieboekje tevoorschijn en bladerde erdoor, totdat hij het woord 'Albertini' vond. Hij wierp een blik op zijn horloge: het was zeven minuten over halfzes, een tijdstip waarop een telefoon die overging meestal een voorbode van ellende was. 'Ik ga ook even zijn vrouw bellen,' zei hij tegen Griffoni.

Ze bewoog zich om op een stoel aan het voeteneind van het bed te gaan zitten, om de gang niet te blokkeren. Brunetti ging terug naar de zusterpost en sprak met de dienstdoende verpleegkundige. 'Ik denk dat ik weet wie hij is.'

Ze glimlachte en zei: 'Jullie politiemensen werken snel.'

Te moe om grapjes te maken knikte Brunetti, alsof hij wilde aangeven dat hij die opmerking als een compliment beschouwde. 'Ik heb het telefoonnummer van zijn vrouw. Ik zal haar vertellen dat hij hier ligt.' Toen hij haar verwarring zag zei hij: 'Ik ken haar, maar ik ben nooit voorgesteld aan hem, dus ik weet niet hoe hij heet.'

Hij haalde zijn telefonino tevoorschijn, keek in zijn notitieboekje en toetste het nummer van professoressa Crosera in. Er gebeurde niets. Hij draaide zich om naar de verpleegkundige en zei: 'Er is hier geen bereik,' en liep terug naar Griffoni om dit tegen haar te vertellen. 'Laten we gaan kijken of er al iemand is bij Rosa Salva. Ik bel zo wel vanaf de campo.'

Terwijl ze de Campo Santi Giovanni e Paolo opliepen, waar de dag nog niet echt was aangebroken, zei Brunetti: 'Ik vraag me af of dit iets te maken heeft met zijn zoon.' Zijn voetstappen vertraagden terwijl hij de campo overstak en de mogelijkheden overwoog. Hij dacht ook na over wat hij eigenlijk aan professoressa Crosera had moeten vragen. Hij keek omhoog naar het gezicht van het standbeeld van Colleoni en benijdde de man de vastberadenheid en zekerheid die in zijn gelaatstrekken stonden gekerfd: híj zou zeker de waarheid uit haar hebben gekregen.

Hij belde opnieuw, maar nog steeds had hij geen bereik. Met zijn linkerhand sloeg hij een paar keer op de glazen deur van Rosa Salva voordat er iemand kwam. De barista herkende Brunetti en opende de deur zodat ze naar binnen konden. Hij deed hem meteen weer op slot zodra ze in de *pasticceria* waren.

Binnen was het warm, de ruimte vervuld van de zoetheid van verse gebakjes. Een jonge vrouw die een witte bakkersschort en -muts droeg, was vanaf de rechterkant de winkel binnengekomen met een blad vol brioches. Ze liep door tot achter de toonbank en schoof het blad op zijn plaats in de glazen vitrine boven de toonbank. Brunetti vroeg om twee koffie.

Toen hij de broodjes rook, was hij dankbaar dat er koffie en brioches, suiker en boter en abrikozenmarmelade waren, evenals een heleboel andere dingen die slecht voor hem zouden zijn. Jaren geleden had Paola hem gechoqueerd door te zeggen dat ze met alle plezier haar stemrecht zou ruilen voor een wasmachine; hij realiseerde zich dat hij, zeker zo vroeg op de dag, in de verleiding zou kunnen komen om zijn stemrecht te ruilen voor koffie met een brioche. Er was iemand in het Oude Testament die zijn eerstgeboorterecht had geruild voor een bord linzensoep. Brunetti had altijd moeite gehad met deze passage, die hij zeker met meer begrip zou hebben gelezen als die ruil koffie met een brioche had betroffen.

Hij draaide zich naar Griffoni toe en vroeg, wijzend op het blad met brioches: 'Als de duivel jou zou vragen om je ziel te verkopen voor een kop koffie met een van die daar, zou je dat dan doen?'

De koffie kwam, samen met twee brioches op een bord. Ze pakte een servet en legde er een brioche op, nipte van haar koffie en nam een hap. 'Om te beginnen zou ik proberen om het met hem te regelen voor drie euro,' zei ze en nam toen nog een hap, nog een slokje. 'Maar als hij zou weigeren, zou ik waarschijnlijk wel instemmen.'

'Ik ook,' zei Brunetti en begon te eten, blij dat het lot hem een collega had gestuurd die zo goed bij hem paste. Toen hij zijn koffie ophad, vertelde hij Griffoni dat hij nog een keer ging proberen om te bellen. Ze haalde haar portemonnee tevoorschijn, legde een bankbiljet op de toonbank en vroeg om nog een koffie. Brunetti bedankte haar met een zwaai en ging naar buiten.

Terwijl Brunetti de eerste oppepper van de suiker en de cafeïne voelde, haalde hij zijn mobiel uit zijn zak en koos opnieuw het nummer van professoressa Crosera. De telefoon ging één keer over voordat die werd opgenomen door een vrouw die vroeg, met een stem die gespannen klonk door angst of boosheid: 'Tullio, ben jij dat?'

'Professoressa Crosera?' vroeg Brunetti.

Op haar hoede vroeg ze: 'Met wie spreek ik?'

'Met commissario Guido Brunetti, signora,' begon hij. 'Ik bel vanuit het ziekenhuis. Uw man ligt hier.'

'Mijn man?' vroeg ze.

'Ja,' zei hij, waarbij hij zijn toon neutraal hield. 'Hij ligt hier, op Radiologie.'

'Wat is er gebeurd?' vroeg ze. Toen ze niets meer zei, luisterde Brunetti even goed en hoorde hij hoe ze diep ademhaalde.

'Het lijkt erop dat hij van een brug is gevallen en zijn hoofd heeft gestoten. Daarom ligt hij op Radiologie. Ze hebben röntgenfoto's gemaakt en overleggen nu wat er hierna moet gebeuren.' Brunetti wist niet of dat waar was, maar het zou haar kunnen kalmeren als ze geloofde dat het ziekenhuis alles onder controle had.

'Hoe is hij eraan toe?'

'Signora, de dokters hebben nog geen duidelijk beeld,' verklaarde Brunetti, die het beter vond om niet te zeggen wat de behandelend arts had gezegd.

'Hebt u met hem gesproken?' verraste ze hem door dat te vragen.

'Nee, signora. Hij is nog niet bij bewustzijn.'

Voordat hij verder kon gaan zei ze: 'Ik kom eraan,' en weg was ze. Hij belde meteen Vianello's nummer.

Toen de inspecteur opnam, waarbij hij klaarwakker klonk, legde Brunetti uit: 'Ik ben nu in het ziekenhuis. De man van die vrouw die vorige week bij me is geweest vanwege haar zoon, is vannacht van een brug gevallen, misschien met hulp van iemand anders. Hij ligt nu op Radiologie; ik blijf hier totdat de neuroloog bij hem is geweest.'

'Wat kan ik doen?' zei Vianello zonder verdere informatie te vragen.

'Praat met *Il Gazzettino* en *La Nuova*. Vertel hun dat een man – geen naam – is gevonden aan de voet van de Ponte del

Forner, voorbij Ca' Pesaro, en vraag of ze een bericht kunnen plaatsen met het verzoek of mensen die rond middernacht daar in de buurt waren, ons bellen als ze iets hebben gehoord of gezien.'

'En verder?'

'Als signorina Elettra binnenkomt, vraag haar dan om te zoeken naar informatie over Crosera en haar man, als ze tenminste diens naam kan vinden.'

'Het gebruikelijke werk?' vroeg Vianello.

'Ja. Mogelijk vreemde vrienden, alles wat maar vreemd is. Ga de zoon – Alessandro – na en kijk of hij ooit in aanraking is geweest met de politie.'

'Hoe oud is hij?'

'Vijftien.'

'Dan zal eventuele informatie afgeschermd zijn omdat hij minderjarig is.'

'Lorenzo,' zei Brunetti op de toon waarmee je een kind een standje zou geven, 'vraag het gewoon aan signorina Elettra.'

'Natuurlijk.'

In de stilte aan de andere kant kon hij bijna horen hoe Vianello alles samenvoegde. Uiteindelijk zei de inspecteur: 'Zijn vrouw vertelt je dat de zoon drugs gebruikt, dan glijdt de vader uit en valt van een brug, en jij wilt dat wij zo veel mogelijk proberen te weten te komen over hem en zijn vrouw?'

'Je vergeet de zoon, Lorenzo,' zei Brunetti vriendelijk.

'Natuurlijk. De zoon.'

'Als hij niet is uitgegleden en gevallen, dan heeft het te maken met iets wat hij heeft gedaan. Dus laten we maar eens een kijken of we iets kunnen vinden.'

'Dat realiseer ik me, Guido,' zie Vianello met een bruuskheid die suggereerde dat hij nog geen koffie had gehad. 'Heb je een beroving uitgesloten?' vroeg hij, maar zijn hart lag niet bij de vraag.

'Wat zou een straatrover midden in de nacht in november buiten moeten doen, Lorenzo?'

'Goed, Guido. Ik ga erachteraan en dan zie je me wel op de questura.'

'Bedankt, Lorenzo.'

'Wat ga je nu doen?'

'Terug naar Radiologie en wachten op zijn vrouw.'

'Juist,' zei Vianello en weg was hij.

Het begon lichter te worden en het leek alsof de mist was opgetrokken. Zouden ze vandaag de zon nog zien, die heldere, vriendelijke schijf die al zo lang afwezig was?

Griffoni had staan wachten op de campo terwijl hij met Vianello aan het bellen was. Ze stond naar het oosten te kijken. Het toenemende licht kwam vanachter de basilica en scheen op haar gezicht. Brunetti, die altijd al een zwak had gehad voor vrouwelijk schoon, beviel het wel wat hij zag, maar hij zag ook de donkere sporen van vermoeidheid onder haar ogen. 'Hoe laat ging je gisteravond naar bed?' vroeg hij, alsof dat een doodnormale vraag was.

'Rond twaalf uur, geloof ik,' zei ze en ze wendde zich af van het toenemende licht, waarmee de vlekken verdwenen die hij net nog had gezien.

'En de oproep kwam rond één uur?' vroeg hij meedogenloos door.

'Zoiets. Maar ik voel me goed.'

'Waarom ga je niet een paar uur naar huis?' Hij gaf haar niet de kans om te protesteren maar zei: 'Ze hebben toch tijd nodig om het een en ander te onderzoeken.' Toen ze nog steeds niet overtuigd leek, voegde hij eraan toe: 'Bovendien denk ik niet dat je voorlopig veel nuttigs kunt doen.'

'In mijn huidige staat, bedoel je?'

'Als die ervoor heeft gezorgd dat je bruine schoenen bij een zwarte broek draagt, inderdaad.'

Ze keek naar haar voeten, alsof hij had gezegd dat haar schoenen in brand stonden, en zei: 'Oddio, hoe kan dat nou?'

'Ga naar huis, Claudia,' zei hij serieus. 'Ik zie je later.'

8

Toen hij weer in het ziekenhuis was, kreeg Brunetti te horen dat er nog steeds geen afdeling met een leeg bed was gevonden voor de gewonde man, zodat die op de gang moest blijven liggen. Hij vroeg een passerende verpleegkundige of er al een dokter bij de patiënt was geweest, maar dat was niet zo. Hij ging op een stoel aan het einde van het bed zitten en vouwde zijn jas over zijn knieën. Er zaten ramen in de muur aan de ene kant van de gang, waardoor Brunetti naar de andere vleugel van de voormalige abdij kon kijken. Aan de overkant van de binnenplaats zag hij de bovenste bladeren van een enorme palmboom, met daarachter de ramen van eenzelfde gang. Brunetti vroeg zich af of daar soortgelijke ellende was, net zo'n pijn. Keken de mensen daar deze kant op en hadden ze dezelfde vragen? Hielden ze zichzelf voor de gek door te geloven dat hun ellende minder erg leek als die aan de andere kant groter was? En hoe kon je ellende en pijn meten?

Hij draaide zich op zijn stoel om een snelle blik over de gang te kunnen werpen. Hij en de bewegingloze man waren de enige mensen daar. Brunetti kwam overeind en liep naar de zijkant van het bed. De man lag stil, zijn handen op de deken, terwijl een heldere vloeistof langzaam in een naald druppelde die in de rug van zijn rechterhand was gestoken. Brunetti zakte door zijn knieën en boog zich dichter naar de man toe, waarbij hij met zijn ene hand steunde tegen het bed. Net onder de linkermanchet van het ziekenhuishemd zag Brunetti drie kleine halvemaanvormige inkepingen aan de binnenkant van zijn pols. Omdat het bed tegen de muur was geduwd, kon Brunetti er niet omheen lopen om te zien of er een soortgelijke serie inkepingen op zijn andere pols zat.

Brunetti liep terug naar de stoel en ging weer zitten. Hij plantte zijn voeten op de lage buis bij het voeteneind van het bed. Hij sloeg zijn benen over elkaar en bestudeerde het kruisbeeld aan de muur. Dachten mensen nog steeds dat Hij hen kon helpen? Misschien kreeg hun geloof wel een nieuwe impuls als ze in het ziekenhuis lagen en leek het weer mogelijk voor hen om te denken dat Hij dat kon. Als de ene man tot de andere vroeg Brunetti aan de Man aan het kruis of Hij zo goed wilde zijn om de man in het bed te helpen. Hij lag daar maar, misschien vervuld van zorgen, hulpeloos en gewond, ogenschijnlijk niet door zijn eigen schuld. Het kwam in Brunetti op dat ongeveer hetzelfde kon worden gezegd over de Man die hij om hulp vroeg; dat zou Hem misschien wat ontvankelijker maken voor het verzoek. Terwijl hij die mogelijkheid overwoog, werd Brunetti zich bewust van een gestalte aan de zijkant van het bed. De plotselinge verschijning van de vrouw verstoorde zijn overpeinzingen. Hij stond op en legde zijn jas over de buis aan de achterkant van het bed.

Professoressa Crosera begroette hem niet. Ze liep naar de zijkant van het bed, keek naar haar man en stond erbij alsof ze verlamd was. Ze hief een hand en raakte zijn bovenarm aan, haalde die toen weg en boog zich voorover om hem op zijn voorhoofd te kussen. De man bleef stil liggen, zonder te reageren.

Aarzelend raakte ze zijn wang, zijn lippen aan, trok toen haar hand terug en balde die tot een vuist. De borst van de man ging op en neer, op en neer, maar het omgevingsgeluid overheerste elke zucht die zijn ademhaling zou kunnen maken.

Brunetti sloeg zijn armen over elkaar maar zei niets. Ze

keek naar zijn beweging, maar niet langer dan nodig was om hem met haar ogen op te nemen, haar gezicht zonder enige uitdrukking. Ze wendde zich weer tot haar man en zei: 'Vertel me wat er is gebeurd.'

'Uw man is vannacht gevonden aan de voet van een brug. Het kan zijn dat hij is gevallen, hoewel de dokter die hem heeft onderzocht, sporen op zijn lichaam heeft aangetroffen die erop wijzen dat hij misschien van de brug is geduwd.'

'Misschien?' herhaalde ze.

'Ja, signora.'

'Maar u weet het niet zeker?'

'Er waren geen getuigen, voor zover wij weten,' verklaarde Brunetti.

Toen ze niet reageerde bracht hij de stoel naar de zijkant van het bed. 'Alstublieft, signora,' zei hij. 'Gaat u zitten.'

Eerst leek het erop alsof ze niet wist wat ze moest doen, maar even later liet ze zich op de stoel zakken. Dat deed ze zo snel dat Brunetti bang was dat ze eraf zou vallen.

Hij handelde instinctief door zijn hand op de voorkant van haar schouder te leggen en haar op de stoel te duwen. Ze sloot even haar ogen en toen ze die weer opende leek ze perplex, alsof ze in slaap was gevallen in een bus en werd gewekt door de ongevraagde voorkomendheid van een vreemde.

'Gaat het wel, signora?' vroeg Brunetti, die bij haar vandaan stapte. 'Moet ik een zuster roepen?'

Ze ontspande bij de oprechtheid van zijn bezorgdheid, sloot weer haar ogen en schudde even haar hoofd. 'Nee, nee. Ik heb alleen even wat tijd nodig.'

Brunetti hoorde voetstappen naderen en draaide zich om. Een verpleegkundige die hij niet eerder had gezien liep snel langs, waarbij ze hen allebei negeerde. Ze verdween in een kamer aan het einde van de gang. Toen hoorde hij achter zich het gerinkel van de naderende ontbijtkar.

Brunetti bleef bewegingloos staan, wachtend totdat de professoressa haar emoties weer onder controle had. Ze was magerder dan hij zich herinnerde; hij had alleen maar botten gevoeld toen hij haar had proberen te ondersteunen. Ze keek naar hem op en hij zag dat haar gezicht, net als dat van Griffoni, strak en vermoeid stond, maar bij haar leek het erop alsof dat al langer het geval was. Ze droeg geen lippenstift en haar lippen zagen er zo droog uit dat hij haar een glas water wilde aanbieden.

Ze wilde iets zeggen, kuchte toen en probeerde het opnieuw. 'Wat hebben de dokters tot nu toe gedaan?' vroeg ze. Daarna draaide ze haar hoofd in de richting van de kar toen die tegen de muur botste, waardoor borden en glazen begonnen te rammelen. Het lawaai maakte dat ze overeind sprong en ze wierp een snelle blik op haar man, die zich niet had bewogen.

'Ze hebben röntgenfoto's gemaakt nadat hij was binnengebracht. Maar afgelopen nacht was er geen dienstdoende neuroloog. Ik weet niet wat ze voor vandaag van plan zijn.'

'U zei dat hij is gevallen,' zei ze.

'Ja. Ponte del Forner, bij de...'

'Ik weet waar dat is,' zei ze. Toen vroeg ze met schrille stem: 'Wat heeft hij?'

Brunetti weerhield zichzelf ervan om naar de stil op zijn rug liggende man te kijken, terwijl zij met elkaar bespraken wat er met hem was gebeurd alsof hij daar niet lag.

'Het spijt me, professoressa, maar ik weet alleen wat de dokter vanmorgen tegen mijn collega heeft gezegd, nadat uw man hier werd binnengebracht.'

Na lange tijd zei ze: 'Ons appartement is niet ver van de brug.'

'O ja?' reageerde Brunetti, die geen reden zag om te onthullen dat hij al bezig was een onderzoek in te stellen naar hun leven. In plaats daarvan vroeg hij: 'Wist u dat uw man naar buiten was gegaan?'

Ze aarzelde even voordat ze hierop antwoordde. 'Nee.'

'Leek hij zich ergens zorgen over te maken?' vroeg Brunetti.

'Zorgen?' vroeg ze, alsof ze reageerde op een woord uit een taal die ze niet kende, maar uiteindelijk zei ze toch: 'Nee.' Snel voegde ze daaraan toe: 'Behalve dan over onze zoon.'

Brunetti knikte alsof hij haar geloofde.

'U hebt geen telefoon gehoord of dat er iemand naar uw huis kwam?' vroeg hij, waarbij hij probeerde te klinken alsof hij een van buiten geleerde lijst oplas en eigenlijk weinig belangstelling had voor haar antwoorden.

'Nee. Midden in de nacht komen er toch geen mensen aan de deur?' vroeg ze, waarmee ze aangaf dat ze het een domme vraag vond.

Brunetti negeerde haar reactie op het tijdstip waarop het ongeluk waarschijnlijk had plaatsgevonden en veranderde van tactiek en toon. 'Hebt u hem verteld dat u vorige week bij mij bent geweest?'

Ze nam nu nog meer tijd om te antwoorden en zei uiteindelijk: 'Ja.' Ze keek hem aan en nu zag hij dat haar ogen eigenlijk donkerder waren dan haar haar; de pupil leek dezelfde kleur te hebben als de iris.

'Wat vond hij daarvan?'

'Toen ik hem vertelde hoe weinig u kon doen, zei hij dat ik mijn tijd had verspild,' zei ze, hoewel ze zich leek te generen toen ze dat zei.

Op dat moment kwam de metalen ontbijtkar, voortgeduwd door twee voedingsassistenten die een wit uniform droegen, ratelend hun kant op. Brunetti verplaatste zich naar het voeteneind van het bed en drukte zich tegen de muur. Professoressa Crosera – hij realiseerde zich ineens dat hij haar nog niet had gevraagd naar de naam van haar man – kwam overeind om aan het hoofdeinde tegen de muur te gaan staan. Allebei deden ze hun best om een botsing met de kar te vermijden.

Brunetti wachtte om te zien of de vrouwen de kar tegen de muur zouden duwen om hen te laten merken dat ze daar al een hele tijd in de weg zaten terwijl zij hun werk probeerden te doen. Maar nee, ze gingen langzamer lopen en stopten vlak voor het bed. Allebei pakten ze zo zacht mogelijk een metalen dienblad van de kar en gingen daarmee naar de kamer aan hun rechterkant. Ze kwamen even later weer tevoorschijn en excuseerden zich tegenover professoressa Crosera, brachten het ontbijt naar de volgende kamer en op die manier gingen ze door tot het einde van de gang. Toen alle bladen waren rondgedeeld duwden ze de lege kar tegen de muur en liepen weer langs Brunetti en professoressa Crosera, de gang uit naar de hal, waarbij ze in het voorbijgaan naar hen allebei knikten.

Brunetti vroeg zich af of ze weleens gisten hoe het zat met de mensen die om het bed van een patiënt verzameld waren. Vingen ze dingen op die eigenlijk niet gezegd zouden mogen worden, hoorden ze een toon die niet zou mogen worden gebruikt tegen een zieke?

'Wanneer komt er een dokter?' vroeg professoressa Crosera aan Brunetti, alsof ze dacht dat hij dat wel zou weten. Ze raakte de mondhoek van haar man aan. 'Mag hij water drinken?' vroeg ze.

'Ik denk dat daar al voor gezorgd is,' suggereerde Brunetti, terwijl hij naar de infuuszak wees die naast het bed hing, en de naald die op de rug van de hand van haar man met een pleister zat vastgeplakt.

Brunetti draaide zich naar het geluid van naderende voetstappen. De oudste van de twee voedingsassistenten kwam naar hen toe met een dienblad, met daarop twee plastic bekers en twee in plastic gewikkelde brioches. Omdat ze allebei nog steeds stonden, zette ze het neer op de stoel aan het voeteneind van het bed terwijl ze vriendelijk zei: 'U moet wel iets eten. Dat helpt.'

Daardoor brak professoressa Crosera en ze liet een harde snik horen. Ze bedekte haar mond met haar hand en liep naar de andere kant van de gang. Brunetti en de voedingsassistente konden haar horen snikken; allebei wendden ze zich af en keken naar de deuren van de hal. 'Dank u, signora,' zei Brunetti. 'Dat is heel vriendelijk van u.'

Het was een stevige vrouw, in een uniform gepropt dat haar te krap leek geworden. Een losse lok grijzend haar was weggeglipt vanonder de transparante plastic muts die veel weghad van een douchemuts; haar handen waren rood en ruw. Ze glimlachte. Sint-Augustinus had het mis, realiseerde Brunetti zich: het was niet zo dat genade alleen kon komen door gebed; het kwam net zo natuurlijk en overvloedig als het zonlicht.

'Nogmaals bedankt,' zei hij, terwijl hij naar haar terug glimlachte.

'Ik moet weer door met mijn werk,' zei ze in het Veneziano. Ze liep bij hem weg en verdween in de gang. Brunetti pakte een van de bekers koffie op en ging voor het raam staan om die op te drinken. Hij hoorde de voetstappen van professoressa Crosera toen ze terugkwam naar het bed, hoorde het scheurende geluid van het suikerzakje dat werd geopend. Beneden op de binnenplaats stond een tuinman met een slang in zijn ene hand, een sigaret in de andere, terwijl hij water in de grond rondom de stam van de palmboom liet stromen.

Brunetti ging naar de stoel en zette zijn lege kop op het blad. De brioche bestond waarschijnlijk eerder uit chemie dan uit bloem, maar toch at Brunetti hem op, waarbij hij zichzelf niet toestond om het broodje echt te proeven. Gelukkig had de assistente ook twee bekers water neergezet, waarvan hij er een dronk zodra hij de brioche op had.

'Wilt u misschien dat ik even ga informeren of er iets gaat gebeuren?' vroeg Brunetti.

'Ja, graag,' zei professoressa Crosera.

Er zat nu een andere verpleegkundige achter de balie, een vrouw van in de vijftig met heel dik grijzend haar dat kortgeknipt was. Hij liet haar zijn politiekaart zien om haar zijn rang te tonen, hoewel hij geen idee had of dat zou helpen. Kennelijk was dat wel het geval, want ze keek naar hem nadat ze die had gezien en vroeg: 'Wat kan ik voor u doen, commissario?'

'Ik ben hier vanwege de man die vanmorgen vroeg is binnengebracht, met verwondingen aan zijn hoofd. Hebt u enig idee wanneer er een neuroloog bij hem komt kijken?'

Ze keek even op haar horloge. 'Dottor Stampini, het afdelingshoofd van Neurologie, is altijd om zeven uur op zijn kamer, signore. De röntgenfoto's van de gewonde man liggen nu op zijn bureau.' Toen zei ze op professionele, neutrale toon: 'De nachtzuster zei dat ze de foto's persoonlijk naar het kantoor van dottor Stampini heeft gebracht. Is dat alles, commissario?' vroeg ze.

'Ja, dank u, signora,' antwoordde Brunetti. 'Zijn vrouw is hier. Ik zal het haar vertellen.'

Dottor Stampini verscheen ongeveer een kwartier later aan het bed. Hij was een verrassend jonge man met een dikke bos roodblond haar dat hij af en toe naar achteren gooide, zoals een paard dat met zijn manen zwaait. Hij gaf eerst professoressa Crosera en daarna Brunetti een hand, noemde zijn naam, maar deed geen poging om te vragen wie zij waren. Hij vroeg hun alleen om weg te gaan bij het bed terwijl hij zijn patiënt onderzocht.

Brunetti liep een paar meter de gang in; zij koos ervoor om bij het dichtstbijzijnde raam te gaan staan en naar de binnenplaats te kijken. Brunetti hield zijn blik op de dokter gericht.

Dokter Stampini haalde een lampje uit de zak van zijn witte jas en boog zich over de man op het bed. Hij trok het rechterooglid van de man omhoog, liet het licht in het oog schijnen en deed toen hetzelfde met het linkeroog. Daarna liep hij naar het voeteneind van het bed, sloeg het beddengoed terug en ontblootte beide benen tot aan de knieën. Hij haalde een metalen hamertje uit dezelfde zak en tikte op de rechterknie, herhaalde de tik een paar keer en testte toen de linkerknie, maar ook hier was het effect nihil.

De neuroloog legde het beddengoed terug en pakte de status die aan de achterkant van het bed hing. Hij las de eerste en tweede bladzijde, hield toen een röntgenfoto tegen het licht dat door het raam achter Brunetti naar binnen viel. Hij legde die terug en schreef iets op de status, hing hem terug en pakte hem toen opnieuw om er nog wat aan toe te voegen. Toen hij klaar was, liep hij naar hen toe.

'Bent u zijn vrouw, signora?' vroeg de dokter toen hij bij hen stond.

'Ja. Wat mankeert hij?'

'Een ogenblik,' zei de dokter, terwijl hij zich tot Brunetti wendde. 'En u bent?'

'Commissario Guido Brunetti. Polizia di Stato.'

De dokter deed geen poging om zijn verbazing te verbergen. 'Mag ik vragen waarom u hier bent, commissario?'

'Mijn collega vertelde me dat de dokter die de patiënt hier als eerste heeft onderzocht, vreemde sporen op zijn pols heeft aangetroffen.'

De dokter draaide zich om en ging terug naar het bed. Brunetti keek toe hoe hij eerst de linker- en toen de rechterpols onderzocht, erop lettend dat hij niet de naald in de rug van de hand aanraakte. Toen liep hij weer naar het voeteneind en was even bezig met iets op de kaart te schrijven.

'Wat voor sporen?' vroeg professoressa Crosera aan Brunetti terwijl ze de dokter gadesloegen. 'Waarvan?'

Brunetti vond dat ze bang klonk.

'Dat weet ik niet, signora. Hebt u misschien enig idee?'

Haar ogen verwijdden zich bij Brunetti's vraag. Terwijl de dokter terugkwam, schudde ze alleen maar haar hoofd.

Deze keer wendde dottor Stampini zich tot professoressa Crosera, terwijl hij Brunetti negeerde. 'Ik heb opdracht gegeven voor een CT-scan. Als ik de resultaten heb, krijg ik een beter idee van wat er aan de hand is.'

'Is er dan niets wat u mij kunt zeggen, zelfs zonder de scan?' vroeg ze, waarbij ze erin slaagde om haar stem rustig te houden.

De dokter haalde zijn schouders op en gooide zijn haar weer naar achteren. 'Eigenlijk niet, signora. Het spijt me, maar er is niets duidelijk totdat ik de scan kan zien.'

'Vanmorgen?' vroeg ze, en deze keer lukte het haar niet om de angst uit haar stem te houden.

'Ergens in de loop van de dag.'

'Dank u, dottore,' zei Brunetti, alsof de dokter tegen hen allebei had gesproken en vroeg toen: 'Hebt u het ook gezien?'

Plotseling ongeduldig zei de dokter: 'De huid is beschadigd. Het kan van alles zijn.' Brunetti knikte en de dokter vervolgde: 'Als u verder geen vragen meer heeft, dan ga ik nu aan mijn ronde beginnen.'

'Dank u, dottore,' zei Brunetti. Toen, alsof hij er pas op dat moment aan dacht, zei hij tegen professoressa Crosera: 'Ik moet even de questura bellen. Dat ga ik vanuit de hal doen, want het bereik hier is slecht.'

De dokter nam de gelegenheid waar om te vertrekken en

liep de gang in, met Brunetti achter hem aan, zijn telefonino in zijn hand.

Toen ze bijna bij het trappenhuis waren, stopte Brunetti zijn telefoon in zijn zak en riep naar de man voor hem: 'Dottor Stampini?'

Stampini stopte en draaide zich om. Ongeduldig vroeg hij: 'Wat is er?'

Brunetti zei op zijn vriendelijkste toon: 'Als u een momentje heeft?'

Geen van beiden kon negeren dat ze dicht bij de verpleegkundigen bij de balie waren en dus zei Stampini: 'Goed. We kunnen naar mijn kamer gaan.'

Het was de tweede kamer aan de linkerkant en hij zag er net zo uit als al die kamers van andere overwerkte dokters die Brunetti had gezien: boeken en brochures op het bureau, open laden vol monsterdoosjes met medicijnen, stapels oude medische tijdschriften op de radiatoren, een wanordelijke rij koffiekoppen op de vensterbank.

Stampini bleef in de deuropening staan en vroeg opnieuw: 'Wat is er?'

Zonder enige aarzeling zei Brunetti: 'Zijn pupillen verwijden zich niet en hij heeft geen kniepeesreflex. Dat wijst op iets ernstigs, nietwaar?'

Stampini's reactie was net zo direct. 'Bent u soms dokter in uw vrije tijd, commissario?'

'Nee, dottore, dat ben ik niet en geloof me, ik doe ook niet alsof ik dat ben. Maar ik heb in mijn carrière heel wat gewonde mensen gezien – te veel, ben ik bang – en degenen met dergelijke symptomen zijn vaak...' Hij brak zijn zin af en wachtte tot de dokter iets zou zeggen. Toen hij dat niet deed, concludeerde Brunetti: 'Ik neem niet aan dat ik u iets vertel waar u veel betere en gedetailleerdere kennis over heeft dan ik, dottore.'

Stampini dacht even na over Brunetti's verzoenende opmerking en vroeg toen: 'Wat wilt u precies weten?'

'Als ik vasthoud aan de veronderstelling dat de sporen op zijn pols wijzen op geweld of een overval, dan moet ik een strafrechtelijk onderzoek instellen en iemand proberen te vinden die hem misschien heeft gezien voordat het is gebeurd.'

'Juist ja,' zei de dokter. Toen, op mildere toon, vroeg hij: 'Wat is er gebeurd?'

'Dat weten we niet precies. Hij werd liggend aan de voet van een brug aangetroffen. Toen hij viel, is hij eerst met zijn hoofd tegen de metalen reling geslagen en daarna tegen de grond, want er was bloed op beide plaatsen.'

'En de sporen op zijn pols?' vroeg dottor Stampini.

'Net zoals u, dottore,' antwoordde Brunetti met een glimlachje, 'zie ik verwondingen en probeer ik conclusies te trekken. In dit geval zou het simpel kunnen zijn: iemand heeft hem aangevallen en hem uit zijn evenwicht gebracht.'

'Is hij beroofd?' vroeg de dokter.

'Hij had geen portemonnee bij zich. Hij had zijn huissleutels in zijn zak en hij droeg geen jas; hij woont niet ver van de plek waar hij werd gevonden.'

'In de status staat dat er vannacht om drie uur röntgenfoto's zijn gemaakt.'

Brunetti knikte. 'Hij is rond middernacht aangevallen.'

Stampini stopte zijn handen in de zakken van zijn jas en staarde naar de grond. Hij wipte even heen en weer op de ballen van zijn voeten, haalde zijn handen toen weer tevoorschijn en veegde zijn haar weg van zijn voorhoofd. Ten slotte zei hij: 'Hij zal u niet kunnen vertellen wat er is gebeurd. Voorlopig niet tenminste. En misschien wel nooit.'

'De röntgenfoto's?' vroeg Brunetti.

Stampini knikte. 'Er lijken veel bloedingen te zijn. De CT-scan zal me meer vertellen, maar wat ik kan zien op de röntgenfoto's ziet er niet best uit.'

'Niet best in wat voor zin, dottore? Voor zijn volledige geestelijke herstel?' vroeg Brunetti. 'Of voor zijn overleving?'

Dottor Stampini's uitdrukking zei Brunetti weinig. De rechterhand van de dokter ging naar zijn kin en hij voelde aan de huid van zijn wang, alsof hij probeerde te controleren of hij zich die morgen wel had geschoren.

De dokter liet zijn hand zakken en keek naar Brunetti. 'Allebei,' zei hij, maar hij dacht toen kennelijk aan de verwarrende verwoording van Brunetti's vraag, want hij veranderde het snel in: 'Geen van beide.'

'Dat begrijp ik niet,' bekende Brunetti.

'Niets ziet er goed uit,' zei dottor Stampini en toen: 'Zeg dat alstublieft niet tegen zijn vrouw.'

'Dat is niet nodig, dottore. Daar zal ze zelf snel genoeg achter komen.'

9

Toen Brunetti zich realiseerde dat er verder weinig te zeggen viel, deed hij een stap naar achteren en stond op het punt de kamer te verlaten. De jongere man maakte een aarzelend geluid en zei toen: 'Natuurlijk kan ik ongelijk hebben. Er zijn gevallen geweest waarbij het bloed weer werd geabsorbeerd en de patiënt volledig herstelde.'

Brunetti hief een hand en liet die toen weer vallen. Hij wist niets meer te zeggen en keerde daarom terug naar professoressa Crosera en haar man.

Toen Brunetti weer de gang inliep, zag hij twee patiëntenvervoerders, de een aan het hoofdeind en de ander aan het voeteneind van het bed van de gewonde man, met zijn vrouw ernaast. Brunetti bleef waar hij was en wachtte om te zien wat er ging gebeuren. De mannen begonnen het bed naar de deur te rijden, langs hem heen, de gang uit in de richting van de liften. Brunetti en professoressa Crosera volgden hen zwijgend de lift in. Niemand zei iets terwijl de lift naar beneden ging.

Op de tweede verdieping reden de mannen het bed de afdeling Neurologie op. Een van hen gaf wat papieren aan de verpleegkundige bij de balie, die er even doorheen bladerde en daarna iets tegen hem zei. Daarna drukte ze op een knop aan de muur, zodat de deuren naar een gang opengingen en de mannen het bed naar binnen konden rijden. Toen Brunetti en professoressa Crosera probeerden te volgen, stak de verpleegkundige een hand omhoog en zei: 'U mag daar niet naar binnen.'

'Ik ben zijn vrouw.'

Dat bleek geen enkel effect te hebben op de verpleegkundige, die herhaalde: 'U mag daar niet naar binnen.' Even later werd ze wat milder en voegde eraan toe: 'Pas als ze hem in een ander bed hebben gelegd.'

'Is er ergens een plek waar we kunnen zitten?' vroeg Brunetti, die graag terug wilde naar de questura, maar hij wilde professoressa Crosera ook niet alleen laten totdat ze had gezien dat ze haar man hadden geïnstalleerd in het ziekenhuisbed.

Hij keek op zijn horloge, zonder dat hij enig idee had hoe laat het was. Het zou zeven uur kunnen zijn, maar net zo goed rond het middaguur. Hij was daar nu al zo lang dat de cijfers niet langer gebeurtenissen scheidden of markeerden. Het bleek nog maar net negen uur te zijn geweest.

'Er is een wachtkamer aan de andere kant van de liften,' zei de verpleegkundige en pakte haar telefoon op.

De bekende rode plastic stoelen, samengevoegd in rijen van vijf, stonden op hen te wachten. Altijd dat vreselijke oranjerood; Brunetti kon die kleur niet associëren met iets anders dan ellende.

Hij bleef staan totdat professoressa Crosera was gaan zitten aan het einde van de rij die het dichtst bij de deur was. Op de stoel naast haar had ze, waarschijnlijk doelbewust, haar tas neergezet, zodat Brunetti de volgende stoel nam. 'Mag ik u een paar vragen stellen, professoressa?'

'U hebt me al een paar vragen gesteld,' zei ze, met haar blik op de deur.

'Dat weet ik, en het spijt me dat ik u lastig moet vallen. Maar als de tekenen die erop wijzen dat uw man is aangevallen straks worden bevestigd, dan is er een misdaad gepleegd. Dan is het mijn taak om degene die hier verantwoordelijk voor is te vinden. De enige manier waarop ik dat kan doen is door het recente gedrag van uw man te onderzoeken om erachter te komen of hem iets ongewoons is overkomen, of dat iets wat hij heeft gezegd of gedaan, kan leiden naar de persoon die hem dit heeft aangedaan.'

Ze luisterde zwijgend.

'Zijn er vreemde telefoontjes geweest, onderwerpen waar hij het liever niet over wilde hebben, mensen met wie hij niet wilde praten, misschien vanwege de problemen met uw zoon?'

Geconfronteerd met haar aanhoudende zwijgen ging Brunetti door: 'U zei dat u zich zorgen maakte over uw zoon; dan zal dat ook met uw man wel het geval zijn geweest.'

'Zou u dat soms niet zijn?' reageerde ze boos.

'Elke vader zou dat zijn, signora,' antwoordde Brunetti mild en voegde er toen aan toe: 'En elke moeder.' Hij realiseerde zich dat hij onbewust was gestopt met het gebruik van haar titel en dat hij haar nu aansprak zoals hij elke andere vrouw zou aanspreken.

Ze wendde zich van hem af en duwde zich naar achteren op haar stoel, terwijl ze naar de openstaande deur bleef kijken.

'Zoals ik u al heb verteld heb ik twee kinderen, allebei tieners. Ik maak me constant zorgen om hen en wat er met hen zou kunnen gebeuren.'

Ze nam niet de moeite om hem aan te kijken maar vroeg op een beleefde, vriendelijke toon: 'Is dit iets wat ze u leren op de politieschool, commissario? Hoe je het vertrouwen van de mensen die je ondervraagt kunt winnen?'

Haar vraag beledigde hem, maar deed hem geen pijn. Hij kon een lach echter niet onderdrukken, wat haar verraste. 'Nee, signora,' zei hij toen hij stopte. 'Ons werd geleerd om te proberen een band te krijgen met de mannen die we moeten ondervragen door over voetbal te praten. Toen ik bij de politie ging, dacht niemand dat we ooit een vrouw zouden moeten ondervragen. Ik neem aan dat onze docenten geloofden dat die allemaal thuis zouden zitten om voor de kinderen te zorgen.' Hij trok zijn gezicht in de plooi en zei: 'Ik wil degene vinden die dit hun vader heeft aangedaan, en daarom vraag ik uw hulp.'

Ze draaide zich weer naar hem toe en vroeg: 'Zelfs als wat ik zou zeggen mijn zoon in gevaar kan brengen?'

'Uw zoon is te jong om wettelijk gezien in gevaar te komen. Het ergste wat er met hem kan gebeuren is dat hij naar een maatschappelijk werker of psycholoog wordt gestuurd, maar alleen als een rechter zou verklaren dat hij afhankelijk is van drugs, zodat hij professionele hulp nodig heeft.'

Ze wendde zich weer af en bestudeerde de deur. 'Maar wat als datgene wat ik u zou vertellen mijn zoon in groter gevaar kan brengen?' vroeg ze.

Brunetti dacht na over haar woorden. 'Groter gevaar.' Groter dan het gevaar waar zijn vader in was gebracht? Groter dan het gevaar waarin hij nu zelf verkeerde, vermoedelijk doordat de dealer er op de een of andere manier achter was gekomen dat zijn moeder naar de politie was gegaan? Had haar man besloten om de confrontatie met hem aan te gaan, en was het de dealer die hij op de brug had ontmoet?

'Bent u bang voor de persoon die hem de drugs verkoopt?' vroeg Brunetti.

Ze keek hem recht aan. 'Alleen als de politie er niet in slaagt om hem aan te pakken, commissario.' Voordat Brunetti kon protesteren dat ze aan het overdrijven was, ging ze door. 'Wat u ook doet, de dealers kunnen gewoon hun gang blijven gaan.'

'Heeft uw man er met Sandro over gesproken?' vroeg Brunetti, die geen zin had in een discussie met haar over wat de politie wel en niet kon doen.

Zijn vraag verraste haar, en hij sloeg haar gade terwijl ze probeerde een antwoord te bedenken.

'Dat kan ik u niet vertellen,' zei ze ten slotte, en opnieuw kon Brunetti haar woorden op twee manieren interpreteren.

'Niets van wat wij met de dealer zouden kunnen doen kan uw zoon in gevaar brengen,' zei Brunetti nadrukkelijk.

'Ook niet als hij mijn man zou hebben aangevallen, en u arresteert hem de volgende dag?'

'Niet als hij wordt gearresteerd voor het verkopen van drugs. Ik weet zeker dat uw zoon niet de enige is aan wie hij verkoopt.'

Ze vlocht haar vingers in elkaar. 'Ik heb tijd nodig om hierover na te denken,' zei ze. 'Ik moet het aan mijn man vragen.'

Brunetti hield zijn gezicht neutraal en zei alleen: 'Het kan zijn dat hij zich niet herinnert wat er is gebeurd.' Dat was zeker waar voor wat betreft hoofdverwondingen, wist Brunetti.

'Nee,' zei ze op een toon die ineens gedecideerd klonk. 'Ik wil het hem vragen.'

Brunetti zag in dat het zinloos was om verder aan te dringen, net zoals het zinloos was voor haar om te denken dat ze haar man nog iets kon vragen. Hij kwam overeind en zei, niet zonder gêne: 'Sorry, maar ik weet nog steeds niet hoe uw man heet.'

Ze keek onthutst naar hem en wierp toen een dusdanig smachtende, tedere blik in de richting van de zaal waar haar man naartoe was gebracht, dat Brunetti zijn blik afwendde van haar gezicht.

'Wat vreemd,' zei ze langzaam. Brunetti richtte zijn aandacht weer op haar.

'Pardon?' zei hij. 'Ik ben bang dat ik u niet begrijp.'

Ze glimlachte haar eerste echte glimlach; ze leek er jaren jonger door. 'Meestal is het de vrouw die het naamloze aanhangsel is van haar man.' Haar gezicht was plotseling weer gespannen, en ze drukte haar lippen op elkaar. Brunetti was bang dat ze weer zou gaan huilen.

In plaats daarvan haalde ze diep adem en zei: 'Tullio Gasparini.'

Hij bedankte haar en vertrok, waarbij hij zich zoals zo vaak afvroeg of hij ooit de geheimen van het hart zou kunnen doorgronden.

10

Onderweg naar de questura bedacht Brunetti dat ze allereerst de man moesten zien te vinden die drugs verkocht aan de leerlingen van de Albertini, onder wie Sandro Gasparini. Op dit moment was die man de meest waarschijnlijke verdachte van de aanval. De eenvoudigste manier om hem te vinden was te gaan praten met de jongen, maar daarvoor was toestemming van de moeder nodig, die zeker zou eisen dat er een advocaat bij aanwezig zou zijn. Als ze ronduit weigerde, zouden ze de jongen kunnen laten volgen, maar waar moest hij de mankracht daarvoor vandaan halen? Of een rechter-commissaris om daar toestemming voor te geven?

Waarom zou iemand rond middernacht op straat zijn, zonder jas, met alleen zijn huissleutels op zak? Kon hij thuis zijn weggegaan zonder dat iemand dat in de gaten had gehad? Brunetti stond ineens stil: waar was de jongen vannacht en vanmorgen geweest? Hij dacht terug aan zijn gesprek met professoressa Crosera en kon zich niet herinneren dat hij haar dat had gevraagd. Ze was thuis geweest toen Brunetti haar belde: als haar zoon toen vermist was, dan zou ze dat beslist meteen aan een politieman hebben gemeld. Toen ze voor het aanbreken van de dag naar het ziekenhuis ging, zou ze dan haar huis hebben verlaten zonder dat aan haar kinderen te vertellen? Waren ze allebei thuis geweest zodat ze het hun had kunnen zeggen?

Hij haalde de nieuwe telefoon tevoorschijn die signorina Elettra voor hem had geregeld en ging niet zonder moeite online. Hij vond het nummer van de Albertini en toetste dat in. De telefoon ging vier keer over voordat een vrouw opnam.

'Goedemorgen, met de Albertinischool. Wat kan ik voor u doen?'

'Goedemorgen, signora. U spreekt met commissario Guido Brunetti. Ik bel over een van uw leerlingen.'

Na een paar seconden vroeg ze: 'Commissario van de politie?' alsof andere soorten commissari ook regelmatig belden.

'Ja. Kan ik de directeur spreken?'

Deze stilte duurde langer; het resultaat van verwarring of van onwil. 'Een ogenblikje alstublieft,' zei ze uiteindelijk. 'Ik verbind u door met signora *direttrice* Rallo.'

De directeur antwoordde nadat de telefoon twee keer was overgegaan. 'Met Bianca Rallo,' zei ze.

'Signora direttrice,' begon Brunetti, 'u spreekt met commissario Guido Brunetti. Ik bel over een van uw leerlingen.'

'Ik wil niet onbeleefd zijn,' begon ze op beschaafde toon, 'maar welke garantie kunt u mij geven dat u bent wie u zegt dat u bent?' Ze was afstandelijk, beleefd, bijna ironisch.

'Signora direttrice,' antwoordde Brunetti met gelijke beleefdheid, 'mag ik een manier voorstellen om een einde te maken aan uw twijfel? Als u mij dat toestaat?'

'Graag.'

'Stel me in de gelegenheid om mijn vraag te stellen en bel dan de questura en vraag naar commissario Griffoni. U kunt haar dan het antwoord geven.' Hij gaf haar de tijd om dit te verwerken en voegde er toen aan toe: 'Ik heb even een paar minuten nodig om ze te bellen en te vertellen dat ze u meteen met haar moeten doorverbinden.' Na een kortere pauze vroeg hij: 'Is dat acceptabel, signora direttrice?'

'Dat hangt af van wat uw vraag is,' antwoordde ze op vriendelijke toon.

'Wij denken dat Tullio Gasparini, de vader van twee van

uw leerlingen, afgelopen nacht op straat is aangevallen. Ik wil graag weten of Sandro vanmorgen naar school is gekomen.'

'Is dat alles?'

'Ja.'

Haar stilte kwam vanuit de telefonino op hem af. Brunetti keek naar het water in het kanaal naast hem en zag hoe hoog het stond.

'Goed,' antwoordde ze. 'Ik bel over vijf minuten terug.'

Zonder tijd te verspillen beëindigde Brunetti hun gesprek, toetste het algemene nummer van de questura in en vroeg of Griffoni er al was. Toen dat bevestigd werd, vertelde hij de telefoniste dat Griffoni zo meteen gebeld zou worden door ene signora Rallo. De telefoniste moest meteen bellen naar commissario Griffoni om te zeggen dat ze een telefoontje kon verwachten.

Hij stopte zijn mobiel weer in zijn zak en liep verder naar de questura. Toen hij daar tien minuten later aankwam, vroeg hij naar Vianello. Hij kreeg te horen dat de inspecteur wel op het bureau was geweest, maar naar Marghera was gestuurd om aanwezig te zijn bij de ondervraging van een verdachte van huiselijk geweld en die dag niet meer werd terugverwacht. Brunetti liep door naar de kamer van Griffoni. Hij merkte op dat ze nu een zwarte rok en jasje droeg en de verkeerde bruine schoenen had gewisseld voor andere.

'Wat is er gebeurd?' vroeg ze toen hij binnenkwam.

In plaats van haar vraag te beantwoorden stelde hij zelf een vraag: 'Heeft ze gebeld?'

'Wie?'

'De preside van de Albertini, om jou te vertellen of de zoon vandaag naar school is gekomen.'

'Nee.'

Toen Brunetti alleen maar knikte, ging Griffoni staan en boog zich over haar bureau heen, om de tweede stoel dichterbij te trekken. 'Ga in vredesnaam zitten, Guido, en vertel me wat er is gebeurd.'

Brunetti gehoorzaamde en vertelde haar over zijn gesprek met professoressa Crosera en wat er in het ziekenhuis was gebeurd nadat Griffoni was vertrokken. Haar kamer was zo klein dat hun knieën elkaar bijna raakten onder haar bureau, ook al zat hij half in de deuropening. 'Ze was helemaal van slag en stortte in toen ze hem zag.'

'Stortte ze echt in of zogenaamd?' vroeg ze.

'Echt, geloof ik.'

'Wist ze dat hij de deur uit was gegaan?'

'Ze zei van niet, maar ik geloof haar niet.'

Griffoni, die niet onbekend was met leugens, knikte alleen maar. 'Hoe staat het met de zoon? Was hij thuis toen jij haar belde?'

'Dat weet ik niet.' Een beetje beschaamd voegde Brunetti eraan toe: 'Ik heb er niet aan gedacht om haar dat te vragen.'

Griffoni glimlachte. 'Vandaar dat telefoontje van de preside.' Na een korte pauze ging ze verder: 'Goed gedaan van haar. Je had wel iedereen kunnen zijn. Misschien zelfs een ontvoerder.'

'Claudia,' zei Brunetti, die zich uitstrekte om over het bureau heen op de rug van haar hand te kloppen met zijn wijsvinger. 'Dit is Venetië. We zijn niet in...' Zijn stem werd steeds zachter. Hij dacht even na en zei toen: 'Stel je voor. Ik kan geen enkele stad noemen waar in de afgelopen paar jaar een ontvoering heeft plaatsgevonden.'

Ze keek naar hem en keek toen snel weg. Nadat ze even had nagedacht zei ze, hoorbaar verbaasd: 'Ik ook niet. Het lijkt wel alsof het uit de mode is.'

Brunetti had daar zo zijn bedenkingen over. 'Het is waarschijnlijker dat mensen het niet meer melden. Gewoon betalen en hopen dat het werkt.'

'Maar dan zouden we dat vroeg of laat toch wel horen?' vroeg ze.

'Ik neem aan van wel,' gaf Brunetti toe en, verbaasd over zijn eigen woestheid, voegde hij eraan toe: 'Ik vind het afschuwelijk. Erger dan welke misdaad ook. En ik heb de pest aan ontvoerders.'

'Meer dan aan moordenaars?' vroeg ze.

'In zekere zin.'

'Waarom?'

'Omdat het een leven vervangt door geld, of omdat ze een leven verhandelen voor geld.' Het lukte hem niet om de hardheid uit zijn stem te houden.

'Zo heb ik je nog nooit gehoord,' zei ze.

'Ik weet het. Het is erger dan wat dan ook. Ik zou die ontvoerders graag levenslang geven. Iedereen die hen heeft geholpen ook. Als die wisten wat de ontvoerders van plan waren en toch hebben geholpen, al zouden ze alleen maar een postzegel hebben gegeven voor de brief waarin het losgeld werd gevraagd, dan nog zou ik ze voor de rest van hun leven in de gevangenis zetten.' Door grote wilsinspanning wist Brunetti zichzelf ervan te weerhouden om nog meer te zeggen.

'Heb je weleens zo'n zaak gehad?' vroeg Griffoni.

'Ja, een van mijn eerste, meer dan twintig jaar geleden.'

'Erg?'

'Ze ontvoerden de dochter van een gezin uit Napels.'

'Waar gebeurde dat?'

'Op Sardinië. Ik was toen gestationeerd in Napels. Drie van ons werden erheen gestuurd.'

'Heb je ze gevonden?'

'Ja,' zei Brunetti nors.

'Hoe?'

Brunetti wuifde dit met één hand weg. 'Het waren stommelingen.'

'Maar?' vroeg ze als reactie op iets wat niet werd uitgesproken.

'Maar het meisje stierf.'

'Vermoordden ze haar voordat ze het losgeld kregen?'

'Soms zou ik willen dat ze dat hadden gedaan,' antwoordde hij. Griffoni spoorde hem niet aan, maar Brunetti ging toch verder. 'Ze begroeven haar in een kist. Toen de ontvoerders werden gearresteerd – het waren er vier – vertelden ze de politie waar de kist was. Maar tegen de tijd dat die was opgegraven, was ze dood.'

Griffoni zei niets.

'Kunnen we ergens anders over praten, Claudia?'

Voordat ze kon antwoorden, ging haar telefoon.

'Met Griffoni,' zei ze. Ze hief een hand naar Brunetti en knikte terwijl ze dat deed. 'Ja, dat heeft hij me verteld, signora.' Toen, na een pauze: 'Nee, we zijn min of meer gelijk, alleen zit hij hier langer dan ik. Ja, hij komt oorspronkelijk uit Castello, geloof ik.'

Ze keek naar Brunetti, boog haar hoofd naar achteren en sloot haar ogen. Ze gebruikte haar rechterhand om rollende bewegingen in de lucht te maken terwijl ze luisterde. 'Ja, hij heeft me verteld over het incident. Hij was vanmorgen bij de man in het ziekenhuis.'

Griffoni bedekte haar ogen met één hand, iets wat ze deed als ze ongeduldig was. 'Natuurlijk, dat begrijp ik, signora direttrice.' Daarna zweeg Griffoni een hele poos. Ze verplaatste haar hand naar de bovenkant van haar hoofd zonder haar ogen te openen, als om aan te geven dat ze het stil zou houden, en bleef luisteren. Af en toe mompelde ze instemmend.

Uiteindelijk haalde ze haar hand weg en zei: 'Dus hij is op school?' Ze opende haar ogen en keek even naar Brunetti, liet een neutraal 'Hm' horen en zei toen: 'Dank u, signora direttrice.' Daarna ging ze over op die kenmerkende toon die wel wordt gebruikt om een gesprek te beëindigen en zei: 'Ik weet zeker dat mijn collega heel blij zal zijn dit te horen.'

Nog een paar beleefde geluiden en toen hing ze op. 'Zoals je hebt gehoord is hij daar. Het beleid van de school is om meteen contact op te nemen met de ouders als een leerling niet op school verschijnt.' Op een andere, nieuwsgierigere toon zei ze: ' Wat weet jij over die jongen?'

'Alleen maar wat ik je al heb verteld: vijftien, tweede jaar van het liceo. Een jongen met problemen, die het niet goed doet op school.'

'En hij gebruikt drugs,' vulde Griffoni aan.

'Zijn moeder was daar dusdanig van overtuigd dat ze bij mij langskwam.'

Griffoni, wier kamer geen raam had, ging met haar rug tegen de muur staan, armen over elkaar geslagen. 'Denk jij dat die aanval daar het gevolg van was?' vroeg ze. Brunetti realiseerde zich dat hij opgelucht was dat ze niet betwijfelde of het wel een aanval was geweest.

'Die twee dingen lijken met elkaar te maken te hebben,' zei Brunetti. 'Wat ik wil doen is iets vinden wat van het een naar het ander zal leiden.'

Griffoni, die de lijn tussen de twee gebeurtenissen volgde, zei: 'Als Gasparini al wist wie de dealer was, maar ons erbuiten wilde houden, dan had hij hem kunnen benaderen of hem op de een of andere manier kunnen bedreigen...'

Brunetti knikte; die gedachtelijn had hij ook gevolgd.

'Van een paar dealers weten we wie het zijn, degenen bij de scholen,' zei hij. 'Ik ken de namen van minstens twee van hen.'

Griffoni knikte om te laten zien dat zij misschien ook nog wel een paar namen wist.

'Een van hen is me nog iets verschuldigd,' begon Brunetti. 'Het wordt tijd om daar nu gebruik van te maken.'

Griffoni bleef onverstoorbaar, zonder een spoor van ongeduld of nieuwsgierigheid. Ze keek naar Brunetti alsof het doodnormaal was dat een man op een stoel in haar deuropening zat, met de twee achterpoten in de gang, terwijl zij met haar rug tegen de muur stond en naar hem keek.

Brunetti hoorde iemand in de gang achter hem langslopen, maar draaide zich niet om. Toen de voetstappen zich verwijderden, zei hij uiteindelijk: 'Ik ga hem vragen wie er over de Albertini gaat.' Het kwam in hem op hoe achteloos hij dit had gezegd, alsof een dealer een vergunning had om drugs te verkopen aan scholieren.

'Gaat die het jou vertellen?' vroeg Griffoni.

Brunetti knikte. 'Een hele tijd geleden heeft mijn broer eens een aanbevelingsbrief geschreven voor zijn zoon, die zich wilde aanmelden voor een medische opleiding in Engeland.'

'Een medische opleiding?' vroeg ze.

'Radiologie. Mijn broer is hoofd technische dienst van het ziekenhuis van Mestre. De jongen heeft twee jaar voor hem gewerkt; hij zei dat hij de beste assistent was die hij ooit had gehad. Waarom zou hij dan geen referentie voor hem schrijven?'

'Inderdaad,' stemde Griffoni in. 'En wat gebeurde er?'

'Hij is nu assistent van het hoofd van de afdeling Radiologie in een ziekenhuis in Birmingham.'

'En de vader is drugsdealer?' vroeg Griffoni verbijsterd.

'En de vader is drugsdealer.'

'*Evviva l'Italia*,' zei Griffoni.

11

Ze bleven nog even kameraadschappelijk bij elkaar zitten, totdat Brunetti overeind kwam en de stoel terugzette op zijn vaste plaats tegen de muur. In plaats van de deur te blokkeren, verhinderde die nu elke poging die Griffoni zou kunnen doen om vanaf rechts bij haar bureau te komen.

Hij pauzeerde bij de deur, maar voordat hij iets kon zeggen, vroeg Griffoni: 'En als je informant jou die naam geeft?'

'Dan ga ik met hem praten.'

'Als je dat gaat doen, wil je dan dat ik met je meega?' vroeg ze.

Hij had erover nagedacht om Vianello mee te nemen. Griffoni was absoluut goed in het spelen van de rol van goede agent: ze kon met een enkele blik aangeven dat ze het oneens was met Brunetti, en kon hem op een dusdanige manier een vraag stellen dat ze haar solidariteit leek te betonen met de persoon die werd ondervraagd. Ze kon zich bij gelegenheid ook verzetten tegen Brunetti's beslissingen of conclusies, alsof ze de verdachte wilde laten merken dat ze volledig overtuigd was van het verhaal dat hij of zij ophing. Maar ze was een vrouw, en het was beter als een man langsging bij een drugsdealer.

'Bedankt voor het aanbod, Claudia,' zei hij. 'Het is altijd fijn om met iemand te werken die zo koelbloedig is als jij, maar in deze omstandigheden denk ik dat het beter is als ik er alleen heen ga.'

Ze glimlachte. 'Koelbloedig te worden genoemd is een

compliment dat elke vrouw graag zal horen, Guido.'

Hij ging terug naar zijn eigen kamer, opnieuw verbaasd dat ze de schoenendoos tolereerde die haar door vicequestore Patta was toegewezen, kennelijk op advies van hoofdinspecteur Scarpa. Ter verdediging van Patta kon Brunetti alleen maar bedenken dat de vicequestore het nooit de moeite waard had gevonden om naar boven te lopen, zodat hij een blik kon werpen op haar kamer. Daardoor had hij er geen idee van hoe zes vierkante meter eruitzag of wat daar nog van overbleef als je er een bureau en twee stoelen in zette. Hij twijfelde er niet aan of Griffoni zou er wel voor zorgen dat de hoofdinspecteur spijt zou krijgen van zijn daad. Ze was Napolitaanse, dus daar kon je zeker van zijn. Het kon een tijdje duren, maar het zou gebeuren. Brunetti glimlachte bij die gedachte.

Hij sloot de deur toen hij zijn kamer binnenging en haalde zijn telefonino tevoorschijn. Uit zijn geheugen – hij had het nooit opgeschreven – toetste hij het nummer in van zijn vriend, de dealer, die opnam met zijn naam.

'Goedemorgen, Manrico,' zei Brunetti met de genegenheid die hij ondanks alles voor deze man voelde; tenminste voor een deel van hem. Hij wilde eigenlijk niet dat dat deel van hem het gesprek zou domineren, dus hield hij zijn toon rustig en vroeg meteen: 'Hoe gaat het met Bruno?'

'Ah, dottore,' zei Manrico, die de stem na al die tijd toch herkende. 'Mijn gezin is getroffen door een tragedie.' De woorden waren droevig, maar de toon was vrolijk.

'Ik hoop dat het een gelukkige tragedie is,' antwoorde Brunetti.

'De gelukkigste. Bruno gaat in juli trouwen.'

'En de vader van het meisje is een politieman?' vroeg Brunetti.

'O, nog veel erger,' antwoordde Manrico op sombere toon.

'Vertel.'

'Ze is Schots.'

'Nee toch,' antwoordde Brunetti terwijl hij naar adem hapte. 'En ook nog protestants?'

'O, dat is tegenwoordig niet meer belangrijk, commissario. Maar er is meer.'

'Wat?'

'Ze is dokter.'

'Jouw zoon gaat trouwen met een carrièrevrouw die ook nog eens Schots is?' Brunetti liet een lang, diep brommend geluid horen. 'Ik leef met je mee, Manrico.'

'Dank u, dottore; dat wist ik wel.' Toen, alsof hij wilde bewijzen dat hij ook serieus kon zijn, zei Manrico: 'Aangezien u begon met Bruno, neem ik aan dat u mij eraan wil herinneren dat ik u nog iets verschuldigd ben.'

'Dat heb ik tot nu toe nog niet gedaan, Manrico,' zei Brunetti, alsof hij zich verplicht voelde zijn reputatie te verdedigen. 'Niet in de afgelopen zes jaar.'

'Zeven. Wat is er?'

'Ik wil graag weten wie er de touwtjes in handen heeft bij de Albertini.'

'Ik neem aan dat u het niet over de preside heeft.' Manrico's stem had elke zweem van humor of grappenmakerij verloren.

'Nee, die bedoel ik niet,' antwoordde Brunetti.

Stilte. Brunetti klemde zijn telefoon dichter tegen zijn oor en dwong zichzelf om niets te zeggen. Hij liep naar het raam en keek omlaag naar de aanlegsteiger, waar Foa stond, die de relingen van de politieboot schoonveegde.

'Is dit uw werktelefoon?' vroeg Manrico.

'Ja.'

'Dan ben ik bang dat u zult moeten wachten totdat u vanavond weer thuis bent,' zei de dealer op zo'n serieuze toon, dat Brunetti verwachtte dat hij nu zonder verdere uitleg zou ophangen.

Maar toen keerde de normale opgewektheid van Manrico terug en zei hij: 'Nog één ding, commissario.'

'Ja?'

'De bruiloft is op de vijftiende. Als ik u een uitnodiging stuur, komt u dan?' Zelfs zijn lange pauze klonk vrolijk.

'Wordt die hier gehouden?' vroeg Brunetti, in de hoop dat het antwoord nee zou zijn, want dan had hij een reden om te weigeren.

'Nee. Ze gaan trouwen in de kerk van haar vader.'

'Betekent dat wat ik denk dat het betekent, Manrico? Staat het er echt zo slecht voor?'

'Inderdaad, commissario, alleen is het nóg erger. Haar vader is bisschop.'

Brunetti feliciteerde Manrico opnieuw, wenste hem veel kleinkinderen toe en hing op. Hij kon niet wachten om het tegen Griffoni te vertellen. Maar eerst ging hij naar signorina Elettra, die hij staande bij een raam aantrof. Na Griffoni's hokje leek de kamer van signorina Elettra enorm, vooral door de drie ramen aan één kant. Een groot deel van de kamer werd in beslag genomen door haar bureau met een computer, en verder door een tafel waarop, voor zover hij zich kon herinneren, nooit iets anders had gestaan dan een groot boeket bloemen. Ook vandaag was dat het geval. Naast de vaas lag het laatste nummer van *Vogue*.

Ze draaide zich naar hem om toen hij binnenkwam. Het weinige licht dat die dag te bieden had, kwam vanachter haar, waardoor hij haar gezicht niet kon zien, maar haar gestalte – die hij zich soms voorstelde als haar aura – leek vermoeidheid en bedruktheid uit te stralen. '*Bon dì*,' zei Brunetti. 'Ik kom eens kijken of u nog tijd hebt gehad om wat meer te weten te komen over Gasparini.'

Met een korte knik keerde signorina Elettra terug naar haar bureau. Ze ging zitten en raakte een paar toetsen aan, haalde een pagina op, keek even naar hem en zei: 'Er is niet veel over hem te vinden. Hij is accountant voor een chemisch bedrijf, werkt in Verona. Hij woont in Santa Croce, in de buurt van de San Stae, en hij staat in het telefoonboek. Zijn naam komt nergens in de Veneto voor in een politiedossier, en ik kan niets over hem vinden op sociale media.' Ze keek naar Brunetti en voegde eraan toe: 'Is het niet vreemd dat het net lijkt alsof iemand niet bestaat als hij niet op sociale media zit?'

Brunetti, die op geen ervan zat, evenmin als Paola, antwoordde: 'Dat zal wel.'

'Er was geen vermelding van een echtgenote,' bekende ze.

'Professoressa Crosera. Haar voornaam weet ik niet,' zei Brunetti automatisch. 'Ze doceert architectuur aan de universiteit en is stedenbouwkundig adviseur – wat dat ook mag inhouden – in Turkije en ook nog ergens anders.'

Haar ogen werden groter, alsof ze meer van hem moest zien voordat ze kon geloven dat hij erin was geslaagd iets te vinden wat haar niet was gelukt. 'Hoe bent u daar nou achter gekomen?'

'Ik heb het haar zelf gevraagd,' zei Brunetti laconiek, glimlachte toen en vroeg: 'Is dat valsspelen?'

'Waarschijnlijk niet.' Signorina Elettra was wel zo eerlijk om dat toe te geven. 'Het lijkt alleen zo'n ouderwetse manier om informatie te krijgen.'

'Maar ú hebt in het telefoonboek gekeken om "Gasparini" op te zoeken,' wierp Brunetti tegen.

'Ja,' gaf ze toe, 'maar wel online.'

De teleurstelling maakte dat hij vroeg: 'Is dat alles wat u hebt gevonden?'

'Voorlopig wel.'

'Als u tijd hebt, zou u dan ook kunnen kijken wat u over zijn vrouw kunt vinden?' vroeg hij, waarbij hij het probeerde te laten klinken alsof het zin had om dat te doen. Hij veranderde van toon toen hij zei: 'Ik heb aan Vianello gevraagd of hij de kranten wil bellen om te vragen of ze de gebruikelijke oproep voor getuigen in hun artikel willen meenemen. Het zou misschien enig effect kunnen hebben.'

Haar rechterhand was halverwege het toetsenbord van haar computer, maar toen stopte ze. Ze zwaaide vaag in de lucht en zei: 'U weet toch dat mensen liever niets met ons te maken hebben.' Even keek ze achter hem, alsof ze iets controleerde wat op de muur stond geschreven, en voegde eraan toe: 'Niet alleen met ons, maar ook niet met de overheid, op wat voor manier dan ook.' Ze ging door, haar stem nadenkend, alsof ze dit eerst hardop moest verwoorden voordat ze kon begrijpen wat ze precies wilde zeggen: 'De verbintenis tussen ons en de overheid is verbroken of is gewoon over, maar niemand wil dat nieuws openbaar maken. Wij weten dat er geen verbintenis meer is, en zij weten dat wij dat weten. Het kan ze niet schelen wat wij willen, of ze hebben geen echte belangstelling meer voor wat er met ons gebeurt of wat wij willen.' Ze wendde zich tot hem, haalde haar schouders op en glimlachte toen. 'En we kunnen er niets aan doen.'

Brunetti was verbaasd dat hij nu hardop hoorde zeggen wat hijzelf al zo vaak had gedacht. Zonder er eerst over na te denken zei hij: 'Zo erg kan het toch niet zijn?'

Ze wendde zich van hem af en keek op haar scherm, alsof ze haar belangstelling had verloren voor wat hij te zeggen had. Of misschien was ze het niet met hem eens, maar vond ze het niet de moeite waard om erover te praten. Hij ging terug naar zijn kamer, en piekerde over het feit dat zowel hij als signorina Elettra werkte voor deze onverschillige, onachtzame overheid.

Aangezien hij al sinds twee uur die nacht op was, besloot Brunetti zichzelf te trakteren en liep daarom naar Al Covo om daar te gaan lunchen. Op de terugweg was hij zoals altijd dankbaar dat het restaurant maar tien minuten bij de questura vandaan was en er altijd voor zorgde dat hij als een nieuw en vrolijker mens terugkwam.

Helaas werd deze nieuwe mens geconfronteerd met oude problemen: hij belde de telefonino van professoressa Crosera, maar kreeg de voicemail; hij belde het ziekenhuis, maar kreeg geen informatie over Gasparini. Hij belde elk uur het vaste nummer van de Gasparini's, maar er werd niet opgenomen. Eindelijk, rond vijf uur, besloot hij dat hij geen andere keus had dan op weg naar huis nog even langs het ziekenhuis te gaan. Hij belde Griffoni om haar te vertellen waar hij naartoe ging.

Hij had zich net zo goed de moeite kunnen besparen: professoressa Crosera was op de kamer van haar man, maar toen hij naar binnenging en goedenavond zei, hield ze haar vinger tegen haar lippen en wees op haar man, die nu in een echt ziekenhuisbed lag. Brunetti wees op de deur en de gang achter hen, maar ze schudde haar hoofd en zei niets. Brunetti wist dat het onwaarschijnlijk was dat hun gesprek haar man zou storen, maar het was niet aan hem om haar dat te vertellen.

Hij liep op het bed af en keek naar Gasparini. De transparante vloeistof druppelde nog steeds in de rug van zijn hand.

Brunetti knikte naar de vrouw en ging naar de zusterpost. Daar vroeg hij naar dottor Stampini, in de hoop dat die iets wijzer was geworden van de CT-scan. Ze vertelden hem dat de dokter al weg was. Brunetti had geen andere keus dan dit te geloven en besloot toen zelf ook naar huis te gaan.

12

Hij kwam een stil appartement binnen, maar door jarenlange ervaring wist hij dat het niet leeg was. De geur van een dennenbos vulde de hal, wat betekende dat Raffi weer de shampoo van Brunetti had gebruikt, en in de woonkamer hing de rode wollen sjaal van Chiara over de rug van de bank. Guido Brunetti, superdetective, zo complimenteerde hij zichzelf, terwijl hij door de gang naar Paola's werkkamer liep.

Hij stak zijn hoofd om de hoek van de deur en trof haar lui liggend op de bank aan, een boek op haar buik geplaatst, potlood in een hand.

'Hard aan het werk, zie ik,' zei hij toen hij de kamer binnenliep. Hij ging naar haar toe en boog zich voorover om haar voorhoofd te kussen.

'Net zoals jij: zo druk dat je niet even kon bellen om me te vertellen over de man die is gevonden,' zei ze met gespeelde verontwaardiging.

Hij ging aan de andere kant van de bank zitten en tilde haar voeten op zijn schoot. 'Hoe ben je daarachter gekomen?'

'Ik vroeg me af waarom je zo vroeg was vertrokken, dus ik bekeek *Il Gazzettino* online en vond daar vanmiddag het verhaal.' Ze liet het boek openvallen op haar borst. 'Dat kon maar één ding betekenen.' Haar toon werd lichter terwijl ze verderging. 'Ik vroeg me ook af of je wel de tijd zou nemen om te gaan lunchen en of je wel warm genoeg aangekleed was – van die onnozele dingen waar een echtgenote aan denkt.'

Hij pakte haar linkervoet en begon haar tenen heen en

weer te bewegen. 'Ik wilde je niet wakker maken.'

Ze glimlachte en gaf toe: 'Dat is niet makkelijk, ik weet het.' Ze sloot het boek en leunde opzij om het op de tafel te leggen. 'Vertel,' zei ze.

'Herinner je je nog dat ik je vertelde over de vrouw die een week geleden bij me langs kwam, bang dat haar zoon drugs gebruikte?' Hij had haar niet verteld wie ze was, alleen het vage verhaal van een vrouw die niet de moed had om de politie te vertrouwen en was vertrokken zonder gedetailleerde informatie te geven.

Ze knikte.

'Dat was een collega van jou: professoressa Crosera. De man in het ziekenhuis is haar echtgenoot. Het ziet ernaar uit dat hij op straat is aangevallen.'

Paola trok haar voeten weg en ging rechtop zitten, benen onder zich op de bank. 'Elisa's man? Dat kan ik niet geloven. Die is accountant, kom op zeg.'

Ze zweeg even, alsof ze zich ineens bewust was van wat ze net had gezegd, en voegde eraan toe: 'Ik bedoel, het is een zo'n gewone man, niemand zou hem iets aan willen doen.'

Er kon altijd een reden worden gevonden om iemand iets aan te doen, wist Brunetti. 'Er zijn aanwijzingen dat iemand hem bij zijn arm heeft gegrepen en hem van de treden van de brug heeft geduwd. Wat zei *Il Gazzettino* erover?'

'Alleen dat er een man bewusteloos op straat is gevonden,' antwoordde Paola. 'Er werd niets gezegd over een aanval, alleen het verzoek of mensen de politie wilden bellen als ze iets hebben gezien wat te maken kan hebben met het ongeluk, dat volgens het bericht heeft plaatsgevonden in de buurt van Ca' Pesaro. Ze vermeldden niet eens zijn initialen, zoals wel wordt gedaan als ze de naam niet willen noemen.'

Brunetti begreep nooit zo goed hoe *Il Gazzettino* te werk ging en bleef daarom maar zwijgen.

'Is Elisa bij hem?' vroeg Paola.

'Ja. Ik herkende hem en heb haar vanmorgen gebeld. Ze is nog steeds bij hem, denk ik.'

'Ach, die arme vrouw,' zei Paola. 'Eerst de zoon en nu dit.'

'Wist jij het van die zoon?' vroeg Brunetti, die erop lette dat hij zijn toon neutraal hield.

Paola keek hem scherp aan. 'Natuurlijk niet. Ze zou me zoiets nooit vertellen. Ik nam het gewoon aan, omdat ze zich dusdanig veel zorgen maakte dat ze naar jou is gegaan. Dat betekent dat ze iets wist.'

'Maar ze zei dat dat niet zo was,' zei Brunetti met klem.

'Natuurlijk zou ze het ontkennen. Jij bent van de politie.' Paola had net zo goed de tafels van vermenigvuldiging kunnen opzeggen, zo zeker was ze van haar conclusie.

Brunetti besloot niet te reageren op die opmerking en zei in plaats daarvan: 'Ze zei dat ze eerst met haar man wilde praten voordat ze me verder nog iets zou zeggen.'

'Wanneer zou dat mogelijk zijn?' vroeg Paola.

Brunetti keek naar de rug van zijn handen, toen naar haar en vroeg zich af hoe hij het haar moest vertellen. 'Misschien wel nooit,' zei hij uiteindelijk. Toen hij Paola's reactie hierop zag, maakte hij het wat minder erg door te zeggen: 'Dat was wat de neuroloog zei nadat hij de röntgenfoto's had gezien, maar hij had nog een CT-scan nodig om het zeker te weten. Die hebben ze vandaag gemaakt.'

'Het resultaat?' vroeg ze.

'Dat weet ik nog niet. Toen ik vanmiddag terugging naar het ziekenhuis, was de dokter al vertrokken. Ik kan hem morgen bellen.' Hij gaf haar de tijd om dit te verwerken en voegde er toen aan toe: 'Hij zei dat de kans bestaat dat hij ongelijk heeft.'

Paola knikte. Ze ging weer met haar hoofd op het kussen liggen, strekte haar benen en porde met haar voeten tegen zijn dij. 'Arme vrouw,' zei ze opnieuw. Toen, na een poosje: 'Arme iedereen.'

Ze sloot haar ogen, opende ze een tijdje om het plafond te bestuderen en sloot ze toen opnieuw. Brunetti legde zijn rechterhand rustig op haar voeten en sloot ook zelf zijn ogen. Al snel voelde hij hoe de werkelijkheid begon te verdwijnen en van hem wegzweefde. Hij bleef gewoon zitten, maar was ergens anders, en er liepen mensen langs. Hij voelde hoe er iets bewoog in zijn hand en hij schoot rechtop, plotseling weer wakker, maar zonder te weten waar hij was.

'Wat is er?' vroeg Paola.

'Niets. Ik ben zeker in slaap gevallen. Het is een lange dag geweest.' Hij sloot zijn ogen en leunde met zijn hoofd tegen de rug van de bank.

'Ik heb zitten denken,' zei Paola.

Brunetti was wakker genoeg om te zeggen: 'Altijd gevaarlijk.'

Hun stemmen maakten samen de familiemantra af: '...vooral voor een vrouw.'

Toen ze dat gedaan hadden vroeg hij: 'Wat heb je zitten denken?'

'Juridische dingen. Maar daar heb jij waarschijnlijk zelf ook al over nagedacht.'

'Vertel,' zei Brunetti, zich ervan bewust dat hij nog niet veel had nagedacht over het juridische aspect van Gasparini's situatie.

'Als hij niet sterft, maar de rest van zijn leven in coma ligt, waar kan de aanvaller dan van worden beschuldigd?' Voordat Brunetti aan een antwoord kon beginnen, voegde ze eraan toe: 'Ik weet het, ik weet het, je zult hem eerst moeten zien te vinden. Maar als je dat lukt, welke misdaad heeft hij dan gepleegd?'

Brunetti dacht hier even over na, en overwoog of het zware

mishandeling kon worden genoemd. 'Dat zal afhangen van wat er is gebeurd op de brug.'

'En als er geen getuigen zijn, hoe kan dát dan worden bepaald?' Hij hoorde scepsis in haar stem.

Met zijn ogen nog steeds gesloten knikte Brunetti. 'Natuurlijk heb je gelijk. Als we een DNA-match krijgen, dan kan die persoon net zo goed zeggen dat hij werd aangevallen door Gasparini.' Hij dacht hierover na en kon alleen maar zeggen: 'We zullen hem eerst moeten vinden.'

'Hij zal moeten uitleggen waarom hij het niet aan de politie heeft gemeld,' zei Paola. 'Als hij wist dat Gasparini gewond was, dan had hij dat toch moeten melden?'

'Ja, maar sommige mensen zouden dat waarschijnlijk niet doen. Zeker als het om iets onbelangrijks gaat, zelfs als zij zelf het slachtoffer zijn. Stel je voor dat iemand naar ons toe zou komen nadat hij iemand anders heeft aangevallen, zelfs als dat uit zelfverdediging is gebeurd: dat idee is absurd.' Nadat hij dit had overwogen, zei hij met een stem die was vervuld van verwondering, als bij de bekendmaking van een grote ontdekking: 'Niemand vertrouwt ons.'

'Dan zul je je hoop op *Il Gazzettino* en *La Nuova* moeten vestigen,' zei Paola, waarbij ze haar best deed om een toon van religieuze vroomheid in haar stem te leggen.

Dit maakte dat Brunetti vroeg: 'Heb je zin in een glas wijn?'

Behalve de wijn bracht Brunetti ook zijn boek van Sophokles mee. Hij besloot *Antigone* te lezen tot ze gingen eten en installeerde zich aan Paola's voeten. Hij las de helft van de inleiding, geschreven door een hoogleraar psychologie aan de Universiteit van Cagliari. Daarin kwam die met een jungiaanse interpretatie van het stuk, met Antigone als een archetype van de moeder en Kreon als de bedrieger. Iemands duistere kant, de schaduw, zo las Brunetti, had twee vormen: er was een persoonlijke en een collectieve schaduw; deze zou je vijand kunnen zijn of je zou het zelf kunnen zijn. Brunetti speelde vals en keek hoeveel pagina's van de inleiding hem nog restten. Veertien. Hij legde het boek ondersteboven neer op de tafel die voor de bank stond en nam een slok wijn – een erg mooie Collavini Ribolla Gialla die hij had bewaard voor een speciaal boek – en slaakte een tevreden zucht over de verschillende zintuiglijke gewaarwordingen die het leven kon bieden.

Versterkt pakte hij het boek weer op, bladerde door de rest van de inleiding en begon het stuk te lezen. Hij herinnerde zich de proloog, waarin Antigone tegen haar zus Ismene vertelt dat de koning, Kreon, heeft verboden dat er begrafenisrituelen worden uitgevoerd voor hun broer, Polyneikes, die door Kreon tot verrader van Thebe is verklaard. Zijn lijk ligt buiten de stadsmuren te rotten, ten prooi aan hongerige gieren en jakhalzen.

Antigone heeft besloten dat hij moet worden begraven, en dat zij dat zal doen. Ze vraagt haar zus of die haar wil helpen, maar Ismene – die arme, voorzichtige Ismene – wil daar niets van weten. 'De wet is sterk. We moeten ons hierbij aan de wet houden, zelfs bij dingen die nog erger zijn.'

'Ik vind van niet,' zei Brunetti hardop.

Paola duwde met haar linkervoet tegen zijn dij. 'Wat?'

'Een jungiaanse psycholoog heeft me laten weten dat iemands schaduw zowel persoonlijk als collectief kan zijn, en nu vertelt Ismene mij dat wij ons aan de wet moeten houden.'

'Ik hoop dat er nog andere opties zijn,' zei ze, zonder de moeite te nemen op te kijken van haar eigen boek.

'Nee. En nu vertelt Ismene mij: "We zijn maar vrouwen, en we kunnen niet vechten tegen mannen."'

Deze keer liet Paola haar boek zakken en keek ze naar hem. Glimlachend zei ze: 'Dat heb ik ook altijd geloofd,' en deed haar boek weer omhoog. Maar toen, voordat hij kon doorgaan met lezen, zei Paola vanachter het boek: 'Als ik me goed herinner staat Ismene op het punt te protesteren: "Ik heb niet de kracht om wetten te overtreden die zijn gemaakt voor het algemeen belang."'

Brunetti haalde één hand van zijn boek af en klopte op haar enkel. 'Daarom zijn het ook de klassieken, schat.'

Ze koos ervoor om zijn opmerking niet te belonen met een reactie.

Hij las verder en kwam al snel bij die noodlottige verklaring van Antigone: 'Ik doe alleen wat ik moet doen.'

Het had professoressa Crosera kunnen zijn die het zei, die deed wat ze moest doen en ervoor koos om de wet te gehoorzamen die zij aanvaardde, die moeders het recht gaf om alles te doen om hun kinderen te beschermen: informatie inwinnen bij de politie en verlichting vinden in het feit dat hun zoon niet kon worden aangehouden.

Antigone gehoorzaamde haar eigen wet. Hij sloeg de bladzijde om en vond haar woorden: 'Maar ik zal hem begraven. En als ik daarvoor moet sterven, dan zal ik zeggen dat deze misdaad heilig is.' Zijn handen vielen in zijn schoot en hij zat daar, met het boek losgelaten, terwijl hij probeerde te bedenken waarom je zo kon blijven vasthouden aan jouw gevoel van wat juist was – of hoe je het ook wilde noemen – om een ritueel uit te voeren dat in jouw ogen noodzakelijk was, terwijl je wist dat jouw eigen dood het onvermijdelijke gevolg zou zijn. Brunetti geloofde wel dat hij zou sterven voor bepaalde mensen: zijn kinderen, zijn vrouw. Maar voor een ideaal, een ritueel?

Zijn gedachten gingen naar Gasparini, die andere vader. Waartoe zou die in staat geweest kunnen zijn om zijn zoon te beschermen? Brunetti dacht een tijdlang na over deze mogelijkheid. Zou het ook kunnen dat het precies andersom was gegaan, en dat Gasparini de aanvaller was geweest op de brug? Brunetti maakte zichzelf verwijten: pas nu overwoog hij die mogelijkheid, alsof de verwondingen van de man hem noodzakelijkerwijs tot slachtoffer maakten, of omdat Brunetti het niet netjes vond om hem te verdenken, nadat hij met diens vrouw had gesproken.

'O, tussen haakjes,' onderbrak Paola hem, 'Er zat iets voor je in de brievenbus.'

'Waar is het?'

'Op het aanrecht. Ik dacht dat je het daar wel zou vinden.'

'Nee, ik heb niks gezien,' zei Brunetti, die overeind kwam. In de keuken vond hij, tegen de pepermolen, een envelop zonder postzegel met zijn naam er in blokletters op geschreven – zonder postzegel. Hij stak zijn duim onder de flap en opende de envelop. Er zat een briefje in, geschreven in hetzelfde handschrift, waarop stond:

'Gianluca Fornari, Castello 2712.'

13

De volgende morgen was Brunetti om negen uur op de questura. Toen hij te horen kreeg dat commissario Griffoni nog niet was gearriveerd, ging hij naar haar kamer en legde een briefje op haar bureau, waarin hij haar vroeg om hem te bellen zodra ze dat kon.

Op de trap kwam hij Alvise tegen, die hem vertelde dat Vianello even binnen was geweest, maar weer terug moest naar Marghera, omdat de vrouw in de zaak van het huiselijk geweld nu met informatie kwam over de activiteiten van haar man in Venetië.

Brunetti was teleurgesteld dat zijn vriend en klankbord opnieuw weg was, en daarmee de ervaring en het gezonde verstand waarmee hij luisterde naar Brunetti's beschrijvingen van gebeurtenissen. Het was alleen niet nodig dat Alvise dit zou weten, vooral omdat de agent behulpzaam probeerde te zijn. 'Goed dat je me dat even hebt verteld, Alvise,' zei Brunetti.

'Hij zei me al dat u dat zou zeggen, meneer,' antwoordde Alvise met een glimlach, blij dat hij de brenger was van wat in zijn ogen belangrijke informatie was. 'Hij vroeg me ook om u te zeggen dat hij is teruggegaan omdat het te maken heeft met de inbraak bij signor Bordoni.'

'Dank je, Alvise,' zei Brunetti op warmere toon toen hij die de naam herkende, al wist hij niet meer precies waarvan. Hij ging de trap op en liet het ritme van de lettergrepen meegaan met zijn voetstappen: Bor-dó-ni, Bor-dó-ni. Toen hij de naam voor de derde keer herhaalde, viel alles op zijn plaats en herinnerde Brunetti zich weer de inbraak, drie jaar daarvoor, toen dieven de *porta blindata* van het appartement van de Bordoni's hadden geforceerd door vloeibare stikstof op de scharnieren en bouten te spuiten, waardoor die het begaven. Daarna hadden ze de deur, die een stalen frame had, omlaag laten zakken; een klus waar zeker de samenwerking van twee mensen voor nodig moest zijn geweest. De familie was op dat moment op vakantie in Sardinië, en het inwonende dienstmeisje was die avond weg om samen met haar vriendinnen *burraco* te spelen, zoals ze dat – wist Brunetti nog – elke dinsdag deed.

Het dienstmeisje was om ongeveer elf uur thuisgekomen en had meteen 113 gebeld toen ze de deur plat op de grond voor het appartement had aangetroffen. Daarna was ze naar de benedenburen gevlucht totdat de politie arriveerde.

Toen de agenten het appartement binnengingen, troffen ze het huis keurig netjes aan; er was niets beschadigd en er was niets op de grond gesmeten. Ook de lichten die het dienstmeisje had aangelaten toen ze was vertrokken, brandden nog. Alles leek in orde, en de politie vroeg zich al af waarom de deur zonder reden eruit was gehaald – Brunetti herinnerde zich dat hij dat in hun rapport had gelezen – totdat ze de werkkamer van dottor Bordoni binnengingen. Daar waren drie schilderijen verdwenen, waarvan het dienstmeisje precies wist hoe ze eruitzagen, doordat ze die jarenlang had afgestoft. Ze werden door haar beschreven als een dikke vrouw zonder kleren aan; verder een vrouw in een zwarte jurk met een zwarte bediende, die een rode parasol boven haar hoofd hield; en een derde vrouw, misschien een meisje, al zag ze er niet uit als een echt mens. Pas bij de terugkeer van het gezin de volgende dag hoorde Brunetti, die de zaak van Patta had gekregen omdat hij 'verstand had van schilderijen', dat de vrouwenportretten van Renoir, Van Dyck en Picasso waren.

Verder was alles keurig op zijn plaats. De drie schilderijen waren weg, verdampt te midden van de andere schilderijen waar ze jarenlang tussen hadden gehangen. Er werd geen poging ondernomen door hun dieven om contact op te nemen met de eigenaar en evenmin werden de schilderijen ooit genoemd door diegenen die af en toe informatie verkochten aan de politie-eenheid die zich bezighield met kunstfraude.

En nu had Vianello, erbij geroepen om te assisteren bij een ondervraging betreffende een geval van huiselijk geweld, misschien een glimp ervan opgevangen. Althans, dat hoopte Brunetti.

Hij ging langs bij signorina Elettra, maar toen hij haar kamer inliep, herinnerde hij zich dat het dinsdag was, wat inhield dat ze zich door een van de schippers met een politieboot naar de Rialto-markt liet brengen om er bloemen te kopen. Hij schreef de naam en het adres van Fornari op een velletje papier, plaatste er een vraagteken achter, stopte het in een envelop die hij dichtplakte en op het toetsenbord van haar computer legde.

Toen hij in zijn eigen kamer was aangekomen, belde hij weer het vaste nummer van professoressa Crosera. De telefoon ging over, totdat hij de voicemail kreeg. Daarin werd de beller verzocht een boodschap achter te laten; er zou dan later worden teruggebeld. Hij sprak zijn naam in, gaf zijn nummer en zei dat hij graag zou worden... maar voordat hij klaar was met inspreken, werd er plotseling opgenomen. Hij hoopte dat het de professoressa was en luisterde verwachtingsvol tot hij haar stem zou horen, maar de verbinding werd verbroken.

Hij toetste het algemene nummer van het ziekenhuis in en vroeg of hij dottor Stampini van Neurologie kon spreken. Desgevraagd gaf hij zijn naam en zei hij dat het om een politiezaak ging, zonder verdere toelichting.

Dottor Stampini was al snel aan de lijn. 'Goedemorgen, commissario,' zei hij en kwam toen meteen ter zake zonder de formaliteit van een inleiding. 'Ik zou u graag beter nieuws willen geven, maar de CT-scan is tamelijk duidelijk.' Hij pauzeerde en vroeg toen op een veel minder onpersoonlijke toon: 'Bent u een beetje op de hoogte van ons vakjargon?'

'Min of meer,' antwoordde Brunetti.

'De grootste schade is aan het wandbeen, dat is gebroken toen hij viel, misschien toen hij tegen de reling sloeg, of toen hij tegen de grond klapte. Dat heeft een subduraal hematoom veroorzaakt en totdat de hersenen het bloed absorberen, zal zijn toestand niet veranderen.'

Brunetti wist niet of de dokter verwachtte dat hij dit in twijfel zou trekken; hij besloot dat niet te doen. 'Hebt u al met zijn vrouw gesproken?' vroeg hij in plaats daarvan.

'Ja.'

'En?'

'Ze hoort de woorden en begrijpt de formulering, maar ze wil de betekenis of de mogelijke consequenties van wat ik haar heb verteld, niet begrijpen.' Toen Brunetti geen commentaar gaf, zei de dokter: 'Ik neem aan dat u bekend bent met dat soort reactie, commissario.'

'Ja. Helaas wel.'

Stampini ging langzamer praten en zijn stem werd warmer. 'Hebt u al met haar gesproken?'

'Nee, dottore. Ik heb een bericht achtergelaten. Ik hoop dat ze naar huis is gegaan.'

Stampini zei meteen: 'Ik geloof dat ze nog hier is. Ze vertelde me vanmorgen dat ze had gesproken met haar zus en dat ze de kinderen naar haar heeft gestuurd om daar te logeren.'

Toen het erop leek dat de dokter was uitgesproken, vroeg Brunetti: 'Is er al iemand naar het ziekenhuis gekomen voor haar?'

'Niet dat ik weet.'

'Wat stelt u voor, dottore?'

'Ik denk dat het goed zou zijn als er iemand komt om haar naar huis te brengen. Ze moet wat rusten, naar familie of vrienden gaan. Het heeft geen zin dat ze hier blijft.' Voordat Brunetti iets kon zeggen, ging de dokter verder: 'Het enige wat ze me heeft gezegd is dat u erg aardig voor haar was.'

Dit verbaasde Brunetti, die zich alleen kon herinneren dat hij zich gedecideerd had gedragen. 'Probeert u me soms wat te vertellen, dottore?'

Brunetti wist niet of Stampini nu lachte of zuchtte. 'Ja, ik geloof van wel. Ik denk dat het u wel zal lukken om haar over te halen een poosje naar huis te gaan. Hij gaat echt niet wakker worden,' zei de dokter, maar voegde er snel aan toe: 'tenminste, voorlopig niet. Ze moet naar huis, of naar haar zus om bij haar kinderen te zijn. Wat dan ook. Maar ze moet hier weg.'

Brunetti dacht na over wat hij zou kunnen doen. Uiteindelijk zei hij: 'Bent u daar nog lang?'

'De hele morgen, zeker tot de middag,' zei de dokter, die professioneel probeerde te klinken, maar er toch nog aan toevoegde: 'Ze is een goed mens, commissario.'

'Ik kom snel,' zei Brunetti en hing op.

Hij belde Griffoni's telefonino en, zonder de moeite te nemen om te vragen waar ze was, zei hij tegen haar dat hij nu nog op de questura was, maar terugging naar het ziekenhuis. Even dacht hij erover om haar te vragen hem daar te ontmoeten. In een gesprek van vrouw tot vrouw zou het misschien gemakkelijker zijn professoressa Crosera over te halen het ziekenhuis te verlaten. Terwijl hij nog wat langer nadacht over wat hij van haar had gezien, kwam hij echter tot de conclusie dat ze de bemoeienis van weer iemand anders niet fijn zou vinden. Daarom beperkte hij zich ertoe om Griffoni te vertellen dat hij de naam had gekregen van de man die bij de Albertini dealde en dat hij die naam had doorgegeven aan signorina Elettra. Hij zei nog dat hij zo snel mogelijk terug zou komen naar de questura, verbrak de verbinding en vertrok weer naar het ziekenhuis.

Brunetti ging rechtstreeks naar Neurologie, waar hij een andere verpleegkundige aantrof, die hem vertelde dat het bezoekuur pas om drie uur begon. Toen hij zei dat hij een politieman was die met de vrouw van signor Gasparini wilde praten, veranderde haar houding een klein beetje. Bijna met tegenzin zei ze dat ze dat hij erheen mocht gaan.

Hij liep de gang af en klopte licht op de deur van Gasparini's kamer. Er kwam geen antwoord, dus opende hij de deur en stak zijn hoofd om de hoek. Gasparini lag er nog net zo bij als toen hij bij hem was weggegaan. Vanaf de deuropening zag Brunetti de rug en het hoofd van zijn vrouw, de bovenste helft van haar lichaam liggend op het bed, naast dat van haar man. De rest van haar lichaam bevond zich op de stoel waar Brunetti haar voor het laatst had gezien.

Met haar rechterhand hield ze de linkerhand van haar man vast. Ze lag te slapen, waarbij de bovenkant van haar hoofd net zijn linkerheup aanraakte. Brunetti deed een stap naar achteren, de gang op en sloot de deur. Daarna klopte hij veel harder, wachtte even, en klopte nog eens.

Al na een paar seconden werd de deur opengetrokken en stond ze daar. Ze keek geschrokken en boos en deed niet haar best om dat te verbergen. Ze werkte zich langs hem heen, de gang op, en trok de deur achter zich dicht. 'Wat mankeert u?' vroeg ze, haar stem schor van uitputting. 'Wilt u soms dat hij wakker wordt?'

Brunetti deed nog een stap naar achteren maar zei niets, omdat hij wilde dat haar vraag in haar eigen hoofd zou weerklinken. Uiteindelijk, toen hij aan haar gezicht zag dat tot haar was doorgedrongen wat ze net had gezegd, antwoordde hij: 'Dat zou juist heel goed zijn, signora.' Hij sprak op volkomen normale toon, om duidelijk te maken dat hij meende wat hij zei.

Dat was voldoende om elke uitdrukking van haar gezicht te laten verdwijnen. Alsof ze een stap naar achteren had gedaan om daarna te merken dat er alleen leegte onder haar voeten was, zo botste ze tegen de deur, waarbij ze veel meer lawaai maakte dan Brunetti had gedaan toen hij aanklopte.

'Ik ben gekomen om u naar huis te brengen, signora.' Voordat ze kon protesteren, zei hij: 'Dottor Stampini heeft me verteld dat uw kinderen bij uw zus zijn. Laat me u naar huis brengen, zodat u iets kunt eten, en laat uw kinderen ook naar huis komen. Daarna kunt u gaan nadenken over wat u zou kunnen doen.'

'Er is niets wat ik kan doen,' gooide ze eruit, waarbij ze probeerde haar stem vast te laten klinken, maar daar bij het laatste woord niet meer in slaagde. Haar gelaatstrekken werden slap van wanhoop en spanden zich toen van angst.

Brunetti, die wist dat hij haar geen troost kon bieden, zei: 'U kunt koken voor uw kinderen om hun te laten zien dat u het wel redt en dat het leven normaal is.' Voordat ze daartegen kon protesteren, zei Brunetti: 'Dat hebben ze nodig, signora. Hun vader is ziek en ligt in het ziekenhuis, maar ze hebben het nodig dat de dingen zo normaal mogelijk doorgaan, voor zover u dat voor hen kunt doen.' Toen hij zag dat ze iets wilde gaan zeggen, bleef hij doorgaan met praten. 'Het zijn dan misschien tieners, maar het zijn toch ook nog kinderen.'

Hij stopte hierna en sloeg haar gade terwijl ze zijn advies overwoog. Ze hief een hand, maar liet die toen weer vallen. Daarna haalde ze mismoedig haar schouders op en zei: 'Misschien.' Ze draaide zich om en ging de kamer in, waarbij ze de deur voor hem open liet staan.

Gasparini was nog hetzelfde, behalve dan dat de kringen onder zijn ogen nu donkerder waren, vooral aan de linkerkant.

Professoressa Crosera liep naar de zijkant van het bed, boog zich over haar man heen en trok de deken op, hoewel het zo warm in de kamer was dat Brunetti zich er niet prettig bij voelde. Ze legde haar hand licht op de wang van haar man, alsof het een ochtend in haar eigen huis was en ze hem nog wat langer wilde laten slapen. Intussen ging zij wel even koffie maken of de ochtendkrant halen, zodat hij die in bed kon lezen, zoals hij graag deed.

Ze pakte haar jas en tas en liep naar Brunetti toe. 'Vlug, voordat ik van gedachten verander,' en liep de deur uit en de gang af.

Buiten ontdekte Brunetti dat de zon had besloten om met hen te flirten: er waren lichtvlekken op de bestrating van de campo, en hij begon automatisch zijn jas los te knopen.

Brunetti sloeg rechtsaf en liep de brug op. 'Waar woont u?' vroeg hij.

'In de buurt van de San Stae,' zei ze en toen: 'Ik wil graag lopen.'

Ze keek recht voor zich uit, zodat ze niet zag dat hij knikte. Het maakte verder ook niet uit; ze konden maar één kant op. Bij de Ponte dei Giocattoli zei ze: 'Herinnert u zich de speelgoedwinkel nog?'

Dat deed Brunetti zeker: zijn kinderen hadden de winkel al jong ontdekt en waren er nooit langsgelopen zonder te zeuren dat ze naar binnen wilden, 'gewoon om even rond te kijken'. Hij was er nu niet meer, net zoals de andere speelgoedwinkels. In plaats daarvan toeristenrommel; nutteloos speelgoed voor grotere kinderen, allemaal in China vervaardigd, waarbij werd gedaan alsof het Venetiaans was. 'Mijn kinderen vonden het er geweldig,' zei Brunetti.

'Die van mij ook.'

Bij Ballarin, die onlangs een gedaanteverandering had ondergaan, nam hij niet de moeite om te vragen of ze mee wilde, maar ging gewoon naar binnen en liep naar de bar. 'Wat wilt u?' vroeg hij.

'Een macchiatone en een brioche, alstublieft,' antwoordde ze. Toen, alsof ze uit een droom ontwaakte, voegde ze eraan toe: 'En een glas water.'

Hij deed zijn bestelling en hun koffie en brioche stonden al snel op de bar, samen met een glas water, dat ze gulzig opdronk. Ze nipte van haar koffie, maar at de brioche hongerig en snel op. Brunetti betaalde, waarna ze vertrokken.

In de korte tijd dat ze in de koffiebar waren geweest, was het vol geworden in de calle en was het er net zo druk als vroeger rond Kerstmis. In het gedrang stak Brunetti zijn elleboog uit om wat ruimte voor zichzelf te maken en niet tegen haar aan te lopen. De brug op, omlaag, en verder langs de voorgevel van het Fondaco, waar rijen met Chinese toeristen waren begonnen aan het dagelijkse rituele bezoek aan de nieuwe afgod, een eenentwintigste-eeuws winkelcentrum.

Brunetti vermande zich en liep door in de richting van het Canal Grande en daarna linksaf langs de riva, zonder dat hij haar de weg hoefde te wijzen. De Rialtobrug was rechts van hen, en ze gingen eroverheen als mensen in een lift, ingesloten door diegenen die zich voor en achter hen bevonden, niet in staat om te stoppen, niet in staat om sneller te bewegen dan de langzaamste persoon voor hen, niet in staat om te pauzeren, als ze tenminste niet vertrapt wilden worden door de mensen achter hen.

Aan de voet van de brug greep ze zijn arm en trok hem naar rechts. 'Haal me hier alstublieft weg,' zei ze. Brunetti deed tien snelle stappen recht vooruit en stak toen door naar rechts, het kerkplein voor de San Giacomo op.

Hij stopte, recht tegenover het deel van het kanaal dat ze nog konden zien door het open stuk tussen de huizen. Ze begon in de richting van het water te lopen en hij deed hetzelfde. Ze liepen naast elkaar door naar de oever en keken naar de overkant, naar de achtergevel van het voormalige postkantoor. Ze stopte twee meter van het Canal Grande.

'Ik kan er niets aan doen dat ik ernaar kijk als Venetiaanse en niet als architect,' zei ze.

'Bevalt het u wat ze hebben gedaan?' vroeg Brunetti. Hij was er geweest en had de winkels gezien, was naar het dakterras gegaan en had naar de stad gekeken zoals hij die zelden daarvoor had gezien; een cirkel van schoonheid, alles excessief, alles volmaakt.

'Het resultaat bevalt me niet,' zei ze, 'maar een deel van de restauratie is heel goed gedaan.'

'Wat bevalt u niet?' vroeg Brunetti, die zijn vraag gebruikte als middel om haar terug te brengen naar het gewone leven, maar ook omdat hij geïnteresseerd was in wat ze zou gaan zeggen.

'Omdat het niets anders is dan een dure variant van de winkels in de buurt van de San Marco waar ze de goedkope maskers en het glaswerk, allemaal uit China, verkopen.'

Brunetti bleef zwijgen. Hij was het met haar eens, maar hij was nieuwsgierig naar haar redenen. 'Wat is er volgens u hetzelfde?'

'Ze hebben er niets wat Venetianen zouden willen kopen. Olijfolie die vijftien euro per halve liter kost? Laarzen van zevenhonderd euro? Een kop koffie die twee keer zo duur is als wat de meeste bars rekenen?' Voordat Brunetti commentaar kon geven, ging ze door. 'En voor wat betreft al die andere winkels: welke Venetiaan wil er nu een glazen olifant of een plastic masker?'

Hij hoorde haar de argumenten gebruiken die hij al zo vaak had gehoord, die hij al zo vaak had aangevoerd en merkte op: 'Paola vraagt vaak: "Waar kan ik nog een rits kopen?"'

Ze draaide haar hoofd snel in zijn richting met een bijna onthutste uitdrukking op haar gezicht. 'Nááit Paola dan?'

Brunetti glimlachte bij die vraag. 'Goeie hemel, nee hoor. Ze gebruikt het meer als metoniem voor wat Venetianen nodig hebben en zouden willen kopen, in plaats van wat toeristen kopen. Ritsen, ondergoed, aardappelschillers.' Hij stopte en zei erachteraan, als een auto waarvan de uitlaat nog een laatste keer knalt: 'Naaigaren.'

Ze deed een stap naar achteren en bestudeerde zijn gezicht.

'Wat is er?' vroeg Brunetti en hij hoopte maar dat hij haar niet op de een of andere manier had beledigd.

'Een politieman die het woord "metoniem" gebruikt,' zei ze, terwijl ze haar hoofd schudde. 'Geen wonder dat Paola met u is getrouwd.' Ze draaide zich om en begon in de richting van de markt te lopen. Omdat het een doordeweekse dag was, slaagden ze erin om er met betrekkelijk gemak overheen te lopen. Brunetti merkte heel wat lege plaatsen op waar vroeger groente- en fruitkramen hadden gestaan; ook de helft van de visboeren was verdwenen.

De markt af, langs het water, daarna de Calle dei Botteri en nog eens twee bruggen, en toen haalde ze haar sleutels uit haar tas en opende ze haar voordeur. Ze sloot die nadat Brunetti binnen was en ging de trappen op naar de bovenste verdieping, de vierde. Professoressa Crosera opende de deur van het appartement en hij volgde haar naar binnen. Ze leidde hem door een kleine hal naar een grote woonkamer met twee comfortabele banken. Het uitzicht aan de achterkant was in de richting van de markt, met in de verte de campanile van de San Francesco della Vigna. Ze trok haar jas uit en wierp die over de rug van de bank, liep toen om en ging aan de andere kant op de hoek ervan zitten. Hij zag vier zwart-witfoto's aan de muur achter de grootste bank. Op elke foto waren honderden, misschien wel duizenden kleine ronde vlekken te zien die in parallelle, loodrechte lijnen omhoogliepen.

Nieuwsgierig ging hij er dichterbij staan en zag dat ze, zoals hij al had gedacht, deel uitmaakten van Salgado's fotoseries van goudmijnen. Hij was even vergeten waar die ook alweer waren; misschien ergens in Zuid-Amerika. Hij liep er bij vandaan en keek naar professoressa Crosera. Ze had haar handen tussen haar knieën geklemd en leunde naar voren, terwijl ze naar de vloer staarde. Ze duwde zichzelf overeind tot ze tegen de rug van de bank zat en keek in zijn richting.

Plotseling nerveus en niet op zijn gemak ging Brunetti haar tas halen, die ze naast de deur had gezet, en plaatste die naast haar. 'Misschien helpt het als u uw zus belt, signora, om haar te laten weten dat u weer thuis bent,' zei hij en liep naar het raam dat het verst weg was, waar hij de gebouwen en torens in de verte ging bestuderen. Achter hem hoorde hij hoe ze begon te praten. Ook al sprak ze zacht, toch kon hij verstaan wat ze zei.

Brunetti merkte op dat het raam aan zijn rechterkant in werkelijkheid een deur naar een klein terras was. Hij opende die en stapte naar buiten, waarna hij de deur achter zich dichttrok. Haar stem verdween. Rechts van hem zag hij de campanile van de San Marco, samengeperst tussen twee wolken die er door een misleidend perspectief uitzagen als twee grote kussens die aanboden hem te ondersteunen. Hij liet zijn blik verder naar rechts gaan en begon een van zijn oudste spelletjes te spelen: 'Welke kerk is dat?' Omdat hij alleen was, kon hij niet verifiëren of hij het goed had, maar de schuine toren was gemakkelijk te herkennen als die van de Santo Stefano.

Brunetti draaide zich om, precies op het moment dat ze

haar telefoon weer in haar tas stopte en in zijn richting keek. Hij ging naar binnen en liep op haar af. Op de een of andere manier was haar zus erin geslaagd om haar te kalmeren; dat viel goed af te lezen van haar gezicht. 'Signora, we gaan hoe dan ook een officieel onderzoek instellen naar wat er met uw man is gebeurd.'

'Wat zal dat opleveren?' vroeg ze.

'Voor uw man heel weinig, ben ik bang,' zei hij, niet bereid om mee te gaan in haar zelfbedrog. Toen, resoluter: 'Ik wil graag de persoon kunnen vinden die dit heeft gedaan.'

'Ik ben er niet zo van overtuigd dat we daar iets mee opschieten,' zei ze.

'Het zou ervoor kunnen zorgen dat die persoon het niet nog eens zal doen,' opperde Brunetti.

'Klink ik harteloos als ik zeg dat mijn man daar niet veel aan heeft? En ik ook niet?' Ze glimlachte, een van de meest trieste glimlachjes die Brunetti ooit had gezien.

'Niet harteloos, signora, absoluut niet. Maar ik vraag ú om de beslissing te nemen, niet uw man.'

'Welke beslissing?' vroeg ze, oprecht verbaasd.

'Om ons vragen te laten stellen aan u en ook aan uw vrienden,' zei hij, waarbij hij haar zoon nog niet durfde te noemen. 'Is er iets wat volgens u of hen te maken zou kunnen hebben met wat uw man is aangedaan?'

'Ik heb u al verteld over de problemen met mijn zoon,' zei ze.

'Ja,' stemde Brunetti in. 'Was er verder nog iets wat uw man zorgen baarde?'

Ze leek hier in de ogen van Brunetti nogal lang over na te denken en antwoordde uiteindelijk: 'Oud worden. Of zijn bedrijf de economische crisis zal kunnen overleven. De opwarming van de aarde, zijn buikje, wat onze dochter en haar vriendje samen doen.'

Hij glimlachte en zij vroeg: 'Heb ik iets grappigs gezegd?'

'Het was een beetje alsof ik in een spiegel keek en alles zag waar ik me constant zorgen over maak,' antwoordde hij. 'En ik kan er nog aan toevoegen: een baas die af en toe de pest aan mij heeft,' zei Brunetti.

'Verder nog iets?' vroeg ze emotieloos, waarmee ze zijn aanbod van een wat meer ontspannen sfeer verwierp.

'Over wat ik zou willen doen als onderdeel van het onderzoek?'

'Ja.'

'Ik zou graag een blik willen werpen op zijn spullen; in zijn werkkamer willen kijken, als hij die heeft,' zei hij, waarbij hij verwijzingen naar haar zoon bleef vermijden.

Ze knikte hierop, maar Brunetti wist niet of dat betekende dat haar man inderdaad een werkkamer had of dat ze ermee instemde dat hij er ging rondkijken. Of misschien bevestigde ze alleen maar dat ze zijn verzoek begreep. In de hoop dat het sloeg op het laatste, zei hij: 'Ik zou dat graag nu willen doen.' Omdat hij haar onwil voelde, dacht hij dat het misschien tijd werd om de troefkaart van de veiligheid van haar zoon te gaan uitspelen; maar weinig moeders konden weerstand bieden aan de kracht van een dergelijk appel.

Ze keek op haar horloge, maar voordat ze iets kon zeggen, hoorden ze de voordeur opengaan, gevolgd door een harde dreun terwijl de deur werd dichtgegooid. Verbaasd schoot ze overeind van de bank en Brunetti draaide zijn hoofd om te zien wat eraan kwam.

Twee tieners liepen snel de kamer in, een jongen en een meisje van bijna dezelfde lengte, hoewel je aan het gezicht van de jongen kon zien dat hij jonger was dan zijn zus. Hij droeg een spijkerbroek die los om zijn heupen hing, een bruin leren jack en nog bijna nieuwe Stan Smith-sneakers. De onderkant van zijn schedel was opgeschoren tot de hoogte van zijn wenkbrauwen, de rest van zijn haar was lang gelaten, om een vreemd tweeledig effect te creëren. Hij had de donkere ogen van zijn moeder, maar ook al was zijn lijf heel mager, zijn gezicht had nog de molligheid van zijn kindertijd; zijn kaaklijn moest de hoekigheid van de puberteit nog krijgen.

Hij stond abrupt stil toen hij Brunetti zag, en zijn blik schoot naar zijn moeder, terug naar Brunetti, weer terug naar zijn moeder, om aan te geven dat hij hier niets van begreep. 'Wie is dit?' vroeg hij. Zijn gezicht stond strak en zijn lippen trokken zich terug van zijn tanden in een primitieve uiting van bedreiging.

Het meisje draaide zich verbaasd naar hem toe, waarbij afkeuring stond geschreven op een gezicht dat een jongere versie was van dat van haar moeder. 'Sandro,' zei ze, haar stem gespannen en vol verwijt.

De jongen keek naar haar, kennelijk niet in staat om te kiezen tussen woede en spijt. 'Ik vroeg alleen maar wie hij is,' zei hij tegen zijn zus, op een toon die nu zwak klonk als gevolg van haar standje.

Brunetti glimlachte naar hen en zei: 'Ik ben Guido Brunetti. Jullie moeder vroeg me om haar vanuit het ziekenhuis hierheen te vergezellen.' Hij wendde zich tot de professoressa en zei als informeel afscheid: 'Als ik verder nog iets kan doen, bel dan alsjeblieft Paola.'

Daarna richtte hij zich tot de twee kinderen en zei: 'Dat is mijn vrouw. Zij en jullie moeder zijn collega's op de universiteit.' Hij deed een paar stappen in de richting van de deur en toen hij naast hen stond stopte hij even en zei: 'Jullie moeder is al die tijd bij jullie vader in het ziekenhuis geweest en heeft nog niets gegeten. Ik denk dat het goed zou zijn als jullie nu voor haar zorgen. Misschien kunnen jullie haar helpen met de lunch?'

'Wat mankeert hij?' vroeg de jongen gespannen.

In plaats van te antwoorden draaide Brunetti zich weer naar de moeder van de jongen, die tegen haar kinderen zei: 'De doktoren hebben gezegd dat jullie bij *papà* op bezoek mogen. Tot nu toe ben ik de enige geweest die bij hem mocht.'

De jongen wilde iets zeggen, maar zijn stem slaagde er niet in woorden te vinden. In plaats daarvan klonk een licht gekreun. Dat duurde een paar seconden en toen vroeg hij: 'Gaat hij dood?'

Dat zorgde ervoor dat zijn moeder snel op hem toeliep. Ze sloeg haar armen om hem heen en zei op een toon waaraan Brunetti kon horen dat ze zich moest inspannen om die rustig te laten klinken en waarvan hij hoopte dat de jongen dat niet doorhad: 'Doe niet zo gek, Sandro. Hij heeft twee verpleegkundigen en de beste dokter van het ziekenhuis. Aurelia en jij kunnen morgen bij hem op bezoek.' Ze wendde zich tot Brunetti voor bevestiging. 'Ja toch?'

'Als dottor Stampini zegt dat het mag, dan weet ik zeker dat het kan.' Brunetti knikte naar de vrouw en nam de gelegenheid waar om te vertrekken. Toen hij bij de deur was hoorde hij drie doordringende, luide snikken, maar zijn gevoel voor fatsoen weerhield hem ervan om zich om te draaien om te zien wie dat deed.

14

Terwijl hij het pand verliet, voelde Brunetti dat de dag had besloten zich nog niet over te geven aan de winter, maar was teruggekeerd naar begin herfst. Tegen de tijd dat hij bij de Campo San Cassiano was aangekomen, transpireerde hij onder zijn jasje. Hij overwoog om zijn jas uit te trekken, maar toen hij dacht aan de route die hij zou moeten nemen om thuis te gaan lunchen, helemaal in de schaduw. Daarom knoopte hij zijn jas alleen los en liet die openvallen. Hij draaide zich naar de zon en voelde zich een beetje als een late zonnebloem die probeert het lot te tarten.

Als de zon een oude vriend was geweest die zijn koffers ging pakken voor een vakantie van drie maanden, dan zou Brunetti hem hebben verteld dat hij hem zou missen. Hij zou hem een fijne tijd hebben gewenst, daarginds in Argentinië en Nieuw-Zeeland, waar hij de wintermaanden – wijselijk – aan zee door ging brengen en warm zou blijven. Toen hij de Ruga Vecchia San Giovanni inging, kreeg hij gelijk en knoopte hij zijn jas weer dicht voor de rest van de wandeling naar huis.

Brunetti kon de gedachte aan Gianluca Fornari niet van zich afzetten. Hij haalde zijn telefoon tevoorschijn en belde signorina Elettra, terwijl hij de eerste trap beklom.

'Goedemorgen, commissario,' zei ze blij, alsof een telefoontje van hem iets was waar ze al op zat te wachten sinds ze op het bureau was. Voordat hij het kon vragen, zei ze al: 'Signor Fornari is al geruime tijd bij ons bekend. Eigenlijk al sinds zijn achttiende.' Brunetti wilde net zeggen dat hij verbaasd was dat een man die bij hen bekend was zich zou hebben weerhouden van wangedrag tot hij volwassen was, toen ze vervolgde: 'Hij heeft een dossier bij Jeugdzaken, maar ik wilde daar nu even niet gaan zoeken, zo kort na het inwinnen van informatie over Alessandro Gasparini.'

Aha, noemde ze dat tegenwoordig zo, 'het inwinnen van informatie'? Brunetti gooide die gedachte op de grond en plantte er zijn voet op, terwijl hij vroeg: 'En het dossier dat hij bij ons heeft?'

'Hij heeft elf van de afgelopen twintig jaar doorgebracht als gast van de staat,' antwoordde ze, waarna ze even steunde, alsof ze zich uitrekte om iets te pakken wat op armslengte van haar lag. Toen zei ze: 'Ah, ja, hier is het. Vijf jaar voor een serie overvallen in Mestre en Marghera – hij zat in de gevangenis van zijn twintigste tot zijn vijfentwintigste – en toen nog eens drie jaar – van zijn negenentwintigste tot zijn tweeëndertigste – voor het verkopen van drugs aan minderjarigen in Padua.'

Brunetti hoorde een bladzijde omslaan. 'Hij was vierendertig toen hij weer achter de tralies verdween. Dezelfde misdaad, het verkopen van drugs. Maar anderhalf jaar geleden werd hij vrijgelaten.'

'En sindsdien?'

'Ik kan niets vinden over een baan. Of over het betalen van belasting.' Zoals tegenwoordig normaal was bij de meeste mensen, leek de manier waarop ze dat laatste had gezegd te suggereren dat ze het daarmee eens was, hoewel Brunetti bij signorina Elettra nooit zeker was van haar ware gevoelens.

Hij overpeinsde wat ze moest hebben gedaan om die informatie te krijgen en stond versteld: ze kon erin komen, zelfs daar. 'Is hij sindsdien nog in aanraking geweest met ons?' vroeg hij rustig.

'Nee. Ik heb de vigili urbani gebeld om te vragen of zij nog contact met hem hebben gehad. Sommigen van hen kenden hem nog van jaren geleden, maar niemand kon zich herinneren iets met hem te maken hebben gehad of hem zelfs maar te hebben gezien in de afgelopen jaren.' Even later voegde ze eraan toe: 'Een van hen zei dat hij intussen is getrouwd en dat zij een goede vrouw is. Geen kinderen.'

'En nu verkoopt hij drugs aan de kinderen van de Albertini?' Het kwam niet in Brunetti op om te twijfelen aan de informatie die Manrico hem had gegeven.

'Ik heb geen idee, dottore,' zei ze. 'Ik zal kijken wat ik verder nog kan vinden.' Hij stond op het punt om het gesprek te beëindigen, toen ze nog zei: 'Ik heb hun belgegevens bekeken, maar er zijn geen gesprekken geweest tussen hem en Gasparini.'

Hij was intussen aangekomen op de overloop voor de deur van zijn appartement, en bedankte haar voor de informatie die ze had gevonden. 'Ik ben er rond drie uur weer,' zei hij, waarna hij afscheid nam en de verbinding verbrak.

Hij stopte de telefoon in zijn ene zak, haalde zijn sleutels uit de andere en opende de deur. Hij deed een menselijke radarscan van het huis en concludeerde dat er niemand thuis was. Pas toen herinnerde hij het zich: het hoofd van Paola's departement had haar gevraagd – 'gesmeekt' was het woord dat ze had gebruikt toen ze hem vertelde dat ze niet thuis zou komen – om bij een gesprek aanwezig te zijn met een van de mensen die hadden gesolliciteerd naar een vacature als docent. Raffi speelde basketbal en Chiara zou voor het vak kunstgeschiedenis samen met haar medestudenten een bezoek brengen aan de restauratieafdeling van het Accademia-museum. Paola zou ongetwijfeld worden uitgenodigd voor een dure lunch als dank voor haar tijd, de kinderen zouden zich wel vermaken, terwijl hij geen andere keus had dan op zoek te gaan naar restjes in de koelkast en in zijn eentje te eten, met alleen de krant als gezelschap, tenzij Paola die had meegenomen om te lezen tijdens het sollicitatiegesprek. 'O, vind je jezelf soms zielig?' vroeg hij hardop aan zichzelf.

Hij ging de keuken in en opende de koelkast, waar hij een steelpan vond en op het schap eronder een schaal die was afgedekt met aluminiumfolie. Hij haalde ze eruit, zette ze op het aanrecht en nam het deksel van de pan. Knolselderroomsoep. Op de schaal lag een briefje: 'Je hoeft deze niet te verwarmen.' Hij haalde de folie eraf en zag iets wat leek op kalfsgehaktballetjes, omwikkeld met spek.

Hij zette de oven toch aan, schoof de schaal erin, plaatste de steelpan op het fornuis, en zette de vlam niet al te hoog. Hij pakte een kom van de plank en haalde een glas uit de kast. De soep liet hij langzaam warm worden, terwijl hij naar de slaapkamer ging om *Antigone* te halen, dat hij daar de avond ervoor opengeslagen en met de bladzijden naar beneden had laten liggen.

Terug in de keuken drukte hij het boek plat met een opscheplepel en een bord uit het afdruiprek. Hij pakte nog een lepel en roerde daarmee in de soep, om die vervolgens af te likken, als controle of de soep al warm genoeg was.

Hij sneed wat brood, keek opnieuw in de koelkast en temperde zijn teleurstelling dat er geen salade was. Hij roerde in de soep, vulde een glas water uit de kraan, niet vanwege Chiara's gevoeligheden, maar omdat hij te lui was om een fles mineraalwater te openen, en ging aan de tafel zitten.

Hij vond waar hij was gebleven in het boek en ging verder met de scène waar hij de vorige avond was opgehouden. Zijn oog viel op iets wat hij tientallen jaren geleden had onderstreept, toen hij het stuk op school had gelezen. Hij herinnerde zich dat het te maken had met iets wat Ismene had gezegd: Ismene, altijd verstandig, altijd voorzichtig, altijd onderdanig. Daar was het, in zijn eigen al decennia oude verbleekte onderstreping: 'Ik moet diegenen die aan de macht zijn gehoorzamen.' Hij keek weg en probeerde zich voor te stellen wat hij als achttienjarige jongen had begrepen van macht en het gebruik ervan.

Hij rook iets wat aan het aanbranden was maar negeerde het, omdat hij dacht dat zijn verbeelding op hol was geslagen en hij de lucht rook van de brandstapel waarop het lichaam van Eteokles, de trouwe broer, met alle eer werd verbrand, terwijl het lichaam van zijn broer de verrader ten prooi was aan aaseters.

Opnieuw die lucht. Hij draaide zich opzij en zag hoe er damp opsteeg uit de pan. 'Oddio,' mompelde hij, sprong overeind en greep de steel beet. Hij trok de pan van het vuur en zette die op het marmeren aanrecht. Hij hoopte maar dat de soep niet al te erg was verbrand.

Hij vond een kom en schonk er wat soep in, kantelde toen de pan een beetje opzij, zodat hij de bodem kon zien. Die zag er goed uit, dus roerde hij alles nog een paar keer om, goot de rest van de soep in de kom en bracht die naar zijn plaats. Hij nam een slok water en zette het glas rechts van de kom. Daarna ging hij verder met lezen terwijl hij wachtte totdat de soep wat was afgekoeld.

Kreon ging nu wauwelen op de toon waar machtige mannen zo van houden: ze hoorden zichzelf altijd graag zo praten, en waarschijnlijk hoorden ze het ook graag van diegenen die ze als hun gelijken beschouwden. Simpele gedachten, simpele ideeën, simpele bevelen. 'Zorg ervoor dat je nooit de kant kiest van de mensen die mijn bevelen niet gehoorzamen,' gebiedt de koning, en de leider van het koor struikelt bijna over zijn eigen benen in zijn haast om in te stemmen: 'Nooit. Alleen een dwaas zou zo houden van de dood.'

Nadat de wachter de onhandige poging om Polyneikes te

begraven heeft gemeld, komt Kreon met het ultieme wapen van de bullebak: sarcasme. 'Wanneer zijn de goden voor het laatst gezien bij het helpen van verraders?'

Brunetti haalde een bonnetje van Rosa Salva uit zijn zak, legde dat op de bladzijde en sloot het boek. Omdat hij wist dat hij geen aandacht zou besteden aan zijn lunch als hij door zou blijven lezen, schoof hij het boek naar de andere kant van de tafel en begon te eten. Hij wilde alleen dat Paola *Il Gazzettino* van die dag had thuisgelaten, want de lompe, feitelijke verslagen over dood en ellende zouden hem nooit zo hebben beziggehouden als de levendige fantasiewereld van Sophokles.

Toen hij weer op de questura was vroeg hij naar Vianello, maar niemand had de inspecteur gezien of iets van hem gehoord. Griffoni was er aan het begin van de middag even geweest, maar nu was ze lunchen, en ze was nog niet terug. Terwijl hij naar zijn kamer liep, probeerde hij te bedenken wat hij zou doen als hij drugs wilde verkopen aan scholieren, maar niet het risico wilde lopen om gearresteerd te worden.

Hij kon altijd het beste nadenken bij het raam, dus liep hij daarheen en tijdens het bestuderen van de voorgevel van de San Lorenzo overwoog hij de mogelijkheden. Fornari zou een van de leerlingen de verkoop voor hem kunnen laten doen, maar dat zou niets veranderen aan zijn wettelijke aansprakelijkheid. Dan zou het er zelfs nog slechter voor hem uit komen te zien, mocht de scholier worden aangehouden. En hij zou de winst moeten delen; nu niet bepaald een verstandig besluit. Het belangrijkste zou zijn om direct contact te beperken of, nog beter, te vermijden tussen hem en zijn klanten. Zolang hij de drugs niet daadwerkelijk aan een minderjarige overhandigde, was er geen sprake van een echt misdrijf. Dus zou hij een plek moeten zien te vinden waar hij de drugs kon achterlaten en een betrouwbare persoon die de verkoop regelde.

Als de leerlingen eenmaal wisten waar de drugs verkrijgbaar waren, dan hoefden ze daar alleen maar naartoe te gaan, hun geld te overhandigen en de drugs op te halen. Brunetti vroeg zich, niet helemaal vergezocht, af of drugs binnen tien jaar misschien door een drone zouden worden afgeleverd.

Hij herinnerde zich een vriendin van zijn moeder, onverzadigbaar nieuwsgierig naar het doen en laten van de buren, en een enorme kletskous. Telkens als zijn moeder haar langs zag komen, vertelde ze haar zoon dat haar vriendin weer eens bezig was met 'curiosare', een van zijn moeders uitdrukkingen. Als ze de kans had gekregen om verder te komen dan de vierde klas, wat zou er dan van haar zijn geworden? Hij had nog nooit tegen iemand verteld, zelfs niet tegen Paola, dat hij haar nog steeds heel erg miste.

Hij had geen duidelijk idee van de situatie of de regeling die de verkoop van drugs onzichtbaar zou kunnen maken, dus viel er niets anders te doen dan naar de Albertini te gaan voor wat 'curiosare'.

Hij hoorde iemand op zijn deur kloppen en riep: 'Avanti.' Vianello kwam binnen en sloot de deur achter zich. De grijns op zijn gezicht verdween niet toen hij op Brunetti's bureau afliep en op een van de stoelen ervoor ging zitten.

Brunetti liep terug naar zijn bureau en ging ook zitten. Vianello zei niets. 'Oké, Lorenzo,' begon Brunetti uiteindelijk, 'je kunt nu wel ophouden met grijnzen en me gewoon vertellen wat er is gebeurd.'

De inspecteur zakte onderuit op zijn stoel en strekte zijn benen uit. Hij sloeg zijn enkels over elkaar en bekeek de punten van zijn schoenen.

'Blijf je daar zitten gnuiven of ga je het me nog vertellen?' vroeg Brunetti met gespeelde wanhoop.

Vianello's grijns verdween. 'Ik was er vanmorgen al voordat ze klaar waren om aan het verhoor te beginnen. Pastore, de man met wie ik samenwerk, zei dat hij me een paar van de dingen wilde laten zien die ze in het appartement van de dief hadden aangetroffen toen hij werd gearresteerd.'

Brunetti ging verzitten en deed zijn armen over elkaar.

'Goed, goed,' zei Vianello gemoedelijk. Hij haalde een envelop uit zijn binnenzak en legde die op het bureau voor Brunetti. 'Kijk zelf maar.' Hij wees op de envelop met bewust melodrama.

Brunetti maakte de flap open en zag een paar vellen papier. Hij trok ze eruit, vouwde ze alle drie open en spreidde ze in een rij op het bureau voor hem uit. Het waren kleurenkopieën van wat eruitzag als foto's van drie schilderijen, allemaal portretten van vrouwen. Op de eerste hield een zwarte bediende een rode parasol boven het hoofd van een vrouw; op de tweede had de vrouw ogen van verschillende grootte en de derde toonde een voluptueuze naakte vrouw die zich bukt om haar voeten af te drogen met een handdoek.

'Bordoni,' zei Brunetti, die ze meteen herkende. 'De man die werd ondervraagd, had hij die? In zijn appartement?'

'Ja.'

Brunetti tikte met de buitenkant van zijn vingers beurtelings tegen de drie vellen papier en vroeg: 'Had hij deze fotokopieën van de schilderijen of de schilderijen zelf?'

'Alleen de fotokopieën,' antwoordde Vianello.

'En de schilderijen?'

Vianello schudde zijn hoofd. 'Er lag van alles in zijn appartement, maar er waren geen schilderijen.'

'Wat vonden ze dan wel?'

'Er waren foto's van andere schilderijen. Hij had ook een aantal horloges, juwelen, wat renaissancekoper, een klein Romeins beeldje van een godin, een Iznik-tegel en ongeveer twaalfduizend dollar. In dollarbiljetten.'

'Was iets ervan opgegeven als gestolen?'

'Ze hebben de eigenaren van de tegel gevonden en van vier van de horloges. Ze kijken nu in hun archief om te zien of de andere dingen zijn opgegeven als gestolen.'

Brunetti overwoog wat zijn vriend hem net had verteld. 'Dus het is een echte beroeps.'

'Daar lijkt het wel op.'

'Het feit dat hij fotokopieën heeft van die schilderijen betekent dat hij ze óf heeft gefotografeerd nadat hij de werken had gestolen...'

'Zodat hij ze aan eventuele klanten kon laten zien,' maakte Vianello de zin voor hem af.

'Of dat iemand hem die fotokopieën heeft gegeven om hem precies te laten zien welke schilderijen hij mee moest nemen,' maakte Brunetti de zin verder af, en deze keer knikte Vianello.

Ze zaten daar even zwijgend bij elkaar, terwijl ze de mogelijkheden afwogen.

'Wat heeft zijn vrouw erover gezegd?'

'Niets. Ze zei dat ze dacht dat haar man inboedelverzekeringen verkocht,' zei Vianello met een uitgestreken gezicht.

'Inboedelverzekeringen?' vroeg Brunetti. 'Hoe verklaarde ze dan al die spullen in hun huis?'

'Daar had ze geen verklaring voor. Ze zei dat haar man altijd al een goede smaak heeft gehad.'

'Wie belde er om huiselijk geweld te melden?'

'De mensen in het appartement tegenover hen,' antwoordde Vianello.

'Hoe verklaart hij de voorwerpen in het appartement?' vroeg Brunetti.

Met een neutraal gezicht zei Vianello: 'Een deel ervan zat in een aktetas die hij in de trein had gevonden.'

'Maar dat heeft hij niet aangemeld?'

'Hij zei dat er volgens hem helemaal geen wet is die zegt dat je dat moet doen.'

Brunetti negeerde dit en vroeg: 'Is er iets over hem bekend bij ons?'

'Hij is zeven keer gearresteerd voor inbraak. Zes jaar totaal in de gevangenis.'

'Heeft iemand hem gevraagd naar die fotokopieën?'

'Ja. Hij zei dat hij ze niet weg wilde gooien omdat de eigenaar van de aktetas, als hij die ooit zou vinden, waarschijnlijk alles terug zou willen hebben.'

Brunetti had even tijd nodig om te reageren en toen hij dat deed, was het enige wat hij wist te zeggen: 'Juist ja.' Toen vroeg hij: 'Ga je nog met hem praten over deze?' terwijl hij met een vinger tikte op het meisje met de ongelijke ogen.

'Morgen. Pastore zei dat ik een halfuur met hem kan krijgen terwijl zij hun koffiepauze hebben.'

'Lange pauze,' merkte Brunetti op.

'Ja, nogal hè?' stemde Vianello in. 'Ik verwacht dat het wel even zal duren om hem ervan te overtuigen dat het misschien verstandig is om in te stemmen met een deal. Hij vertelt mij waar hij die fotokopieën vandaan heeft en ik vertel mijn vrienden dat hij met ons heeft meegewerkt.'

Brunetti pakte de fotokopieën een voor een op en bestudeerde ze. De lijst om het portret van de vrouw onder de parasol was simpel zwart en strak. De vrouw die haar voeten droogde werd omgeven door een gouden lijst, versierd met houtsnijwerk van rozetjes. Op de fotokopie van het schilderij van de vrouw met de vreemde ogen was te zien dat de lijst eraf was gehaald. Hij keek opnieuw naar de naakte vrouw en merkte dat er uiterst rechts, op geringe afstand van de rozetjes van haar lijst, een dunne zwarte verticale streep liep naar de zijkant van de fotokopie die zich zowel boven als onder het schilderij leek uit te strekken. De vrouw met de vreemde ogen had dezelfde zwarte streep een beetje links van de niet meer ingelijste kant van haar portret. Net als bij het andere schilderij ging de zwarte streep boven en onder de rand van het portret door.

Brunetti staarde een hele tijd naar de drie schilderijen. Toen pakte hij de fotokopie van de vrouw onder de parasol en vouwde het vel papier verticaal, zodat de zwarte lijst van het schilderij zich ook aan de rand van de fotokopie bevond. Hij pakte de andere twee fotokopieën en vouwde de zijkanten ervan net zo om, zodat de zwarte lijst van het middelste schilderij de zwarte verticale strepen werden die zo dicht langs de zijkanten van de andere schilderijen liepen.

Hij zette ze in een horizontale rij neer en zo werd het een soort triptiek van vrouwen, waarbij de zwarte lijst van het middelste portret nu op gelijke afstand was van de andere twee schilderijen was en ook hoger was.

Brunetti keek naar Vianello. 'Hingen ze zo ook in het appartement van Bordoni?'

De inspecteur knikte en glimlachte. 'Je bent erg slim, Guido. Ik had er veel meer tijd voor nodig, en ik moest Bocchese bellen om naar de foto te kijken die dottor Bordoni ons had gegeven om te laten zien hoe de schilderijen oorspronkelijk hingen.'

'Dus de oorspronkelijke foto is in hun huis genomen? Vóór de inbraak?'

'Vermoedelijk.'

Brunetti bestudeerde de drie fotokopieën weer. In een huis zo vol kunst en schilderijen als bij de Bordoni's zou een dief heel wat minder problemen hebben als hij een routekaart had met gemakkelijk te begrijpen tekens.

'Hiermee wil jij een deal maken?' vroeg Brunetti.

'Precies zoals ik het jou heb verteld, Guido: hij geeft me de naam van de persoon die de foto heeft genomen, en in ruil daarvoor praat ik even met mijn vrienden.'

'Zullen je vrienden daarmee instemmen?' vroeg Brunetti.

Opgeschrikt door die vraag schoot Vianello overeind. 'Maar dat hebben ze al gedaan. Zij praten met de rechter-commissaris en verklaren dan dat hij een heel hulpvaardige getuige is geweest.'

Brunetti glimlachte en zei: 'Het verbaast me dat je hun niet hebt gevraagd om tegen de rechter-commissaris te zeggen dat hij de tas vermoedelijk inderdaad in een trein heeft gevonden.'

'Daar heb ik over nagedacht,' zei Vianello op een toon waaruit bleek dat het hem speet. 'Maar gezien zijn strafblad waren mijn vrienden niet bereid om zo ver te gaan.'

15

Brunetti keek op zijn horloge en vroeg aan Vianello: 'Heb je iets te doen op dit moment?'

'Nee.'

'Mooi. Wil je met mij mee naar de Albertini?'

Vianello kwam overeind.

'Ik wil graag zien wat er gebeurt als de leerlingen uit school komen,' zei Brunetti. 'Chiara is meestal om vijf uur uit, dus zij misschien ook wel.'

'Goed. Ik moet even mijn jas pakken. Ik zie je beneden,' zei de inspecteur en ging naar de deur.

Een paar minuten later verlieten ze de questura en liepen ze automatisch in de richting van de school in de Barbaria delle Tole, niet ver van het ziekenhuis. Brunetti herinnerde zich dat hij als scholier op de campo had gevoetbald, ook al bakte hij er niet veel van. Hij wist alleen niet meer met welke vrienden hij dat had gedaan.

Ze staken de brug voor Palazzo Cappello over en bleven rechtdoor lopen, totdat ze afsloegen en op de school afliepen.

'Waar zijn we naar op zoek?' vroeg Vianello. 'Ik weet niet zo goed hoe iemand die drugs verkoopt eruitziet.'

Brunetti haalde zijn schouders op. 'Ik ook niet. Niemand heeft Fornari gezien sinds hij anderhalf jaar geleden is vrijgekomen, en toch zou hij de drugshandel hier bij de school onder controle hebben.' Hij ging langzamer lopen en draaide zich naar zijn vriend toe om hem aan te kijken. 'Wat denk jij wat dat kan betekenen?'

Vianello stopte voor een winkel aan de rechterkant en keek naar een brede, bruine vaas in de etalage. 'Hoe ouder ik word, hoe meer ik ga houden van Japanse voorwerpen,' zei hij, tot grote verbazing van Brunetti.

'Waarom?'

Vianello wreef over zijn onderlip terwijl hij daarover nadacht. 'Die zijn zo ongecompliceerd, zo simpel.'

'Misschien niet voor de Japanners,' zei Brunetti.

'Maar wél voor Venetiaanse politiemensen, denk ik,' zei Vianello. 'Kijk eens,' voegde hij eraan toe, terwijl hij wees op de vaas. 'Het lijkt wel alsof die gloeit, vind je niet? Alsof er binnenin iets brandt.' Toen Brunetti niet antwoordde, stopte Vianello zijn handen in de zakken van zijn broek en wendde zich af van de etalage om weer verder te lopen.

'Het zou kunnen betekenen dat hij het werk aan iemand anders heeft uitbesteed,' vervolgde Vianello, alsof hij niet was gestopt om in de etalage te kijken. 'Het zou kunnen dat hij het zat is om achter de tralies te zitten.'

'Dat is maar goed ook,' stemde Brunetti in, 'na al die jaren.' Volgens de informatie die signorina Elettra hem had gegeven over Fornari had hij het grootste deel van zijn leven in de gevangenis doorgebracht.

Ze passeerden de schoolhekken, die openden naar de calle. Er waren geen leerlingen te bekennen op het grote plein; het enige teken van leven was een bordercollie die alert in de verste linkerhoek zat, alsof hij zijn kudde had geparkeerd en nu zat te wachten totdat de tijd op de meter verstreken was.

Er stonden banken op de campo. Ze zouden minder opvallen als ze daarop gingen zitten met een krant in hun handen. Brunetti stopte daarom bij de kiosk, maar zag dat er geen kranten meer waren. Hij kocht *L'Espresso*, ook al had hij dat nummer al thuis, en een twee maanden oude *Giornale dell'Arte*, die hij aan Vianello overhandigde. Ze zaten op een bank die uitzicht bood op de calle die leidde naar de school en begonnen te lezen. Er gingen minuten voorbij; ze bladerden door hun tijdschrift, waarbij ze af en toe in de richting van de school keken om te zien of er al leerlingen naar buiten waren gekomen. Na nog eens tien minuten was Brunetti verdiept in een artikel over de ex-directeur van het MOSE-project, die nu in Centraal-Amerika woonde en beweerde dat hij te ziek was om terug te keren naar Italië om voor de rechter te verschijnen.

In de loop der jaren had Brunetti rapporten gelezen over het totale bedrag dat was gespendeerd aan het project; dat zou variëren van vijf tot zeven miljard euro, en nu werd hier zomaar beweerd dat dit *progetto faraonico* weleens helemaal niet zou kunnen functioneren. En dat was het dan: eeuwenoude getijdenpatronen verstoord, enorme stukken land en zee bedekt met beton, de kosten inmiddels gigantisch opgelopen, en nu werd er doodleuk beweerd dat de stormvloedkering misschien nooit zou kunnen werken. Hij sloeg de bladzijde om.

Een laag geluid dat leek op het rollen van de branding maakte dat ze tegelijk opkeken. Ze zagen en hoorden een exodus: de Uitverkorenen van een dure particuliere school stroomden in een brede golf van Moncler en The North Face in de richting van de campo. Grijs, donkergrijs, zwart, donkerblauw, en bijna allemaal droegen ze jeans die zo versleten en gescheurd waren dat de werkster van hun familie zich voor hen zou schamen, want natuurlijk hadden de ouders van deze jongens en meisjes een werkster.

De jongens waren lang en slungelig, de meesten althans, de meisjes kennelijk op hun gemak in hun gezelschap. Sommigen liepen naast elkaar, als vrienden of als stelletjes. Brunetti kende het verschil, maar wist niet waarom hij dat wist: misschien kwam het door wat de jongen aanraakte als hij zijn arm om het meisje sloeg. Een massaal gemompel, met hier en daar een uitbarsting van gelach, ging aan hen vooraf.

De golf naderde. In het midden ervan, op een centimeter van de hielen van een lang donkerharig meisje en lijkend op een stuk drijfhout, trippelde de bordercollie mee. Met zijn tong uit zijn bek keek de hond af en toe adorerend naar haar op voordat hij zich minimaal verplaatste, als reactie op het een of andere signaal vanuit de kudde.

Terwijl ze de campo naderden, maakten een paar leerlingen zich los uit de massa. Ze gingen de tabakswinkel binnen, om even later naar buiten te komen met kleine pakjes sigaretten, die ze openden om een sigaret aan hun klasgenoten aan te bieden. Anderen slenterden in de richting van de kiosk waar Brunetti zijn tijdschriften had gekocht. Ze betaalden en namen de tijdschriften aan die de Aziaat in de kiosk hun gaf. Wanneer was het gebeurd, vroeg Brunetti zich af, dat kiosken waren opgehouden met het voornamelijk verkopen van kranten en tijdschriften, en nu cd's, prullaria, sleutelhangers en T-shirts verkochten? En sinds wanneer waren de mannen in een kiosk niet meer Italiaans?

De golf spoelde langs hen en spatte uiteen op de campo: sommigen gingen de bars in voor een kop koffie of een cola; anderen liepen door en beklommen de brug om aan de andere kant ervan te verdwijnen.

Terwijl hij hen bestudeerde, keek Brunetti toe om te zien of een volwassene hen misschien zou benaderen of dat er een volwassene op de campo was die aandacht aan hen besteedde. Dat leek niet het geval.

Een jongen met glanzend zwart haar dat tot op de kraag van zijn overhemd viel, duwde de deur van Rosa Salva open en bewoog in de richting van de brug. Hij had nog maar een paar passen gedaan toen een meisje de deur openduwde en achter hem aan ging lopen terwijl ze schreeuwde: 'Gianpaolo, wacht op mij.' Hij draaide zich om, maar glimlachte niet, en ze begon in zijn richting te rennen. Brunetti keek weg.

'Ze zal het ooit wel leren,' zei Vianello. Toen, na een ogenblik, voegde hij eraan toe: 'Of misschien wel nooit.'

Brunetti legde het tijdschrift op de bank naast zich, vouwde zijn armen over zijn borst en richtte zijn aandacht op het laatste pand in de rij die begon met Rosa Salva. Vanachter de ramen op de vierde verdieping kon je gemakkelijk de bergen zien, evenals de voorgevels van het ziekenhuis en de basilica die daar stonden als visuele geschenken; tientallen jaren had hij de mensen benijd die in dat appartement woonden. Hij bestudeerde de ramen en dacht er intussen aan wat de scholieren hadden gedaan toen ze de campo op kwamen gelopen.

Hij draaide zich naar Vianello en vroeg: 'Heb jij ooit meegemaakt dat jongens roddelbladen lezen?'

'Dat ze wát lezen?'

'Die tijdschriften met foto's van acteurs en actrices en een verhaal van zes dubbele pagina's over de bruiloft van George Clooney.'

'O, lieve hemel, herinner me daar alsjeblieft niet aan,' zei Vianello, die vier dagen achter elkaar dubbele diensten had gedraaid tijdens de festiviteiten een paar jaar daarvoor. Hij rilde even van afschuw terwijl hij die herinnering van zich afzette. 'Waarom vraag je dat?'

'Omdat vier jongens zojuist dat soort tijdschriften hebben gekocht. En ze betaalden er twintig euro per stuk voor.'

'Hoe weet jij dat?'

'Omdat ik goed heb gekeken. Ze betaalden allemaal met een biljet van twintig euro, pakten het tijdschrift aan en namen niet de moeite om te wachten op wisselgeld.'

'Heel interessant,' zei Vianello.

Brunetti, die koude voeten had gekregen terwijl ze daar zaten, stampte een paar keer op de grond. 'Het enige wat ze hoeven te doen is namen en hoeveelheden doorgeven. Een bepaald tijdschrift betekent een bepaalde drug, en een bepaald aantal tijdschriften betekent de hoeveelheid van de drug die de koper wil. Aan het einde van de dag stuurt de man in de kiosk een sms met wat hij wil hebben, en de gevraagde tijdschriften worden dan de volgende dag geleverd.' Nadat hij even had nagedacht voegde Brunetti eraan toe: 'Het is veiliger dan wanneer hij daar permanent een voorraad zou aanhouden.' Tot slot zei hij: 'Het is net DHL... levering binnen 24 uur.'

Vianello overwoog dit en vroeg toen: 'Hoe kan het dat jij hier vijf minuten zit en dan meteen al een systeem ziet dat zou kunnen werken, terwijl mensen die hier al jaren werken of wonen niets in de gaten hebben?'

Brunetti dacht hierover na voordat hij antwoordde: 'Waarschijnlijk hebben ze het wél in de gaten, Lorenzo, maar dat gaan ze ons niet vertellen. Wij zijn melaatsen. Nou ja, een soort melaatsen; niemand wil met ons gezien worden of met ons praten, want dan komen ze uiteindelijk in de problemen. Ze wonen hier in de buurt, vergeet dat niet.'

'Is dat niet een beetje overdreven?'

'Natuurlijk is het overdreven, maar toch denken zij zo. Waarom zouden ze uiteindelijk de moeite nemen? Ze weten dat dezelfde mensen hetzelfde over een paar dagen weer zullen doen, of over een week, of over een maand. Als ze naar het bureau komen om een misdrijf te melden, dan noteren wij hun naam, en dan kan iemand erachter komen dat zij met ons hebben gesproken.' Voordat Vianello kon protesteren, zei Brunetti: 'Ik weet dat het zo niet gebeurt, maar ik zeg alleen wat mensen geloven.'

'En als ze bellen, dan hebben wij hun telefoonnummer en kunnen we erachter komen wie ze zijn en dan zouden we bij ze langs kunnen gaan om vragen te stellen.' Hij draaide zich om en keek Vianello recht aan. 'Als jij een gewone burger zou zijn – geen politieman – zou jij dan een misdrijf melden?'

Vianello negeerde die vraag en vroeg: 'Hoe is Fornari hierin betrokken?'

Brunetti was er zich plotseling van bewust dat hij het echt koud begon te krijgen en kwam overeind. 'Wist ik dat maar.' Hij keek op zijn horloge en zag dat het even voor zessen was, een van die lastige momenten waarop het te vroeg is om al naar huis te gaan, maar te laat om nog de moeite te nemen om terug te gaan naar de questura.

'Er valt hier verder niets te doen voor ons,' zei Brunetti. 'We kunnen net zo goed naar huis gaan.'

'Bereken je overwerktoeslag voor de tijd dat we hier in de kou hebben gezeten?' vroeg Vianello.

Brunetti lachte en sloeg zijn vriend op zijn schouder.

16

Brunetti's goede humeur verliet hem de hele weg naar huis niet en kwam samen met hem de trappen op naar boven. Raffi was in de keuken, waar hij een prosciuttosandwich at die net zo groot was als het Grieks-Italiaanse woordenboek dat hij in zijn andere hand hield. Toen hij zijn vader zag, zei hij met zijn mond vol: 'Dit is om in leven te blijven totdat we straks gaan eten.'

Een zwijgende Brunetti liep voor hem langs en haalde de fles ribolla gialla tevoorschijn die ze de vorige avond niet hadden leeggedronken. 'Dit ook,' zei hij terwijl hij de fles hard op het aanrecht zette en op zoek ging naar een glas. Toen, met de sluwheid van een slang, haalde Brunetti een ander glas tevoorschijn en schoof dat in de richting van Raffi. 'Wil je ook wat?'

Met zijn mond weer vol door een volgende hap kon Raffi alleen zijn hoofd schudden. Hij slikte en zei terwijl hij de sandwich omhoogstak: 'Niet hierbij. Ik heb liever water.'

'Aha!' riep Brunetti's mentale detective uit. 'Geen belangstelling voor alcohol, dus dan misschien ook niet voor drugs.' Hij opende de koelkast en terwijl Raffi bleef dooreten, haalde hij er een fles mineraalwater uit en schonk een glas voor zijn zoon in.

Raffi propte het laatste stuk sandwich in zijn mond en mompelde vanuit een mondhoek: 'Bedankt, papà.'

'Probeer je te ontsnappen aan tekstanalyse?' vroeg Brunetti, met een knikje naar het woordenboek.

Raffi gooide zijn hoofd achterover en rolde met zijn ogen. Toen hief hij op een zeer professorale manier een vinger in de lucht en zei: 'δύνατον τὸν μηδὲν πράττοντα πράττειν εὖ.'

Nadat hij dat had gezegd dronk hij het water op en zette het lege glas in de spoelbak met net zo'n resolute klik als zijn moeder wel deed als ze een gebaar veranderde in een statement, en ging weer naar zijn kamer.

Ik zou dat jaren geleden zeker hebben herkend, zei Brunetti bij zichzelf, terwijl hij terugging naar de Grieken, maar er niet in slaagde om de betekenis ervan te ontdekken.

Tijdens het avondeten probeerden ze te besluiten of ze de uitnodiging van Paola's ouders zouden aannemen om in de week tussen Kerstmis en Nieuwjaar naar hun huis in de buurt van Dobbiaco te gaan.

Brunetti zat er rustig bij, terwijl hij probeerde te genieten van zijn kabeljauw met spinazie en zich vermaakte met het voorspellen van de drie verschillende reacties. Paola zei dat ze een hekel had aan Dobbiaco, een hekel had aan de kou en niet meer van skiën hield. Raffi zei dat hij graag wilde gaan, maar eerst met Sara moest overleggen. Chiara, die nooit teleurstelde, klaagde over het feit dat de familie zoveel huizen had dat die het grootste deel van het jaar leegstonden. Ze verwierp de bewering van haar moeder dat er, door het hele jaar personeel aan te houden, een oogje op de huizen werd gehouden en mensen werk hadden. Het was een argument dat Paola al jaren geleden had geperfectioneerd om Raffi's socialistische uitspraken over onroerendgoedbezit in te tomen.

'Dat is het punt niet,' ging Chiara door, die doorschakelde naar de grote verontwaardiging die ze aanwendde om van de ene reden naar de volgende te gaan. 'Het is een daad van milieuvandalisme om die huizen open te houden en al die energie te verbruiken die nodig is om ze te onderhouden.'

'O, doe niet zo gek, Chiara,' zei haar moeder. 'Je weet dat je opa het dak vol heeft laten leggen met zonnepanelen.'

Raffi mengde zich erin en zei vrolijk: 'Hij verkoopt zijn overproductie aan de elektriciteitsmaatschappij.' Brunetti herinnerde zich dat hij ooit een zoon had die een overtuigd vijand van het kapitalisme was en er hevig naar verlangde dat het hele verderfelijke systeem zou worden vernietigd. Hoe kon hij, de vader van de jongen – en bovendien politieman – niet hebben gemerkt dat de kidnappers van de Europese Centrale Bank waren binnengedrongen om zijn eigen zoon te vervangen door een kloon?

'Betekent dat dan dat je niet mee wilt, engel?' vroeg Brunetti aan Chiara.

Zijn vraag bracht de temperatuur van haar vurigheid omlaag. 'Dat heb ik niet gezegd, papà,' zei Chiara nadrukkelijk. 'Ik wil wel mee. Om weg te zijn van de vervuiling hier.' Er is een ecologische rechtvaardiging voor alles, dacht Brunetti, al zei hij dat maar niet.

'En jijzelf, papà?' vroeg Raffi, misschien indachtig de vriendelijkheid van zijn vader om hem een glas water te geven.

'Ik heb er ook wel zin in.'

'Maar je haat skiën,' zei Chiara meteen.

'Maar ik hou wel van de bergen,' antwoordde Brunetti met een glimlach.

Het onderwerp stond hierna niet meer in de belangstelling en werd opgeschort tot een later tijdstip. Paola herstelde de harmonie of liever gezegd, haar verse kastanje-hazelnoottaart herstelde de harmonie.

Pas veel later, toen hij met *Antigone* in zijn handen in bed lag met zijn vrouw aan zijn zijde, herkende hij Raffi's citaat. 'Aristoteles,' zei hij hardop. '"Het is onmogelijk voor een mens die niets doet om gelukkig te zijn."'

*

De volgende morgen omgordde hij zijn lendenen toen hij op het bureau aankwam en belde hij zijn baas om te vragen of die even tijd voor hem had. Patta zuchtte hevig en zei dat hij meteen kon komen als hij zich haastte.

Toen Brunetti binnenkwam, nadat hij lang genoeg in het voorvertrek van dottor Patta was blijven hangen om aan signorina Elettra te kunnen vragen of ze misschien iets kon vinden over het privéleven van Fornari, trof hij de dottore verdiept in een opengeslagen dossier aan. Toen de vicequestore Brunetti hoorde binnenkomen, gedroeg hij zich als Sint-Augustinus in zijn studeerkamer, als die tijdens zijn werkzaamheden werd gestoord door de stem van de geest van Sint-Hiëronymus bij het raam. Hij keek eerst naar het licht dat van links kwam, toen naar Brunetti en daarna naar de grond, alsof hij zocht naar het witte hondje dat zo kort geleden nog bij zijn voeten had gezeten. Even later concentreerde hij zijn blik weer, om terug te keren naar de zaken van deze wereld. 'Wat is er, Brunetti?' vroeg hij.

'Het gaat over signor Gasparini, vicequestore,' zei Brunetti op een toon die hij laag hield.

'Gasparini?' vroeg Patta. 'Je moet mijn geheugen even opfrissen, Brunetti.'

'Natuurlijk, signore,' antwoordde Brunetti.

'Ga zitten,' gebaarde Patta rustig.

Brunetti liep de kamer door naar de stoel waarop hij meestal ging zitten als hij met de vicequestore sprak. 'De man die twee dagen geleden aan de voet van een brug is gevonden.'

'Een straatroof, was dat het niet?'

'Daar leek het op, signore,' zei Brunetti.

'Wat bedoel je, Brunetti?' vroeg een ogenblikkelijk achterdochtige Patta.

'De aanval kan doelbewust zijn geweest, dottore.'

'Door wie?'

'Zijn vrouw is een week geleden bij mij geweest; ze vertelde me dat ze bang was dat haar zoon drugs gebruikte.'

'Wil je soms zeggen dat jij denkt dat de zoon het heeft gedaan?'

'Nee, signore,' zei Brunetti zonder iets te laten merken van de irritatie die hij voelde. 'Misschien is signor Gasparini op de een of andere manier achter de naam van de man gekomen die drugs verkoopt bij de school van zijn zoon.' Brunetti wilde liever niet toelichten dat hij dat te weten was gekomen door een van zijn informanten. Hij pauzeerde om te wachten op commentaar of vragen van Patta.

'En jij denkt dat die aanval daar het gevolg van is?'

'Het is een mogelijkheid, dottore,' antwoordde Brunetti mild. Hij zei maar niets over het ontbreken van straatcriminaliteit in Venetië, omdat hij niet wilde dat de vicequestore dat zou opvatten als verholen kritiek op diens geboortestad Palermo.

Patta leunde achterover op zijn stoel en legde zijn handen, vingers in elkaar gestrengeld, over zijn buik. Zelfs het gewicht van zijn handen veroorzaakte geen enkel rimpeltje in de gladheid van zijn overhemd.

'Wat wil je dat ik doe?'

'Niets, meneer. Ik wil u attenderen op het mogelijke verband: ik wil graag de man vinden die drugs verkoopt aan scholieren.'

'Je hebt zelf kinderen,' zei Patta. 'Maak je je zorgen om hen?'

'Hier minder dan ik in een andere stad zou doen,' zei Brunetti en voegde er toen haastig aan toe: 'Milaan bijvoorbeeld.'

Patta knikte, boog zich naar voren en zei: 'Ik begrijp het. Goed. Kijk maar wat je kunt ontdekken.'

'Dank u, meneer,' zei Brunetti en kwam overeind. Als hij erin zou slagen om op zijn tenen naar de deur te lopen en uit de kamer te vertrekken zonder verder nog een woord, dan kon hij dit gesprek misschien toevoegen aan de korte lijst van rustige gedachtewisselingen die hij met Patta had gehad.

Net toen Brunetti bij de drempel was gekomen, zei Patta achter hem: 'Veel succes, Brunetti,' wat hem zo van zijn à propos bracht dat hij bijna de klink uit zijn handen liet glippen.

'Dank u, meneer,' zei Brunetti opnieuw en vertrok.

Buiten leunde hij tegen de deur en sloot zijn ogen. Hij haalde twee keer diep adem, niet in staat te geloven wat er net was gebeurd.

'Wat is er, signore?' vroeg signorina Elettra nerveus.

Brunetti opende zijn ogen en zag haar achter haar bureau, één hand op de rand geklemd, alsof ze op het punt stond zichzelf overeind te duwen om hem te hulp te schieten. 'Is alles goed met u?'

'Ja,' zei hij op fluistertoon, terwijl hij zijn hand in de lucht stak. 'De vicequestore wenste me net succes bij het vinden van een verdachte.'

Ze ging weer zitten en Brunetti voegde eraan toe, terwijl hij op haar afliep: 'De hele tijd dat ik daar was, is hij vriendelijk en aandachtig geweest.'

'Dan moet er iets met hem aan de hand zijn,' zei signorina Elettra.

'Of hij wil iets van mij,' redeneerde Brunetti hardop.

'U zou hem toch nooit iets belangrijks vertellen, signore?'

Brunetti stak de rug van zijn rechterhand omhoog in haar richting en wees naar de toppen van zijn vingers met de wijsvinger van de andere hand. 'Behalve als er bamboescheuten onder mijn nagels zouden worden gestoken,' zei hij.

Ze keek opgelucht. 'Ik vraag me af wat hij wil.' Signorina Elettra pakte een stukje papier van haar bureau en stak dat naar Brunetti uit.

Hij zag dat ze er de naam van Fornari's vrouw op had geschreven, gevolgd door een datum en twee bedragen in euro's.

'Sinds hij uit de gevangenis is, krijgt hij een invaliditeitsuitkering, en zij wordt betaald om voor hem te zorgen.'

'En die invaliditeit?' vroeg hij, terwijl hij zich afvroeg op wat voor manier Fornari en zijn vrouw aan het frauderen waren.

'In zijn gevangenisdossier staat dat hij om medische redenen is vrijgelaten,' zei ze.

'En wat houdt dat in?'

'In het dossier staat dat hij gezondheidsproblemen heeft die beter kunnen worden behandeld als hij thuis is bij zijn familie en voor behandeling naar het ziekenhuis kan gaan.'

'Wordt er ergens nog vermeld wat het probleem is?'

'Het zou een ernstige ziekte kunnen zijn,' zei ze, wat niet erg overtuigd klonk. 'Door mijn ervaring hier denk ik alleen zomaar dat hij een manier heeft bedacht waardoor zowel hij als zijn vrouw geld ontvangt van de sociale dienst, terwijl hij zijn drugshandel uitbesteedt aan de hoogste bieder.'

'Kunt u in...' begon Brunetti, maar corrigeerde zichzelf snel. 'Ik bedoel, kunt u zijn medisch dossier inzien om te kijken of er een duidelijke reden wordt gegeven?'

'Daar was ik net mee begonnen, signore,' zei ze. 'Als u naar boven gaat, dan zal ik het u laten weten zodra ik iets heb gevonden.'

Een halfuur later belde signorina Elettra al. 'Ik heb zijn medisch dossier gevonden. Dat ziet er niet goed uit, en ik had ongelijk.'

'Wat mankeert hij?'

'Longkanker. Een ernstige variant. Nou ja,' matigde ze het, 'een van de erge varianten. Daarom hebben ze hem vrijgelaten.'

'Geeft het dossier u ook enig idee hoe slecht hij eraan toe is?'

'Nee. Ze noemen het soort chemotherapie dat hij momenteel krijgt en hoeveel kuren hij al heeft gehad, maar dat is alles.'

'Hoe lang loopt dit al?'

Na een korte pauze zei ze: 'Sinds hij is vrijgelaten. Hij heeft twee lange chemokuren gehad en daarna bestraling. En nu heeft hij sinds drie maanden weer chemotherapie. Eén keer in de drie weken.' Na een pauze voegde ze eraan toe: 'Zijn doktoren hebben geconcludeerd dat hij te zwak is om zelf naar het ziekenhuis te gaan, dus wordt hij nu door Sanitrans gehaald en gebracht.'

'Wanneer was hij voor het laatst in het ziekenhuis?'

Hij hoorde hoe er papieren werden omgedraaid, vergezeld van een licht neuriënd geluid. Na enige tijd was ze er weer en zei: 'Hij heeft vorige week *chemio* gehad, en de volgende kuur staat voor over twee weken gepland.'

'En heeft hij zich aan al zijn afspraken gehouden?'

Nog meer papiergeritsel en toen: 'Ja.'

'Goed,' zei Brunetti. Zijn reactie was spontaan gekomen: Fornari was zeker een drugsdealer en een ex-gedetineerde, maar ook een kankerpatiënt.

Na een lange aarzeling vroeg ze: 'Hebt u al eens aan een bepaalde mogelijkheid gedacht, commissario?'

'Welke?'

'Als hij al lang in deze handel zit, dan heeft hij connecties onder zijn... collega's. Hij zou de zaken met zijn telefonino kunnen regelen. Het enige wat hij nodig heeft is een betrouwbare koerier.'

'Dat is een interessante gedachte, signorina, dank u wel,' zei Brunetti. Toen vroeg hij haar om hem te bellen als ze verder nog iets te weten zou komen en verbrak de verbinding.

Hij trok de onderste la van zijn bureau open, legde zijn hakken erop, leunde zo ver als zijn stoel hem dat toestond naar achteren en bestudeerde het plafond. Voor het eerst merkte hij een beige vlek ter grootte van een cd op, al had deze tentakels die neerdaalden vanaf de plek waar de muur aan de linkerkant het plafond raakte. Boven zijn kamer was de zolderverdieping waar eeuwen geleden de bedienden hadden gewoond. Nu werden de kamers aan deze kant van het gebouw als algemene opslagruimte voor oud meubilair en archiefkasten gebruikt en kwam er zelden iemand. Het plafond was laag en er lag een houten vloer, terwijl de ruimtes ramen hadden die erg klein waren. Hij was er jaren geleden eens geweest en had de toestand van de raamkozijnen gezien, maar zijn kamer was toen aan de andere kant van het gebouw, dus hij had voor zichzelf geen problemen gezien.

In Fornari zag hij echter wél een probleem. Het was niet erg waarschijnlijk dat een man die chemotherapie kreeg voor een kennelijk zeer kwaadaardige tumor drugs zou leveren in een ander deel van de stad, laat staan dat hij voor een school zou rondhangen in de kou om er drugs te verkopen. Het was nog onwaarschijnlijker dat hij over de vereiste kracht beschikte om een man aan te klampen, aan te vallen en van de treden van een brug te gooien.

Brunetti bekeek nog eens de vlek op de muur. Hij wilde Fornari liever niet zien als een doodlopende weg, hoe ernstig zijn gezondheidstoestand ook was. De echtgenote. Collega's. Een telefoon. Het zou heel gemakkelijk zijn voor Fornari om iemand anders te sturen.

Hij nam alles wat hij had ontdekt over Gasparini nog eens door; ook hij was een man met een aardige vrouw. Af en toe leek het wel alsof Italië een land was vol mannen die een aardige vrouw hadden. Hij was zelf toch ook een man met een aardige vrouw?

Hij kwam overeind en besloot op datzelfde moment om eens te gaan *curiosare* aan de andere kant van Castello. Hij kon beter alleen gaan, zodat hij en Fornari een rustig gesprekje konden hebben, van drugsdealer tot drugsdealer.

17

Hij vond het adres in *Calli, Campielli e Canali*; niet ver van de muur van het Arsenaal, dat langs de Rio delle Gorne liep. Hij kon zich niet de laatste keer herinneren dat hij in die buurt was geweest, maar wel dat er een grote boom op de Campo delle Gorne stond, en dat een vriend van hem ooit had geprobeerd om hem de helft van een boot te verkopen die een aanlegplaats had langs die muur.

Hij had het aanbod afgeslagen omdat hij toen, kort na de geboorte van Raffi, al wist dat hij voorlopig geen tijd zou hebben voor een boot. Boten behoorden tot de lichtzinnigheid en vrijheid van de jeugd of tot de eindeloze, soms lege uren van de ouderdom. De meeste mannen hadden hun handen vol aan hun gezin en werk. Een boot was een vriendin, geen vrouw.

Terwijl hij de plattegrond in *Calli, Campielli e Canali* bestudeerde hoopte hij dat dit het geheugen van zijn voeten zou opfrissen, zodat die hem er moeiteloos heen konden brengen. Hij raakte maar twee keer de weg kwijt, en een van die keren telde eigenlijk niet mee: aan het einde van de Calle dei Furlani wilde hij rechtsaf slaan, maar corrigeerde zichzelf net op tijd en sloeg toch maar linksaf. Een paar minuten later, toen hij de Campo Do Pozzi opging, bleef hij rechtdoor lopen, een doodlopend straatje in, totdat hij inzag dat hij fout zat, terugkeerde naar de campo en daar linksaf ging tot aan de Campo delle Gorne.

Een lange, aantrekkelijke blonde vrouw stond bij de oever

van het kanaal, terwijl ze naar iets in het water tuurde. Een forse witte hond zat dwars aan haar voeten. Brunetti liep op haar af, zonder te weten waarom hij wist dat zij Engels was, maar daar zo zeker van dat hij haar in die taal aansprak: 'Is er iets, signora?'

'Ja, de tennisbal van Martino,' zei ze. Ze glimlachte en voegde eraan toe: 'Niets aan te doen, ben ik bang.'

Brunetti keek in het kanaal en zag de harige gele bal die naar links wegdreef. 'Als ik dertig jaar jonger was geweest, signora, dan zou ik erin duiken om hem eruit te halen voor u,' zei hij impulsief. Als ze een hond had, dan woonde ze waarschijnlijk in de stad: des te meer reden voor een beetje Italiaanse *galanteria*.

Ze lachte hardop, waardoor ze jaren jonger leek. Ze draaide zich naar hem toe om zijn gezicht te bestuderen. 'Als ik dertig jaar jonger was geweest, had ik dat graag gewild,' zei ze. Toen, omlaag kijkend naar de hond, zei ze: 'Kom mee, Martino: we kunnen niet alles hebben wat we willen.'

Ze schonk Brunetti nog een glimlach en liep terug in de richting van de kerk van San Martino Vescovo.

Opgevrolijkt door deze ontmoeting vervolgde Brunetti zijn weg langs het water en sloeg linksaf, een smalle calle in waar geen licht doordrong. De deur was aan zijn rechterhand, zo laag en breed dat die bijna vierkant leek. Hij zocht naar een bel en toen hij die niet vond, klopte hij een paar keer. Hij wachtte even, klopte opnieuw en toen er nog steeds niet werd opengedaan, maakte hij een vuist en bonkte vijf keer hard op de deur.

Hij hoorde een stem, daarna voetstappen en even later werd de deur opengetrokken door een vrouw van ongeveer zijn eigen leeftijd, lang en te mager, die naar buiten kwam. 'Kom je voor Gianluca?' vroeg ze op een toon die hoop uitdrukte. Ze had rood haar dat drie centimeter geleden wit was geworden. De huid rond haar neus en mond herhaalde dezelfde kleuren, met plekjes afschilferende rode huid. Haar ogen hadden de kleur van lapis lazuli, zo felblauw dat Brunetti dacht dat ze wel contactlenzen moest dragen, maar ze was niet het soort vrouw dat zich daarmee bezighield.

'Ja,' antwoordde Brunetti zonder een glimlach.

Ze leek die ook niet te verwachten en stapte weer naar binnen, waarbij ze de deur openhield. 'Kom binnen. Hij is boven.'

Brunetti liep langs haar heen, ervoor wakend dat hij niets zei. Hij ging een vochtige gang in, met een houten trap aan de ene kant. Dit zou weleens een van die huizen kunnen zijn die rond het eind van de vorige eeuw waren gebouwd voor de arbeiders van het Arsenaal. Veel ervan waren getransformeerd tot modieuze bed & breakfasts; dit huis duidelijk niet. Hij beklom de trap en hoorde hoe ze achter hem aan naar boven kwam.

Toen hij op de eerste overloop was aangekomen, zei ze achter hem: 'Naar rechts.' Hij veranderde van richting en zag een volgende deur, die een normale rechthoekige vorm had. De deur stond op een kier waardoor licht en warmte naar buiten kwamen.

'Ga maar naar binnen,' zei ze en kwam dichterbij staan, waardoor ze Brunetti in de richting van de deur dwong. Hij duwde die open zonder om toestemming te vragen en ging een lage kamer met een balkenplafond binnen, al waren het niet de balken die hij gewoonlijk zag. Deze waren aangetast door houtworm en bedekt met de donkere restanten van de vele rook die uit net zo'n kolenkachel moest zijn gekomen als die hij zich herinnerde van zijn grootouders. Er waren twee ramen, dicht bij elkaar, maar wat er zich aan de andere kant van het glas bevond, bleef onzichtbaar door de condens die op de ramen zat en langs het glas naar beneden druppelde.

Door de beslagen ramen was Brunetti zich des te meer bewust van de warmte die van de muren af leek te komen, en van de twee elektrische kacheltjes voor een bank waarop een man met een bleek gezicht en lang, sluik haar half overeind zat. Het was bijna middag, maar er kwam geen licht door de ramen naar binnen. Brunetti wist niet of dat lag aan de smalheid van de calle of de hoogte van de omringende huizen. Hij wist alleen dat hij in een val, of een grot, of een gevangeniscel was beland.

De man keek schuin in zijn richting. 'Wie ben je?'

'Mijn naam is Guido.'

'Hebben zij je gestuurd?'

'Ja,' antwoordde Brunetti, die zo veel mogelijk ongeduld liet doorklinken in dat korte antwoord.

'Wat willen ze?' De stem van de man was die van een roker, schor en onaangenaam.

Brunetti glimlachte, trok een stoel bij en ging zitten zonder dat hem dat werd gevraagd. 'Wat denkt u dat ze willen, signor Fornari?'

Brunetti draaide zich om over zijn schouder te kijken en zag de vrouw bij de deur staan. 'Moet zij hierbij blijven?' vroeg hij lomp.

'Nee,' zei Fornari. 'Ga weg.'

De vrouw gehoorzaamde en verbaasde Brunetti door de deur zacht te sluiten.

Toen Brunetti weer naar de man keek, leek die in slaap te zijn gevallen. Zijn gezicht zag rood, door de warmte of door de medicijnen die hij gebruikte. Of misschien door de ziekte zelf.

Fornari was vroeger misschien een knappe man geweest. Zijn neus was smal en mooi gevormd, de boog van zijn wenkbrauwen vreemd elegant. De goed gevormde volle lippen staken af bij de ingevallen wangen erboven.

Hij opende zijn ogen, grijs en licht wazig, en vroeg: 'Willen ze wachten?'

'U zou beter moeten weten, signor Fornari,' zei Brunetti overdreven beleefd.

'Ik heb ze altijd op tijd betaald. Ik ben een goede klant,' hield hij vol.

De vochtigheid van de stem, alsof er iets klefs in zijn keel was blijven steken, maakte dat Brunetti zijn tanden op elkaar klemde. 'Dat was toen,' zei Brunetti ongevoelig. 'Dit is nu.'

Bij het indommelen was Fornari's hoofd naar rechts gezakt, en nu moest hij zijn best doen om zichzelf overeind te duwen. Brunetti zag hoe zijn handen, weinig meer dan klauwen, tegen de zitting van de bank drukten en een kussen vanachter zijn rug wegtrokken. Hij dacht aan de stem van de man en onderdrukte de impuls om zo dicht naar hem toe te gaan dat hij hem kon helpen.

'Mijn vrouw heeft het geld gisteravond aangenomen. Je hebt het toch wel gekregen?'

Brunetti beperkte zich tot knikken.

'Dus waarom hebben ze haar dan verteld dat ze een nieuwe leverancier nemen?'

'Voor de Albertini, bedoel je?' vroeg Brunetti.

Fornari wierp hem een verbaasde blik toe. Hij was zwak, maar hij was niet gek. Hij knikte, maar leek op zijn hoede te zijn.

Brunetti trok een leep gezicht en zei: 'We hebben iemand gevonden die allebei kan doen. De Albertini en de Marco Polo. Maar kijk eens naar jezelf. Hoe veel langer denk je dat je het nog kunt doen?' Toen voegde hij eraan toe, op een toon waarin hij zijn minachting liet doorklinken: 'Denk jij dat niemand jouw vrouw heeft gezien? Denk jij soms dat zij ertoe in staat is?' Daarna verhief Brunetti zijn stem en liet die nog wat kwader klinken: 'Denk je dat wij de gok gaan nemen haar te gebruiken? Dan kunnen we net zo goed een circusclown inhuren.' Hij forceerde een minachtend lachje, alsof Fornari hem net een grap had verteld die helemaal niet leuk was.

'Is dat de reden waarom er vandaag geen levering was?' vroeg Fornari, plotseling vrij van achterdocht.

'Wat denk je zelf?' vroeg Brunetti.

'Wat gebeurt er dan met ons?' vroeg Fornari met trillende stem, die bijna panisch klonk. Hij werd onderbroken door een enorme hoestbui die hem naar voren trok, naar de rand van de bank. Er volgde nog een hoestbui en toen nog een, en daarna een aanhoudende serie lange, verstikkende geluiden waardoor Brunetti wel de kamer uit had willen rennen.

De deur ging open en daar stond de vrouw, met een schone witte handdoek in haar handen. Ze boog zich over de stikkende man en draaide hem naar de rug van de bank en toen op zijn zij. Ze drukte de handdoek tussen zijn gezicht en de bank, tilde toen zijn benen op en legde hem op de bank.

Het hoesten bleef maar doorgaan, vochtig en vreselijk en vervuld van de nadering van de dood. Niets of niemand kon de kracht van dit gehoest overleven; longen konden niet op hun plaats blijven met die woeste kracht die de kamer vulde. Brunetti kwam overeind en ging weg, de gang op. Hij sloot de deur en bleef daar voor zijn gevoel lange tijd staan luisteren naar hoe een leven werd weggehoest.

Uiteindelijk, onderbroken door gehijg, pauzes en lange momenten van stilte, hield het hoesten langzaam op. Brunetti ontspande zijn vuisten en haalde zijn handen uit zijn zakken. Na weer een paar minuten kwam de vrouw de kamer uit. Ze keek naar Brunetti en deed geen poging om haar minachting voor zijn zwakheid te verbergen. 'Hij slaapt nu. Je kunt gaan.' Hij begon de trap af te lopen, met de vrouw dicht achter hem aan, alsof ze er zeker van wilde zijn dat hij echt zou vertrekken. Toen ze beneden waren gekomen, wachtte hij op haar.

Ze liep langs hem heen zonder naar hem te kijken en opende de deur.

'Wat hebben ze tegen je gezegd toen ze gisteravond het geld aannamen?' vroeg hij.

'Dat ze mij niet wilden. Ze hebben iemand anders gevonden om de leveringen te doen. Ik ben afgedankt.' Haar gezicht trok samen, alsof ze wilde gaan huilen, maar toen slaakte ze een lange zucht, bijna van opluchting.

Boosheid of ongeduld kleurde haar stem. 'Ik heb je toch gezegd dat ik ben afgedankt.' Toen, met dezelfde achterdocht als de man, vroeg ze: 'Hebben ze jou dat dan niet verteld?'

Hij haalde zijn schouders op, alsof hij wilde aangeven dat dat soort dingen nu eenmaal gebeurt bij grote bedrijven: informatie die niet van de ene naar de andere afdeling wordt doorgegeven; de afdeling personeelszaken die je niet op de hoogte houdt van waar die mee bezig is; ontslagen waar je pas veel later van hoort.

Hij liep voor haar uit, opnieuw zonder zich te verontschuldigen, en verliet het appartement. Ze nam niet de moeite om de deur achter hem dicht te slaan.

18

Toen hij terugliep naar de questura dacht Brunetti nog eens na over zijn gesprek met Patta. Gelukkig had hij de vicequestore alleen maar verteld dat de mogelijkheid bestond dat er een verband was tussen Gasparini en de drugsdealer. De hoestende schim die hij zojuist had gesproken was niet de persoon die Gasparini had aangeklampt op de brug, en evenmin leek zijn vrouw iemand te zijn die tot zoiets in staat was. Fornari had niet eens de kracht om een telefoontje te plegen: hij had nooit de aanval op Gasparini kunnen regelen.

Dus zo lagen de zaken nu: het enige voor de hand liggende verband tussen slachtoffer en verdachte was in rook opgegaan. Hij moest terug naar het begin en vanaf daar opnieuw kijken naar dingen die hij misschien over het hoofd had gezien doordat hij te veel rekening had gehouden met het mogelijke drugsgebruik van de zoon van professoressa Crosera.

Hij pakte zijn telefoon en koos het nummer van Griffoni.

'Sì,' antwoordde ze.

'Ik ben er over tien minuten.'

Ze zat achter haar bureau dat, zag hij, verschoven was en nu tegen de muur stond. Hoewel ze hierdoor gedwongen was om vanaf een afstand van nog geen halve meter naar de barsten en afbladderende verf te kijken, bood het een bezoeker de luxe dat hij niet meer in de deuropening hoefde te zitten. Door zich als een slang langs de achterkant van haar stoel te wringen kon iemand nu op de andere, kleine stoel gaan zitten en met haar praten terwijl de deur dicht was. Maar als er twee mensen in het kamertje zaten, zou er toch moeten worden overlegd wie er als eerste in beweging zou komen om weer te vertrekken.

Brunetti stopte bij de open deur en bewoog zijn hoofd snel van links naar rechts om de kleine ruimte te bestuderen. 'Door het bureau daar neer te zetten heb je de kamer een gevoel van grandeur gegeven,' zei hij en glipte langs haar heen om op de stoel voor gasten te gaan zitten.

Glimlachend sloot ze de deur en draaide zich naar hem toe. 'Wat is er?' vroeg ze. Toen hij aarzelde, voegde ze eraan toe: 'Je klonk nogal gestrest aan de telefoon.'

Hij had besloten het haar ronduit te vertellen. 'Ik ben bij Fornari geweest. Hij is aan het doodgaan aan longkanker in een krot in Castello. Hij zou net zo min iemand kunnen aanvallen als dat hij met engelenvleugels naar het ziekenhuis zou kunnen vliegen voor chemotherapie.'

'Dus wat blijft er dan voor ons over?'

'Het bewijs dat Gasparini is aangevallen, zonder dat we daar een verdachte voor hebben.'

'Je sluit een willekeurige aanval uit?' vroeg ze.

'Absoluut,' zei hij en weerstond de impuls om eraan toe te voegen: we zijn hier uiteindelijk in Venetië.

Ze schoof naar voren op haar stoel, alsof ze overeind wilde komen, maar gaf die poging op en draaide zich zo dat ze hem beter aan kon kijken. Hij merkte op dat ze een zwart T-shirt droeg en een zwart wollen jasje. Het enkele parelsnoer leek echt; hij wist in elk geval zeker dat haar haar écht blond was.

'Dat is goed,' zei ze. 'Dat je niet denkt dat het toeval was.'

'Waarom?'

'Omdat er dan een motief is. En als er een motief is, dan kan er bewijsmateriaal zijn dat erheen zal leiden.'

Brunetti geloofde dat ook. 'Er is weten en er is vinden,' zei hij.

Ze leunde tegen de rug van haar stoel en pakte een notitieboekje en pen. 'Vertel me alles wat je te weten bent gekomen.'

Hij had er veel tijd voor nodig om het haar te vertellen: wat professoressa Crosera hem had verteld, deze keer gedetailleerder; haar weigering om hem te laten praten met haar zoon en zijn toevallige ontmoeting met de jongen, waarbij die agressief gedrag had vertoond. Hij eindigde met zijn bezoek aan Fornari en diens vrouw en hun erbarmelijke woonomgeving, hoewel het er schoon en opgeruimd was geweest, zo realiseerde hij zich ineens. Er was geen troep of wanorde geweest, en Fornari had een schone, gestreken pyjama aan gehad. Het was door het gehoest gekomen, gaf Brunetti toe – maar alleen aan zichzelf – dat het er zo goor had uitgezien.

Toen hij klaar was, sloot Griffoni het notitieboekje en legde het aan de zijkant van haar bureau. 'Niets daarin,' begon ze, terwijl ze in de richting van het boekje gebaarde, 'zou me op een spoor kunnen brengen.' Ze pauzeerde, dacht even na en corrigeerde zichzelf toen. 'Behalve dan teruggaan naar professoressa Crosera. Ik denk dat het de moeite waard is om nog eens met haar te gaan praten.'

Brunetti was het daar helemaal mee eens: hij wist hoe uitstekend Griffoni de goede agent kon spelen, vooral bij vrouwelijke getuigen. 'Prima. Dan ga ik kijken of ze met ons wil praten. Misschien kunnen we...'

Griffoni onderbrak hem door te zeggen: 'Als ze weer in het ziekenhuis is, dan moeten we niet dáár gaan praten. Dat zou te veel voor haar zijn.'

Brunetti haalde zijn telefonino tevoorschijn en hield die omhoog. Griffoni knikte, zocht het nummer en toetste het in.

Het toestel ging negen, tien keer over, en pas bij de elfde keer nam ze op en zei haar naam.

'Signora, met commissario Brunetti. Hoe gaat het nu met uw man?'

'Zoals u hem de laatste keer hebt gezien. Hij is nog steeds in het ziekenhuis; er is geen verandering in zijn toestand.'

'Ah,' zuchtte Brunetti. 'Het spijt me dat te horen, signora, maar ik ben bang dat ik het u nog lastiger moet maken.'

'Hebt u de persoon gevonden die hem volgens u heeft aangevallen?' vroeg ze op veel neutralere toon dan Brunetti zou hebben verwacht. Maar toen kwam het in hem op: wat was nu eigenlijk het verschil tussen wel en niet weten?

'Nee, dat niet. Daarom wil ik juist graag nog eens met u praten.'

'Hier?' vroeg ze, waarbij ze geschrokken klonk.

'Nee. Bij u thuis. Als u dat goedvindt.'

'Wat heb ik eraan?'

Hij realiseerde zich dat niemand iets had aan het vinden van de schuldige, nu niet en nooit niet. Het zou slecht zijn voor de dader en voor diens familie; het zou ook slecht kunnen zijn voor de familie van het slachtoffer, want het enige wat die dan zou hebben was de verleiding van wraak, en Brunetti had gezien hoe snel wraak een negatieve invloed had op iedereen die daarmee te maken kreeg.

'Het gaat er niet om dat u er iets aan heeft, signora,' zei hij. 'Maar het is mijn taak om de schuldige te vinden en ervoor te zorgen dat die gearresteerd wordt.'

'Wat zal dat veranderen?' vroeg ze. Haar stem klonk heel zacht; hij moest zijn best doen om haar te verstaan. Hij dacht dat hij ratelende geluiden op de achtergrond hoorde, maar zeker wist hij het niet.

'Wanneer wilt u komen?' vroeg ze plotseling, waarmee ze hem verraste.

'Na de lunch misschien? Is drie uur een geschikte tijd voor u?'

'Ja,' zei ze en ze hing op.

'Ze vindt het goed,' zei Brunetti tegen Griffoni.

'Mooi,' zei Griffoni. 'Het is beter in haar eigen huis, denk ik.'

'Beter omdat ze dan wat meer ontspannen zal zijn?' vroeg Brunetti.

'Ja,' antwoordde Griffoni en kwam overeind. 'En omdat we dan wat rond kunnen kijken.'

Ze gingen samen lunchen. Brunetti belde Paola om te zeggen dat hij met iemand moest gaan praten. Ze had daar geen enkele moeite mee en vertelde dat de kinderen alles prima vonden wat ze hun te eten gaf, zolang het maar veel was.

'Aan het werk?' vroeg hij, terwijl hij zich afvroeg of ze een lezing moest voorbereiden of examens moest corrigeren.

'Aan het lezen,' zei ze en liet het daarbij.

Bij de lunch praatten Griffoni en hij over een zaak waar de lokale kranten vol van stonden: een Egyptische dokter werd ervan beschuldigd dat hij zijn zestienjarige dochter had vermoord omdat hij op haar Facebookaccount wat flirterige berichtjes had aangetroffen, geplaatst door een jongen uit haar klas, een Italiaan. Een van de berichten die de man tot moord had gedreven was: 'Jouw antwoord in de geschiedenisles vandaag was heel goed.' Een andere keer had die jongen geschreven: 'Heb je tijd om koffie te drinken na de les?' Omdat de vader niet zo goed wist hoe het zat met de volgorde van Facebookberichten, had hij niet opgemerkt dat ze niet had gereageerd op het eerste bericht en 'Nee' had gezegd op het tweede.

De vader had haar doodgestoken terwijl ze sliep. Later had hij tegen de politie verteld dat hij het niet had kunnen doen als ze wakker was geweest en ze hem had aangekeken: hij hield te veel van haar.

Brunetti en Griffoni spraken over het voorval met de wanhoop die opkomt bij het besef van menselijke vooroordelen en domheid. 'Ze was zestien jaar, en hij vermoordt haar omdat een jongen vroeg of ze met hem koffie wilde drinken, mijn god!' zei Griffoni. 'Als ik erover nadenk wat ik deed toen ik zestien was...' begon ze en bedekte haar ogen met haar rechterhand.

'Jij bent niet Egyptisch,' zei Brunetti.

'Zij ook niet,' reageerde Griffoni fel. 'Ze is hierheen gekomen toen ze drie jaar was. Moest ze zich soms gedragen alsof ze was grootgebracht in een tent in de woestijn?'

'De vader zegt dat hij dood wil, dat hij wil dat wij hem doden.'

'O Guido, kom nou toch,' antwoorde ze, waarbij ze noch haar verbazing noch haar boosheid verborg.

'Wat bedoel je?' vroeg hij, geschrokken door haar heftigheid.

Bij de nadering van de ober met hun pasta stopten ze allebei met praten. Zodra hij buiten gehoorsafstand was, herhaalde Brunetti: 'Vertel eens wat je bedoelt.'

Griffoni strooide wat kaas over haar pasta, prikte een voor een wat erwten op, gevolgd door een stukje gele paprika, voordat ze haar vork vol *tagliolini* ronddraaide. De pasta bleef in de lucht zweven aan het einde van haar vork terwijl ze naar hem keek. 'Ik bedoel dat het allemaal flauwekul is. Hij wil helemaal niet dood. Hij komt met mooie praatjes bij westerlingen en wil ze laten geloven dat zijn hart is gebroken omdat hij zijn dochter heeft vermoord.'

Ze legde haar vork neer en nam haar gezicht in haar handen, maar bleef praten. 'Hij is niet tevreden dat hij haar heeft vermoord; hij wil nu ook nog medeleven omdat hij een slachtoffer is dat klem zit tussen twee culturen.' Ze haalde haar handen weg en pakte haar vork op. 'Ik kan wel gillen als ik dat hoor; het is allemaal zo georkestreerd en vals.'

'Denk je dat echt? Geloof je hem niet?'

Deze keer sloeg haar vork tegen haar bord. 'Nee, ik geloof hem niet. En ik geloof ook die oude mannen niet die zeggen dat ze hun arme, lijdende vrouw wel moesten doden omdat ze er niet tegen konden dat de vrouw van wie ze hielden een andere persoon werd door alzheimer.' Ze balde een vuist en legde die op het tafeltje. 'Vertel me eens of je ooit hebt gelezen over een vrouw die hetzelfde excuus gebruikte voor het doden van haar man.'

Brunetti merkte op dat de mensen aan het tafeltje naast hen nerveus in hun richting keken, waarschijnlijk bang dat zij man en vrouw waren en ruzie met elkaar hadden.

'Hoe zit het met de moeder van het meisje? Die zou je toch wel geloven?'

'Omdat ze een vrouw is, bedoel je?' vroeg Griffoni met zoetgevooisd sarcasme. Voordat hij kon antwoorden, zei ze: 'Nee, eigenlijk niet. Ik denk dat ze hem waarschijnlijk het mes heeft overhandigd.'

Brunetti was zo verbaasd dat het nu zijn beurt was om zijn vork op zijn bord te leggen en haar over de tafel heen aan te staren. Waarom was dit alles zo lang verborgen gebleven?

'Dat is nogal hard, vind je niet, Claudia?' vroeg hij op rustige conversatietoon.

'Je hebt toch de kranten gelezen? Ze zei dat ze de slaapkamer van haar dochter binnenliep om haar wakker te maken voor school en toen ze het bloed zag, gilde ze en rende het huis uit. Ze had naast haar man liggen slapen en werd wakker, om even later haar dochter vermoord in bed aan te treffen.'

Brunetti knikte. Dat was inderdaad het verhaal dat in de kranten had gestaan en waar ze het nog steeds over hadden.

'Denk jij soms dat hij terug is gegaan naar zijn slaapkamer en weer rustig in bed is geglipt, Guido? Hij heeft net zijn enige kind zeven keer met een mes gestoken en hij stapt gewoon weer in bed, zijn vrouw wordt niet eens wakker en hij gaat gewoon weer slapen?'

Brunetti keek naar zijn pasta; hij had ineens geen trek meer.

'Ze vonden overal op zijn pyjama bloed, Guido. Of liever gezegd, wíj vonden overal op zijn pyjama bloed. En in hun bed. En we vonden de vingerafdrukken van zijn vrouw op het heft van het mes.'

'Ze zei dat dat op de grond lag en dat ze het had opgepakt zonder er verder bij na te denken.'

'En het bloed eraf waste en het mes teruglegde in de keukenla? Hoe is het daar in de la terechtgekomen, Guido? En wie heeft het bloed eraf gewassen?'

De ober kwam op hun tafeltje aflopen, maar Griffoni wuifde hem weg. Ze opende haar mond, sloot die weer en haalde toen vijf of zes keer diep adem.

Ze boog zich over de tafel en legde haar rechterhand op zijn arm. 'Het spijt me, Guido, maar ik word gek als ik hiernaar moet luisteren.'

'Naar wat?'

'Naar mannen die hun gewelddadigheid ten opzichte van vrouwen uiteenzetten en dan verwachten dat mensen geloven dat ze echt geen keus hadden. Ik word er doodziek van en ik word doodziek van mensen die dat gewoon geloven. Hij vermoordde haar omdat hij de controle over haar dreigde kwijt te raken. Zo simpel is het. Al het andere is gewoon een rookgordijn en een beroep op ons verlangen om ons goed te voelen over onszelf, omdat we zo tolerant zijn tegen opzichte van andere culturen. En het is vals, vals, vals.'

Ze stopte en staarde hem een hele tijd aan, terwijl ze iets leek te overwegen waar Brunetti geen idee van had. 'En, als ik zo vrij mag zijn, alleen mannen zijn dom genoeg om het te geloven, omdat ze hetzelfde verlangen hebben om de controle over vrouwen te hebben en – als de waarheid dan toch verteld moet worden – er heimelijk mee sympathiseren.'

Ze wenkte de ober en toen die kwam, zei ze dat hij de borden weg kon halen en hun twee koffie mocht brengen. Ze waren heel stil toen hij de borden wegnam.

19

Allebei gaven ze er de voorkeur aan om te gaan lopen. Ze deden onderweg geen moeite om een luchtig gesprek te voeren en kwamen even na drie uur aan bij het huis van de familie Gasparini. Brunetti drukte op de bel en even later zaten ze in de woonkamer waar hij eerder met haar had gesproken; was dat pas gisteren geweest? Professoressa Crosera was vreemd bleek geworden. Haar haar had nog dezelfde volle bruine kleur, maar daardoor leek de verandering in haar gezicht juist groter. Haar huid was vaal en leek wel van perkament. De gebogen lijnen van haar jukbeenderen waren veranderd in hoeken. Twee dagen hadden dit met haar gedaan, dacht Brunetti.

'Professoressa Crosera,' zei Brunetti, nadat hij de koffie die uit beleefdheid werd aangeboden had afgeslagen, 'we willen graag dat u ons wat meer vertelt over uw man.'

Ze keek van Brunetti naar Griffoni en toen weer naar Brunetti, alsof ze erop wachtte dat hij voor haar nu zou gaan vertalen wat hij zojuist had gezegd in een taal die zij niet kende. 'Wat bedoelt u?' vroeg ze uiteindelijk. Zelfs haar stem klonk grauw, met een matheid als gevolg van gebrek aan slaap en constante angst.

'Ik heb de man gevonden die drugs verkoopt bij de school,' zei Brunetti.

Haar blik schoot terug naar zijn gezicht en ze vroeg: 'Heeft hij het gedaan?'

Brunetti schudde zijn hoofd. 'Hij heeft het onmogelijk kunnen doen; hij is erg ziek.'

'Ligt hij in het ziekenhuis?' wilde ze weten. Brunetti vroeg zich af of ze zou proberen hem daar te vinden om hem iets aan zou doen.

'Daar is hij wel geweest, voor chemotherapie.' Omdat hij haar wilde testen, voegde hij eraan toe: 'Maar het ziet er niet naar uit dat er enige kans is dat hem dat zal helpen.'

'Mooi,' zei ze bruut.

Brunetti wist niet goed hoe hij hierop moest reageren. Alsof ze niets had gezegd ging hij door. 'Hij kan uw man onmogelijk hebben aangevallen. Dat weet ik zeker.'

'Dus?'

'Het moet iemand anders zijn geweest.'

Professoressa Crosera verplaatste haar aandacht van hem naar Griffoni en vroeg: 'Heb ik u verbaasd met wat ik net over hem zei?' Brunetti realiseerde zich dat ze wilde weten hoe de reactie van een andere vrouw zou zijn.

'Helemaal niet,' antwoordde Griffoni.

'Zelfs niet als ik hem dood zou wensen?'

'Als hij drugs verkoopt aan uw zoon, dan is dat een volkomen natuurlijke reactie.' Griffoni's stem was vervuld van delfische kalmte.

'Zou u er net zo over denken?'

Griffoni sloeg haar handen in elkaar en liet die in haar schoot rusten. Ze keek naar hen en zei: 'Ik heb geen kinderen, dus ik kan niet voelen wat u voelt.' Toen, voordat de andere vrouw iets kon zeggen, ging ze door, haar hoofd nog steeds gebogen: 'Maar ik geloof dat ik dat ook zou wensen.' Toen Griffoni dat eenmaal had gezegd hief ze weer haar hoofd en keek ze naar de andere vrouw, haar gezicht uitdrukkingloos.

Professoressa Crosera knikte, maar zei niets.

Brunetti zag in dat het enige wat hij kon doen was te pretenderen dat het gesprek een rechtlijnig verloop had, aangezien hij had gezegd dat hij meer van haar wilde weten over haar man. Hij was er zich van bewust dat hij aan Fornari had gedacht als de aanvaller; nu had hij niets meer. 'We zouden graag willen dat u ons vertelt of uw man de laatste weken iets ongewoons heeft gedaan of gezegd, of dat hij het heeft gehad over iets wat vreemd was.'

'Zelfs iets in de krant waar hij zijn mening over gaf,' opperde Griffoni. 'Of een onderwerp waar hij boos of opgewonden over werd.'

Professoressa Crosera sloot haar ogen en hief haar rechterhand om daarmee over haar voorhoofd te wrijven. Ze duwde tegen de huid, alsof ze probeerde die naar de haarlijn toe glad te strijken. 'Tullio is een rustige man; het gebeurt maar zelden dat hij kwaad wordt. Hij is geduldig, schreeuwt niet tegen de kinderen. Hij is een harde werker.'

'Over wat voor dingen praten jullie met elkaar?' durfde Griffoni te vragen.

Ze moest hier een poosje over nadenken, alsof de man die nu in het ziekenhuis lag een obstakel was voor haar herinnering aan die andere man, de man met wie ze was getrouwd. 'Over ons werk, zowel dat van hem als dat van mij. De kinderen. Films die we hebben gezien. Onze familie. Waar we heen willen op vakantie.' Haar stem werd bij elk onderwerp trager en stopte nu helemaal. Ze hief haar rechterhand in een hulpeloos gebaar. 'We praten over dingen waar iedereen over praat.'

Brunetti probeerde het opnieuw. 'Heeft hij het weleens gehad over problemen op zijn werk?'

Haar blik werd scherp, bijna angstig. Brunetti legde het uit als een teken dat ze nooit had gedacht dat haar man in gevaar zou kunnen verkeren.

Bij het zien van de uitdrukking op haar gezicht realiseerde hij zich hoe absurd dit allemaal klonk. Gasparini werkte in Verona; lieve hemel, hoe waarschijnlijk was het dat een jaloerse collega of boze klant naar Venetië zou komen en daar zou ronddolen totdat hij zomaar zijn nietsvermoedende slachtoffer op een brug zou tegenkomen?

'Of iemand hier in de stad met wie hij op de een of andere manier problemen had?' vroeg Griffoni.

Professoressa Crosera, die haar hoofd had laten zakken na Brunetti's vraag over het werk van haar man, hief het weer om Griffoni aan te kunnen kijken. 'Nee, niets. Tenminste, niet voor zover ik weet.'

Brunetti nam de gelegenheid waar om te zeggen: 'Gisteren vroeg ik u of ik zijn persoonlijke bezittingen mocht bekijken.' Hij wachtte om haar de mogelijkheid te geven te erkennen dat hij dat inderdaad had gevraagd. 'Mogen wij dat nu doen?' Haar gezicht verstrakte in verzet, maar voordat ze kon antwoorden, herinnerde Brunetti zich dat ze 'goed' had gezegd, en hij voegde eraan toe: 'Het zou kunnen helpen bij het vinden van de persoon die hem dit heeft aangedaan.'

'Denkt u dat?' vroeg ze.

'Ik weet niet wat er zal helpen, signora,' gaf hij toe, verrast over zijn eigen openhartigheid. 'Daarom wil ik graag dat commissario Griffoni ook even meekijkt. Misschien dat zij iets ziet wat mij niet opvalt.'

Professoressa Crosera legde haar vingers weer tegen haar voorhoofd en maakte dezelfde omhoogduwende beweging. 'Ga dan maar uw gang. Het is de tweede deur aan de linkerkant.'

Ze troffen de kamer opgeruimd aan: het bed was opgemaakt en er slingerde geen kleding rond. Brunetti liep door naar wat de badkamerdeur moest zijn en stak zijn hoofd om de hoek. Ook hier zag het er allemaal netjes uit, op een plank boven de wastafel na, waar cosmetica en lotions stonden.

De garderobekast was een modern, wit gevaarte dat in het midden van de verste muur van de slaapkamer stond. Brunetti trok de twee deuren open; een ervan piepte vreselijk. Ze deden een stap naar achteren om alles beter te kunnen zien. Aan de rechterkant stond een keurige rij herenschoenen. Erboven staken de taillebanden van broeken uit vanonder bijbehorende colberts, en rechts ervan hingen nog een paar losse jasjes en zeker twintig overhemden, allemaal wit.

Aan de linkerkant hingen jurken, rokken, broeken en twee avondjaponnen, allemaal door elkaar, zonder een poging er enig systeem in te brengen. Zeker twaalf paar schoenen stonden eronder, sommige ervan naast hun partner. Griffoni deed nog een stap naar achteren en stond erbij met haar armen over elkaar geslagen, alsof ze een indruk wilde krijgen van de twee mensen die deze ruimte deelden, aan de hand van de staat waarin ze hun eigen deel van de kast hadden achtergelaten. Aan weerszijden van het hanggedeelte zaten drie planken; daaronder nog eens drie laden.

Mannenwinterhoeden en -handschoenen lagen op de bovenste plank, eronder dikke truien, en daaronder lichtere truien en sweatshirts; de vrouwenhelft herhaalde dezelfde inhoud op dezelfde planken, hoewel er aanzienlijk minder orde was in de rangschikking.

'Hij is een nette man, denk je niet?' vroeg Griffoni, die met haar kin in de richting van de stapeltjes opgevouwen kleding wees.

'Daar ziet het wel naar uit,' antwoordde Brunetti, die moest denken aan wat de saaie routine van het werk van een accountant moest zijn. 'En zijn vrouw?' vroeg hij.

In plaats van te antwoorden stapte Griffoni dichter naar de linkerhelft van de garderobekast toe en raakte het materiaal van een van de avondjaponnen en twee jurken aan. 'Ze weet wat haar staat.'

'Dat begrijp ik niet,' zei Brunetti. Griffoni strekte haar armen uit met de handpalmen tegen elkaar gedrukt en stak ze tussen de twee jurken om die van elkaar te scheiden. 'Kijk eens naar deze jurken,' zei ze. 'Ze zijn perfect voor haar: het model, het materiaal, de manier waarop ze van de schouders vallen.' Ze haalde haar handen weg en de jurken vielen weer terug om elkaar zacht aan te raken. 'Ze weet wat haar goed staat.'

'En die?' zei Brunetti, wijzend op de schoenen eronder, die er in dronken wanorde onder lagen.

'Ze hebben allemaal houten schoenspanners, Guido. Heb je dat gezien?'

Nee, dat had hij niet; hij had het te druk gehad met kijken naar de schoenen waarvan sommige niet netjes naast hun metgezel stonden. 'En op zijn minst vijf paar zijn met de hand gemaakt,' voegde ze eraan toe.

'En die van hem?' vroeg Brunetti, die zich afvroeg of hij haar misschien hierna moest vragen om hun handschrift te analyseren.

'Geordend, misschien hier en daar irritant netjes; heel conventioneel en vastgeroest in zijn ideeën.'

'Je maakt dat allemaal op uit de manier waarop zijn pakken op een rij hangen?' vroeg Brunetti.

Ze glimlachte. 'Hij heeft drie grijze pakken, Guido,' zei ze, wijzend naar zijn kant van de garderobe. Ze begon bij de bovenste la aan de rechterkant en werkte vandaar naar beneden. Ze opende ze, stak een hand erin om dingen te verplaatsen en sloot ze daarna een voor een. Ondergoed, sokken en zakdoeken. Ze trok de derde la open en keek erin. In plaats van haar hand erin te steken, deed ze haar handen op haar rug en zei: 'Kijk alleen naar wat je daar ziet.'

'Wat is de bedoeling daarvan?' vroeg Brunetti met meer dan een zweem van ongeduld.

'Dat we hier, te midden van al die orde, het geheime centrum van de man hebben gevonden.'

'O, kom op, Claudia,' zei Brunetti, 'dat is onzin.'

'Kijk nou maar,' zei ze, terwijl ze de la verder opentrok en naar achteren stapte.

Brunetti boog zich over de geopende la en knielde toen aan de andere kant ervan om het beter te kunnen zien. Er zaten allerlei dingen in die er halsoverkop ingegooid leken te zijn. Er lagen bundels bankbiljetten met daarop Arabische teksten en portretten van mannen met een traditionele hoofdtooi. Er lag een envelop die, toen hij die opende, vier maanden oude instapkaarten voor vluchten van en naar Dubai bevatte. Hij zag twee sleutelringen met sleutels eraan die, toen hij ze beter bekeek, voor verschillende sloten leken te zijn. Er was een malachieten nijlpaardje, een bon van dertig euro voor het opwaarderen van zijn openbaarvervoerkaart van Imob, twee apart verpakte keelpastilles en een versleten leren portemonnee. Brunetti opende die en stak zijn vinger in de verschillende openingen; die waren allemaal leeg, evenals het grotere opbergvak aan de achterkant voor bankbiljetten.

Onder een paar bankbiljetten van tien pond vond hij nog meer kassabonnen; twee van restaurants en een van de aankoop van drie inktcartridges bij Testolini; een van die cartridges – de zwarte – was op de een of andere manier ook in de la terechtgekomen. Brunetti bladerde door wat papieren die bij elkaar werden gehouden door een paperclip en ontdekte dat het geen bonnen waren maar coupons voor cosmetica, ieder ter waarde van 154 euro, allemaal uitgeschreven op naam van Gasparini. Er lagen verder nog vier AAA-batterijen in een ongeopende verpakking, een zaklantaarn die het niet deed, nog meer kassabonnen en nog eens drie coupons. Hij stond daar en schoof de la dicht met de teen van zijn rechtervoet.

'Niet zo snel, Guido,' zei ze en boog zich voorover om de la weer open te trekken. 'Er is hier geen orde; deze dingen hebben niets met elkaar gemeen, in tegenstelling tot al zijn andere spullen.' Ze pakte de envelop op en haalde er de stijve stukken papier uit. 'Waarom heeft hij alleen deze twee instapkaarten bewaard? Dit zijn mensen die vaak reizen. Heb je me niet verteld dat zijn vrouw veel reist voor haar werk?'

Brunetti knikte, maar nog steeds had hij geen idee waar ze het over had.

Griffoni trok de la eruit en zette die op de tafel tussen de twee ramen van de kamer. Een voor een haalde ze alle voorwerpen uit de la. Ze legde die in een lange rij, waarbij ze vanaf de la naar het einde van de tafel ging en toen weer terug in een tweede rij.

De rij begon met de instapkaarten met daarnaast de bankbiljetten met de portretten van mannen met een hoofdtooi. Daarachter legde ze de leren portemonnee en het malachieten nijlpaardje. De AAA-batterijen lagen naast de cartridge, daarna kwam de stapel coupons, gevolgd door de zaklantaarn, de keelpastilles, de sleutelringen, de kassabonnen, de munten. Nog meer kassabonnen en een paar voorwerpen die hij nog niet had gezien, allemaal in een rij die rondom de lege la slingerde en weer terugging.

Griffoni bestudeerde de instapkaarten. 'Er wordt gezegd dat Emirates de beste luchtvaartmaatschappij is,' zei ze en stopte ze terug in hun envelop. Ze legde die neer en pakte de zaklantaarn, die nog steeds niet werkte. Ze bekeek alles zorgvuldig, pakte elk ding op, las elke tekst of probeerde die te ontcijferen.

Terwijl ze nog bezig was met het bestuderen van een hotelrekening uit Milaan, pakte Brunetti de coupons op, die bij elkaar werden gehouden door een paperclip. Hij bekeek de eerste coupon nog eens zorgvuldig en draaide de andere daarna een voor een om, waarbij hij elk exemplaar bestudeerde. Uiteindelijk keek hij naar Griffoni en vroeg: 'Waarom zou een man negenhonderd euro aan coupons voor cosmetica hebben?'

Om de een of andere reden dacht hij aan de jongens die de roddelbladen aannamen bij de kiosk. Jongens lazen dat soort bladen niet. Mannen gebruikten geen cosmetica, tenminste niet voor een bedrag van negenhonderd euro.

'Het slaat nergens op, hè?' Brunetti liep naar Griffoni en overhandigde haar de papieren.

Ze deed hetzelfde wat hij net had gedaan: ze bestudeerde ze een voor een. 'Negenhonderdvierentwintig, om precies te zijn,' zei ze, terwijl ze alles aan Brunetti teruggaf.

'Laten we het haar gaan vragen,' zei Brunetti. Hij stopte de coupons in de zak van zijn jasje, en samen deden ze alles terug in de la.

Omdat professoressa Crosera niet meer in de woonkamer was, liepen Brunetti en Griffoni naar de keuken. Ze hadden de jongen niet het appartement horen binnenkomen en waren dan ook verbaasd om hem aan de tafel te zien zitten met een enorme sandwich in zijn hand. Zijn moeder zat tegenover hem met waarschijnlijk een kop thee.

'O, neem me niet kwalijk,' zei Brunetti, die abrupt in de open deuropening stopte. Griffoni botste tegen hem aan met een gedempt 'Uh'.

Professoressa Crosera stond half op van haar stoel. De jongen legde zijn sandwich op het bord voor hem neer en maakte aanstalten om overeind te komen. Brunetti glimlachte en Sandro probeerde hetzelfde te doen. Hij had vandaag wat meer kleur op zijn gezicht en leek rustiger. Hij slaagde erin beleefd *'Buongiorno, signori'* te zeggen en keek naar zijn moeder, onzeker over wat hij geacht werd te doen.

'Alstublieft. Trekt u zich niets van ons aan, signora,' zei Brunetti. 'We hebben alleen nog een paar vragen. We wachten wel op u in de woonkamer.'

Voordat professoressa Crosera iets kon zeggen, vroeg de jongen: 'Hebt u de man al gevonden die mijn vader heeft verwond?' Hij probeerde zijn stem heel volwassen te laten klinken, maar het lukte hem niet om de toon van angst in zijn vraag te onderdrukken.

'Nog niet,' antwoordde Brunetti. 'Dat is ook de reden waarom we graag nog eens met je moeder willen praten.'

'Waarover?' vroeg ze. Ze klonk nieuwsgierig, niet beledigd.

'Over een paar dingen die we hebben gevonden, signora,' zei Brunetti zonder verdere uitleg. 'We wachten wel op u in de *salotto*,' zei hij tegen haar en keerde zich om in de deuropening. Hij leidde Griffoni de gang door, terug naar de woonkamer waar ze al eerder waren geweest, om daar te wachten op haar terugkeer.

Professoressa Crosera arriveerde een paar minuten later en sloot de deur achter zich toen ze binnenkwam. Brunetti kwam overeind. 'Wat wilt u weten?' vroeg ze, terwijl ze voor de deur bleef staan.

'We hebben een blik geworpen op de bezittingen van uw man en er is één ding dat we niet begrijpen,' zei hij, terwijl hij de coupons uit zijn zak haalde.

Ze keek ernaar en vroeg toen verbaasd: 'Wat zijn dat?'

'Coupons voor cosmetica: we begrijpen niet hoe hij zo'n groot tegoed voor cosmetica kan hebben.' Toen, doordat hij zich herinnerde wat hij had gezien, voegde Brunetti eraan toe: 'Zijn naam staat erop.' Hij overhandigde ze aan haar. Ze bladerde er even doorheen en gaf ze toen weer terug.

Ze liep door de kamer en ging op de bank zitten, waarna Brunetti weer naast Griffoni plaatsnam. Ze keek even op haar horloge, alsof ze niet zeker wist of ze wel tijd had om het allemaal uit te leggen. Ze keek alsof ze probeerde te glimlachen en zei: 'Dat is zijn tante.' Ze sprak dat laatste woord uit op een manier waardoor hij ging geloven dat ze nog heel wat meer te zeggen had over die tante.

Geen van hen zei iets.

'*Zia* Matilde,' zei ze met bestudeerde neutraliteit. 'Matilde Gasparini. Zij is de Gasparini van die coupons. Om de een of andere reden heeft mijn man ze mee naar huis genomen. Hij zei dat hij er met iemand over moest praten. Ze is vijfentachtig, dus god mag weten waar ze mee bezig is om zoveel geld aan cosmetica te besteden.' Professoressa Crosera klonk geërgerd toen ze dat zei.

Brunetti kon moeilijk iets zeggen over de dwaasheid van vrouwen en evenmin over het verlangen om jong te blijven. Niet tegen een vrouw met een man die vocht om het leven niet los te laten, en zeker niet met Griffoni die naast hem zat. Het enige wat hij wist te bedenken om te zeggen was: 'Heeft hij er u iets over verteld?'

Verbaasd antwoordde ze: 'Alleen dat hij niet begreep wat ze hem had verteld over hoe ze eraan was gekomen.' Ze voegde er nog aan toe: 'Hij ging bij haar langs toen ze in het ziekenhuis lag en hoorde daar voor het eerst over die coupons. Ze vertelde hem alleen dat dat niet het juiste moment was om er vragen over te stellen.' Ze glimlachte en schudde haar hoofd bij de herinnering aan wat zij waarschijnlijk beschouwde als de frivoliteit van de tante van haar man.

'Het ziekenhuis hier?' vroeg Brunetti, om het gesprek gaande te houden. Toen ze knikte vroeg hij: 'Waarom was ze daar?'

'Haar *badante* kreeg haar op een morgen niet wakker, dus belde ze een ambulance. Wij waren weg, waardoor ze ons een paar dagen niet kon bereiken, en ze was erg van streek.'

Brunetti beperkte zich tot een vragend schuin aankijken, en ze vervolgde: 'Toen Tullio naar het ziekenhuis ging, vond hij haar dokter nog voordat hij haar had gevonden. Hij zei dat ze waarschijnlijk haar medicijnen door elkaar had gehaald en te veel slaappillen had genomen. Hij zei dat dit vaak gebeurt bij oude mensen.'

Zowel Brunetti als Griffoni knikte. Griffoni voegde er een meelevend geluid aan toe, alsof ook zij wel dat soort verhalen kon vertellen over oude mensen.

'Tullio zei tegen de dokter dat hij haar neef was, niet haar zoon, en niet zoveel wist over haar gezondheid, omdat ze altijd gezond was geweest en het er nooit over had gehad. Hij wist niet eens de naam van haar huisarts.

Deze dokter vertelde hem dat zijn tante niet zo gezond was als hij leek te denken en dat haar medisch dossier vermeldde dat ze de diagnose parkinson had gekregen en daar medicijnen voor had. Er was ook een recept voor medicijnen die in de vroege fase van alzheimer worden gebruikt.'

Ze trok haar wenkbrauwen op, sloot even haar ogen en ging weer verder: 'Toen Tullio even later bij haar op bezoek ging, schrok hij erg van de verandering. Hij vertelde me dat ze plotseling een oude vrouw was geworden en erg in de war was. Ze bleef maar tegen hem zeggen dat hij naar haar huis moest gaan om die coupons te halen, omdat ze bang was dat Beata, haar badante, ze anders zou stelen. Ze gaf het niet op voordat hij beloofde dat hij ze nog diezelfde dag zou gaan halen.'

'En heeft hij dat gedaan?' vroeg Brunetti.

Ze knikte: 'Hij moest het plechtig beloven, dus hij had geen andere keus dan ze te gaan halen.'

Ze schudde haar hoofd hierover en zei: 'Beata is al tien jaar bij haar; ze is als een dochter voor haar. Het is idioot om te denken dat ze iets zou stelen. Bovendien heeft ze tien jaar de tijd gehad om dat te doen.' Hoe meer ze sprak over de tante, hoe verontwaardigder professoressa Crosera leek te worden.

'Tante mocht de volgende dag naar huis – dat was ongeveer twee weken geleden – en hij is haar daarna nog twee keer thuis gaan opzoeken. Ze begon toen weer over die coupons, zei tegen hem dat hij ze veilig moest opbergen, en hij moest beloven dat hij dat zou doen.'

'Hebt u haar ook bezocht?'

'Niet sinds ze weer thuis is,' zei ze. 'Alleen mijn man gaat erheen. Ging.'

'Heeft iemand haar verteld wat er met uw man is gebeurd?'

Ze schudde drie of vier keer haar hoofd. 'Ik heb Beata gebeld en het haar verteld. Die wist nergens van. Ik heb haar gevraagd om het nieuws voor zijn tante verborgen te houden, als ze dat kon. Ze zei dat dat niet zo moeilijk was, omdat er tegenwoordig niemand meer bij haar op bezoek komt.'

'Hoe komt dat?' onderbrak Griffoni haar.

'De mensen die haar kenden zijn allemaal dood of zitten in een verzorgingshuis,' antwoordde professoressa Crosera met de bruuske definitiviteit van een deur die wordt dichtgeslagen.

Een hees 'Ah' ontsnapte aan Griffoni, die zich naar Brunetti draaide voor een hint voor wat hij wilde gaan doen.

Hij haalde zijn notitieboekje tevoorschijn en zei: 'Kunt u ons haar adres geven, signora?'

'U gaat toch niet met haar praten, hè?'

Brunetti had al jong geleerd dat getuigen geen sarcasme verdroegen, dus verwierp hij de gedachte dat hij misschien meer zou hebben aan de tante van de man dan aan het malachieten nijlpaardje. Hij glimlachte en zei: 'De coupons zijn de enige dingen in het bezit van uw man die nogal vreemd zijn, signora, dus daarom wil ik er graag meer over weten. Al is het maar om een mogelijkheid uit te sluiten.' Hij pauzeerde, dacht even na en vroeg toen: 'Vindt u het goed als ik ze meeneem?'

'U gaat haar toch niet van streek maken?' vroeg ze.

Griffoni mengde zich erin door te zeggen: 'Nee, dat beloof ik.'

Professoressa Crosera keek een paar seconden naar Griffoni en gaf toen een snelle knik. 'En als u niets te weten komt?' vroeg ze.

'Dan moeten we iets anders zien te vinden,' zei hij, terwijl hij wenste dat hij met iets beters kon komen.

'Ze woont tegenover de Carmini,' zei professoressa Crosera, 'in het pand net voor de brug. Het spijt me, maar ik weet het nummer niet. Als u de brug in het midden afloopt, dan is het de deur daar recht tegenover. Vierde verdieping; haar naam staat bij de bel.'

Brunetti kwam overeind; de beide vrouwen gingen eveneens staan. Ze leidde hen naar de deur, waar ze alle drie even bleven staan. Pas toen herinnerde Brunetti zich dat hij niet had gevraagd hoe het nu met haar man ging, maar die gedachte was nog niet in hem opgekomen of Griffoni zei: 'Ik wens u veel sterkte.' Ze draaide zich om en liep naar buiten. Brunetti volgde haar zonder iets te zeggen.

20

Terwijl ze de trap afliepen, dacht Brunetti na over de charme waarmee Griffoni dat had gezegd. Alleen iemand uit het zuiden kon diepe emotie uiten met zo'n conventionele wens, zo simpel verwoord. Die wens was gericht aan iemand die het moeilijk had, bedoeld om die te helpen; niet het bewusteloze slachtoffer dat, hoe hard hij ook hulp nodig had, het nooit zou horen of begrijpen en er evenmin iets aan zou hebben. Niet voor het eerst was Brunetti zich bewust van de dissonantie tussen zijn wantrouwen ten opzichte van zuiderlingen en zijn veelvuldige verbazing over hun instinctieve charme.

Op straat hield Brunetti even in voor wat een mede-Venetiaan zou herkennen als een snelle raadpleging van de gps die bij zijn geboorte bij hem was geïmplanteerd. De aanwijzing was niet groter dan die van de trillende naald van een kompas voordat die het magnetische noorden vindt of afwijkt naar het westen.

Met de route in zijn hoofd vertrok hij, en Griffoni liep in de pas met hem mee. Hij leidde hen in de richting van de Campo Santa Margherita, die ze in de lengte overstaken, en daarna liepen ze langs de Carmini-kerk tot voor de brug. Ze stopten om het pand te bestuderen, dat nogal opviel doordat op de tweede verdieping een paar ramen in het midden waren dichtgemetseld. 'Waarom hebben ze dat nou toch gedaan?' vroeg Griffoni.

'Structurele problemen, zou ik zeggen. Het palazzo ligt

recht aan een kanaal, en dan is het mogelijk dat de ramen een beetje gaan hellen.'

'Je doet alsof dat heel normaal is,' zei ze glimlachend.

'Dat is het denk ik ook wel.'

'Maar waarom zou je dan de ramen dichtmetselen?'

'Pas toen de ramen er al in zaten, hebben ze zich waarschijnlijk gerealiseerd dat die de muur kunnen verzwakken.'

'Hm,' stemde ze in en begon de brug op te lopen. Toen ze voor de deur stond, zag ze de bel voor 'Gasparini'. Ze wachtte tot Brunetti naast haar stond en belde aan.

Na enige tijd vroeg een vrouwenstem door de intercom: *'Chi è?'*

Brunetti tikte licht op Griffoni's schouder en toen ze naar hem opkeek, wees hij op haar gezicht: een vrouwenstem zou beter overkomen dan die van een man.

'Professoressa Elisa heeft ons gevraagd of we bij signora Gasparini langs wilden gaan,' antwoordde Griffoni op een toon die ze vriendelijk en warm liet klinken.

'De vrouw van signor Tullio?'

'Ja.'

'Bent u van het ziekenhuis?'

'Nee,' antwoordde Griffoni. 'De professoressa vroeg ons om even langs te gaan om te kijken hoe het met de tante van signor Tullio gaat.'

'Hoe gaat het nu met signor Tullio?' vroeg de vrouw.

Griffoni keek naar Brunetti die knikte. 'Goed,' en voegde er toen aan toe: 'Godzijdank.'

'Ah, mooi,' antwoordde de vrouw. 'Ik bid elke dag voor hem.'

'Mogen we boven komen en even met haar praten?' vroeg Griffoni.

'Natuurlijk, als professoressa Elisa u heeft gestuurd.' Even later klonk de zoemer en sprong de deur open. Ze betraden een enorm atrium met een hoog plafond en de gebruikelijke vloer met het rood-witte ruitpatroon. Aan de achterkant leidden grote glazen deuren naar een tuin die zeker de lengte van een normaal huizenblok besloeg en eindigde bij een hoge stenen muur. Fruitbomen sluimerden in klamme misère, gelaten wachtend tot het weer lente zou worden. De treden van de dubbele trap naar de eerste verdieping waren breed en laag, in het midden versleten door voeten die daar eeuwenlang op en neer hadden gelopen. Op de eerste overloop zagen ze de deuren van twee appartementen en dat herhaalde zich bij iedere volgende overloop tot aan de vierde verdieping, waar slechts één deur was. Toen ze daar waren aangekomen, vroeg Griffoni: 'Houdt dat in dat deze héle verdieping van haar is?'

'Waarschijnlijk wel,' antwoordde Brunetti, die berekende wat de gecombineerde oppervlakte moest zijn. Hij belde aan.

Even later werd de deur geopend door een vrouw van rond de vijfendertig, met blond haar en bleekblauwe ogen. Ze deed een stap naar achteren om hen binnen te laten. Ze droeg een witte trui van synthetisch materiaal en een donkere rok die tot halverwege haar kuiten viel. Haar haar had een middenscheiding en viel recht naar beneden tot op haar schouders. Ze had de ronde gelaatstrekken en bleke huid van een Oost-Europeaanse en glimlachte nerveus naar hen.

Brunetti vroeg of ze binnen mochten komen en deed toen een stap opzij om Griffoni voor te laten gaan.

De hal was een enorm lange ruimte met een laag plafond dat nog lager leek door de donkere dwarsbalken. Zelfs het licht dat door de ramen aan de achterkant naar binnen viel – ramen die uitzicht moesten hebben op de tuin – deed weinig om de ruimte op te fleuren. De donkere houten vloer slaagde er zelfs in om nog meer licht te absorberen. 'De signora is in haar kamer,' zei de vrouw, die zich omdraaide naar de achterkant van het huis.

Ze passeerden twee lange wandtapijten die tegenover elkaar hingen: Brunetti zag donkere hertenbokken die werden gespietst door verbleekte menselijke gestalten op het ene tapijt, wilde zwijnen op het andere, en was blij met het gebrek aan licht. Verderop hingen er portretten van mannen aan de ene muur, vrouwen ertegenover, die naar de andere sekse staarden. Beide kanten zouden opknappen van restauratie en een beter humeur.

De jonge vrouw stopte voor een deur aan de rechterkant en zei: 'De signora zit daar. U gaat toch niets zeggen wat haar van streek kan maken, hoop ik?' Haar stem had een vertrouwelijke klank gekregen terwijl ze vroeg om hun begrip door eraan toe te voegen: 'Ze is niet meer wie ze was.'

Haar bedroefdheid was oprecht, dacht Brunetti. 'Dat zullen we zeker proberen te vermijden, signorina.'

Ze probeerde te glimlachen en zakte door haar knieën in wat een reverence, maar ook een knieval kon zijn. Toen opende ze de deur en stapte een kamer in die net zo schemerig was als de hal. 'Er zijn hier een paar vrienden van signor Tullio, signora,' kondigde ze aan op geforceerd vrolijke toon. Ze deed nog twee stappen de kamer in, draaide zich om en gebaarde dat ze naar binnen konden. Zodra ze in de kamer waren, herhaalde ze de reverence en vertrok, waarbij ze de deur achter zich sloot.

Een kleine vrouw met vlammend rood krullend haar, geknipt in een te jeugdige coupe die niet paste bij haar leeftijd, zat in een lage stoel bij de ramen. Haar voeten rustten op een met brokaat gestoffeerd voetenbankje. Het weinige licht dat er was viel vanaf haar rechterkant naar binnen. Haar blauwe zijden jasje had een patroon van ingeweven rode draken en haar rok, grijs met groen gestreept van een glanzende stof die satijn had kunnen zijn, viel tot op haar enkels. Aan haar voeten droeg ze een soort huisslippers met hoge hakken en een open hiel die Brunetti alleen bij de opera of op portretten van Longhi had gezien; ze hadden zelfs de bontrand boven de wreef. Ze had klaar kunnen zitten als gastvrouw voor een etentje of om op te treden in een kerstpantomime.

De onbeweeglijkheid van haar gezicht kon het resultaat zijn van mislukte plastische chirurgie maar, zo bedacht Brunetti, het zou ook gemakkelijk een weerspiegeling kunnen zijn van een gebrek of verlies aan belangstelling voor alles buiten dit vertrek. Haar ogen waren troebel, niet alleen door de doffe blik die vaak voorkomt op gevorderde leeftijd, maar ook door een vage onzekerheid over de werkelijkheid die ze waarnamen. Haar mond was net zo rood als haar haar en net zo dun.

De enige levendigheid – en Brunetti schrok van het woord – kwam van de schokken en trillingen van haar hoofd, dat zo nu en dan in een onvoorspelbaar ritme naar links schoot. Brunetti probeerde te bepalen hoe vaak de bewegingen kwamen, maar dat gebeurde volkomen willekeurig, na drie seconden, of vijf, of een.

Ze zat daar in haar stoel alsof dat haar enige bezigheid was. Er stond geen kop of glas op het tafeltje naast haar, geen fruit, geen chocola, geen boek of tijdschrift. Ze keek naar hen en maakte een koninklijk gebaar naar een rij stoelen die tegenover haar stonden, alsof een deel van haar tijd werd besteed aan het verlenen van audiënties. Ze gingen zitten.

Om hen heen stonden grote, donkere, lompe meubels. De stoelen leken te zwaar gecapitonneerd, of te hoog, of te laag; sommige waren ronduit lelijk. Een kast helde naar rechts over en leek elk moment te kunnen omvallen. Een tafel had poten die leken te lijden aan olifantsziekte, en een spiegel had allemaal zwarte vlekjes van ouderdom. De meubels leken erfstukken van een familie zonder smaak.

'Bent u vrienden van mijn neef?' vroeg ze in plaats van hen te begroeten.

'Sì, signora,' zei Brunetti. Griffoni knikte met een bevestigend glimlachje. De vrouw keurde haar nauwelijks een blik waardig. Af en toe schoot haar hoofd naar links en dan weer terug. Brunetti dwong zichzelf dit te negeren.

'Waarom komt hij me niet meer opzoeken?' Haar stem moest boos klinken, maar kwam niet verder dan kregeligheid.

'Hij heeft het heel druk, signora. U weet dat hij voor zijn werk veel moet reizen,' antwoordde Brunetti, waarbij hij het beeld van de man in het ziekenhuisbed verdrong.

'Maar hij komt altijd even bij me langs voordat hij vertrekt,' zei ze onzeker, alsof ze bevestiging van Brunetti hiervoor vroeg. Haar stem was zwak en had de neiging om bij de laatste woorden van een zin zacht te worden.

'Helaas was deze laatste reis erg onverwacht, dus vroeg hij ons om u dat te komen vertellen,' waagde Brunetti te zeggen.

'Wanneer komt...' begon ze, maar leek toen te vergeten wat ze wilde vragen, of misschien was iets wat in de toekomst lag te moeilijk voor haar begrip.

'Hij vroeg ons,' begon Brunetti, alsof hij niet had gemerkt dat ze haar zin niet had afgemaakt, 'om u de groeten te doen en u te vragen hem te helpen met iets te begrijpen.'

'Wat te begrijpen?' vroeg ze.

'Hij heeft geprobeerd u te helpen met de coupons die u hem gaf...' Brunetti liet de zin open, half vragend, half constaterend, waarmee hij aangaf dat ze dit kon bevestigen of ontkennen.

Ze bewoog haar voeten zo snel dat een van de slippers op de grond viel. Net als bij de schokbewegingen van haar hoofd deed Brunetti net of hij dit niet merkte; Griffoni deed hetzelfde.

'Coupons?' vroeg ze met een stem waarin nu een trilling te horen was, alsof die vraag het laatste zetje was naar verwarde ouderdom.

'Ja, van de Farmacia della Fontana. Het schijnt dat de apotheker ze nu wil inwisselen voor contant geld.'

Dat vooruitzicht leek haar jonger te maken. Het aarzelende oudevrouwengedrag verdween en werd vervangen door de brandende nieuwsgierigheid van een jongere vrouw. Brunetti moest plotseling denken aan iets wat zijn moeder hem had verteld toen hij een jongen was. Het was een van haar pogingen om hem te vertellen hoe de wereld in elkaar zat, zonder natuurlijk te onthullen dat ze daarmee bezig was. Hij had gezegd – hij moest veertien of vijftien zijn geweest – dat hij vond dat Venetianen anders waren dan andere mensen, al wist hij niet precies waarom.

Ze waren in de keuken geweest, en ze had eerst haar handen afgeveegd aan haar schort, die net zozeer deel van haar uitmaakte als haar trouwring. 'Wij zijn hebzuchtig, Guido. Dat zit in ons bloed,' zei ze, en dat was het enige antwoord dat ze gaf.

'Zei hij dat?' vroeg signora Gasparini. 'Voor contant geld?'

Brunetti zei ja en Griffoni knikte.

De oude vrouw bewoog haar hoofd deze keer doelbewust heen en weer, en keek naar iets wat zij niet konden zien; haar gezicht verslapte toen ze nadacht. De stilte werd langer; Brunetti wist niets te zeggen of te vragen.

'Wanneer komt Tullio terug?' vroeg de oude vrouw.

'Ah, dat weet ik niet, signora. Hij zei dat hij zeker nog tot eind volgende week weg zal zijn. Daarom vroeg hij ons ook om langs te gaan om te kijken hoe het met u gaat en te vragen of we nog iets voor u kunnen doen.'

Ze gaf hem een lange blik, en Brunetti wist vrijwel zeker dat ze probeerde in zijn ziel te kijken om te ontdekken wat voor man hij was. 'Het is moeilijk voor Elisa en de kinderen,' zei hij met ontspannen familiariteit, 'dat hij zo lang weg is.'

Brunetti wendde zich tot Griffoni, alsof hij zich net herinnerde dat zij naast hem zat. 'Heeft hij jou nog verteld wanneer hij weer terug is, Claudia?'

'Nee. Maar we hebben een afspraak op de twintigste om met hen te gaan eten, nietwaar?'

Brunetti knikte en wendde zich weer tot signora Gasparini. 'Dan is hij dus weer terug, eind volgende week,' verzekerde Brunetti haar, glimlachend om te laten zien dat hij daar blij om was.

'Dat duurt nog lang,' merkte de oude vrouw op.

'O, de tijd gaat snel,' zei Brunetti luchtig en schoof naar voren, alsof hij overeind wilde komen.

De oude vrouw stak een hand op. 'U hebt me nog niet verteld hoe u heet.'

'Mijn naam is Guido Brunetti en dit is Claudia Griffoni.'

'Is zij uw vrouw?' vroeg signora Gasparini.

Het was Griffoni die hen onderbrak door te zeggen: 'Zo goed als, signora,' en liet een hese lach horen.

Als Brunetti soms had gedacht dat de oude vrouw hierover verbaasd zou zijn, dan had hij het mis. Ze richtte haar aandacht nu op Griffoni, en bekeek haar voor het eerst echt. Zolang ze haar blik op Griffoni gericht hield – Brunetti telde tot negen – bewoog haar hoofd niet. Maar toen ze zei: 'Dus jullie doen dingen samen?' begonnen de tremoren weer.

Gezien de laatste opmerking van Griffoni wist Brunetti niet zeker wat zij in gedachten had.

Griffoni voelde kennelijk geen verwarring, want ze antwoordde: 'Ja, inderdaad, signora. We winkelen samen en we delen de kosten van het huishouden, maar Guido betaalt wel altijd als we uit eten gaan.'

Dit leek de vrouw tevreden te stellen, want ze zei: 'Dus jullie gaan samen het geld halen?'

'Natuurlijk,' verzekerde Griffoni haar. 'We zijn eraan gewend om als team te werken.' Ze glimlachte naar de andere vrouw om de dubbelzinnigheid van wat ze net had gezegd te erkennen. Toen, alsof ze zich plotseling een vergeten detail herinnerde, voegde Griffoni eraan toe: 'Maar we moeten wel weten wat we tegen de apotheker moeten zeggen.'

Plotseling alert zei signora Gasparini: 'Bent u Venetiaans?' Het was een vraag om informatie, volkomen neutraal.

'Nee, dat ben ik niet, signora, maar ik woon hier wel,' zei Griffoni, waarbij ze Brunetti doordringend aankeek.

'Ah, dat is goed,' zei de oude vrouw en wreef haar handen nu over elkaar, een gebaar waar Brunetti over had gelezen in de romans van Balzac.

Hij wendde zich tot Griffoni, alsof zijn rol als leider nu was uitgespeeld, en dat het nu tijd werd om de dingen over te dragen aan de persoon die over de details ging. 'Goed, Claudia. Ik laat jou hier met signora Gasparini en ga even naar de badante om haar te vragen of er nog iets is wat wij kunnen doen.'

Hij kwam overeind op een energieke, mannelijke manier, ging naar de deur en vertrok. Achter in het huis stopte hij en riep: 'Signorina? Signorina Beata?' Hij deed nog een paar stappen in de richting van de deur aan het einde van de gang. Hij verhief zijn stem en riep opnieuw: 'Signorina Beata. Bent u daar?'

De deur ging open en de jonge vrouw verscheen in de hal, terwijl ze haar handen afveegde aan een keukenhanddoek. 'Wat kan ik voor u doen, signore?' vroeg ze. Haar Italiaans, merkte Brunetti op, was uitstekend, met alleen hier en daar een klinker die aangaf dat het niet haar eigen taal was.

'Signor Tullio vertelde zijn vrouw dat hij veranderingen heeft gezien in zijn tante in de afgelopen paar maanden,' begon Brunetti, waarbij hij zo veel mogelijk bezorgdheid in zijn stem legde. Hij wachtte op haar reactie, die bestond uit een snelle knik, wat net zo goed een bevestiging van dat feit kon zijn als een erkenning dat ze zijn uiteenzetting begreep.

Haar stilte liet hem geen andere keus dan directer te zijn. 'Hebt u zelf ook veranderingen bij haar opgemerkt, signorina?'

Ze veegde haar handen opnieuw af, hoewel die inmiddels wel droog moesten zijn. 'Ze kan tegenwoordig niet meer zo goed dingen onthouden,' zei ze en ze keek hem aan, om zich ervan te vergewissen dat hij haar begreep. 'Dat gebeurde niet toen de trilziekte begon.' Ze zette die gedachte van zich af met een snel ontvouwen van de handdoek. 'Ze vergat niet om haar pillen te nemen, en het trillen was niet al te erg.' Brunetti knikte.

'Toen begon ze slaapproblemen te krijgen. Soms vond ik haar 's morgens slapend op de bank met de televisie nog aan, en wist ze niet meer hoe ze daar was gekomen.' De jonge vrouw leek hier bezorgder over dan over 'de trilziekte'.

'Toen hield dat weer op en stond ze 's morgens later op. Totdat ik haar op een keer niet meer wakker kon krijgen en toen heb ik 118 gebeld.' Ze vouwde de handdoek tot een rechthoek, schudde die uit en vouwde hem opnieuw.

'Wanneer was dat, signorina?' vroeg Brunetti, die graag bevestigd wilde horen wat professoressa Crosera hem had verteld.

'Half oktober,' zei ze. 'Dat weet ik nog omdat ze thuiskwam op de laatste dag van oktober en ze twee weken in het ziekenhuis heeft gelegen.' Ze sloot even haar ogen, misschien omdat ze zich die dag herinnerde, en zei toen: 'Het gaat niet beter met haar, dus ik denk niet dat ik met Kerstmis naar huis kan.'

'Merkte u toen die veranderingen in haar?'

'Ik had het heel lang niet door, omdat de veranderingen zo gering waren. Maar toen ze thuiskwam uit het ziekenhuis, was er een grote verandering. Voorheen gingen we elke dag boodschappen doen. We gingen samen naar de supermarkt in Santa Margherita en besloten daar wat we die avond zouden eten, of we gingen koffiedrinken met een gebakje erbij.' Ze gaf hem een lange blik, alsof ze aan het besluiten was of ze hem nog meer kon vertellen. Kennelijk was dat het geval, want ze zei: 'Het was bijna alsof we vriendinnen waren. De ene dag betaalde zij de koffie, de volgende dag liet ze mij betalen. En op die momenten, terwijl we samen koffie zaten te drinken, waren we echt vriendinnen.'

Brunetti maakte snel een rekensommetje: vijftien keer per maand, maal vijf of zes euro: vijfenzeventig euro. Hij moest denken aan zijn moeders opmerking over de Venetianen en hun hebzucht, waar hij nu uitgekooktheid aan toevoegde.

'En aan het einde van de maand gaf ze me al dat geld weer terug, waarbij ze zei dat ik er een paar schoenen voor kon kopen of iets naar mijn moeder kon sturen.' Beata glimlachte bij die herinnering.

Nadat hij dit had verwerkt, vroeg Brunetti: 'Wat voor andere boodschappen deden jullie samen?'

'Soms gingen we ook naar Rialto. Of we keken samen etalages en praatten over de dingen die we zagen. Of ik ging met haar naar de dokter of naar de apotheek, en een keer naar de opticien.'

'Toen ze begon te veranderen, maakte u zich toen zorgen?' vroeg Brunetti.

De jonge vrouw hield zich bezig met het opnieuw vouwen van de handdoek, terwijl ze hierover nadacht. 'Niet echt, omdat het zo langzaam ging. Alleen af en toe, of met bepaalde dingen.'

'Zou u mij een voorbeeld kunnen geven, signorina?'

'Ze wilde niet meer dat ik met haar meeging naar de dokter, of naar de apotheek, ook al is dat helemaal in Cannaregio. Ze begon me te vragen of ik de kamer uit wilde gaan als ze iemand ging bellen, en ze wilde ook niet meer dat ik haar eraan zou helpen herinneren wanneer ze haar medicijnen moest innemen.' Ze gaf Brunetti de tijd om commentaar te geven, maar dat deed hij niet. 'Ik denk dat ze zich geneerde omdat het trillen erger begon te worden, en af en toe haalde ze dingen door elkaar. Ik deed net alsof ik dat niet in de gaten had, maar ze wist dat dat wél zo was.' Beata wierp hem een snelle blik toe en probeerde alles wat ze had gezegd met een schouderophalen af te doen.

'We gingen nog steeds samen koffiedrinken, maar het was niet meer hetzelfde als daarvoor. En zij betaalde altijd. Ik bleef het aanbieden, maar ze weigerde, dus daardoor vond ik het niet meer zo leuk, omdat we geen vriendinnen meer leken te zijn. Ze was nu altijd de *padrona*, en dat is niet prettig, omdat het daarvoor zo anders was.' Ze liet dat lange tijd in de lucht hangen, en zei toen, op een toon waaruit ze de droefheid niet kon verbannen: 'Ik denk dat ze is vergeten dat we vriendinnen waren geworden.'

Brunetti was bang dat ze zou gaan huilen en dus vroeg hij abrupt: 'Weet u iets over de coupons?'

'Wat voor coupons?' vroeg ze.

'Van de apotheek. Voor cosmetica.'

Haar verbazing was voelbaar, en terwijl hij toekeek, keek zij weg van hem, de gang in, alsof ze daar het verleden kon zien, alleen zag ze dat nu scherper.

'Dus daar kwamen ze vandaan,' zei ze.

'De coupons?' vroeg Brunetti.

'Nee. De dingen die ze me gaf. Deze zomer, net na mijn verjaardag, kwam ze thuis met een zak lippenstiften, gezichtscrèmes en een fles badolie, en ze gaf ze allemaal aan mij.' De glimlach was weer op haar gezicht verschenen.

'Ze had me al een verjaardagscadeau gegeven: een gouden ketting met een kruisje eraan. Die ga ik aan mijn moeder geven als ik haar komende zomer ga opzoeken.'

'Dus de cosmetica was een extra cadeau.'

'Ja. Ze zei dat ze het allemaal gekregen had. Ik wil alles meenemen als ik naar huis ga.' Haar glimlach werd wat zwakker. 'Er is toch geen reden om die hier te gebruiken.'

'Zou ik alles kunnen zien?' vroeg Brunetti.

'Wat?'

'Zou u mij die cosmetica willen laten zien?'

'Maar alles ligt op mijn kamer,' zei ze, alsof Brunetti een oneerbaar voorstel had gedaan.

'Misschien zou u alles even kunnen halen? Ik wil die cosmetica graag zien.' Ze keek hem zo bezorgd aan dat Brunetti werd gedwongen om te zeggen: 'Het zou de signora kunnen helpen.'

Beata knikte en stak de gang over naar een kamer aan de andere kant.

Al snel was ze weer terug met een oranje Hermès-draagtas in haar hand, en even dacht Brunetti dat de cosmetica uit een Hermès-winkel afkomstig was. Toen Beata zijn gezicht zag, zei ze: 'Nee, signore. De signora heeft alles in die tas gestopt, omdat ze wist dat ik die mooi vond.'

Ze legde de tas op een van de grote ladekasten in de gang en haalde er de dingen een voor een uit. Er waren vier lippenstiften, een fles badolie en nog een, een doosje met daarin een potje gezichtscrème en drie tubes *fondotinta*.

'Ze heeft u dit deze zomer gegeven, en u hebt er nog niets van gebruikt?' vroeg Brunetti.

'Nee, signore. Ik wil het volgende zomer allemaal mee naar huis nemen om het aan mijn moeder en mijn zus te geven. Die hebben nog nooit zulke goede producten gehad.' Ze wierp een blik op de tubes en doosjes, vervuld van verlangen en bijna-verering, alsof daarin alle rijkdom en luxe van het Westen geconcentreerd was.

'Dank u, signorina Beata,' zei Brunetti. 'Weet u ook of de

signora nog meer van dit soort dingen mee naar huis nam?'

'Ik geloof van wel, maar dat was aan het begin van de zomer. En toen ineens deed ze het niet meer.'

'Was dat nadat ze ermee ophield om u elke dag te vragen mee naar buiten te gaan?'

'Hoe weet u dat?'

'O, ik gokte maar wat,' zei Brunetti nonchalant.

De deur naar de woonkamer van de signora ging open en Griffoni kwam de gang op. Ze draaide zich nog even om, wierp een handkus in de richting van de kamer en liep toen op hen af. Tegen Beata zei ze: 'De signora wil graag dat u haar een kop thee komt brengen.'

Brunetti keek toe hoe de jonge vrouw zichzelf ervan weerhield om weer een reverence te maken. 'Natuurlijk,' zei ze en ze liep naar de keuken.

'Hoe doe je dat toch?' vroeg Brunetti, die niet eens de handkus hoefde te noemen die ze in de richting van de oude vrouw had geworpen.

'Door te luisteren. En vragen te stellen. En daarna nog meer te willen weten.' Ze keek even naar de cosmetica die op de kast was uitgestald, in net zo'n rij als de voorwerpen uit de la van Gasparini. Ze pakte het doosje op en trok het klepje omhoog, waarbij ze erop lette dat ze het karton niet boog. Voorzichtig haalde ze het bleekblauwe plastic potje eruit en las het etiket.

'Ik keek hier twee weken geleden nog naar. Er zit 150 gram in en het kost € 97.' Ze deed het potje weer in het doosje en stak het klepje weer terug. Ze opende de lippenstiften een voor een en liet Brunetti zien dat ze ongebruikt waren.

'Ik moet mijn neven in Napels maar eens vertellen dat ze zich niet moeten laten betrekken in drugshandel, niet als ze ook dit soort dingen kunnen verkopen,' zei ze.

Brunetti liet die opmerking passeren. Griffoni had zelden

over haar familie gesproken, en hij wilde geen inbreuk maken op haar privacy. Maar, zo moest hij toegeven, ze had een natuurlijk gevoel voor de realiteit van de markt.

'Nou?' vroeg hij.

'Ze heeft me wat verteld over haar jeugd.' Toen ze dat had gezegd, begon Griffoni de tubes en doosjes weer in de tas te stoppen, waarbij ze de doosjes netjes naast elkaar legde op de bodem en de tubes en lippenstiften rechtop zette. Ze hield een van de tubes omhoog en zei: 'Ik vroeg haar wat haar geheim was dat ze er nog zo jong uitzag.' Ze stopte toen en keek naar Brunetti, waarmee ze hem een visuele aansporing gaf.

'En dat heeft ze jou verteld?'

'"Door uit de buurt van dokters te blijven en de beste cosmetica te gebruiken,"' zei ze, waarbij ze de tube heen en weer zwaaide.

'Dus ze heeft hier gewoon voor betaald?' vroeg Brunetti.

'Ja. Ze wilde me vertellen dat ze een manier had gevonden om dat te doen waarmee ze geld bespaarde, maar toen sloeg ze haar hand voor haar mond en zei dat het een geheim was en dat ze het tegen niemand mocht vertellen.'

'Wat heb je toen gedaan?' vroeg Brunetti.

Er ging een deur open en Beata verscheen met een dienblad met daarop een kop thee en drie biscuitjes op een bord. Brunetti ging haar voor en opende de deur voor haar. Daarna liep hij achter haar aan de kamer in.

Toen de oude vrouw opkeek naar hem zei hij: 'Dank u, signora, voor uw hulp. Ik hoop dat we u niet hebben vermoeid met onze vragen.'

'Helemaal niet,' zei signora Gasparini, terwijl ze vaag naar hem glimlachte. 'Doe mijn neef alstublieft de groeten als u hem ziet. En misschien kunt u hem vragen om mij te bellen?' Toen strekte ze zich uit om de kop thee aan te nemen die Beata haar overhandigde. Ze keek op en zei glimlachend: 'Die jonge vrouw is charmant.'

'Ja, dat is ze zeker,' zei Brunetti en verliet de kamer, waarna hij de deur achter zich sloot.

Griffoni stond in de hal op hem te wachten, met alle artikelen weer terug in de tas, die nu midden op de kast stond. Ze verlieten het appartement en Griffoni zei niets totdat ze de brug voor het gebouw hadden bereikt. Ze stopte bovenop en leunde met haar rug tegen de reling, armen gestrekt en handpalmen om de reling geklemd.

Voordat hij het kon vragen zei Griffoni: 'Ik vertelde haar dat ik haar bewonderde omdat ze zo slim was en wist hoe ze een geheim moest bewaren. Toen zei ik tegen haar dat ik haar benijdde omdat ze een manier had gevonden om geld te besparen, omdat ik dezelfde passie heb voor cosmetica en graag de beste producten gebruik. Ik trok een ongelukkig gezicht en zei hoe moeilijk het was met wat ik verdiende, om mij die te kunnen veroorloven.'

Brunetti was net zo gefascineerd als een cobra door de fluit van een slangenbezweerder.

'Toen glimlachte ik en gaf haar nog een paar complimenten. Ze keek me een hele tijd aan en vroeg me toen of ik medicijnen gebruikte. Even wist ik niet waar ze het over had, maar ik zei ja, probeerde preuts te kijken en zei dat ik iets gebruikte voor een vrouwenprobleem.' Glimlachend om haar eigen slimheid voegde ze eraan toe: 'Zelfs vrouwen durven daar niet zo snel over door te vragen als je dat eenmaal hebt gezegd.'

Brunetti glimlachte en schudde tegelijkertijd zijn hoofd.

'Ze zei dat ze me misschien kon helpen, maar daar moest ze eerst nog over nadenken.'

'Als ze dat tenminste kan onthouden,' zei Brunetti voordat hij er erg in had.

'Doe niet zo gemeen, Guido.'

'Sorry. Wat zei je daarop?'

'Dat ik dat heel fijn zou vinden. Toen nodigde ze me uit om op de thee te komen,' verklaarde Griffoni glimlachend. 'En ze suggereerde daarbij dat ik misschien gebakjes mee zou kunnen nemen voor haar en Beata.'

Ah, wat zou zijn moeder beide vrouwen hebben bewonderd, dacht hij. 'En wanneer?'

'Volgende week maandag om drie uur.' Griffoni duwde zichzelf weg van de reling en begon de treden af te lopen.

21

Terwijl ze langs de voorgevel van de kerk liepen, zei Griffoni: 'Ik vraag me af waarom ze zo'n hekel aan haar heeft.'

'Zou je me de voornamen kunnen onthullen?' vroeg Brunetti.

'Waarom professoressa Crosera zo'n hekel heeft aan signora Gasparini. Ze is een hulpeloze oude vrouw die vecht tegen een slechte gezondheid en afnemende krachten die niet langer de controle heeft over haar eigen leven.'

'Dat zijn redenen om medelijden met iemand te hebben, Claudia, niet om iemand aardig te vinden,' zei Brunetti die, zelfs terwijl hij dat zei al wist hoe moraliserend dit moest klinken.

'Ooit gehoord van jaloezie?' vroeg Griffoni lachend. 'Of bezitterigheid?'

'Haar man brengt zijn werkweek door in Verona,' reageerde Brunetti, 'en als hij weer thuis is in Venetië, hoort ze dat zijn tante loopt te zeuren of hij haar wil komen opzoeken en haar wil helpen met dit of dat.' Voordat ze hem kon onderbreken ging Brunetti door: 'Het is logisch dat zijn vrouw vindt dat die oude tante lastig, drammerig en vergeetachtig is.'

Op dat moment bleef Griffoni ineens staan. Ze draaide zich om en blokkeerde zijn weg. 'Goed, dat is ze allemaal. Maar ze is wél zijn tante hoor!' Haar stem was luider geworden bij die laatste woorden, en Brunetti zag hoe een jonge vrouw zich omdraaide om in hun richting te kijken.

Net toen Brunetti dacht dat ze erg klonk als een zuiderling, met verhalen over de Heilige Familie, voegde Griffoni eraan toe, op een toon die plotseling laag en bijna ijzig was: 'Daar komt nog iets bij: je hebt zelf het appartement gezien; bovenste verdieping tegenover de Carmini, zeker tweehonderdvijftig vierkante meter, uitzicht op het kanaal, uitzicht op de tuin erachter.' Voor Brunetti klonk ze precies als al die louche makelaars die hij ooit had gekend. 'En wie denk jij dat dit appartement gaat erven, Guido?'

Nu klonk ze als al die louche Venetiaanse makelaars die hij ooit had gekend, die alle menselijke aangelegenheden door de lens van locatie en afmetingen zagen, maar hij besloot dat het niet verstandig was om hier een opmerking over te maken. Hij herinnerde zich ineens hoe de oude vrouw Griffoni had genegeerd toen ze kennismaakten, en vroeg in plaats daarvan nu: 'Je bent haar duidelijk aardig gaan vinden. Vanwaar die omslag?'

'Omdat ze taai is,' zei Griffoni zonder enige aarzeling. 'En omdat ze, toen ik opmerkte dat jij en ik een stel zijn maar niet getrouwd, dat helemaal niet erg leek te vinden. Veel mensen van haar leeftijd doen alsof ze dat wél erg vinden. Ze vond het ook prima dat ik geen echte Venetiaanse ben.'

'Waarom is dat belangrijk?'

'Omdat ik geen vooroordelen heb over de mensen hier, en dat houdt in dat ik luister naar haar mening zonder er iets aan toe te voegen over de manier waarop de broer van de overgrootvader van die persoon in 1937 de neef van mijn overgrootvader heeft bedrogen met tachtig hectare grond in Dolo.'

Brunetti lachte, wat de spanning verminderde, en zei: 'Je hebt wel goed op ons gelet, hè?'

Griffoni beantwoordde zijn glimlach en zei: 'Jullie verschillen niet zo erg veel van ons, hoewel Napolitanen meestal meer dan vijf of zes generaties teruggaan om de redenen te vinden die we geven als we een uitgesproken mening over iemand hebben, zelfs als die positief is.' Nadat ze hier kort over had nagedacht voegde ze eraan toe: 'Vreemd genoeg was het meeste van wat ze zei ten gunste van de mensen over wie ze het had, over dat ze hen graag mocht of vertrouwde.'

'Had ze het nog over iemand in het bijzonder?'

'O, ze had een hele lijst: haar oom Marco zaliger, haar dokter, haar vriendin Anna Marcolin, twee kaasverkopers op de Rialtomarkt, en signora Lamon, die op de verdieping onder haar woont.' Griffoni stopte even, nadenkend totdat ze het weer wist: '... de man met de snor die vis verkoopt op de Campo Santa Margherita.' Als reactie op Brunetti's blik verklaarde ze: 'Ze heeft praatjes gehoord dat hij soms vis verkoopt die over is van de vorige dag, maar ze zei dat ze kon garanderen dat dat niet waar is. Haar familie koopt al zestig jaar vis van zijn familie.'

Brunetti moest opnieuw lachen: 'Dat is absoluut het bewijs dat ze een van ons is.'

Griffoni reageerde: 'Dat zou bij ons ook zo zijn.' Met de vrede hersteld vervolgden ze hun weg.

'De persoon boven aan de lijst is de apotheker, dottor Donato.' Als reactie op de wezenloze blik van Brunetti zei ze: 'Hij is de eigenaar van de Farmacia della Fontana, die deze coupons uitgeeft. Zijn naam staat gedrukt aan de onderkant ervan, samen met zijn btw-nummer, adres en telefoonnummer.'

'Wat heeft ze je over hem verteld?'

'Dat hij een afstammeling is van een doge die in de zeventiende eeuw vijfendertig dagen heeft geregeerd, en ze is er trots op dat ze cliënt bij hem is.' Griffoni liet een geluid van ongeloof horen. 'Ik weet dat wij in Napels gek zijn op titels, maar dat is niets vergeleken bij de manier waarop de mensen hier daarover doorgaan.'

'Misschien komt het door de kleine hoedjes die de doges droegen,' suggereerde Brunetti met een uitgestreken gezicht.

Ze stopte, keek naar hem en lachte. 'Dit is de eerste keer dat ik meemaak dat een Venetiaan geen grote ogen opzet en in aanbidding op de grond valt bij het noemen van doges. Weet je wel zeker dat je een echte Venetiaan bent?'

Hij schakelde over op de meest ondoorgrondelijke uitspraak en het dialect dat hij zich herinnerde van zijn grootouders en zei: *'Noialtri semo zente che no se lassemo strucar le segole in te i oci.'*

'Wat betekent dat?' vroeg ze.

'Grofweg betekent het dat we ons niet voor de gek laten houden door wie dan ook.'

Hij keek toe terwijl ze het in haar hoofd probeerde te herhalen en te vertalen in het Italiaans. Wat haar niet lukte. 'Het zou van alles kunnen betekenen, wat mij betreft,' zei ze.

Hij was blij dat ze het niet had begrepen: sommige delen van de stad waren nog niet prijsgegeven. Zijn eigen kinderen spraken beter Italiaans dan Veneziano, waarschijnlijk omdat Paola en hij Italiaans met hen spraken. Dat had ze er echter niet van weerhouden om Veneziano te leren van hun klasgenoten.

Brunetti richtte zijn aandacht weer op signora Gasparini en vroeg: 'Zei ze verder nog iets over die apotheker?'

'Ze gaat al een paar jaar naar hem toe, dus waarschijnlijk heeft hij haar net zo vaak gediagnosticeerd als haar huisarts.'

Onverwacht dreven de wolken ineens uiteen en werd de Campo Santa Margherita overstroomd met zonlicht; de temperatuur ging meteen omhoog. 'Laten we even gaan zitten,' zei Griffoni, die in de richting van een van de lange banken op de campo liep.

Griffoni ging zitten, sloeg haar armen over elkaar en strekte haar benen uit. Brunetti deed hetzelfde, half naar haar toegekeerd: twee vrienden die even stoppen voor een babbeltje. 'Ik heb twee tantes,' zei ze, waarbij ze naar haar voeten keek. 'Ze hebben alzheimer; nou ja, het begin ervan. En ze schieten allebei van het ene naar het andere onderwerp, zonder enige inleiding of logica. Eerst hebben ze het over vis en dan ineens over het spoorwegsysteem, of over hun kinderen en dan over de kauwgom op straat. Als ik ergens met ze over wil praten, moet ik ze terugleiden naar bijvoorbeeld de kauwgom. Ze kunnen zich een halve minuut concentreren en dan praten we even door, maar dan beginnen ze ineens over Mexico of Lourdes, dus dan moet ik opnieuw terug naar de kauwgom, en dan kunnen ze daar nog wat over praten. Maar dan vragen ze me ineens of ik al weet wat ik wil gaan studeren op de universiteit of waar ik mijn trui heb gekocht. Tegen de tijd dat ik weer over de kauwgom begin, zijn ze alweer vergeten dat we het daarover hebben gehad.'

'En?' informeerde Brunetti.

'Signora Gasparini is beslist nog niet zo ver heen als mijn tantes, maar ze gebruikt wel hun techniek, en dat zou kunnen zijn omdat ze het liever niet over dottor Donato heeft. Toen ik naar hem informeerde, vroeg zij meteen waar ik mijn schoenen had gekocht. Ik vertelde dat ik dat in San Leonardo had gedaan, recht tegenover de apotheek, en dat zorgde ervoor dat ze mij vertelde dat de voormalige bioscoop Italia in San Leonardo nu een supermarkt is, en toen moesten we daar weer een tijdje over praten. Zo ging het maar door, alsof we een potje aan het biljarten waren, waarbij de ballen in vreemde hoeken schoten. Soms keerden we terug naar waar we waren begonnen, maar alleen als ik een manier wist te vinden om haar terug te halen. Ze sprak over hem met bewondering en dankbaarheid, maar er was ook nog iets anders in haar toon.' Griffoni trok haar benen in en sloeg ze over elkaar. Daarna begon ze met haar rechtervoet op en neer te wippen.

'Ik kreeg de indruk,' zei ze, waarbij haar voet bleef bewegen, 'dat ze hem niet echt vertrouwde, maar bang was om dat toe te geven, zelfs aan zichzelf.' Ze strekte haar armen uit en legde haar handpalmen aan weerskanten van haar op de bank. Even later duwde ze zichzelf overeind en zei: 'Dit is wel genoeg voor vandaag. Ik ga terug. We kunnen later verder praten.' Ze draaide zich om in de richting van de Campo San Barnaba en de dichtstbijzijnde vaporettohalte en verdween al snel in de menigte – ooit ongewoon in deze tijd van het jaar – die zich in die richting bewoog.

In plaats van naar huis te gaan ging Brunetti een bar in en bestelde koffie. Terwijl hij daarop wachtte, belde hij signorina Elettra, gaf haar de naam van dottor Donato en vroeg haar of ze iets over hem aan de weet kon komen. Ze vroeg of ze verder nog iets voor hem kon doen en hing op toen hij zei dat dat alles was.

Hij ging naar de kassa en zei dat hij wilde betalen. Hij was verbaasd toen hij hoorde dat het € 1,20 was. Hij betaalde zonder het over het bedrag te hebben, maar toen hij eenmaal weer in de calle stond, vroeg hij zich af of hij was bedrogen of dat de prijs sinds gisteren verhoogd had mogen worden, toen hij nog € 1,10 had betaald.

Zijn wij echt zo corrupt? vroeg Brunetti zich af en begon in de richting van de Campo San Barnaba te lopen.

Zijn familie, zo leek het achteraf gezien, had armoede met edelmoedigheid gecombineerd, maar misschien kleurde zijn herinnering het gedrag van zijn ouders. Hij herinnerde zich een opeenvolging van mannen die werden beschreven als vrienden van zijn vader, die vaak bij hen kwamen eten, en herinnerde zich hoe zijn eigen kleren, nadat hij die twee of drie jaar had gedragen, vaak uit zijn klerenkast verdwenen bleken te zijn na een bezoek van een nicht van zijn moeder die in Castello woonde met haar zes kinderen en eeuwig werkloze man. De familie Brunetti was een familie die niets had, maar altijd wel iets kon vinden te midden van dat niets om aan iemand te geven die minder dan niets had.

'En wie is er nu Venetiaanser dan wij?' vroeg hij zacht aan de hemel, tot grote verbazing van een vrouw die langs hem liep op de campo.

Hij sloeg rechtsaf na de Accademia en toen naar links, naar de apotheek op de eerste hoek. Achter de balie stond zijn vroegere klasgenote en eerste *fidanzata*, Beatrice Rossi. Ze zag hem binnenkomen en glimlachte, wat ze altijd deed bij hun ontmoetingen in de afgelopen jaren. 'Kijk eens wie we daar hebben,' riep ze uit, kennelijk dezelfde hemel aanroepend als waar hij op de campo tegen had gesproken.

Ze kwam achter de balie vandaan en ze omarmden elkaar, twee gelukkig getrouwde mensen die jaren geleden, decennia geleden, hadden gedacht dat zij voor elkaar bestemd waren. Hij keek naar haar gezicht en achter de rimpels aan de zijkanten van haar mond en ogen zag hij het heerlijk ruikende meisje dat, op de eerste dag op het liceo, naast hem kwam zitten bij de geschiedenisles.

'Nog steeds achter de boeven aan?' Dat was inmiddels haar vaste vraag.

'Verkoop je nog steeds drugs?' was die van hem.

'Heb je tijd voor koffie?' vroeg Brunetti die wist dat ze, na zoveel jaar in de apotheek, min of meer kwam zoals het haar uitkwam.

'Nee, dat zal niet gaan, Guido. Lucilla is ziek, dus de enige hier is het meisje, en zij kan nog geen medicijnen maken.' Ze keek om zich heen. 'Er is hier niemand, dus we kunnen praten.' In de loop der jaren had Beatrice af en toe informatie gegeven aan Brunetti over de mensen in haar wijk, soms over diegenen die ze kende als cliënt. Ze besprak nooit hun medische gegevens en evenmin iets wat ze haar in vertrouwen hadden verteld, maar wel gaf ze soms wat roddels door, als Brunetti haar verzekerde dat die informatie noodzakelijk voor hem was.

'Wie is het deze keer?' vroeg ze met de bekende familiariteit. Toen ze zijn verrassing zag over haar directheid, glimlachte ze en zei: 'Ik zie die jagersblik in je ogen, Guido.'

In plaats van te protesteren glimlachte Brunetti op zijn beurt en zei: 'Dottor Donato, jouw collega.'

Beatrices mond ging onwillekeurig open. 'Jeetje,' zei ze. 'Waarom zou je je in vredesnaam bezighouden met iemand zoals hij?'

'Zijn naam kwam naar voren bij een onderzoek, en ik zou graag meer over hem willen weten, voordat we er misschien onnodig meer tijd aan gaan spenderen door hem onder de loep te nemen.' Dat was dan misschien niet de volle waarheid, maar het was niet gelogen.

'Hoe kwam zijn naam dan naar voren?' vroeg ze.

'O, iemand noemde hem,' antwoordde Brunetti.

Beatrice barstte in lachen uit. 'Nog even en je weigert mij de naam van je vrouw te vertellen,' zei ze en lachte opnieuw, deze keer over haar eigen opmerking.

Brunetti klemde zijn lippen op elkaar en trok zijn wenkbrauwen op in iets wat dicht tegen gêne aan zat. 'Goed, goed, Beatrice. De waarheid is dat ik dat liever niet wil zeggen. Ik wil me gewoon een beeld over die man vormen.'

'Geef eens een hint,' zei ze. Eerst dacht hij nog dat ze een grapje maakte, maar toen realiseerde hij zich dat ze heel verstandig was; het was haar zaak niet om te praten over Donato's seksuele voorkeuren, de betrokkenheid van zijn kinderen bij het stelen van auto's op het vasteland en of hij zijn vrouw sloeg of dat zijn vrouw hem sloeg.

Het duurde even voordat Brunetti een manier had gevonden om uit te leggen wat hij wilde weten. 'Zou hij flexibel met de regels omgaan als hij daarmee zijn winst zou kunnen verhogen?'

Een vrouw van ongeveer Brunetti's leeftijd kwam binnen en liep naar de balie; Beatrice ging erachter staan en vroeg of ze haar kon helpen. De vrouw draaide zich om naar Brunetti, maar die richtte zijn aandacht op de inhoud van een fles shampoo. Hij was verbaasd over het aantal ingrediënten en nieuwsgierig waarom er zoveel nodig waren.

De vrouwen spraken op zachte toon met elkaar en Beatrice ging naar achteren, om een paar minuten later terug te komen met vier doosjes medicijnen. Ze pakte de doosjes, haalde zegels aan de achterkant eraf en plakte die op de recepten die de vrouw haar gaf. Toen haalde ze de recepten over de sensorplaat naast de kassa, stopte de doosjes in een plastic zak en nam een biljet van twintig euro aan als betaling. Ze sloeg de verkoop aan en gaf de vrouw wisselgeld, voegde de bon toe, bedankte haar en wenste haar een fijne avond.

Toen de vrouw was vertrokken, kwam Beatrice tegenover Brunetti staan. 'Dottor Donato is een van de meest gerespecteerde apothekers in de stad, Guido. Hij is ooit voorzitter van de Ordine dei Farmacisti geweest.'

Brunetti wachtte. Toen ze niets meer zei, drong hij aan: 'Vertel nu eens wat je me niet wil vertellen.' Stilte. 'Alsjeblieft, Beatrice. Het zou belangrijk kunnen zijn.' Nog steeds geen leugen, maar niettemin voelde Brunetti zich niet op zijn gemak toen hij het zei.

'Nou,' begon ze en draaide zich naar een molen met keelpastilles om die recht te zetten. 'Er zijn waarschijnlijk wel een paar mensen die ja zouden zeggen op jouw vraag. Het doet er niet toe wie dat zijn.'

Ze leek een conclusie te hebben getrokken, maar glimlachte toen naar Brunetti en leunde naar voren, alsof ze op het punt stond een geheim te vertellen, en zei: 'Het is niet nodig om flexibel met de regels om te gaan: we verdienen al meer dan genoeg.'

'Mag ik dat opschrijven en dat door jou laten ondertekenen?' vroeg Brunetti.

'Goeie god, nee,' riep ze uit en hief haar handen in gespeelde ontzetting. 'Ze zullen me uit de Orde van Apothekers zetten als die dat te horen krijgt.'

'Het is goed om in elk geval één van jullie dat te horen toegeven,' zei Brunetti met plotselinge ernst.

'We hebben allemaal te veel, Guido; niet alleen apothekers. Wij allemaal. Te veel geld en te veel spullen, en nooit tevreden met wat we hebben.'

Brunetti keek naar deze nieuwe persoon en vroeg zich af of hij het wel goed had gehoord. 'Meen je dat echt, Beatrice?'

'Uit de grond van mijn hart,' zei ze ernstig. 'Ik zou het allemaal weggeven als ik kon.' Ze glimlachte plotseling: 'Nou ja, de helft dan. Of een deel ervan.' Haar glimlach werd groter. 'Ik ben een vreselijke hypocriet. Let maar niet op mij.'

'Maar je meende het wel, nietwaar?' vroeg Brunetti. 'In elk geval toen je het zei?'

'Waarschijnlijk wel,' zei ze aarzelend, en toen krachtiger: 'Ja. Het enige probleem is dat ik het niet kan blijven menen. Het overvalt me soms als ik al die spullen zie die wij hebben, Rolando en ik, en al die spullen die de kinderen hebben. Doe maar net alsof ik het niet heb gezegd, goed?'

Brunetti schudde zijn hoofd. 'Nee, ik wil dit onthouden. Het is een van de beste dingen die ik je ooit heb horen zeggen.'

Hij boog zich naar voren, kuste haar op beide wangen en verliet de apotheek. Hij draaide zich niet om bij de deur, omdat hij haar niet aan wilde kijken.

22

Terwijl Brunetti naar huis liep, dacht hij aan wat Beatrice had gezegd: 'Waarschijnlijk.' Hoe moest hij dat interpreteren? Ze had praatjes gehoord, maar dat was niet echt iets waarop je een zaak tegen iemand kon beginnen. 'Een paar mensen' geloofden dat dottor Donato flexibel met de regels omging om zijn winst te vergroten. In de advocatuur noemden ze dat 'bewijs van horen zeggen', een soort linguïstische alchemie om roddelpraatjes om te zetten in iets geloofwaardigers.

Hij herinnerde zich dat Beatrice twee jaar op de universiteit had gezeten waar ze voor notaris studeerde en toen vrienden en familie had verbaasd – haar vader was notaris – door ermee op te houden en over te stappen op *farmacia*. Destijds was de beste verklaring die ze kon geven dat ze iets wilde doen om mensen te helpen, een antwoord dat haar familie niet kon overtuigen.

Denkend aan notarissen herinnerde hij zich ineens de absurde situatie toen Paola en hij hun appartement hadden gekocht, meer dan twintig jaar geleden. Op het moment dat de cheque van eigenaar zou wisselen, herinnerde de notaris zich ineens dat hij nog iets moest doen in een andere kamer en liet hij het aan de koper over om die te overhandigen aan de verkopers. De deur was nog niet dicht of Brunetti opende zijn aktetas en haalde daar pakken *lire* uit – ah, wie dacht er tegenwoordig nog aan de *lira*, die heerlijke kleine lira? Hij gaf de stapels aan de verkopers, een jong stel dat had besloten om naar Vicenza te verhuizen, en die begonnen de stapels bankbiljetten te tellen.

Op een gegeven moment had de notaris op de deur geklopt en gevraagd of ze al klaar waren. Ze riepen gezamenlijk nee tegen de notaris, waarbij een van de verkopers zelfs schreeuwde: 'Niet binnenkomen,' een bevel waaraan de notaris gehoorzaamde.

Toen de honderd miljoen lire allemaal was geteld en in een andere aktetas was verdwenen, haalde Brunetti een cheque voor honderd miljoen lire minder dan de officiële prijs van het appartement tevoorschijn, legde die op tafel en riep dat de notaris weer terug mocht komen in zijn eigen kantoor.

Ah, waar waren de lire van weleer? Nu waren er bankoverschrijvingen en was er een algemene sfeer van wantrouwen tussen kopers en verkopers, want de overheid was niet langer bereid om een systeem te tolereren dat verhinderde dat de volledige som aan belastingheffingen die bij een verkoop verschuldigd was, kon worden geïnd. Helaas was diezelfde overheid er nog niet in geslaagd om een systeem te bedenken waardoor de opbrengst van die heffingen niet meer in het zwarte gat van de malvereserende ambtenarij verdween.

Deze herinnering dwong Brunetti tot het besef hoe tegenstrijdig zijn eigen ideeën over eerlijkheid ten opzichte van de fiscus waren. Hij pauzeerde boven op de brug die leidde naar San Polo om de mogelijkheid te overwegen dat de coupons deel uitmaakten van een systeem, bedoeld om de staat en niet de klant te bedriegen. Als dat het geval was, dan zou de noodzaak om het te melden minder groot of zelfs niet aanwezig zijn, mocht iets daarop wijzen. De mensen werden boos als de staat hen bedroog, niet als iemand de staat bedroog.

Het was geen onderwerp om te bespreken tijdens het avondeten, dus in plaats daarvan luisterde hij hoe Chiara haar docent geschiedenis prees voor de manier waarop ze de belangstelling van haar leerlingen wist te wekken voor de gebeurtenissen waarover ze lazen; momenteel die van de eerste eeuwen van de Romeinse Republiek. Voor het eerst begon Chiara na te denken over hoe enorm mensen uit het verleden verschilden van haar. 'Ze konden hun kinderen doden als ze dat wilden,' zei ze, ontzet over het recht van een Romeinse vader om een kind te vermoorden dat hij niet erkende of niet wilde. 'Door wat zij vertelde klonk het alsof je gewoon naar de dichtstbijzijnde vuilnisbelt kon gaan om daar een baby weg te halen als die nog leefde en die mee naar huis te nemen.'

'Om er wat mee te doen?' Raffi keek op van zijn bord om dat te vragen.

'Die groot te brengen als je eigen kind,' antwoordde Chiara.

Raffi, die liet zien dat hij het een en ander had geleerd van zijn moeder op het gebied van timing, reageerde: 'Of als je slaaf.'

Chiara negeerde hem en keek over tafel naar haar vader, die nog wat *gnocchetti di zucca* nam. Met een vriendelijke glimlach wierp ze zich op hem. 'Ik ben bang dat jij in die tijd geen werk zou hebben gehad, papà.'

'O ja? En waarom niet?' vroeg Brunetti, hoewel hij dat allang wist.

'Er was gewoon geen politie,' verklaarde Chiara. 'Denk je dat eens in: een stad met een miljoen inwoners en geen agenten.' Ze liet het aan de anderen aan tafel over om dit te overdenken en vroeg toen: 'Wat deden de mensen als hun iets overkwam?'

'Heeft jouw docent het daar nog niet over gehad?' vroeg Brunetti.

Chiara, die net een slok water nam, schudde haar hoofd.

'Ik denk dat ze jullie zal vertellen dat je enige redmiddel in die tijd was om een advocaat in te huren – iemand zoals

Cicero – om een beschuldiging te uiten of, als iemand jou ergens van beschuldigde, een advocaat in te huren om jou te verdedigen.'

'Maar wat als je het je niet kon veroorloven om een advocaat in te huren?' vroeg ze. 'Papà, jij leest constant over dat soort dingen; wat gebeurde er, wat déden mensen?'

In de hoop haar te herinneren aan wat ze zelf eerst had gezegd over dat de mensen in die tijd heel anders waren, zei hij: 'De meeste mensen dachten niet zo, schat. Of je accepteerde wat er met je gebeurde of je nam het recht in eigen hand.'

'Wat houdt dat in?' vroeg Chiara, die geen poging deed te verhullen dat ze er niets van begreep.

'Hetzelfde als tegenwoordig,' mengde Paola zich in het gesprek. 'Jij strafte degene die jou problemen had bezorgd – wat dat ook was – of je huurde iemand in die dat voor jou deed.'

'Maar dat is waanzin,' zei Chiara. 'Mensen kunnen zo niet leven.'

Brunetti verlangde er hevig naar om te zeggen dat veel mensen in haar eigen land dat nog steeds zo deden, maar omdat hij haar dat wilde besparen, zei hij niets. Hij wierp een blik op Paola, die haar woorden inslikte en in plaats daarvan zei: 'Chiara, ik heb die *ciambella* gemaakt waar jij zo dol op bent.'

De realiteit van een toetje wist Chiara af te leiden van haar gedachten over sociale rechtvaardigheid en ze vroeg: 'Die met rozijnen en pompoen?'

Paola knikte. 'Het staat op de vensterbank en zal nu wel afgekoeld zijn. Als jij de ciambella even pakt, dan haal ik de dessertborden.' Nadat ze dat had gezegd, kwam Paola overeind en begon hun lege borden te verzamelen. Terwijl ze zich vooroverboog om het bord van Brunetti te pakken, gaf ze hem een knikje en een brede, valse lach met al haar tanden bloot, en volgde daarna haar dochter de keuken in.

Later, toen ze zij aan zij in bed lagen te lezen, draaide Paola zich naar hem toe en vroeg: 'Is dat het juiste aantal dat Chiara noemde?'

'Van de inwoners van Rome?'

'Ja.'

'Ik heb dat aantal ergens gelezen,' zei Brunetti, terwijl hij *Antigone* ondersteboven op zijn buik legde, hoewel hij liever door had willen lezen. Het leek wel alsof de enige tijd waarin hij nog wat kon lezen, voor het slapengaan was. Dat was natuurlijk een slecht idee, omdat hij meestal zo moe was dat hij al snel in slaap viel, maar het was het enige moment van de dag waarop zijn aandacht niet werd gevraagd en hij tenminste kon proberen om zich te concentreren op wat hij las.

Paola deed hetzelfde met haar boek – hij wist niet wat ze aan het lezen was – en vouwde haar handen erbovenop. 'Een miljoen mensen die zonder de wet leven,' zei ze en sloot haar ogen, alsof ze het zich dan beter kon voorstellen.

'Het is bijna niet te geloven,' zei Brunetti.

Ze draaide zich naar hem toe en glimlachte. 'Ik ben blij dat je me tegenhield.' Ze strekte zich uit en legde haar hand op zijn arm.

'Om niet op je zeepkist te gaan staan?'

'Ja, en olie op het vuur te gooien door iets te zeggen in de trant van "en nu doen zestig miljoen mensen hetzelfde".'

'Eerder polemisch dan olie op het vuur,' merkte Brunetti droog op. 'Chiara zou trouwens niet eens geluisterd hebben. Niemand interesseert het tegenwoordig nog, vooral de jonge mensen.'

'Wat?'

'De politiek.'

Ze draaide haar hoofd opzij en bestudeerde zijn gezicht. 'Wij hebben twee kinderen, Guido.'

'Verwacht je nu van mij dat ik iets plechtigs zeg als: "Iemand moet het toch proberen?"'

Ze sloot haar boek en legde het op het tafeltje naast haar. Nadat ze voldoende tijd had genomen om goed na te denken over zijn vraag, zei ze: 'De man met wie ik destijds getrouwd ben, zou het zeggen.'

'Antigone zei het, en die verhing zich uiteindelijk in een grot,' antwoordde Brunetti.

'De man met wie ik destijds getrouwd ben, zou het zeggen,' herhaalde ze.

Brunetti draaide zijn boek weer om, maar liet het nog even plat op zijn buik liggen. Hij keek in de richting van een schilderij aan de muur tussen de twee ramen, nu moeilijk te zien in het halfdonker. Het was een klein zeventiende-eeuws portret van een Venetiaan, heel waarschijnlijk een koopman, dat Paola in een brocanterie had gevonden. Ze had het laten restaureren en het hem gegeven voor hun twintigste trouwdag.

De man, ingetogen qua kleding en gezichtsuitdrukking, keek de kijker recht aan, alsof hij diens waarde inschatte. Op een tafeltje rechts van hem stond een donkergroene vaas met gladiolen, die volgens Paola het symbool van integriteit en standvastigheid waren. Brunetti keek naar de man en verbeeldde zich dat de man ook naar hem kon kijken. Het lampje naast het bed zou hem een beter beeld geven.

'Ja, dat zou hij inderdaad hebben gedaan,' stemde Brunetti uiteindelijk in. Hij pakte zijn boek op en ging verder met lezen. Na een kloof van twintig jaar wilde hij graag weer horen wat Antigone te zeggen had over de verplichting om de wet te gehoorzamen. Wat zou dat verfrissend zijn voor een man die zich de laatste twintig jaar had beziggehouden met het aanpakken van mensen wier enige interesse bestond uit het te slim af zijn van de wet.

Paola draaide zich naar de andere kant en deed haar lampje uit.

Toen Brunetti de volgende middag naar de kamer van signorina Elettra ging, voelde hij de spanning zodra hij naar binnen liep, zelfs nog voordat hij hoofdinspecteur Scarpa voor haar zag staan. Met zijn gewicht ondersteund door zijn handen die op het bureau leunden, boog hij zich naar voren, zijn nek schijnbaar uitgerekt om zijn gezicht dichter bij dat van haar te kunnen brengen.

'Of heb ik het soms mis, signorina?' hoorde Brunetti hem vragen.

Signorina Elettra wendde zich tot Brunetti, en hij kon nog net de emoties op haar gezicht zien: minachting, boosheid en misschien zelfs angst.

Haar gezicht veranderde toen ze Brunetti zag en ze zei net iets te opgewekt: 'Waarom vragen we het niet aan de commissario, hoofdinspecteur? Die weet hier vast meer over dan ik.'

'Wat is er, signorina?' vroeg Brunetti, die de aanwezigheid van Scarpa erkende met een knik die overkwam als beleefd.

Scarpa duwde zichzelf overeind en erkende met een balletachtig handgebaar de hogere rang van Brunetti.

'Signorina Elettra en ik proberen te bedenken hoe het mogelijk is dat bepaalde vertrouwelijke informatie buiten de muren van de questura terecht is gekomen,' antwoordde de hoofdinspecteur. Hij glimlachte naar signorina Elettra, alsof hij haar goedkeuring vroeg voor de manier waarop hij het net had verwoord.

'Juist ja,' zei Brunetti, die het liet klinken alsof de kwestie hem totaal niet interesseerde. Hij zag hoe het gezicht van signorina Elettra zich licht ontspande bij zijn toon en dus ging hij verder: 'Hoe staat het met de apotheker?'

'Er is niets vreemds aan hem, signore. Het spijt me.' Bij

Brunetti thuis hadden ze vroeger een bastaardhond gehad en omdat het zijn taak was geweest om hem uit te laten, had hij geleerd wat elke blik achterom, elke ruk aan de riem betekende. Daardoor wist hij nu, door haar stem, dat ze aan de riem rukte en dolgraag weg wilde van de plek waar ze nu waren.

Brunetti dacht erover hoe hij haar die gelegenheid kon bieden en zei op autoritaire toon: 'Dank u, signorina. Ik heb gisteren een paar dingen ontdekt en heb er wat aantekeningen van gemaakt. Misschien kunt u zo meteen even naar boven komen om die op te halen en ze toe te voegen aan uw rapport.' Het was zwak en het was overduidelijk, maar zo te horen had het alles van een verzoek van een superieur aan een ondergeschikte, dus moest ze wel overeind komen en zeggen: 'Ah, goed. Dan kan ik het afmaken, commissario, en de vicequestore vragen of hij er even naar wil kijken.'

Alsof Patta ooit de moeite nam om rapporten te lezen, zei Brunetti bij zichzelf, terwijl hij de deur van haar kamer voor haar openhield. Het gaf hem geen goed gevoel om Scarpa alleen in de kamer te laten staan, en daarom wachtte hij terwijl hij in Scarpa's richting keek en liet blijken dat hij verwachtte dat de hoofdinspecteur samen met hen zou vertrekken.

Scarpa moest zich hebben gerealiseerd dat hij geen andere keus had en liep ook naar de deur. Hij beschouwde Brunetti's knik als permissie om voor hem langs te gaan, wat hij ook deed. Brunetti sloot de deur achter hen. Signorina Elettra en hij gingen omhoog naar zijn kamer; achter hen liep hoofdinspecteur Scarpa naar het einde van de gang en sloeg linksaf.

Op zijn kamer ging Brunetti naar zijn bureau en leunde er met zijn rug tegenaan. 'Wilt u mij nu vertellen waar hij het over had?' vroeg hij mild.

Hij keek toe hoe ze erover nadacht en toen het idee liet varen om hem te vragen wat hij precies bedoelde. 'Hij heeft het er al eerder over gehad, commissario. U hebt hem er waarschijnlijk wel over horen praten.'

'Over die lekken?'

Ze knikte.

'Weet u waar het over gaat?' vroeg Brunetti.

'Hij zegt dat de naam van iemand die hierheen moest komen voor ondervraging is onthuld.'

'Onthuld aan wie?'

'Dat zei hij niet, alleen dat de naam van een verdachte naar buiten is gebracht.'

'Hoe?'

'Dat zei hij niet,' herhaalde ze.

'Is dat alles?' vroeg hij.

'De hoofdinspecteur schijnt te denken dat dat meer dan genoeg is.'

'Om wat te doen?'

'Om iemand te beschuldigen, vermoed ik. Daar houdt hij van.'

'Dat heb ik ook gemerkt,' zei Brunetti. 'Weet u er iets van?'

Ze hief haar kin en perste haar lippen op elkaar. Het enige wat ze hoefde te doen was haar handen op haar rug op en neer te wippen om een zenuwachtig kind te lijken dat is betrapt op iets wat haar verboden was.

'Ja,' zei ze uiteindelijk.

'Is het iets wat ik zou moeten weten?' vroeg Brunetti.

Na wat een hele tijd leek zei ze: 'Nog niet.'

Brunetti besloot geen commentaar te geven op haar antwoord en zei in plaats daarvan: 'Is het mogelijk om een lijst te krijgen van de patiënten die staan geregistreerd bij de apotheek van dottor Donato?'

'Ik denk het wel. Nou ja, in elk geval een lijst van de mensen van wie de recepten daar worden klaargemaakt.'

'Zou u er eens naar willen kijken?' vroeg Brunetti. 'En welke medicijnen ze krijgen?'

'Bent u op zoek naar een bepaald soort medicijn? Of ziekte?' vroeg ze, wat Brunetti enig idee gaf van het soort informatie waar ze voor hem aan zou kunnen komen.

'Alles wat duur is en wat wordt voorgeschreven aan oudere mensen.' Hij zag hoe nieuwsgierigheid over haar gezicht flitste en voegde eraan toe: 'Vooral als ze worden behandeld voor iets wat hun geheugen of hun geestelijke gezondheid zou kunnen aantasten.'

Ze knikte.

'Kunt u dat doen?' vroeg hij.

Ze keek naar hem, maar sloeg snel bescheiden haar ogen neer, alsof ze niet graag iets deed wat op opscheppen zou lijken. 'Ik heb toegang tot een grote verscheidenheid aan informatie, signore,' zei ze uiteindelijk.

Brunetti wilde haar daar eigenlijk iets over vragen, maar behoedzaamheid weerhield hem daarvan: het was maar beter als hij niet de volle omvang wist van wat ze allemaal kon. Hij bracht zijn hand naar zijn mond en maakte van de vraag een kuch. Toen trok hij een ernstig gezicht en zei, terwijl hij zich weer naar haar toedraaide: 'Dat hoopte ik al.'

23

Kort nadat signorina Elettra was vertrokken, tikte Vianello licht op Brunetti's deur en kwam hij binnen zonder te wachten op een reactie. Brunetti gebaarde naar Vianello's gebruikelijke stoel en vroeg: 'Heb je signorina Elettra nog gezien toen je naar boven kwam?'

'Nee,' antwoordde Vianello en verraste hem toen door daaraan toe te voegen: 'Daarvoor kwam ik juist naar boven.'

'Om te praten over signorina Elettra?'

'Ja,' antwoordde de inspecteur en zei erachteraan: 'en over wat haar dwarszit.'

'Van wat ik heb gezien lijkt het erop dat dat hoofdinspecteur Scarpa is.'

Vianello hief zijn handen en staarde even naar zijn handpalmen voordat hij zei: 'Ja, dat lijkt er inderdaad op, ik weet het.'

'Betekent dit dat het in werkelijkheid iets anders is?'

'Min of meer,' antwoordde Vianello.

Brunetti haalde diep adem en ademde toen langzaam uit. 'Kun je me vertellen wat er gaande is zonder dat je in codetaal praat?'

'Het is verwarrend, Guido,' zei Vianello. Brunetti bleef zwijgen, dus ging de inspecteur verder. 'Een van mijn informanten vertelde me weken geleden dat hij had gehoord dat er hier iemand was die de naam had genoemd van een verdachte die we moesten laten gaan wegens gebrek aan bewijs, ook al wisten we dat hij schuldig was.' Vianello stak zijn hand omhoog en bewoog die lichtjes in de richting van Brunetti om aan te geven dat hij nog niet klaar was.

'Toen ik hem ernaar vroeg – welke man, welk misdrijf – wist hij niets en zei alleen dat hij er iemand over had horen praten in een bar.' Vianello klemde zijn lippen op elkaar en trok zijn wenkbrauwen op om zijn scepsis uit te drukken.

'Ik vertelde hem dat ik niet geïnteresseerd was en dat hij het verder mocht vergeten. Maar toen, een week geleden,' vervolgde de inspecteur, zijn stem plotseling ernstiger, 'vertelde hij me dat hij datzelfde verhaal opnieuw had gehoord, maar dat deze keer werd de naam genoemd van de man die wij hadden laten gaan.'

Brunetti strekte zich uit over zijn bureau en legde zijn vingers op een vulpotlood; hij pakte het op en drukte een paar keer op het gummetje totdat het dunne loodstaafje tevoorschijn kwam. Hij bestudeerde het even, drukte toen het gummetje opnieuw in en hield het daar terwijl hij het lood met een vingertop terugduwde in het hulsje. Hij keek hiervan op, in de richting van Vianello. 'Wie?' vroeg hij.

'Costantino Belli.'

Brunetti's ogen werden groter; hij legde het potlood neer. 'Waar is hij?'

'Het laatste wat ik heb gehoord – ongeveer twee weken geleden – is dat hij uit het ziekenhuis is ontslagen en weer thuis is. Nou ja, bij zijn moeder thuis.'

Vianello sloeg zijn benen over elkaar en zwaaide zijn voet heen en weer. 'Ik weet niet of ik dit moet zeggen, maar we hebben geen hard bewijs dat hij iets heeft gedaan.'

'Geen hard bewijs,' herhaalde Brunetti. 'Maar we kunnen wel concluderen wat de waarheid is.'

Vianello aarzelde even voordat hij zei: 'Rechters veroordelen mensen niet op basis van conclusies, Guido. Ze willen feiten.'

Brunetti glimlachte. 'Heb ik je nooit gewaarschuwd voor het gebruik van sarcasme, Lorenzo? Het enige wat het doet is mensen kwaad maken.'

'Sorry,' zei Vianello. 'Ik sloeg even door.'

'Lucia Arditi heeft drie dagen in het ziekenhuis gelegen nadat ze was aangevallen,' zei Brunetti met gespannen stem. 'De dokters zeiden dat ze was verkracht en met een brandende sigaret was bewerkt. Dat gebeurde in haar eigen appartement. In haar eigen bed.' Hij hoorde hoe zijn toon woedend begon te klinken, en hij wachtte even totdat hij voelde dat hij verder kon gaan. 'Lorenzo, je hebt gelezen wat het ambulancepersoneel zei toen ze daar naar binnen gingen: ze vertelde hun dat ze was verkracht.'

'Ze veranderde dat later en zei dat het met wederzijds goedvinden was gebeurd,' zei Vianello onmiddellijk, waarbij hij een beetje klonk als een advocaat strafrecht.

'Aan wiens kant sta jij?' vroeg Brunetti hem.

Vianello vouwde zijn armen over zijn borst en staarde in zijn richting.

Uiteindelijk zei Brunetti: 'Sorry, Lorenzo.'

Vianello haalde zijn schouders op. 'Hij is een gemene klootzak, Guido. Jij weet dat en ik weet dat. Wij weten dat door wat hij Lucia Arditi heeft aangedaan. En wij weten dat vaststaat dat hij het heeft gedaan.' Vianello wachtte totdat Brunetti instemmend knikte en ging toen verder. 'Maar een rechter-commissaris zou zeggen dat het alleen komt door wat wij gelóven dat hij Lucia Arditi heeft aangedaan, en die heeft gezegd dat hij haar niet heeft aangevallen.' Vianello gaf Brunetti de gelegenheid om te protesteren en toen hij dat niet deed, vervolgde de inspecteur: 'En dan zou de rechter-commissaris zeggen dat, gezien haar herhaalde verklaring en de afwezigheid van enig daadwerkelijk bewijs, het uitgesloten is om zelfs maar te denken dat er een rechtszaak tegen Belli kan worden aangespannen.' Toen Brunetti ook dit niet bestreed, ging Vianello weer door. 'Ze zei dat ze die avond seks hadden gehad, en dat heeft ze ook tegen haar Facebookvrienden gezegd. Weet je nog?' Vianello's stem veranderde subtiel toen hij citeerde: "'Als herinnering aan vroeger.'"

Zijn blik ontmoette die van Brunetti. 'Jij hebt het gelezen, Guido. Ze heeft het tegen iedereen gezegd – nadat ze hun had verteld dat Costantino in de douche was – dat ze groot gelijk had gehad door het uit te maken met hem.'

Vianello pauzeerde hierna, bijna alsof hij zichzelf en Brunetti – mensen van een andere generatie – tijd wilde geven om te proberen te begrijpen dat iemand zoiets kon schrijven en wilde dat het openbare informatie werd.

'Toen ze in het ziekenhuis kwam...' begon Brunetti.

'Het maakt niet uit wat de dokter dacht of wat hij zei toen ze werd opgenomen, Guido. In haar verklaring aan ons stond dat het met wederzijds goedvinden was.'

Brunetti opende zijn mond om iets te zeggen, maar Vianello kapte hem af. 'Het enige wat ertoe doet is wat zij heeft gezegd en blijft volhouden. Hij vertrok, zij viel in slaap en toen ze wakker werd zag ze bloed op de lakens, dus belde ze 118 en die stuurden een ambulance.'

'De brandwond van een sigaret?' vroeg Brunetti.

'Ze hield vol dat dat een ongelukje was,' zei Vianello bruusk.

'Het bericht van zijn moeder?' vroeg Brunetti, maar er lag geen echte nieuwsgierigheid in zijn stem; de vraag was een tijd geleden al beantwoord.

'Dat heb jij ook gelezen, Guido. Ze stuurde het meisje een sms om haar een snel herstel te wensen en haar te zeggen dat de vrienden van Costantino ernaar uitkeken om zijn video's te zien.' Vianello stak een vermanende hand op en voegde eraan toe: 'Signorina Elettra had geen machtiging om haar belgeschiedenis te doorzoeken. We hebben die informatie illegaal verkregen.'

'Het is trouwens toch nutteloos,' erkende Brunetti, hoewel met tegenzin. 'Dat ouwe kreng zei niet wat voor video's het waren. Als we het haar zouden vragen, zou ze waarschijnlijk zeggen dat ze de video's van Costantino's eerste communie bedoelde.' Hij kwam overeind en liep naar het raam, keek naar de overkant van het kanaal, zag daar niets wat kon helpen om hem te kalmeren en liep terug naar zijn stoel. 'Komt het doordat wij een dochter hebben?' vroeg hij aan Vianello.

'Het komt doordat wij menselijk zijn,' zei de inspecteur.

Brunetti stopte met speculeren en vroeg: 'Heeft de tweede man die erover sprak ook echt de naam Belli gebruikt?'

Vianello knikte weer. 'Ja. Ze hadden het erover wat er met hem is gebeurd; sommigen lachten en zeiden dat een goed pak slaag waarschijnlijk precies was wat hij verdiende. Toen zei er een dat hij had gehoord dat iemand bij de questura had gezegd dat hij de man was die naar het bureau was gebracht om te worden verhoord over wat er met Lucia Arditi was gebeurd.'

Hij pauzeerde om Brunetti de gelegenheid te geven tot commentaar of vragen. Toen de ander niet reageerde, ging de inspecteur verder. 'Hij wil eerst dat ik hem iets betaal voordat hij zich weet te herinneren wie het hem heeft verteld.'

'Wat ga je doen?'

'Dat wilde ik nou juist aan jou vragen.'

'Wat denk jij?' vroeg Brunetti.

Vianello deed snel zijn armen van elkaar. 'Ik denk dat het beter is om het te laten vallen, en hem te vertellen dat ik hem niet geloof en dat het ons niet interesseert.'

'Zonet klonk het nog alsof je wél geïnteresseerd was,' merkte Brunetti neutraal op.

'Denk erover na, Guido,' zei Vianello op milde toon.

'Dat heb ik al gedaan,' zei Brunetti.

Hun blikken ontmoetten elkaar. Brunetti klemde zijn lippen op elkaar, haalde twee keer diep adem, maar zei niets. Ze wisten allebei dat signorina Elettra het rapport van het ambulancepersoneel had gelezen en ook wat Lucia Arditi hun oorspronkelijk had verteld; een verhaal dat ze later had herroepen. Net zoals ze allebei wisten dat het Elettra was geweest die de sms van Belli's moeder aan Lucia Arditi had gevonden. Geen wonder dat Vianello zijn informant wilde vertellen dat ze het verhaal over een lek bij de questura niet geloofden.

'O jee, o jee, o jee,' fluisterde Brunetti bij zichzelf. Hij richtte zijn aandacht op de muur en dacht na over wat hij wist – en niet wist – over signorina Elettra. Hij staarde lange tijd in het niets en wist dat Vianello en hij gelijk hadden.

Brunetti verbrak een taboe over de belangstelling van een ouder over de seksualiteit van zijn kind door in stilte te bidden tot de beschermer van jonge mensen, en smeekte dat het eerste vriendje van Chiara een goede jongen zou zijn die echt van haar hield. Hij hoefde niet intelligent, rijk of knap te zijn of prinselijke kwaliteiten te bezitten: het zou voldoende voor hem zijn als het een goede jongen was die van Chiara hield.

Brunetti leunde naar voren en toetste de naam Belli in op de computer. Hij had niet eerder de moeite genomen om het rapport van het ziekenhuis te lezen, maar ging er nu naar op zoek. De jonge man die op straat was gevonden, was naar de Spoedeisende Hulp gebracht om halftwee in de nacht, meer dan drie maanden daarvoor. Hij was herhaaldelijk op zijn gezicht geslagen. Zijn neus was gebroken en het kraakbeen was ernstig beschadigd. Hij was kennelijk in zijn liezen geschopt; één testikel had ernstige kneuzingen. Zijn linkerschouder was uit de kom, hoewel er geen tekenen van kneuzingen waren die erop wezen dat dit kwam door de val.

Brunetti keek weg van de computer en herinnerde zich

de betrokkenheid van de politie bij deze aanval. Ze werden pas de volgende morgen op de hoogte gesteld, toen er een telefoontje kwam van het ziekenhuis. Belli, die weer bij bewustzijn was, zei dat hij lopend op weg naar huis was geweest toen hij plotseling voetstappen achter zich hoorde. Van wat er daarna was gebeurd totdat hij bijkwam in het ziekenhuis herinnerde hij zich niets meer. Hij had zijn portemonnee nog in zijn achterzak, wat erop wees dat het geen beroving was geweest. Pas toen Brunetti de naam Belli zag, was hij gaan vermoeden dat de aanval te maken kon hebben met de verkrachting van Lucia Arditi, meer dan een halfjaar daarvoor.

Een discreet onderzoek naar haar familie onthulde dat haar ouders, die een schoenenfabriek buiten Treviso hadden, op de avond dat Belli werd aangevallen in Milaan waren voor een industriële beurs, terwijl het meisje en haar broer op bezoek waren bij een oom die in Spanje woonde.

De politieagent die met Belli had gesproken, had hem gevraagd of er mensen waren die hem iets zouden willen aandoen, en hij had gezegd dat hij geen vijanden had. De zaak werd niet vergeten, maar er werd ook geen verder onderzoek meer gedaan. Brunetti herinnerde zich dat hij dacht dat er veel tijd was verstreken sinds de verkrachting van Lucia Arditi. Wraak is een gerecht dat je het best koud serveert, zo luidde het spreekwoord, maar zo gebeurde dat meestal niet in de echte wereld. Wraak ontbeerde geduld en was meestal snel, impulsief en overduidelijk. Degene die Belli had aangevallen – en Brunetti herinnerde zichzelf eraan dat hij aannam dat het hier om wraak ging – had waarschijnlijk een recentere reden gehad om hem in elkaar te slaan. Zijn eigen ervaring met mensen wier beroep het was om geweld te plegen, zei hem dat een professional veel beter werk zou hebben geleverd. Belli zou vertrouwd zijn geraakt met pijn en met de muren van zijn ziekenhuiskamer: zijn beide benen zouden in het gips hebben gezeten en hij zou niet al na twee dagen naar huis zijn gegaan, naar zijn mammie.

Om de een of andere reden herinnerde hij zich de manier waarop signorina Elettra zich had gedistantieerd van berichten over een mogelijk lek bij de questura, terwijl ze zich normaal gesproken met hongerige nieuwsgierigheid op een dergelijk gerucht zou hebben gestort. Hij herinnerde zich haar ongemakkelijke houding – je zou het zelfs nervositeit kunnen noemen – tegenover hoofdinspecteur Scarpa.

Eindelijk accepteerde hij wat hij had proberen te negeren: de uitdrukking op het gezicht van signorina Elettra die in feite angst was geweest. Brunetti kwam overeind en ging doen wat hij niet wilde doen.

Signorina Elettra glimlachte bij zijn komst. 'Kan ik iets voor u doen, commissario?' vroeg ze en hij hoorde voor het eerst in al die jaren – of dwong zichzelf dat te horen – dat haar vraag een beetje timide klonk.

Hij glimlachte als antwoord en ontspande doelbewust zijn schouders toen hij haar bureau naderde. Toen hij zich realiseerde dat hij te dichtbij kwam, liep hij schuin naar haar raam om de bloemen te bewonderen, al wist hij niet meer hoe ze heetten. De hoofdjes leken uit honderden kleine blaadjes te bestaan. Hij liep naar het volgende raam en leunde tegen de vensterbank.

'Hebt u nog iets gevonden over de apotheker?' vroeg hij; de volgende afleidingstactiek.

Ze leek opgelucht over zijn vraag. Haar gezicht werd levendig en ze wendde zich tot haar computer. 'Ja,' zei ze, waarbij ze tevreden klonk, maar bepaald niet ontspannen. Ze boog zich naar voren en tikte op een paar toetsen. Daarna nodigde ze hem uit om mee te kijken.

'Wat verwarrend is, is de geografie,' zei ze.

'Wat houdt dat in?' vroeg Brunetti, die alle gedachten aan Belli, Scarpa en Lucia Arditi naar de achtergrond schoof. Hij kwam naast haar staan en keek naar de plek waar haar vinger wees op een verticale lijst met namen, gerangschikt in alfabetische volgorde.

'Dit zijn de cliënten van dottor Donato die meer dan zeventig jaar oud zijn.' Voordat hij ze kon tellen, zei ze: 'Het zijn er honderdzevenentwintig.'

Ze tikte nogmaals op een toets en dezelfde lijst verscheen weer, maar nu met twee nieuwe kolommen aan de rechterkant van de namen. 'Dit laat de medicijnen zien die ze gebruiken en de ziekte waar het medicijn meestal voor wordt voorgeschreven.'

Brunetti zag dat veel cliënten dezelfde twee medicijnen gebruikten en dat de meeste ervan werden voorgeschreven voor dezelfde twee ziektes: parkinson en alzheimer.

Voordat hij kon vragen wat zij zag in de lijsten wat hij niet zag, zei ze: 'Ik zal u even de geografie laten zien.'

Er verscheen een kortere lijst; Brunetti schatte in dat dit ongeveer vijftig namen waren. Een tweede kolom had als kop 'Kilometer' en een derde 'Vaporettohaltes'. Brunetti bestudeerde de pagina enige tijd en zag dat bij meer dan de helft van de namen een afstand van minstens vier kilometer stond vermeld, en bij allemaal minstens zeven vaporettohaltes.

Signorina Elettra keek naar hem op en glimlachte. 'Laat ik er dit nog aan toevoegen, signore,' zei ze en tikte op een enkele toets. Dezelfde kortere lijst verscheen, maar deze keer stond er nog een vierde kolom – 'Adres' – bij. Grofweg de helft van de mensen op de lijst, onder wie signora Gasparini, woonde in Dorsoduro, terwijl de meeste anderen in Castello woonden.

Brunetti staarde naar de lijst, keek omlaag naar signorina Elettra en zei: 'Ook al is de apotheek van dottor Donato in Cannaregio.'

'En al die mensen zijn ouder dan zeventig, sommige zelfs ouder dan tachtig, en de meesten van hen moeten de halve stad door om hun medicijnen op te halen.'

'Dat is erg onlogisch, niet?' vroeg Brunetti.

'Behalve als ze iets speciaals krijgen in de apotheek van dottor Donato,' zei ze.

'Of hij krijgt iets speciaals van hen,' suggereerde Brunetti. Als reactie op haar glimlach vroeg hij: 'Hoe kreeg u het door?'

'Mijn familie woonde in Cannaregio toen ik opgroeide, niet ver van San Leonardo. Ik herinnerde me dat wij op nummer 1400 woonden, dus toen ik zijn adres zag, wist ik dat het daar ergens moest zijn, bijna bij de Ponte delle Guglie en zeker niet in de buurt van de Rialto. Mensen uit Dorsoduro zouden daar niet heen gaan, en mensen uit Castello al helemaal niet. In elk geval niet om naar een apotheek te gaan.

Kijk hier nu eens naar, signore.' Ze hief haar rechterhand. Haar vingers zweefden boven het toetsenbord, en ze hield ze daar even, als een pianist die pauzeert totdat al het geluid vanuit het publiek is verstomd. Langzaam liet ze haar vingers dalen, raakte drie toetsen aan – tik tik tik – en leunde toen achterover, zodat Brunetti op het scherm kon kijken.

Deze keer maar twee lijsten: de patiënten, opnieuw in alfabetische volgorde, en de naam van hun dokter. Voor deze lijst was alfabetische volgorde echter niet nodig, want er stond maar één naam vermeld: dottore Carla Ruberti, met twee praktijken, een in Dorsoduro en een in Castello.

Ze gaf Brunetti even de tijd om het belang van wat hij net had gezien tot hem te laten doordringen. 'Maakt u zich geen zorgen, commissario. Ik heb het allemaal voor u uitgeprint.' Toen ze zag dat zijn uitdrukking niet veranderde, zei signorina Elettra: 'Wat is er, signore?'

Hij deed een stap bij haar vandaan en, wijzend in de richting van de computer zei hij: 'Ik ben eigenlijk niet gekomen om hier met u over te praten, signorina.'

Ze verstijfde. Dat duurde maar een seconde, maar hij had het gezien.

Hij verplaatste zijn gewicht naar zijn andere voet, niet goed wetend hoe hij dit moest aanpakken. Zijn vertrouwen in haar bracht hem ertoe om te zeggen – eigenlijk, het eruit te gooien – 'Wat is er precies gebeurd?'

'Sorry?' vroeg ze.

'Met Belli. Hoe is zijn naam naar buiten gekomen?' Hij had de lijdende vorm gebruikt, om te suggereren dat de naam net zo goed op engelenvleugels uit de questura kon zijn gevlogen, waarmee hij haar de kans gaf om te liegen als ze dat verkoos.

Ze keek naar hem, weg van hem, weer terug naar hem en raakte toen het toetsenbord aan. Hij kon maar een klein stukje van het scherm zien, maar voldoende om te zien dat het zwart werd. Ze ging rechtop zitten op haar stoel en vouwde haar handen in haar schoot.

'Vrienden van mij hebben een dochter,' zei ze en stopte toen om even te kuchen en weer omlaag te kijken naar haar handen. 'Ze is negentien en ik ken haar al sinds ze een baby was. Het is een lief meisje, heel slim, heeft me altijd zia Elettra genoemd.' Ze had net zo goed tegen haar gevouwen handen kunnen praten.

'Ik ging een paar maanden geleden met haar ouders uit eten. Ze leken allebei anders, gespannen, dus vroeg ik wat er was. Ze zeiden dat ze zich zorgen maakten over Livia, dat ze een nieuwe vriend had, en wat zij over hem vertelde, maakte hen nerveus.'

'Wat zeiden ze dan?'

'Dat hij haar volledig onder controle hield, dat ze altijd zat te wachten tot hij haar zou bellen, en dat ze geen andere vriendinnen meer zag omdat hij dat niet wilde.' Ze wierp een blik in zijn richting en voegde eraan toe: 'Eerste liefde. Dat gebeurt.'

Brunetti knikte maar zei niets.

'Ze had in het verleden wel met mij gepraat over vriendjes, maar dit was voor het eerst dat ik over hem hoorde.

Toen noemde Lino zijn naam: Costantino. Ik zei tegen mezelf dat ik kalm moest blijven; er zijn zoveel jongens in de stad die zo heten.' Ze opende haar handen en strekte haar vingers, legde ze weer over elkaar.

'Maar?' probeerde Brunetti.

'Ik vroeg naar zijn achternaam en die noemden ze toen.' Hij keek hoe ze haar lippen op elkaar perste, alsof ze terug was in dat restaurant met haar vrienden en wenste dat ze dat toen had gedaan.

'Ze zagen mijn reactie en vroegen me wat er was.' Nu keek ze naar Brunetti en hij zag dat er met grote letters op haar gezicht stond geschreven dat ze hem openlijk tartte.

Brunetti deed de bekende twee stappen naar achteren en leunde tegen de vensterbank. Hij vouwde zijn armen over zijn borst en wachtte.

'Ik ken haar al sinds ze een baby was.' Hij merkte op dat haar vingers krampachtig in elkaar waren gestrengeld.

Brunetti dacht – en hoopte half – dat ze dit had gezegd om een verdediging voor te bereiden, om haar verplichting ten opzichte van het meisje te verklaren, door te zeggen dat het eruit was voor ze er erg in had gehad, dat ze zelf zo perplex was geweest dat ze geen idee had wat ze aan het vertellen was, geen seconde had gedacht aan haar professionele verantwoordelijkheid.

'Dus toen heb ik het hun verteld. Over Lucia Arditi en wat hij haar heeft aangedaan, en wat zijn moeder deed om hem te helpen, en wat voor soort mensen het dus zijn.'

Brunetti dacht hier even over na en vroeg toen: 'En toen hij werd aangevallen?'

'Dat was drie weken later,' zei ze. 'Ik was geschokt.' Toen, alsof de Waarheid haar eraan had herinnerd tegen wie ze sprak, voegde ze eraan toe: 'Maar het verbaasde me niets.'

'Hebt u haar ouders nog gezien sinds jullie met elkaar hebben gegeten?'

'Nee.'

'Denkt u dat haar familie het heeft geregeld?'

Ze keek op en bij het zien van Brunetti's uitdrukking vroeg ze: 'Had u soms verwacht dat ze mij zouden opbellen om het te vertellen?'

Hij negeerde haar vraag en zei: 'En het meisje?'

'Dat heb ik u al verteld: ik heb geen van hen nog gezien of gesproken sinds we samen uit eten zijn geweest.' Ze maakte haar vingers los en zwaaide met haar hand. 'Misschien gebeurt dat wel nooit meer.'

'Niet zo melodramatisch, Elettra,' zei Brunetti voordat hij het wist.

Ze trok gegeneerd een grimas. 'Een beetje wel, hè?'

'Ja.'

'Wat gaat u hiermee doen?'

Brunetti haalde zijn schouders op. Hij draaide zich naar het raam, dat zich aan de andere kant van het gebouw bevond ten opzichte van het zijne. Het keek uit over hetzelfde kanaal, maar vanaf een andere verdieping en vanuit een andere hoek. Het uitzicht veranderde: hij zag hetzelfde, maar als je hier stond, zag het er totaal anders uit. Kreon had Antigone verteld dat bevelen nu eenmaal bevelen waren en dat die moesten worden gehoorzaamd, of ze nu groot of klein waren, goed of fout.

'Ik weet het niet,' zei hij tegen haar en toen: 'Kan ik die overzichten krijgen?' Hij verliet haar kamer en ging terug naar die van hem.

24

Tegen de tijd dat hij zijn kamer had bereikt, waren hij en zijn geweten tot overeenstemming gekomen. Signorina Elettra had er instinctief voor gezorgd dat iemand van wie ze hield niets zou overkomen. Dat was anders dan iemand wegduwen voor een snel naderende auto; meer dat je een dierbare in veiligheid bracht, maar er daardoor wel voor zorgde dat de auto crashte. Hoewel hij het verschil zag, zei hij tegen zichzelf dat het zo klaar was. Hij had zijn keuze gemaakt: de keuze die zij had gemaakt zou tussen hen blijven en, na verloop van tijd, langzaam verdwijnen uit het collectieve geheugen van de questura.

Bijna overtuigd van zijn gelijk besloot hij om terug te keren naar de zaak waar hij mee bezig was: hij moest met Griffoni praten over de coupons en diende ook een beter idee te krijgen van de apotheek en de apotheker.

Terwijl hij de trap nam naar Griffoni's kamer, dacht Brunetti na over het feit dat maar weinig van zijn collega's zo geslepen waren als Claudia, en al helemaal niet zo inventief. Haar vermogen om de persoon te worden die het best in staat was om een getuige of verdachte te begrijpen, was opmerkelijk, net als het gemak waarmee ze haar manier van praten aanpaste – uitspraak, intonatie, woordkeus – om die bijna ongemerkt op die van de ander te laten lijken. Vandaaruit liet ze haar instemming met hun ideeën en vooroordelen blijken door bijna onmerkbare knikjes en glimlachjes. Brunetti kon nooit het precieze moment vaststellen waarop ze hun tweede ik werd, hoewel hij vaak genoeg het moment had meegemaakt waarop haar tweede huid van haar af viel en ze terugkeerde naar haar scherpe, meedogenloze eigen persoonlijkheid.

Hij trof haar aan in haar kamer, waar ze achterover geleund op haar stoel luisterde naar iemand die ze aan de telefoon had. Ze zat zijdelings achter haar bureau, waardoor ze Brunetti zag binnenkomen. Ze glimlachte en stak twee vingers in de lucht, en al na een paar seconden begon het ritme van haar antwoorden erop te duiden dat ze ongeduldig werd. De andere spreker hield niet lang aan en het gesprek werd beëindigd. Ze ging staan en strekte haar armen boven haar hoofd. 'Bestaat de buitenwereld nog?' vroeg ze.

Brunetti knikte en stapte naar achteren. Hij stak zijn armen in de lucht, zoals iemand die een vliegtuig naar een parkeerplaats op het platform zwaait. Herhaaldelijk deed hij kleine stapjes naar achteren door de deuropening en gebaarde haar in zijn richting, haar kamer uit. Ze volgde hem met plezier.

'Laten we een bezoekje gaan brengen aan de apotheek,' stelde hij voor en hij gaf haar de coupons die ze in de la van Tullio Gasparini hadden gevonden.

'O, leuk,' zei ze met geveinsde verrukking. 'Ik heb al weken een paar nieuwe lippenstiften nodig; misschien kan ik die wel kopen met de coupons van tante Matilde.'

Het was een aangename dag, dus besloten ze naar Vallaresso te wandelen, daar een boot van lijn 2 naar San Marcuola te nemen en vandaar te gaan lopen. Het was druk op de Riva degli Schiavoni, zelfs zo laat in november, wat Brunetti eraan herinnerde hoe leeg het er nog een paar jaar geleden was geweest. Omdat hij zich plechtig had voorgenomen dat hij niet meer zou zeuren over de vreselijke veranderingen in de stad, stelde hij zichzelf tevreden met Claudia het een en ander te vertellen over de plekken die ze passeerden. Zo was er de vaporetto die jaren geleden tijdens een storm onderstebovenin het water terecht was gekomen. Hij kon zich niet meer herinneren hoeveel mensen er toen waren omgekomen doordat ze in de boot in de val hadden gezeten. Terwijl ze de San Marco naderden, vertelde hij haar over de *Sette Martiri*, zeven mannen die in de oorlog waren doodgeschoten door de Duitsers, als vergelding voor een vermiste Duitse soldaat die, zo bleek later, bezopen in het water was gevallen en was verdronken.

Ze haalde haar schouders op zoals dat alleen kon worden gedaan door iemand van wie de grootouders de oorlog hadden overleefd. 'Met een oudoom van mij is hetzelfde gebeurd. Hij was pas elf,' zei ze. 'Maar naar hem is er niets vernoemd.'

Ze liepen de brug af en besloten over de Piazza te lopen voordat ze de vaporetto namen. Ze liepen naar het midden van het schitterende open plein, en Griffoni draaide zich naar de voorgevel van de Basilica. Toen Brunetti naast haar bleef staan zei ze: 'De eerste keer dat ik naar Venetië kwam, was ik zeventien, achttien – we waren op schoolreis – en ik heb hier toen een uur staan kijken, waarbij ik rondjes draaide om het allemaal te kunnen zien. Telkens opnieuw: de bibliotheek, de pilaren, de Basilica, de klokkentoren. En nu loop ik hier op sommige dagen overheen zonder er veel aandacht aan te besteden.'

'Dat overkomt ons allemaal,' zei Brunetti die zich afwendde van de Basilica en in de richting van de calle begon te lopen die hen naar de halte Vallaresso zou brengen.

'Mijn hospita: ze is nu met pensioen, ze zal eind zestig zijn,' begon Griffoni. 'Ze heeft haar hele leven lesgegeven aan kinderen. Maar omdat ze nu niet meer hoeft te werken, wandelt ze hele dagen door de stad, samen met haar man.'

'Is ze Venetiaans?' vroeg hij.

'Net zo erg als jij.'

'Ze kijkt alleen maar?'

'Ja. Ze zegt dat ze elke dag iets nieuws ontdekt, of ze gaan terug naar plekken die ze zich herinneren uit hun jeugd.'

'Heeft ze een reisgids?'

'Nee. Dat heb ik haar ook gevraagd. Ze zegt dat ze gewoon haar ogen goed openhoudt. En dat ze de hele tijd omhoog kijkt. Dus als er te veel toeristen zijn, gaat ze Castello in of loopt ze naar Santa Marta, of naar een andere plek waar niet al te veel toeristen komen. En ze kijkt overal naar en slaagt er altijd weer in om iets nieuws te ontdekken.'

'En dan?'

'Van wat ik ervan begrijp gaat ze daarna naar huis, maakt het avondeten klaar en kijkt samen met haar man televisie.'

'Nou, God zij geloofd dat ze loopt en de stad de hele dag ziet.'

Griffoni bleef stokstijf staan en staarde hem aan. '"God zij geloofd"?' vroeg ze.

'Geen paniek, Claudia. Dat was iets wat mijn moeder vaak zei.'

'Ah,' zei ze en begon weer te lopen. Ze stapten op een vaporetto van lijn 2 die op het punt stond om te vertrekken. Er stond een stevige bries, dus gingen ze naar binnen en liepen naar achteren. Nadat ze waren gaan zitten, vroeg Brunetti: 'Hoe pakken we het straks aan?'

Griffoni keek naar de passerende gebouwen en zei uiteindelijk: 'Ik zou haar niet kunnen zijn, je weet wel, die uit Napels, met dat sterke Napolitaanse accent,' begon ze en terwijl ze doorging, veranderde het elegante Italiaans dat ze normaal sprak langzaam in een zuidelijke variant van dezelfde taal, nu een waarbij de klinkers anders geschreven zouden moeten worden. Terwijl ze uit het raam keek, dacht ze na over haar rol als nicht. 'Ik kom twee of drie keer per jaar op bezoek, en deze keer heeft zia Matilde me deze coupons gegeven en tegen me gezegd dat ik ermee kon gaan winkelen en er iets voor mocht kopen om mezelf mooi te maken.'

Het lag op het puntje van Brunetti's tong om tegen haar te zeggen dat ze daar nauwelijks hulp bij nodig had, maar in plaats daarvan zei hij: 'Ik kom wat later naar binnen dan jij en vind wel iets om te kopen. Ik zie en hoor graag zo veel mogelijk van jouw poging om de coupons te gebruiken.'

Griffoni knikte ter goedkeuring van zijn plan en zei toen: 'Misschien is het beter als ik ze vertel dat het allemaal voor haar is.' Ze schonk hem een brede glimlach en voegde eraan toe: 'Jammer dat ik er niet aan heb gedacht om een boodschappenlijstje te maken in een bibberig, onvast handschrift; dan zou het nog echter hebben geleken.'

'Jij redt het wel,' zei Brunetti, net toen de vaporetto aanlegde bij de halte: drie mensen stapten samen met hen van de boot. Ze liepen om de achterkant van de kerk naar San Leonardo en sloegen linksaf. Terwijl ze de apotheek naderden, ging Brunetti langzamer lopen en liet hij Griffoni vooruitgaan om haar alleen de apotheek binnen te laten stappen. Hij bleef staan om de maskers in de etalage van de winkel ernaast te bestuderen en gaf elk ervan dezelfde blik die hij toeristen gaf: afstandelijk, ongeïnteresseerd en lichtelijk geërgerd.

Hij liet een paar minuten verstrijken voordat ook hij de apotheek binnenging. Zijn blik gleed over Griffoni, alleen bij de balie, waar ze sprak met een apothekersassistente. Ze had al tijd gehad om haar keuze te bepalen: het lag allemaal vóór haar op de balie. Brunetti zag drie lippenstiften en een paar andere kleine dingen die hij niet herkende. Ze overhandigde net de coupon aan het meisje.

De apothekersassistente nam de coupon aan, bestudeerde die en keek toen naar Griffoni. 'Maar u bent niet signora Gasparini,' zei ze zonder speciale nadruk.

'Nee, ik ben haar niet,' zei Griffoni, die haar medeklinkers wat lichter uitsprak, zodat haar Napolitaanse accent met een plof op de balie belandde.

'Aha,' zei de jonge vrouw. Toen vroeg ze vriendelijk:' Hebt u een moment? Dan haal ik even dottor Donato.'

'Natuurlijk,' antwoordde Claudia. 'Dan kijk ik nog even bij de gezichtscrèmes.'

Brunetti bestudeerde intussen flosdraad en tandenborstels, pakte er zelfs een en bestudeerde de borstel door de blisterverpakking heen.

Er kwam een oudere man naar de balie, lang en stevig, met donker haar en een snor. Brunetti zag zijn naam op het plastic kaartje op zijn revers: Dott. Donato.

Griffoni was teruggelopen naar de balie met een bleekblauw doosje in haar hand. De man vroeg haar: 'Kan ik u helpen, signora?'

Brunetti hing de tandenborstel terug en pakte een fles mondwater.

'Ja, graag, dottore,' zei Griffoni. 'Mijn tante vroeg me of ik een paar dingen voor haar wilde halen. Ze gaf deze coupons mee en zei dat ik daarmee kon betalen.' Haar stem was vervuld van de warmte en vriendelijkheid van het Zuiden, en Brunetti, die naar de fles keek en niet naar Griffoni, was er zeker van dat haar glimlach net zo warm was.

Hij keek even haar kant op en zag de coupon nog op de balie liggen. Griffoni pakte hem op en overhandigde hem aan de apotheker. Die knikte en bekeek de coupon zorgvuldig, met opgetrokken wenkbrauwen. Hij had een gezicht waar achterdocht niet bij paste: rond en met roze wangen, en grote bruine ogen die de wereld zagen als aangenaam en interessant. Glimlachend legde hij het papier neer op de balie en vroeg: 'En u bent de nicht van signora Gasparini, zei u?'

'Ja,' antwoordde Griffoni, die net deed alsof ze zijn laatste twee woorden niet had gehoord. 'Ik kom haar om de paar maanden opzoeken.' Ze veranderde de klank van haar stem naar half schuldig en voegde eraan toe: 'Ik kom niet zo vaak als ik zou moeten, ik weet het.' Daarna kreeg luchthartigheid weer de bovenhand terwijl ze zei: 'Maar ze is mijn tante, en ik ben altijd blij als ik haar hier kan bezoeken en iets voor haar kan doen als ik er ben.'

Dottor Donato steunde met zijn handen op de balie en boog zich dichter naar haar toe. Op een toon die zo laag was dat Brunetti het bijna niet kon verstaan, zei hij: 'Ik kan begrijpen dat iemand haar zou willen helpen.' Zijn stem was vol genegenheid en respect. 'Ze is al enige tijd mijn cliënt.' Brunetti, die de datum wist waarop hij voor het eerst medicijnen had meegegeven aan signora Gasparini, keek omlaag om het etiket te lezen op het flesje dat hij in zijn handen hield.

Hij ging een beetje naar links, verder weg van hen, en begon de tubes zonnebrandcrème te bestuderen. Even later stond een jonge apotheker naast hem die vroeg: 'Kan ik u helpen, signore?'

'Ja,' zei Brunetti. 'Mijn vrouw en ik gaan op een cruise, en ze vroeg mij of ik een tube zonnebrandcrème wilde kopen, omdat ze ergens heeft gelezen dat we die zelfs in de winter moeten gebruiken, vooral als je op zee bent.' Hij glimlachte naar hem en voegde eraan toe: 'Vanwege de reflectie, denk ik.'

'Dat klopt,' zei de apotheker, op wiens plastic kaartje eveneens 'Dott. Donato' stond, en hij vroeg welke beschermingsfactor zijn vrouw had gezegd dat hij moest halen.

Brunetti keek eerst onthutst, zei toen dat hij geen idee had en vroeg wat hij zou aanbevelen. Terwijl de jonge man het verschil tussen de diverse tubes zonnebrandcrème uitlegde, wierp Brunetti een blik op Griffoni en de oudere apotheker, met wie ze midden in een discussie leek te zijn. Hij hoorde de apotheker 'deze mensen...' zeggen, maar de rest van de zin was niet te verstaan door de stem van de jonge man, die hem een gele tube toestak en zei: '... vijftig. Dit zou goed moeten zijn voor zelfs de felste zon.'

Brunetti glimlachte, bedankte hem en zei: 'Ik moet ook nog aspirine meenemen van mijn vrouw.'

'Gewone pillen of bruistabletten, meneer?'

'Pillen alstublieft,' antwoordde hij, in de hoop dat die achter de balie zouden liggen of in de ruimte erachter, ergens waardoor hij weg zou moeten en Brunetti het gesprek tussen Griffoni en de apotheker verder zou kunnen horen. Die laatste stond nog steeds achter de balie, maar kwam nu stijver en beslist minder vriendelijk over dan even daarvoor.

'Als u er geen bezwaar tegen heeft, signora,' hoorde Brunetti, toen hij het gesprek weer kon volgen, 'dan bewaar ik de coupon hier totdat uw tante zelf komt.' De toon was vriendelijk en ontspannen, in tegenstelling tot zijn gezicht. 'Als u gewoon wilt betalen voor de producten die u hebt uitgekozen...' begon hij, maar maakte zijn zin niet af. Zijn stem bleef hangen in de ruimte tussen hen in.

'Nee,' zei ze vriendelijk, 'Ik denk dat het beter is om mijn tante zelf te laten beslissen wat ze wil.'

'Zal ik alles dan maar hier bewaren totdat zij komt?' Terwijl hij dat zei, schoof dottor Donato de producten snel naar zich toe.

De apotheker van Brunetti kwam uit de ruimte achter de balie tevoorschijn en hij liep erheen om voor de zonnebrandcrème en aspirine te betalen. Er waren twee mensen binnengekomen terwijl de jongere man de aspirine was gaan halen. Ze stonden tussen Brunetti en de eigenaar in, wiens volledige aandacht nog steeds op Griffoni was gericht.

'Ik hoop uw tante snel weer te zien,' zei de apotheker, die een la opende en de producten erin legde. Griffoni bedankte hem voor zijn hulp en begon in de richting van de deur te lopen. De apotheker keek haar na met een kille blik, waarbij de intensiteit van zijn uitdrukking in tegenspraak was met zijn roze wangen. Toen wendde hij zich tot de volgende cliënt, een stevige vrouw met stijf gepermanent grijs haar die hem een warme glimlach gaf. 'Aha,' zei hij op een toon die plotseling weer vriendelijk was. '*Cara* signora Marini, wat kan ik voor u doen?'

Brunetti wachtte totdat signora Marini begon te praten, pakte zijn wisselgeld, draaide zich om en liep langzaam naar de deur.

Buiten stond Griffoni een paar meter verderop in een etalage met een grote verscheidenheid aan maskers te kijken. De Chinese eigenaar zat achter een toonbank achter in de winkel. Toen Brunetti naast haar stopte, zei Griffoni: 'Ik was vorige week bij de kapper en het meisje dat het haar van de oude vrouw naast mij waste, vroeg haar of ze een "anti-geel behandeling" wilde.' Ze wees een bijzonder angstaanjagend masker aan en vervolgde: 'Ik onderbrak haar en zei dat ik vond dat dit niet erg aardig klonk in een stad met zoveel Chinese inwoners.' Even later wendde ze zich af van de etalage en voegde eraan toe: 'Maar nu denk ik dat ik haar toch niet had moeten terechtwijzen.'

'Ik heb al eerder gemerkt hoe je met jouw gevoel voor humor overal vrienden maakt, Claudia,' zei Brunetti en vroeg toen: 'Wat heeft dottor Donato tegen jou gezegd?'

'Om te beginnen dat mijn tante hem al vaak heeft verteld dat ze alleen een neef heeft, dus hij vroeg zich af hoe het kon dat ik haar nicht was. Ik lachte en zei tegen hem dat ik eigenlijk de dochter van een nicht van haar was, en dat je daarmee in Napels in de categorie nichten viel.'

'En hij...?'

'Hij verontschuldigde zich, maar hield voet bij stuk dat hij die producten niet kon meegeven, omdat haar naam op de coupon stond en dat alleen haar handtekening geldig was.'

Ze haalde de coupons uit haar tas en overhandigde er een, waarbij ze wees op de achternaam van signora Gasparini die bovenaan geschreven stond. 'Er is daar helemaal geen plaats voor een handtekening.'

'Wat vind jij ervan?' vroeg Brunetti.

'Het zou kunnen dat hij een ontzettend eerlijke man is en het niet kan toestaan, omdat hij vindt dat het niet goed is,' zei ze, waarop ze zweeg en de andere mogelijkheden overwoog.

Ongeduldig vroeg Brunetti: 'Waarom zou hij dan liegen over de noodzaak van een handtekening?'

'Precies,' was ze het volledig met hem eens. 'Dat was helemaal niet nodig. Hij had het simpelweg kunnen weigeren.'

Ze wandelden in de richting van de *embarcadero* toen Brunetti zei: 'Ik denk dat we nog eens met jouw tante Matilde moeten gaan praten.'

'Dat vind ik ook,' stemde Griffoni in. Als personages uit een cartoon draaiden ze zich snel om en gingen de calle in die hen terug zou brengen naar de embarcadero van San Marcuola.

Terwijl ze de voorgevel van de Carmini-kerk passeerden, zei Brunetti: 'Aangezien jullie nu zo goed bevriend zijn, moet jij misschien maar het woord doen.'

'Maar jij bent de man.'

Hij draaide zijn hoofd langzaam in haar richting, terwijl hij gewoon door bleef lopen, maar zei niets.

'Ze is in de tachtig, Guido, dus hoe leuk ze mij ook mag vinden en goed voor een babbeltje over dit en dat, de man is toch nog steeds degene die beslist.'

'Het lijkt wel alsof je dat gewoon accepteert,' merkte Brunetti op.

'Het is haar leeftijd,' zei Griffoni. 'Bovendien besteedt ze al dat geld niet aan cosmetica om zichzelf aantrekkelijker te maken voor vrouwen.'

Even later stonden ze bij de voordeur. Brunetti belde aan en legde aan Beata uit dat ze graag nog even met de signora wilden praten. Zonder enige aarzeling liet ze de deur openspringen zodat ze de toegangshal in konden.

Boven verwelkomde de jonge vrouw hen met een glimlach. 'De padrona was heel blij met uw bezoek, signori. Ze heeft het er sindsdien telkens over. Ik ben blij dat u er weer bent.' Ze stapte terug om hen binnen te laten en draaide zich om om hen voor te gaan door de gang.

Bij de deur van de woonkamer stopte ze. 'Ik zal haar eerst even vertellen dat u er bent.'

'Natuurlijk,' antwoordde Brunetti, tegen wie ze had gesproken; Griffoni had ze genegeerd.

Ze hoorden vage stemgeluiden vanuit de kamer, waarna Beata terugkwam en de deur wijd voor hen opende om hen binnen te laten. Ze vertrok en sloot de deur achter zich.

Signorina Gasparini zat op dezelfde stoel als de dag ervoor en zag eruit alsof ze niet van haar stoel was gekomen. Ze droeg nog steeds de draken, en de strepen leidden nog steeds vanuit haar taille tot net boven haar voeten. Ook de tremoren waren er nog. De beweging, nog steeds minimaal, werd elke keer geaccentueerd door een wolk van rood haar als haar hoofd heen en weer schokte.

'Wat aardig dat u me weer komt bezoeken,' zei ze, terwijl ze met oprechte blijdschap alleen naar Brunetti glimlachte en haar handen in een verwelkomend gebaar omhoogstak.

'Dat doen we met alle plezier, signora,' zei Brunetti, die een stap opzij deed, zodat de oude vrouw Griffoni goed kon zien. 'Het is een genoegen om in zo'n indrukwekkende kamer te mogen zijn. En nog fijner voor ons allebei om zo warm te worden begroet.' Signora Gasparini keek naar Griffoni en gaf haar een koel, beleefd knikje zoals je dat tegenover een vreemde doet.

'Ja,' zei signora Gasparini, die om zich heen keek in de kamer alsof ze die voor het eerst zag. 'Hij is mooi, nietwaar? Het was de werkkamer van mijn grootvader, en ik gebruik die nu om bezoekers te ontvangen.' Ze glimlachte en gebaarde om daarmee alles in de kamer te omvatten. 'Ik denk dat het hun een idee geeft van wie wij zijn.' Brunetti kon niet zeggen of het ritme waarmee de tremoren kwamen en gingen hetzelfde was als de vorige keer.

'Absoluut, signora,' zei Griffoni bewonderend, die om zich heen keek alsof ze er niet genoeg van kon krijgen. 'Het is allemaal zo mooi.'

Signora Gasparini, die Griffoni kennelijk nog niet had herkend, glimlachte, niet in staat haar vreugde in te tomen bij zulke oprechte complimenten. Ze nodigde hen uit om te gaan zitten en dat deden ze. 'Kunt u me nog eens vertellen waar u voor komt?' vroeg ze, waarbij ze probeerde om gedecideerd te klinken, maar niet haar verwarring kon verhullen over hun terugkeer. Brunetti had met haar te doen. Griffoni had gelijk: ze was taai en wilde geen medelijden.

'We zijn hier vanwege uw neef,' begon Brunetti en voegde er toen voor de zekerheid 'Tullio' aan toe. 'Hij vroeg ons om te proberen de verwarring bij de apotheek op te lossen. Maar ik ben bang dat ik nog steeds niet begrijp wat er is gebeurd, dus daarom ben ik teruggekomen om uw hulp te vragen. Ik denk dat het dan mogelijk moet zijn om de coupons in te wisselen voor contanten,' zei hij, waarbij hij dat toverwoord gebruikte om haar interesse vast te houden.

'Hulp?' vroeg ze, alsof ze dat woord niet begreep.

'Kunt u uitleggen hoe u aan de coupons bent gekomen, signora? Ik denk niet dat ik dottor Donato kan overtuigen om u uw geld te geven voordat ik begrijp hoe u aan die coupons bent gekomen.'

Brunetti zag hoe ze haar handen in elkaar klemde.

'Dat komt door de recepten,' zei ze.

'Welke recepten bedoelt u, signora?'

'Die ik elke maand inlever. Ik ga dan naar de apotheek en overhandig mijn recepten, en dan krijg ik de medicijnen.'

'Dat begrijp ik, signora. En bent u dan vrijgesteld van het betalen van de volle prijs voor die medicijnen?'

'Natuurlijk. Dat is het minste wat ik kan krijgen voor de belasting die ik al mijn hele leven betaal.' En waarom zouden de rijken niet iets kunnen krijgen voor wat zij hebben bijgedragen aan het zorgstelsel? vroeg Brunetti zich af.

Naast hem hoorde hij een gefluisterd *'Brava'* van Griffoni. Hij zag dat haar lof ook de aandacht van de oudere vrouw had getrokken.

Ze keek naar Griffoni. 'Let op mijn woorden, meisje: tegen de tijd dat jij mijn leeftijd hebt, zal er niets meer zijn. Ze hebben dan alles ingepikt, de zwijnen.'

'Kunt u ons de naam van de medicijnen geven, signora?' onderbrak Brunetti haar, die niet wilde dat die sluizen werden opengezet.

'O, vraag me dat soort dingen niet. Mijn dokter schrijft ze voor, en ik haal ze gewoon op.'

Brunetti begreep haar weerstand om haar ziektes te noemen, hoewel de tekenen ervan zichtbaar waren bij elke trekking, tremor en hapering van het geheugen. 'Juist ja, signora. En de coupons?'

'Soms, als ik het heel druk heb of als ik te veel aan mijn hoofd heb, vergeet ik weleens om mijn recepten mee te nemen.' Ze sprak alsof haar dagen een opeenvolging van besprekingen en beslissingen in de bestuurskamer waren, in plaats van de tijd die ze in deze kamer doorbracht, zonder boeken, zonder televisie, zonder gezelschap.

'En wat er gebeurt er dan, als ik zo vrij mag zijn om te vragen?'

'O, dottor Donato weet hoe belangrijk mijn medicijnen zijn voor mijn gezondheid, maar zonder de recepten kan hij de formulieren niet doorsturen naar de gezondheidsdienst.'

'Natuurlijk,' mompelde Griffoni, alsof ze dat onwillekeurig zei.

'En wat doet hij dan om u te helpen, signora?' informeerde Brunetti.

'Hij vraagt of ik er de volle prijs voor wil betalen in plaats van de twee euro die ik anders zou betalen, en dan geeft hij me een coupon.' Ze keek naar hen, en zij glimlachten. Aangemoedigd door hun goedkeuring wenkte ze hen met gebogen vingers dichter naar zich toe, zodat ze zouden begrijpen dat Beata dit niet mocht horen. Ze liet haar stem dalen en ging verder: 'Dottor Donato vertelde me dat, als we het op die manier deden, hij twintig procent aan de waarde van de coupons kon toevoegen.'

Allebei glimlachten ze weer en Griffoni kon zich er niet van weerhouden om uit te roepen: 'O, dat is heel vriendelijk van hem, signora,' alsof ze wilde suggereren dat de apotheker een onderscheiding verdiende voor voorbeeldig burgerschap.

'Hij hoeft het niet te doen, dat weet ik. Maar het is een heel aardige man,' zei signora Gasparini met een glimlach die de perfectie van haar tanden toonde. Ze ging rechtop zitten, liet haar glimlach verdwijnen en zei: 'En je doet er toch niemand kwaad mee?'

'Absoluut niet,' verzekerde Griffoni haar.

Ze hadden kennelijk haar vertrouwen gewonnen, want ze ging door. 'Dottor Donato zegt dat het een aanbod is dat hij alleen aan trouwe cliënten doet, aan mensen die hij kan vertrouwen.' Ze stopte abrupt, alsof ze een echo had gehoord van wat ze net had gezegd. 'Hij vroeg me of ik er niet over wilde praten, dus zeg alstublieft niets.' Ze keek hen scherp aan, alsof ze nu pas zag dat ze naar haar zaten te luisteren en zei: 'Ik weet dat ik op u kan vertrouwen.'

'Natuurlijk kunt u dat, signora,' zei Griffoni met precies de juiste mate van volgzaamheid in haar stem.

'Ik begrijp hem heel goed,' begon Brunetti vol bewondering, 'en met de prijs van de medicijnen tegenwoordig zou twintig procent...'

Hij werd onderbroken door Griffoni, die met haar hand in de richting van signora's gezicht zwaaide, alsof ze een goochelaar was en signora Gasparini het konijn, en zei: 'En uw uiterlijk is er beslist het bewijs van dat een vrouw alleen het allerbeste moet kopen.'

Signora Gasparini keek nadenkend toen ze dat hoorde, en ze begon opnieuw te praten. 'Hij heeft zich tegenover mij verontschuldigd dat de regels van de gezondheidsdienst zo gecompliceerd zijn, dat hij het geld echt niet zomaar aan mij terug kan geven zonder dat er ontdekt wordt dat hij me medicijnen zonder recept heeft meegegeven. Als dat zou gebeuren, zei hij tegen mij, dan zouden ze zijn vergunning intrekken. Hij is al zo lang een goede vriend van mij dat ik dat niet kan riskeren.'

Griffoni en Brunetti knikten instemmend, wat zorgde voor een grotesk tafereel van drie knikkende hoofden vlak bij elkaar.

Brunetti zette zijn meest bezorgde stem op en vroeg: 'Kunt u zich herinneren hoe vaak dit in de loop der jaren is gebeurd, dat u vergat om uw recepten mee te nemen?'

Vriendelijk en bezorgd keek hij met grote aandacht naar haar gezicht; hij zag hoe haar ogen zich langzaam sloten en toen ze weer opengingen, leek haar blik wat wazig, alsof iemand anders was verzocht om haar rol over te nemen voor de volgende scène.

'In de loop der jaren is dat... eh,' zei ze, haar verwarring opvallend hoorbaar: 'Dat weet ik eigenlijk niet.' Ze keek van de een naar de ander, alsof het aantal keren waarnaar ze zocht op hun voorhoofd stond geschreven. Als ze maar scherp genoeg keek, dan zou het wel duidelijk worden. Maar kennelijk was dat niet het geval.

Normaal gesproken zou Brunetti de vraag hebben herhaald, maar het was wel duidelijk dat signora Gasparini had besloten het zich niet te herinneren. Daarom veranderde hij van onderwerp en zei serieus: 'U boft maar dat u een apotheker hebt gevonden die zoveel om zijn cliënten geeft dat hij dat risico durft te nemen.'

Ze glimlachte, omdat ze dacht dat deze man haar plotselinge geheugenverlies zowel overtuigend als onbelangrijk vond. Haar vertrouwen in hen en in hun discretie was weer hersteld, dus leunde ze opnieuw naar voren en zei zachtjes: 'Dat is precies wat signora Lamon tegen me zei. Ze stond op een dag vóór mij bij de balie, en ik kon er niets aan doen dat ik hun gesprek opving. Ze had haar recept vergeten en dottor Donato pakte toen een van de coupons voor haar. Toen ik haar een paar dagen daarna bij Tonolo zag – ik ga daarheen voor de mini-*bignè*, vooral die van pure chocola – vertelde ik dat hij hetzelfde voor mij had gedaan.' Ze pauzeerde hier, zoals iemand wel doet in een lang gesprek, waarbij die persoon zich probeert te herinneren of iets al eerder is gezegd. Misschien gerustgesteld door haar geheugen dat ze dat nog niet had gedaan, vervolgde ze: 'Ze vertelde me dat ze twee vriendinnen heeft voor wie hij het ook doet.'

Ze klemde haar handen voor haar boezem in elkaar in een ouderwets gebaar en zei: 'Het is echt heel aardig dat hij dit voor ons doet.'

Brunetti zei naadloos, alsof de deugd van de een als vanzelf naar die van een ander leidt: 'Het is mooi dat hij zo nauw kan samenwerken met dottoressa Ruberti, die ook een bijzonder aardige vrouw schijnt te zijn.' Hij vervolgde zonder pauze, in de hoop dat hij haar kon afleiden van de vraag hoe hij wist wie haar dokter was, en voegde eraan toe: 'Mijn schoonmoeder is al jaren patiënt bij haar en is vol lof over haar.'

Griffoni toonde een glimlach en knikte een paar keer om dit te bevestigen. De oude vrouw zag de glimlach, maar was kennelijk vergeten van wie het gezicht was waarop die verscheen.

'Ja, dat is zo,' stemde signora Gasparini in. 'En ze is moedig, net als dottor Donato, bereid om risico's te nemen om ervoor te zorgen dat haar patiënten het beste krijgen.'

'O,' zei Griffoni met de enthousiaste nieuwsgierigheid van een jonger iemand, 'wat heeft ze dan voor u gedaan, signora?'

Signora Gasparini opende haar mond om te antwoorden, maar wachtte toch even, alsof ze zich plotseling niet meer wist te herinneren wat de dokter precies voor haar had gedaan.

Brunetti zag de paniek in haar ogen die hij ook bij zijn moeder had gezien toen ze, in het beginstadium, iets niet meer wist, dus vroeg hij: 'Hoe lang is ze al uw huisarts, signora?' alsof Griffoni die andere vraag niet had gesteld.

Misschien was dit wat minder moeilijk, want ze zei: 'Al tien jaar. Mijn vorige huisarts ging met pensioen, en dottoressa Ruberti nam zijn praktijk over.' Bij de aanblik van die twee jonge mensen, die bemoedigend knikten, ging ze door. 'Ze is Venetiaanse. Mijn vader heeft op school gezeten met haar grootvader.' Ze glimlachte, misschien omdat ze zich dit nog kon herinneren. 'We ontdekten dat een paar maanden nadat ik haar patiënt was geworden, en ik denk dat er daardoor een soort band tussen ons ontstond.'

'Natuurlijk,' mompelde Brunetti. 'Zo kon u er zeker van zijn dat ze een persoonlijke belangstelling zou hebben voor uw gezondheid.'

'Precies,' zei ze. Toen ging ze bijna trots door: 'In het begin ging ik niet vaak naar haar toe, hoor. Niet zoals veel van die oude vrouwen hier uit de buurt. Pas sinds een jaar, toen... toen ik voor een paar onderzoekjes naar het ziekenhuis was geweest, en dottoressa Ruberti me medicijnen voorschreef.' Ze stopte en Brunetti vroeg zich af of ze zichzelf dwong om haar ziekte te vergeten en het aanhoudende geschud van haar hoofd te negeren. Hij kon dat in elk geval niet.

Ze trok haar handen van de leuningen van haar stoel en vlocht haar vingers in elkaar, waarna ze haar samengevouwen handen in haar schoot drukte. 'Ik ging naar mijn oude apotheek, die waar ik altijd heen ging, en die vertelde me dat er een ander medicijn was dat gelijk was aan dat wat dottoressa Ruberti had voorgeschreven en dat was... hoe noem je dat ook alweer? Iets met een "g"?'

Brunetti zag haar angst, de gespannenheid van haar mond, en vroeg: 'Bedoelt u soms "generiek", signora?'

'Ja, ja. Dat is het. Natuurlijk. Ik wilde het net zeggen.' Ze glimlachte en deed geen poging om haar opluchting te verbergen.

'Ik zei tegen hem dat ik daar graag eerst met mijn huisarts over wilde praten en toen ik dat deed, vertelde ze me dat die medicijnen niet hetzelfde waren als diegene die ze mij had voorgeschreven. Die kosten meer omdat ze beter blijken te zijn.' Ze sloot haar ogen in de frustratie van ouderdom en machteloosheid. 'Dat is wat ze met ons doen; ze proberen geld te besparen op alle mogelijke manieren, ook al zou dat onze dood worden.'

Brunetti maakte een bemoedigend geluid maar zei niets.

'Ik ging de volgende dag terug en zei tegen de apotheker dat ik het generieke geneesmiddel niet wilde,' begon ze, duidelijk trots dat ze zich het woord had herinnerd, 'en toen hij niet naar me wilde luisteren, liep ik gewoon weg. Toen ik dottoressa Ruberti vertelde wat er was gebeurd, zei ze dat ze me had willen waarschuwen voor die apotheker, maar dat niet had kunnen doen vanwege haar beroepsethiek. Ze zei dat ze blij was dat ik het nu zelf had meegemaakt, en ze kende een apotheker die me wél het goede medicijn zou willen geven.'

'Goddank,' fluisterde Griffoni.

'Ja. Inderdaad, goddank. Ze redden mijn leven.' In plaats van dankbaar klonk de oude vrouw gekweld, alsof de strijd haar had uitgeput en haar nog steeds achtervolgde.

'Dus zo bent u cliënt van dottor Donato geworden?' vroeg Brunetti met kinderlijke onschuld, alsof hij graag het einde van een sprookje wilde horen.

'Ja, dat was het beste wat me kon overkomen. Om een geweldige huisarts en apotheker te hebben, die zich allebei inzetten voor het welzijn van hun patiënten.'

25

Buiten kwam er een einde aan de dag, en in de lucht hing iets van de grotere kilte die al snel over hen zou neerdalen. Griffoni deed de kraag van haar jas omhoog en hield haar armen schuin over haar borst, terwijl ze in de richting van Rialto liepen. Toen ze bij Rizzardini aankwamen, vroeg Brunetti of ze iets wilde drinken, waarop ze zei dat ze koffie nodig had. In de kleine *pasticceria* vroegen ze allebei om koffie, en zij wilde er nog een *cannolo* bij, terwijl ze zei: 'Dit is de enige gelegenheid waar ik me misschien een beetje thuis voel. Tenminste voor wat betreft de gebakjes.' De cannolo en de koffie kwamen, en ze gingen aan het eind van de bar zitten, dicht bij de deur.

Ze nam een slok en trok een gezicht.

'Wat is er?' vroeg Brunetti.

'Ik ben niet in Napels, dat is er,' zei ze serieus, maar toen dacht ze eraan om te glimlachen, om aan te geven dat ze een grapje maakte. Ze pakte het cilindervormige gebakje op en nam een hap; het regende kruimels langs de voorkant van haar jas. 'Het is niet zo dat de koffie slecht is, het is meer dat de mensen hier gewoon niet weten wat goede koffie is, of niet weten hoe ze die moeten maken.' Ze duwde het kopje verder weg met een gestrekte vinger, nam nog een hap en at toen het hele met room gevulde gebakje op. Ze veegde haar mond af met een papieren servetje en klopte haar jas af met haar hand. 'Maar de cannolo is heel lekker.'

Brunetti dronk zijn koffie op, die hij prima vond, en probeerde zich de koffie te herinneren die hij lang geleden had gedronken toen hij tijdelijk in Napels was gestationeerd. Hij kon zich de pasta en de vis herinneren maar niet de koffie, behalve dan dat de inhoud van het kopje de helft was van wat hij net had gedronken, en dat twee kopjes voldoende waren om hem urenlang energie te geven.

Het was warm in de zaak en ze waren alleen aan de bar. 'Wat denk jij?'

'De oma van mijn beste vriendin had alzheimer en signora Gasparini...' begon ze. Toen corrigeerde ze zichzelf met een glimlach, 'en mijn tante Matilde doet me aan haar denken. Soms werkt haar geheugen goed, andere keren weer niet. Als ze haar aandacht laat verslappen, is ze een zwakke oude vrouw die tekenen van parkinson vertoont, waarbij haar geheugen haar in de steek laat, wat ze zo lang mogelijk probeert te verbergen.'

Ze stak haar hand in de zak van haar jas en legde een biljet van vijf euro op de bar. De barista bracht haar het wisselgeld en haalde de kopjes en schoteltjes weg.

'En dus?' vroeg Brunetti.

Griffoni antwoordde niet, maar draaide zich naar de deur, die ze opende. Ze liep de brede calle in, nam toen de eerste links en stopte, waar ze keek naar de gebakjes in de etalage. 'Gasparini had de coupons van zijn tante,' zei ze langzaam pratend, alsof ze alles op een rijtje probeerde te zetten. 'Zij wist dat hetzelfde voor andere mensen werd gedaan, en ze heeft dat misschien ook wel tegen haar neef verteld. Misschien heeft hij Donato daarmee geconfronteerd en heeft hij hem verteld dat hij wist waar die mee bezig was. Of misschien heeft hij gedreigd dat hij naar ons zou gaan.' Ze pauzeerde, maar keek hem niet aan.

'Waarom zou Gasparini de moeite nemen om hem dat te vertellen?' vroeg Brunetti. 'Waarom zou hij het niet gewoon dóén: naar ons toekomen met de coupons en alle informatie die zijn tante hem had gegeven? Bijvoorbeeld over signora Lamon.'

Griffoni stopte haar handen in de zakken van haar jas en wipte op en neer op de ballen van haar voeten. Brunetti kon bijna horen hoe haar hersenen naar een hogere versnelling schakelden, daarna weer terug naar een lagere, en vervolgens weer hoger.

Toen ze niet antwoordde, zei Brunetti: 'Je hebt gelijk dat hij misschien heeft geweten van die anderen. Het kostte jouw tante minder dan een halfuur om ons over hen te vertellen.'

Griffoni zei alleen: 'Signora Lamon.'

'Waarom zou Donato zich beperken tot medicijnen voor parkinson en alzheimer?' vroeg Brunetti. Hij dacht even na en vervolgde: 'De medicijnen voor psychische aandoeningen zijn duur, vooral als ze pas op de markt zijn.' Hij dacht, maar zei dat niet, dat de mensen die dit soort medicijnen kregen voorgeschreven heel waarschijnlijk ook de mensen waren die vergaten om het recept mee te nemen naar de apotheek, en het minst waarschijnlijk zouden letten op de prijs van hun medicijnen en of hoe of wat ze ervoor betaalden.

Mensen vertrouwden hun apotheker net zoals hun huisarts, wist hij, misschien zelfs nog wel meer, en vertrouwden hun geheimen aan hen toe. 'Donato zou het weten of de familie van zijn cliënten welgesteld is, of dat iemand in de familie achterdochtig zou worden als er regelmatig honderd euro verdwijnt,' zei hij.

Griffoni maakte haar blik los van de gebakjes en draaide zich om om hem aan te kijken. 'Een apotheker zou waarschijnlijk kunnen beoordelen hoe ernstig hun ziekte is geworden door het recept te lezen. Hij zou waarschijnlijk kunnen inschatten hoe vergeetachtig ze intussen zijn geworden. Vooral mensen met beginnende alzheimer.'

Brunetti knikte en vroeg zich af hoeveel coupons zouden worden vergeten of verloren door de mensen die ervoor hadden betaald. Als ze maanden later een stuk of wat van die coupons samengepropt in een la zouden vinden, hoeveel van hen zouden zich dan nog herinneren waar die voor waren?

'Het zou een goudmijn kunnen zijn, niet?' zei Griffoni.

'Maar hoe zit het dan met de andere mensen die er werken?' vroeg hij. Als reactie op haar blik zei hij: 'Ik weet niet of ze allemaal aan een cliënt voorstellen om de volle prijs te betalen, in ruil voor een coupon.' Hij zweeg even en zei toen: 'Zijn we het met elkaar eens dat ze allemaal medeplichtig moeten zijn aan wat daar gaande is?'

'Het kan niet anders of ze weten het,' zei Griffoni. 'Ik weet niet of dat medeplichtigheid is.'

'Hoe zou je het anders willen noemen?' vroeg Brunetti op een toon die hij doelbewust rustig hield.

'Het vermijden van problemen, zorgen dat je je baan houdt, je met je eigen zaken bemoeien.' Ze pauzeerde om te zien of hij haar had gehoord en begrepen en zei toen: 'Denk aan de Bijbel, Guido.'

'Wat bedoel je?' vroeg hij, niet in staat zijn verbazing te verbergen. 'Jij? Dat zeg jij?'

Ze glimlachte om de heftigheid van zijn reactie. Ze klopte op zijn arm en zei: 'Maak je geen zorgen, Guido. Ik heb het alleen over de zeven vette jaren en de zeven magere jaren. We hebben veel vette jaren gehad; nu zijn de magere jaren begonnen. Dus mensen, óók apothekers, zijn lang niet meer zo moedig als ze waren, en ze kunnen het zich niet permitteren om hun baan kwijt te raken.'

'Kunnen of willen?' vroeg Brunetti met noordelijke strengheid.

'Willen,' gaf Griffoni, de Napolitaanse, toe.

'Ze hebben een eed afgelegd. Net als dokters,' hield Brunetti vol.

'Zeker,' zei ze gemoedelijk. 'Maar ik weet niet of dat tegenwoordig nog veel betekent. Niet voor de meeste mensen. Ze willen overleven, zich gedeisd houden en overleven. Dus dat is wat ze doen.'

'Zich gedeisd houden?' vroeg hij.

'Ja.'

Brunetti wilde liever niet weten of ze gelijk had.

Hij keek op zijn horloge en zag dat het al na zessen was. Idioot om nog terug te gaan naar het bureau als hij al zo dicht bij huis was. 'Ga je een boot nemen?' vroeg hij aan Griffoni.

'Ja. Maar ik ga niet meer terug naar de questura. Als hoofdinspecteur Scarpa vraagt waar ik was, dan zeg ik dat ik een verdachte helemaal tot aan de San Pietro in Castello heb gevolgd.'

Hij lachte bij het idee dat een niet-Venetiaan dat zou proberen te doen, en ze liepen terug in de richting van Rialto. Brunetti had al besloten dat hij haar tot aan San Silvestro zou vergezellen.

'Vorig weekend,' begon ze, 'ben ik naar de Angelo Raffaele gegaan en heb daar in de buurt twee uur rondgewandeld.'

'Was je verdwaald?' vroeg Brunetti.

'Dat weet ik niet. Ik was nergens speciaal naar op zoek. Ik liep gewoon rond in cirkels – nou ja, rechthoekige cirkels – totdat ik winkels begon te herkennen die ik al eerder was gepasseerd en restaurants die op hoeken zaten waar ik al eerder was geweest. Ik sloeg altijd aan de voet van de tweede brug af.'

'En?' vroeg hij.

'Ik denk dat ik nu een vaag idee heb waar alles is.'

'Dat is niet gemakkelijk.'

'Dat weet ik. Daarvoor moet je hier geboren zijn.'

'Dat helpt wel,' zei Brunetti, net toen ze de calle ingingen die leidde naar de embarcadero. Hij keek op zijn horloge. 'Over twee minuten gaat er een boot in de richting van het Lido.'

Ze draaide zich om en staarde hem aan. 'Zit dat soms in jouw geheugen geprogrammeerd?'

'Dit is mijn halte, dus ik ken de tijden.'

'Aha,' zei ze. Ze pakte haar portemonnee uit haar tas en haalde haar Imob-kaart tevoorschijn.

Brunetti hoorde de motor van de naderende boot; na een paar seconden hoorde zij het ook. 'En morgen?' vroeg ze. 'Wat gaan we dan doen?'

'Daar ga ik over nadenken,' antwoordde Brunetti en draaide zich om naar de onderdoorgang.

Na het avondeten ging Brunetti naar Paola's werkkamer en strekte zich uit op haar bank, handen gevouwen achter zijn hoofd. Hij had de deur op een kier laten staan, zodat er licht vanuit de gang in de kamer kon vallen. Buiten was het donker. Schemering was de juiste omgeving.

Hij staarde naar het plafond en dacht aan zijn eigen apotheek, op de Campo San Bortolo, even links van het standbeeld. Hij ging daarheen, nou ja, omdat hij daar altijd heen ging.

Hij sloot zijn ogen en stelde zich voor hoe hij daar naar binnen ging en naar de balie liep met zijn recept.

Vanuit de woonkamer van het appartement hoorde hij stemmen: Chiara en Raffi. Een van hen lachte. Het was zo'n normaal geluid dat Brunetti het nauwelijks opmerkte.

Nauwelijks opmerkte. Natuurlijk, niemand besteedde enige aandacht aan wat een apotheker deed. Hij nam je recept aan, bracht je je medicijn en vertelde je wat je moest betalen. Als zijn apotheker hem zou vertellen dat een medicijn tweeëntwintig euro zou kosten in plaats van twee, dan zou hij geen vraagtekens zetten bij de prijs. Stel dat iemand die psychische klachten had naar de apotheek ging om medicijnen op te halen, maar hij was vergeten om het vereiste recept mee te nemen. Als de apotheker hem dan zou vertellen dat hij zijn medicijnen alleen kon krijgen door er de volle prijs voor te betalen, maar dat hij, als een garantie voor toekomstige terugbetaling, een coupon van de apotheek zou krijgen, wie zou daar dan vraagtekens hebben?

Als de cliënt zou weigeren, dan hoefde de apotheker zich alleen maar te verontschuldigen dat hij een alternatieve manier had voorgesteld, zodat zijn cliënt niet nog eens terug zou moeten naar de apotheek. Maar als hij gewoon terug was gekomen met het recept, dan had hij het medicijn tegen de normale prijs kunnen krijgen. De apotheker zou het zeker geen tweede keer proberen bij diezelfde cliënt.

Zou iemand echt zoiets doen en zijn beroep riskeren voor zo weinig? Hij herinnerde zich een bekende, heel succesvolle advocaat die vorig jaar was betrapt op winkeldiefstal van drie Hermès-dassen. Vicequestore Patta had dat onder het tapijt geveegd: er was geen aanklacht tegen hem ingediend en evenmin was er informatie naar *Il Gazzettino* gelekt, die zich zeker op zo'n verhaal zou hebben gestort. Brunetti had Patta's beslissing begrepen: een moment van dwaasheid zou niet in één klap de vernietiging van een carrière en reputatie moeten betekenen.

Twintig jaar geleden, wist hij, zou zijn reactie anders zijn geweest, correcter en feller. 'Wat word je toch Italiaans,' zei hij hardop.

'Dat is mooi. Ik moet er niet aan denken dat ik met een Australiër zou zijn getrouwd zonder dat ik dat in de gaten had,' zei Paola, die de deur met haar voet openduwde. Ze droeg een dienblad met twee koppen koffie, twee glaasjes en een lange, smalle fles waar weleens grappa in kon zitten.

26

Brunetti werd rond vier uur uit een diepe slaap gewekt door het geluid van een windstoot. Hij ging overeind zitten, gealarmeerd door het lawaai, en wist even niet waar hij precies was. Hij strekte zijn rechterhand uit en voelde Paola's schouder, en zocht het bekende patroon dat op de muur tegenover hem werd geworpen door het licht dat nog wist door te schemeren vanaf de straatlantaarns vijf verdiepingen lager. Hij wachtte tot hij opnieuw het geluid zou horen, maar dat gebeurde niet. Hij ging weer op zijn kussen liggen, maar er gebeurde niets. De nacht lag stil op zijn oren.

Had hij ergens over gedroomd? Waar was de wind vandaan gekomen? Waar was zijn slapende persoon geweest? Hij had alleen een vage herinnering dat hij in een zwak verlichte kamer was. Hij bestudeerde het licht en wist niet of hij weer in slaap zou kunnen vallen.

Hij dacht aan dottor Donato en de vele dingen die ze niet over hem wisten: familie, gewoontes, vrienden, zakelijke historie. Vanuit het niets kwam het besef dat hij ook over Gasparini zo weinig wist. Het was een man met een problematische zoon en nu was hij iemand die was gekoppeld aan allerlei apparaten en in coma in een ziekenhuisbed lag. Net als Donato had hij natuurlijk een verleden dat kon helpen bij het verklaren van zijn heden.

Hetzelfde kon net zo gemakkelijk worden gezegd over dottoressa Ruberti.

Hij begon een lijst te maken van wat hij aan signorina Elettra zou gaan vragen om te onderzoeken, maar hield daar al snel mee op in het besef dat ze zo bedreven was geworden in de jacht, dat zij nu degene was die het beste wist wat ze moest zoeken, en waar. Niettemin begon hij een lijst te maken van dingen die hij wilde weten: familie, mogelijk eerder contact met de politie, financiële situatie, andere... de ideeën vervaagden in zijn geest en al snel viel Brunetti weer in slaap, meegevoerd op een veel zachtere wind dan die welke hij zich had verbeeld en die hem uit zijn slaap had gewekt.

Hij ging rechtstreeks naar de kamer van signorina Elettra toen hij aankwam op de questura, zonder enig idee hoe de stemming zou zijn na hun laatste, ongemakkelijke gesprek. Dat bleef nog even onduidelijk, want ze was aan de telefoon toen hij binnenkwam. Het eerste wat hem opviel was een vaas bloemen op haar bureau: hij wist absoluut niet wat voor bloemen het waren – beslist geen tulpen of rozen – donker, bijna paars; hij kon zich niet herinneren dat hij ooit bloemen had gezien die zo somber waren, alsof ze geloofden dat het opvrolijken van een kamer geen deel uitmaakte van hun taak.

Ze zat erachter, gedeeltelijk verscholen. Toen ze hem zag hief ze een hand op ter begroeting en gebruikte die toen om herhaaldelijk te wijzen in de richting van Patta's kantoor. Ze zei in de hoorn: 'Hij komt net binnen, dottore. Hebt u tijd om hem nu te ontvangen?' Tijdens de korte pauze waarin ze wachtte op het antwoord van vicequestore Patta, stak ze haar hand in de lucht en haalde haar schouders op om aan te geven dat ze geen idee had wat haar baas van Brunetti wilde.

'Goed. Ik zal hem vragen om naar binnen te gaan.' Ze legde de hoorn terug en wees naar de deur.

Hij deed twee stappen, bleef staan en wendde zich tot haar. 'Ik weet dat u al een blik hebt geworpen op dottor Donato, maar zou u ook eens willen kijken naar zijn privéleven, en hetzelfde voor wat betreft Gasparini en dottoressa Ruberti.'

Voordat ze kon antwoorden, liep Brunetti naar de deur en ging zonder kloppen naar binnen.

De vicequestore zat dubbel gebogen achter zijn bureau; alleen zijn schouders en een deel van zijn rug waren zichtbaar. Terwijl Brunetti toekeek, bewoog zijn rug op en neer, telkens maar een paar centimeter. 'Is er iets, vicequestore?' vroeg Brunetti, die snel in de richting van het bureau van zijn baas liep.

Plotseling, als een duveltje uit een doosje, verscheen de rest van Patta. Hij keek naar Brunetti, die vlak voor zijn bureau stilstond. 'Ik maak alleen mijn schoenveter vast,' verklaarde Patta, zijn gezicht rood doordat hij zo snel overeind was gekomen.

Toen Brunetti hier niet op reageerde, zei Patta: 'Ga zitten, commissario. Er is iets waar ik je graag van op de hoogte wil stellen.'

Brunetti deed wat hem werd gezegd, sloeg zijn benen over elkaar en legde zijn handen op de leuningen van de stoel. Hij deed zijn best om een ontspannen, geïnteresseerde glimlach te tonen en wachtte af.

'Het gaat over de bagageafhandelaars op het vliegveld,' zei Patta.

Brunetti diende psychische botox toe aan zijn glimlach en knikte, terwijl hij zijn aandacht richtte op Sant'Antonio, beschermheilige van verloren dingen en verloren zaken. *Heilige Antonius, neem deze last van mijn schouders en ik zal u mijn dankbaarheid en dank voor eeuwig geven, amen.* Toen hij nog een jongen was had zijn moeder hem geleerd dat het ordinair en onfatsoenlijk was om te onderhandelen met de heiligen door ze een gebed of goede werken aan te bieden in ruil voor gunsten. 'Zeg gewoon dat je ze zal bedanken en hun dankbaar zal zijn,' vertelde ze hem en verklaarde toen: 'Uiteindelijk zijn ze al in de hemel. Wat zouden ze nog meer willen?'

Dat was, zelfs in de ogen van een kind, volkomen logisch, en hij had er zich altijd aan gehouden. Brunetti had dus een aantal heiligen die hij met enige regelmaat aanriep voor hulp als hij die nodig had. Hij was ze er altijd dankbaar voor en betuigde uitbundig zijn dank.

'Ah, ja, de bagageafhandelaars,' zei Brunetti, alsof hij het onderwerp tamelijk interessant vond.

'We spelen nu al jaren kat en muis met ze,' begon Patta. Brunetti knikte. Hij had dagen, weken, maanden besteed aan het onderzoek en toezicht gehouden op het plaatsen van microcamera's in verschillende delen van het vliegveld. Hij had hen gearresteerd, meegenomen voor ondervraging, geconfronteerd met videobeelden van diefstal uit koffers die aan hun zorg waren toevertrouwd. En zat een van hen in de gevangenis? Was een van hen ooit ontslagen?

'Ik ben het zat,' zei Patta vermoeid, die af en toe de pogingen om overtuigend bewijsmateriaal tegen hen te verzamelen had moeten goedkeuren.

Net als wij allemaal, wilde Brunetti graag zeggen. In plaats daarvan trok hij een nieuwsgierig gezicht. Patta zag dat niet of verkoos die uitdrukking te negeren, dus vroeg Brunetti: 'En dus, vicequestore?'

'We hebben hier nu wel genoeg tijd aan verspild en ik heb besloten dat we er een punt achter gaan zetten,' zei Patta op zijn meest autoritaire toon. Brunetti was nieuwsgierig hoe de vicequestore van plan was om dit te bereiken. Ze verbieden om de luchthaven te betreden? Ze allemaal arresteren? Een muur bouwen?

'De luchthaven ligt niet in Venetië,' verklaarde Patta. 'Hij ligt in Tessera,' voegde hij eraan toe. Toen, om duidelijk te maken dat hij geïrriteerd was door de incompetentie, maar nu ook weer niet zo'n vervelende kerel wilde zijn om daar een punt van te maken, voegde hij eraan toe: 'Niemand lijkt dat te hebben opgemerkt, totdat ik dat zelf deed.' Hij pauzeerde om Brunetti de kans te geven zich bewust te worden van zijn eigen gedeeltelijke verantwoordelijkheid voor deze onachtzaamheid en vervolgde toen: 'Ik heb vandaag met de advocaten van de stad gesproken en hun verteld dat, omdat Tessera onderdeel is van Mestre en niet van Venetië, het daarom binnen hun jurisdictie valt, niet die van ons. Dus is de politie van Mestre verantwoordelijk voor het handhaven van de wet op het vliegveld, niet wij.'

'Wat voor antwoord hebben ze gegeven, signore?'

'Ze zullen de wettelijke achtergrond van de kwestie bekijken, maar tot dan...' zei Patta. Om Brunetti's nieuwsgierigheid te prikkelen maakte hij zijn zin niet af en zwaaide hij luchtig en afwijzend met zijn hand.

'Tot dan, meneer?' informeerde Brunetti, die er niet tegen kon dat de zin niet werd afgemaakt.

'Tot dan zal de politie zich niet bemoeien met de bagageafhandelaars of toezicht op hen houden,' zei Patta, alsof hij de arrestatie van de hele leiding van de Sacra Corona Unita had geregeld en verdere aandacht daarvoor overbodig was.

'Helemaal niet?' vroeg Brunetti.

'Inderdaad. Ik heb opdracht gegeven om onze patrouilles daar te stoppen en mijn collega's in Mestre van dit feit op de hoogte gesteld.' Hij richtte een glimlach op Brunetti en zei: 'Ik wilde dat je dit zou weten, zodat je geen vragen hoeft te stellen over de nieuwe roosters.'

'En uw collega in Mestre, vicequestore?'

Een volgende stralende glimlach verscheen op Patta's gezicht. 'Hij heeft geweigerd enige verantwoordelijkheid op zich te nemen en zal zijn mannen geen opdracht geven om te patrouilleren.'

Brunetti, die moest denken aan zijn gesprek met Griffoni over de medeplichtigheid van de apothekers die bleven zwijgen, zei: 'Dat was een heel wijs besluit, dottore.' Hij glimlachte en vroeg: 'Is dat alles, signore?'

Bij Patta's knik kwam hij overeind en verliet de kamer.

Signorina Elettra keek even naar hem toen hij in haar kamer verscheen. Brunetti bestudeerde haar gezicht en zag er sporen van haar gebruikelijke warmte op, maar merkte ook op dat de donkere bloemen naar de vensterbank waren verbannen.

'De vicequestore vertelde me net dat het onderzoek naar de bagageafhandelaars wordt gestopt.'

'Ja,' zei ze, min of meer glunderend. 'Dat weet ik.'

Nou, nou, dacht Brunetti. Signorina Elettra maakte graag raadselachtig opmerkingen, en normaal gesproken zou hij hebben gedacht dat ze bedoelde dat ze dit nieuws al via het roddelcircuit had opgevangen. Maar er was niets anders in haar opmerking dan alleen een keihard feit: ze had het gehoord dankzij de afluisterapparatuur die ze in Patta's kantoor had verborgen.

'U lijkt het fijn te vinden,' zei Brunetti. 'Als ik zo vrij mag zijn.'

'O, jazeker. Heel erg zelfs,' zei ze, terwijl ze afwezig het bovenste knoopje van haar blouse aanraakte.

'Mag ik ook weten waarom?'

'Omdat deze aanpak hem is aangeraden – zelfs met klem is aangeraden – door hoofdinspecteur Scarpa. Dat was degene die hem heeft verteld over de afzonderlijke jurisdicties van de steden. Tamelijk gezaghebbend, als ik dat zo mag zeggen.' Toen ze de naam van de hoofdinspecteur noemde, moest Brunetti denken aan een opmerking van Kreon: 'Nooit wordt een vijand meer een vriend, zelfs niet na zijn dood.'

Maar toen glimlachte signorina Elettra, en als ze in een veld vol bloemen hadden gestaan, dan zouden de bijen zeker zijn gekomen om honing van haar lippen te nippen.

'Zou ik ook mogen weten waar hij zijn informatie vandaan heeft?'

Haar glimlach werd breder, en Brunetti werd gedwongen zich af te wenden om hoge bloedsuiker te voorkomen.

'Ik had hem het onderwerp horen bespreken met de vicequestore, en de hoofdinspecteur zei dat hij het op zich had genomen om uit te zoeken waar de territoriale grens lag.' Ze pauzeerde en leunde opzij om een onzichtbaar stofje van haar bureau te tikken.

'Hij was natuurlijk volkomen vrij om zelf op zoek te gaan naar die informatie, maar hij droeg mij op... hij droeg mij nota bene op om het uit te zoeken. Dus dat heb ik gedaan.'

'Is die werkelijk gemaakt, die scheiding van jurisdictie?' vroeg Brunetti.

'Jazeker,' antwoordde ze. 'In 1938.'

Na een lange pauze vroeg Brunetti: 'En sindsdien?'

'Ik heb geen idee, commissario. De hoofdinspecteur droeg mij op om gegevens op te zoeken over het administratieve besluit dat de twee steden scheidt, en die heb ik gevonden.'

'En als er geen politietoezicht meer is, met het te verwachten resultaat, dan zal dus blijken dat de hoofdinspecteur heeft gerefereerd aan een besluit van bijna honderd jaar geleden?'

'Precies.'

'Vermoedelijk zal dat niet werken in het voordeel van de hoofdinspecteur,' opperde Brunetti.

'Ik ben bang van niet,' antwoordde ze met een glimlach die een indicatie gaf van de grootte van haar tanden.

Brunetti bleef nog even staan en was zo met stomheid geslagen door haar geslepenheid, dat hij niets wist te zeggen. Uiteindelijk bevrijdde hij zich van zijn trance en zei: 'Ik ben op mijn kamer.'

Ze knikte en richtte haar aandacht weer op haar computer.

Pas aan het einde van de middag zag hij signorina Elettra weer. Ze klopte tegen vijven op de deur van zijn kamer en toen ze binnenkwam, zag hij dat ze papieren bij zich had.

'De drie musketiers?' vroeg hij.

'Sì, signore,' antwoordde ze.

'Nog iets interessants?'

'O, ik heb liever dat u dat zelf beoordeelt, commissario.' Ze liep door de kamer en legde de papieren op zijn bureau.

Terwijl ze dat deed vroeg hij: 'Kunt u ook een kopie hiervan naar commissario Griffoni en inspecteur Vianello sturen?'

'Natuurlijk, signore,' zei ze en liet hem alleen met de papieren.

Er waren drie stapeltjes, ieder bij elkaar gehouden door een paperclip, met de naam 'Donato' boven aan het eerste, 'Gasparini' bij het volgende en 'Ruberti' bij het laatste.

Hij begon aan het eerste stapeltje en las dat Girolamo Donato drieënzestig jaar geleden in Venetië was geboren. Zijn apotheek in San Leonardo was al drie generaties in de familie en hij had er ook de leiding. Donato had farmacia gestudeerd aan de Universiteit van Padua en was op zijn vijfentwintigste in de familiezaak gaan werken. Tijdens zijn carrière was hij een keer gekozen tot voorzitter van de Ordine dei Farmacisti della Provincia di Venezia. Een zoon en dochter, ook allebei apotheker, werkten bij hem, evenals twee jonge vrouwen die hielpen bij de verkoop en het beheer van winkel en voorraad.

De familie woonde in drie afzonderlijke appartementen in een groot gebouw aan de Fondamenta della Misericordia. Zijn zoon en schoondochter hadden twee zonen, van vijf en drie jaar; zijn dochter, die begin dertig was, was ongetrouwd.

Brunetti keek op van de papieren, verbaasd dat een familie ogenschijnlijk zo normaal kon zijn. Ze studeerden, werkten, trouwden, kregen kinderen en werkten. Hij keek even op de volgende pagina, waarop te lezen viel dat zowel de zoon als de dochter hun appartement van hun vader hadden gekregen. Na aftrek van salarissen, onkosten, verzekeringen en belastingen was de winst van de apotheek ongeveer 150.000 euro per jaar. Brunetti was verbaasd over dat bedrag, omdat hij had gedacht dat dit veel hoger zou zijn. Uiteindelijk werkte een apotheker veel meer dan acht uur per dag, en moest de apotheek ook in het weekend en tijdens vakanties openblijven volgens een strikt rooster, inclusief een aantal nachtopenstellingen.

Hij legde het eerste overzicht aan de kant en keek naar de pagina's over Gasparini. Ook hij was geboren in Venetië, iets meer dan een decennium na Donato. Hij had economie gestudeerd aan de Ca' Foscari Universiteit en was meteen nadat hij klaar was met zijn studie gaan werken in Treviso. Hij had inmiddels achttien jaar gewerkt en was in die tijd vier keer van baan veranderd. Hij zat nu drie jaar bij zijn huidige werkgever in Verona en was assistent van het hoofd financiële administratie. Brunetti keek nog eens naar de namen van de bedrijven waarvoor hij eerder had gewerkt en probeerde te begrijpen wat dit zou kunnen onthullen over de mogelijke aard van zijn werk. 'Textiel', 'Leer'. Allemaal prima. 'Holdings', 'Ondernemingen'. Wat dat ook mocht inhouden.

Brunetti maakte een lijst van de steden waar Gasparini in de loop der jaren had gewerkt en zag dat hij nooit in dezelfde stad bleef voor twee opeenvolgende banen. Hij was van Treviso naar Conegliano gegaan, van Padua naar Pordenone, en werkte nu dan in Verona. Brunetti probeerde zich voor te stellen hoe dat voor hen geweest moest zijn, zowel voor de kinderen als voor het huwelijk, om uit je vertrouwde omgeving te worden weggerukt en naar een nieuwe stad te moeten verhuizen, of om zo'n gezin te worden waarbij de vader als een spook in de nacht verschijnt nadat de kinderen al op bed liggen om weer te vertrekken voordat ze wakker zijn.

Alsof signorina Elettra zijn gedachten had gelezen, volgde er verdere informatie van het Ufficio Anagrafe in het volgende stuk: in de afgelopen twintig jaar had zowel Gasparini als zijn vrouw hetzelfde officiële adres gehad, en de kinderen hadden de afgelopen vier jaar op de Albertini gezeten.

Brunetti bladerde terug en bestudeerde nog eens de financiële details van Gasparini's leven. Het salaris dat bij elke baan vermeld stond, was modaal. Als zijn vrouw hetzelfde salaris verdiende als Paola, dan konden ze het zich waarschijnlijk niet veroorloven om hun kinderen naar de Albertini te laten gaan.

Een verklaring hiervoor kwam spontaan in Brunetti's hoofd op: fiscaal wangedrag, gevolgd door ontslag. Hij had het nog niet gedacht of hij wees het al van de hand: Gasparini had dat niet herhaaldelijk kunnen doen zonder dat dat bekend zou worden. Brunetti probeerde een andere reden te bedenken voor zo'n vreemd arbeidsverleden, misschien normaal in veel andere landen, maar niet in Italië, waar veel mannen tientallen jaren dezelfde baan hadden, zo niet hun hele carrière. En de mogelijkheid van chantage? Wie beter dan een accountant wist alles van de werkelijke financiële situatie van een bedrijf? Als ambtenaren bij de Guardia di Finanza konden worden gearresteerd voor het niet melden van fiscaal illegale praktijken in ruil voor geld, hoeveel gemakkelijker zou het dan niet zijn voor een accountant om zulke onregelmatigheden zelf te beramen en er dan van te profiteren?

De volgende pagina onthulde dat er bij zijn derde bedrijf, twee maanden nadat Gasparini er was weggegaan, een inval was geweest van de Guardia di Finanza, waarbij computers en administratie in beslag waren genomen. Het had de onderzoekers heel weinig tijd gekost om een parallel boekhoudsysteem te ontdekken waarin de echte in plaats van de opgevoerde winsten en verliezen van het bedrijf stonden vermeld.

Brunetti keek op van de bladzijde en zag het al helemaal voor zich: werk lang genoeg bij een bedrijf om te ontdekken of ze er een tweede boekhouding op na houden, of zet daarvoor misschien zelf een systeem op. Werk lang genoeg met dat systeem om te weten hoe het functioneert en vraag dan geld om erover te zwijgen. Als ze betalen, vertrek je naar een nieuwe werkgever. Als ze niet betalen, zoek je een andere baan en eenmaal daar bel je de Guardia di Finanza.

Natuurlijk kon er nog een andere verklaring zijn, maar deze leek logisch, tenminste voor iemand met de professionele neiging om naar al het menselijke gedrag te kijken met achterdocht en het vermoeden van schuld.

Hij trok het derde stapeltje naar zich toe en begon het in te kijken. Gemiddelde student, artsendiploma behaald aan de Universiteit van Padua in 1987, waar dottoressa Ruberti vervolgens nog vier jaar aan onderzoeksprojecten werkte. Daarna voegde ze zich bij twee andere dokters in een groepspraktijk in Abano Terme. Ze verliet die praktijk na zes jaar en keerde terug naar Venetië, om daar twee eigen privépraktijken te openen, een in Dorsoduro en een in Castello.

Getrouwd, gescheiden, een zoon met ernstige lichamelijke beperkingen die in een instelling voor gehandicapten woonde. Nooit gearresteerd, geen verkeersovertredingen, eigenares van zowel haar eigen appartement als de ruimte op de begane grond in Dorsoduro waar haar praktijk was gevestigd. Die in Castello huurde ze.

Het summiere rapport eindigde hier.

27

Hoewel het al laat in de middag was, belde hij zowel Griffoni als Vianello en vroeg hun om naar zijn kamer te komen, omdat hij met hen wilde praten over de informatie die ze intussen van signorina Elettra hadden ontvangen.

Hij leunde achterover in zijn stoel, vouwde zijn armen en bestudeerde de hemel die zichtbaar was vanuit zijn raam; somber, mistroostig en grijs; er was slecht weer op komst. Het leven zou zich maandenlang binnenshuis afspelen, het gebrek aan zon zou tot chagrijnigheid leiden en mensen zouden ernaar verlangen om naar de zon te vluchten om te gaan zwemmen of naar de bergen om te gaan skiën. Hij had een hekel aan skiën omdat je er, net als voor polo, een enorme hoeveelheid spullen voor nodig had. De waarheid was wel dat Brunetti een hekel had aan de meeste sporten, behalve voetbal. Zijn vader was daar gek op geweest en had hem ook geleerd ervan te houden. Die sport had dan ook de goede eigenschap dat je er alleen een bal voor nodig had om die rond te schoppen. Hoewel hij geloofde dat de sport tot in de kern corrupt was, waarbij er miljoenen werden verdiend of verloren door te wedden op wedstrijden waarvan de uitslag was gemanipuleerd, kon hij zichzelf er niet van weerhouden opgewonden te raken van die vooraf bepaalde acties. Hij herinnerde zich de dag waarop zijn vader hem had meegenomen naar een wedstrijd tussen Inter en...

Zijn korte overpeinzing werd verstoord door de komst van Vianello, die binnenkwam zonder de moeite te nemen om te kloppen. Even later verscheen Griffoni, die naar binnen liep door de deur die Vianello open had laten staan. Ze gingen tegenover hem zitten, allebei met een map en een pen, allebei kennelijk nieuwsgierig naar wat hij te zeggen had.

'Ik wil graag met jullie doornemen wat signorina Elettra heeft ontdekt over het aantal keren dat signor Gasparini van baan is veranderd.' De andere twee haalden hun kopie tevoorschijn, en toen ze geen bladzijden meer omsloegen, vroeg Brunetti: 'Wat vinden jullie van het feit dat hij zo vaak van baan is gewisseld?'

Griffoni keek op, verward door de vraag, maar Vianello zei: 'Het is ongewoon, nietwaar, om zo vaak van werkgever te veranderen?'

Brunetti knikte. 'Dat vind ik ook ja.'

Griffoni keek naar Vianello, maar zei niets.

Met een vaag gebaar in de richting van de map zei de inspecteur: 'Het zou kunnen dat hij niet zo'n goede accountant is.' Brunetti kon horen dat dit meer een inleiding was voor wat Vianello echt wilde zeggen. Dat was: 'Of dat hij juist heel goed is in zijn werk.'

'Wat bedoel je?' vroeg Griffoni.

'Ik bedoel dat mensen meestal niet zo vaak van baan wisselen, zeker niet in deze tijd, en zeker niet een man die getrouwd is en kinderen heeft.'

Vianello pauzeerde om naar haar te kijken. 'Behalve als die een bepaalde reden hebben om dat te doen,' concludeerde hij, wat Brunetti's geloof bevestigde dat ook Vianello zich bewust was van de donkere kanten van de menselijke mogelijkheden.

Geen van hen zei iets, dus vroeg Vianello: 'Hoe zit dat met het bezoek van de Guardia di Finanza, drie maanden nadat hij bij zijn derde werkgever wegging?' Hij bladerde door de papieren en noemde de naam van het bedrijf: 'Poseidon Leer.'

'Twee,' zei Brunetti.

'Sorry?' vroeg hij.

'Het waren twee maanden.'

Griffoni draaide naar Brunetti en vroeg: 'Zijn Lorenzo en jij bezig overhaaste conclusies over deze man te trekken die mij ontgaan?'

Hoewel de vraag voor hen allebei was bedoeld, besloot Vianello te antwoorden. 'Hij wisselde niet alleen telkens van baan, maar ook van stad. Hebben jullie een verklaring waarom hij zijn gezinsleven zo vaak zou willen verstoren?' vroeg Vianello op een toon die bij Brunetti nadrukkelijker overkwam dan nodig was.

'Waar is een verklaring voor nodig?' vroeg Griffoni scherp. 'Waarom kan hij niet gewoon een paar keer van werkkring zijn veranderd?' Daarna, kijkend naar Brunetti om ook hem erbij te betrekken, voegde ze eraan toe: 'Jullie lijken allebei aan te nemen – met naar mijn idee heel weinig bewijs – dat hij een geheim plan heeft.'

Brunetti en Vianello wisselden een blik, die Griffoni ertoe bewoog om te zeggen: 'O, hou op, jullie allebei. Ben ik het domme gansje van het dorp dat niet kan zien wat de slimme, ervaren mensen met een enkele blik zien?'

'Claudia,' zei Brunetti. 'We zitten hier niets te verzinnen. We kijken allemaal naar dezelfde informatie.'

'Wat bedoel je daarmee?' vroeg ze.

'Dat we dit allemaal lezen,' begon hij, terwijl hij de map omhoogstak, 'maar dat blijkbaar ook allemaal anders interpreteren.'

Griffoni gaf hem een koele blik. 'En omdat jullie tweeën het op die manier zien, dan betekent het dus dat jullie gelijk hebben? Als verdenking gezelschap krijgt, dan is het plotseling de waarheid?'

'Het zou Gasparini's belangstelling voor die coupons kunnen verklaren. Misschien zag hij die als een kans,' zei Brunetti, terwijl hij even naar Vianello keek, die instemmend knikte. 'Wanneer hij, als accountant, de echte boeken van een bedrijf moet verzorgen, naast de boeken die ze aan de Guardia di Finanza moeten laten zien, dan kan hij in de positie verkeren om van die informatie gebruik te maken voor zijn eigen doeleinden.' Brunetti keek naar hen allebei; geen van hen nam de moeite om vraagtekens te zetten bij zijn gebruik van de term 'echte boeken'.

Griffoni hield zich bezig met het bestuderen van de papieren in haar handen, alsof ze probeerde die te vertalen in een andere taal.

'Het zou kunnen verklaren waarom hij telkens van baan is veranderd,' vervolgde Brunetti. 'En van stad. Of hij vond dat ze niets illegaals deden en ging hij gewoon weg, of hij ontdekte dat ze dat wél deden en gebruikte die informatie om hen te chanteren, om vervolgens te vertrekken.'

'Maar waarom is de Guardia di Finanza dan dat leerbedrijf binnengevallen?' vroeg Griffoni.

Vianello opperde: 'Omdat ze weigerden hem te betalen en hem hebben ontslagen. Het beste bewijs van waar hij toe in staat was, kon hij zo toch geven aan een werkgever als die weigerde hem te betalen?'

'Claudia,' begon Brunetti geduldig, 'ik probeer je dit niet door je strot te duwen; ik vraag je alleen om dit te overwegen als mogelijke verklaring voor de manier waarop hij telkens van baan is veranderd.'

'Hoe zou hij nog een andere baan kunnen vinden?' vroeg ze. 'Toch zeker niet als hij een chanteur blijkt te zijn.'

'Ze zouden hem graag kwijt willen, denk je niet?' vroeg Vianello. 'De beste manier daarvoor zou zijn om een aanbevelingsbrief voor hem te schrijven waarin ze hem de hemel in prijzen, zodat ze hem kunnen wegwerken naar een ander bedrijf.'

'Ik denk dat jullie allebei gek zijn,' zei Griffoni kortaf.

Beide mannen staarden haar aan, maar Brunetti besloot om het kalm en rationeel nog eens te proberen. 'Ach, kom nou, Claudia,' zei hij. 'Alleen omdat we het niet met jou eens zijn?' Hij gaf haar geen tijd om te protesteren, maar ging meteen door: 'Die apotheker is gewoon een volgend slachtoffer dat hij zou kunnen chanteren, net als zijn voormalige werkgevers.'

'Ik zit nog steeds te wachten op het bewijs dat het zo is gebeurd,' zei ze.

Vianello onderbrak hen door te zeggen: 'Laten we het nu even hebben over dottor Donato.' Hij hield de stapel papieren omhoog. 'Hij lijkt een fatsoenlijke, eerlijke man die zijn hele leven hard heeft gewerkt.' Allebei hoorden ze de scherpe nadruk die hij legde op het woord 'lijkt'.

'Hij heeft deze oplichting met de coupons bedacht,' ging hij door. 'Signorina Elettra heeft de regels voor apothekers gevonden. Ze mogen drieëndertig procent op de kosten van medicijnen gooien, niet meer. Maar met cosmetica mogen ze vragen wat ze willen. Ze heeft een apotheek gevonden waar ze er zeventig procent bovenop gooien.'

Brunetti keek naar Griffoni en zei: 'Bedenk eens wat dat met zijn winst doet als hij cosmetica verkoopt in plaats van medicijnen.' Na een pauze voegde hij eraan toe: 'Gasparini is accountant. Hoe verward het verhaal van zijn tante ook geweest mag zijn, hij zal het voordeel van die coupons meteen hebben gezien.'

Vianello, op een veel minder strijdlustige toon en erop lettend dat hij zich zowel tot Brunetti als tot Griffoni richtte, voegde eraan toe: 'Signora Gasparini had bijna duizend euro aan coupons. Ze neemt die al heel lang aan, net als haar vriendin, signora Lamon. Degene die daarvan profiteert is Donato.'

Deze keer protesteerde Griffoni niet over wat ze zeiden. Brunetti zag haar afwezige blik, alsof ze aan het berekenen was wat Donato maandelijks op die manier extra verdiende.

Brunetti en Vianello wisselden een blik en verzonken in een met elkaar afgestemde stilte.

Langzaam sprekend, alsof ze elk woord betreurde, zei Griffoni: 'Goed dan: het zou beter voor Donato zijn als Gasparini hier niet over zou praten.' Er was nog een lange weg te gaan voordat ze het met hen eens zou zijn, maar in elk geval was ze nu bereid om de mogelijkheid te overwegen. Ze werd opnieuw stil en pas nadat er enige tijd was verstreken vroeg ze: 'Heeft een van jullie er al over nagedacht wat er zou gebeuren als je Matilde Gasparini zou laten praten met een rechter-commissaris, of haar een verklaring zou laten afleggen over wat er is gebeurd? Of wat een goede strafpleiter zou doen met jullie parade van oude vrouwen met alzheimer en parkinson?' Ze stak haar duim omhoog en toen haar andere vingers, terwijl ze haar bezwaren telde. 'Jullie hebben alleen de getuigenverklaring – als je dat zo wil noemen – van die verwarde oude vrouwen. Of mannen. Jullie hebben de coupons met de naam van signora Gasparini erop en haar warrige verhaal over de toegevoegde waarde van twintig procent. Jullie hebben geen bewijs van enig verband tussen Gasparini en Donato. Jullie hebben een collega van Donato die roddelverhalen over hem heeft gehoord. Als jullie denken dat dat voldoende is voor een rechter-commissaris, dan wens ik jullie veel succes,' zei ze.

Vianello leek ontnuchterd over wat ze allemaal zei. 'We hebben niemand anders gevonden met een motief om hem aan te vallen.'

'Geen roofoverval,' bracht Brunetti hen in herinnering.

De stilte keerde terug. Brunetti zag dat de lucht donkerder was geworden en de nacht al snel zou vallen. Hij hoorde een plotselinge windvlaag en over het kanaal dwarrelden de bladeren van de bomen in de tuin van het huis met het hek. De wind sloeg het luik van het laatste raam aan de rechterkant van de bovenste verdieping heen en weer, een luidruchtige getuige van het toenemende verval van het pand.

'Dus?' vroeg Vianello uiteindelijk.

'Zijn vrouw zou het moeten weten,' zei Griffoni.

'Je klinkt alsof je daar nogal zeker van bent,' zei Vianello.

'Zou jouw vrouw het weten?' reageerde ze meteen fel.

Vianello lachte en de situatie werd wat minder gespannen.

'Hoe dúrft u dat te suggereren over Tullio?' schreeuwde professoressa Crosera tegen hen.

Ze had erin toegestemd om hen de volgende morgen bij haar thuis te laten komen, en had Griffoni en hem verwelkomd met koele beleefdheid. Brunetti had besloten dat een derde persoon te veel zou zijn, en Vianello had er geen bezwaar tegen gemaakt dat hij niet met hen mee kon gaan. De professoressa leidde hen naar de woonkamer.

Haar echtgenoot, zo verklaarde ze als reactie op Brunetti's vraag, was een rustige, serieuze man wiens leven draaide om zijn gezin en zijn – hier pauzeerde ze even terwijl ze nerveus naar hen keek – passie voor wielrennen. Hij had meegedaan aan de Giro d'Italia toen hij nog studeerde, maar zich gerealiseerd dat hij het uithoudingsvermogen miste om prof te worden. Maar hij reed nog steeds, had drie fietsen in een garage in Mestre staan en fietste lange afstanden op minstens een van de dagen die hij in het weekend thuis doorbracht, ongeacht het weer. Daarna keerde hij uitgeput en rustig weer naar huis terug.

De gedachte aan hoe normaal dit klonk, maakte het moeilijk voor Brunetti om door te gaan op het volgende onderwerp: het wisselvallige arbeidsverleden. Niettemin had hij, met enige aarzeling, gevraagd waarom haar man zo vaak van baan was veranderd. Ze had daarop geantwoord, met de eerste openlijke tekenen van irritatie, dat het klonk alsof ze hem ervan verdachten dat hij was ontslagen wegens incompetentie of onregelmatigheden op zijn werk.

'Dat willen we nu juist graag uitsluiten, signora,' zei Brunetti ernstig. 'Geen incompetentie, signora. Onregelmatigheden.'

Brunetti had vaak gelezen dat iemands mond kon openvallen van verbazing. Dat was ook precies wat er gebeurde. Professoressa Crosera bleef een paar seconden onbeweeglijk zitten voordat ze zei: 'Hoe dúrft u dat te suggereren over Tullio!' Ze leek op het punt te staan nog iets te zeggen, maar stikte bijna van woede en moest stoppen, haar hand tegen haar mond om haar gehoest te stoppen, haar gezicht vuurrood van razernij.

Griffoni, die rustig had geluisterd naar de ondervraging van Brunetti, kromp ineen van schaamte bij zijn laatste opmerking. Ze bleef onbeweeglijk zitten, het gezicht naar voren, waarbij ze naar geen van beiden keek.

Professoressa Crosera sloot haar ogen en, wat in andere omstandigheden een doelbewust melodramatisch gebaar zou zijn geweest, legde een hand op haar hart. Brunetti hoorde voor het eerst ergens in de kamer het getik van een klok.

Die tikte meer dan honderd keer voordat professoressa Crosera haar ogen opende en naar hen keek. 'Ik zal u dit één keer vertellen en dan wil ik dat u mijn huis verlaat, u allebei. U mag niet meer met mij praten, en ik zal niet meer met u praten, niet voordat ik daartoe wordt bevolen door een officier van justitie.' Ze had niet de moeite genomen om naar Griffoni te kijken.

Ze vroeg Brunetti: 'Begrijpt u dat goed?'

'Ja.'

'De ouders van mijn man zijn allebei aan kanker gestorven, met zes jaar ertussenin. Hun dood was heel naar en ze hadden een lang sterfbed. In beide gevallen,' en hier pauzeerde ze even om daarna met gespannen, toegeknepen stem door te gaan, 'waren zijn werkgevers zo tevreden over hem dat ze hem verlof gaven en het goed vonden dat hij vanuit Venetië ging werken. En in beide gevallen realiseerde hij zich dat hij zijn werk op die manier niet goed genoeg kon doen. Daarom nam hij bij twee werkgevers ontslag om voor zijn ouders te kunnen zorgen, en leefden we alleen van mijn salaris.'

Ze keek naar hen om te zien of ze haar verhaal wel volgden. 'Hij deed dat omdat dat in zijn ogen het juiste was om te doen, en ik stemde ermee in. In het derde geval nam hij ontslag omdat de zoon van de eigenaar hem vroeg om iets illegaals te doen, en in het laatste geval werd het bedrijf verplaatst naar Shanghai, en nam hij hun aanbod om mee te verhuizen niet aan.' Ze keek van de een naar de ander. Brunetti beantwoordde haar blik, maar Griffoni niet.

'En de Albertini? Wie betaalt dat?' vroeg Brunetti, die zijn laatste kaart uitspeelde, maar terwijl hij dat deed, wist hij al dat hij het slecht deed.

'Zijn tante,' antwoordde ze, en deze keer was haar minachting voelbaar. 'Dus u kunt het idee loslaten dat hij geld verduisterde van zijn werkgevers, of wat het ook is waartoe u hem in staat acht.'

Ze kwam overeind en liep in de richting van de deur. Brunetti en Griffoni, die elkaars blik ontweken, volgden haar. Professoressa Crosera sloot de deur achter hen.

Brunetti vertelde dit alles aan Paola na het eten. Ze luisterde zwijgend terwijl ze kleine slokjes nam van de kruidenthee die ze hadden besloten om te nemen in plaats van koffie en grappa. Ze zat op de bank, haar voeten naast elkaar op de grond voor haar, kop en schotel op haar schoot. Brunetti had ervoor gekozen om in de stoel tegenover haar te gaan zitten en dronk uit een mok.

'Je had het niet eerst bij zijn werkgevers gecheckt?" vroeg ze.

Brunetti weigerde te antwoorden en schudde alleen zijn hoofd.

Na een poosje zei Paola: 'Het spijt me voor Elisa.'

'Dat wilde ik haar ook zeggen,' zei Brunetti. 'Het zou kunnen dat ze...'

'Ja, dat zou kunnen,' stemde Paola in. 'Ik zou het ook zijn.' Even later, vroeg ze: 'Wat heb je toen gedaan?'

'Wanneer?'

'Nadat ze jullie eruit had gegooid.'

'Ik heb signorina Elettra gebeld om te vragen of ze de data van het overlijden van zijn ouders wilde opzoeken en dan de plaatsen te noemen waar hij werkzaam was in die tijd, om te bevestigen wat ze had gezegd.'

Paola's kin schoot omhoog en ze staarde hem aan. 'Je hebt dat gedaan, nadat je niet de moeite had genomen om dat allemaal van te voren te checken?' vroeg Paola.

'Ja,' zei Brunetti.

Paola dacht hier lang over na, maar gaf geen commentaar. Uiteindelijk vroeg ze: 'En?'

'Ze had de waarheid verteld.'

'Dat doet Elisa meestal,' veroorloofde Paola het zich om te zeggen. En toen: 'En nu?'

'Ik wil met dottor Donato praten.'

'Wat wil je van hem?'

'Ik wil zien hoe hij reageert als ik hem vertel dat Gasparini van de coupons wist.'

'Waarom zou je hem dat vertellen?'

'Omdat hij zich dan zal realiseren dat wij een verband zien met de aanval op Gasparini.'

'Heb je er al over nagedacht dat je het misschien net zo mis hebt over Donato als over Gasparini?'

'Hij heeft de coupons aan een aantal mensen gegeven, dus wat dat betreft hebben we het in elk geval bij het juiste eind,' zei hij. Hij hoorde hoe opgelucht hij was dat hij dat tenminste kon zeggen.

'Dat wordt in onze wereld gezien als wisselgeld, Guido,' zei ze en wuifde het weg met haar hand. 'Hoeveel zou hij er in één jaar wijzer van kunnen worden?'

'Zou het gemakkelijker zijn om te geloven dat hij het deed als hij er meer geld mee zou kunnen verdienen? Zou het dan erger zijn?'

'Nee, dat niet, Guido, hoewel de wet zeker gradaties van schuld kent.'

'Je bent het er niet mee eens?'

'Wat hij doet is oneerlijk, door die oude mensen erin te luizen om honderd euro per maand aan cosmetica te besteden,' zei ze, waarbij ze geen compromis toestond. 'Stelen en bedriegen is zo normaal geworden, dat we tegenwoordig bereid zijn om alles wat maar een klein misdrijf lijkt, weg te wuiven, alsof het dan niet fout is. Is er niet een wet die ervoor zorgt dat als je wordt veroordeeld tot drie jaar of minder, je niet bang hoeft te zijn dat je naar de gevangenis gaat?'

Brunetti knikte. 'Min of meer.'

Ze pauzeerde, maar toen hij weer begon te praten, weerhield ze hem door te zeggen: 'Denk aan de *Antigone* die jij nu aan het lezen bent. Wie heeft er gelijk? Antigone? Kreon? Niemand wordt geschaad door wat zij doet, dus zou ze daarom de wet mogen overtreden? Ze zegt dat ze de wet van de goden gehoorzaamt, doet wat voor de menselijkheid het juiste is, dus kan ze dan de wet overtreden?'

Brunetti gaf geen antwoord. Hij had geen antwoord, en het toneelstuk ook niet. Het stuk stelde vragen en vroeg de lezer om die te overwegen, ze te beantwoorden als ze durfden. Paola ging door: 'Als ze per se twee broers, drie broers had willen begraven, zou ze dan nog moediger of nobeler zijn geweest? Of, wat Kreon betreft, zou haar misdaad dan twee of drie keer erger zijn geweest?'

Brunetti stak zijn handen in de lucht om aan te geven dat hij het niet wist.

'Dat is de reden waarom mensen graag romans lezen,' zei Paola tot zijn verrassing. 'In de meeste romans worden dingen uitgelegd door een verteller. Er wordt ze vertéld waarom de personages deden wat ze deden. Wij zijn gewend aan die stem, die ons vertelt wat we moeten denken.'

'Je klinkt alsof je dat niet bevalt,' zei Brunetti.

'Dat klopt. Het is te gemakkelijk. En aan het eind is het zo totaal anders dan het leven, zo onecht.'

'Omdat?'

'Het leven heeft geen verteller – het is vol leugens en halve waarheden – dus we weten nooit iets zeker, niet echt. Dat bevalt me wel.'

'Dus fictie is echt fictie?' vroeg Brunetti.

Paola keek naar hem, haar mond open van verbazing. Toen gooide ze haar hoofd in haar nek en lachte totdat de tranen over haar wangen stroomden.

28

Toen hij de volgende morgen de questura binnenliep, salueerde de jonge agente bij de deur naar hem en zei: 'Dottore, signorina Elettra zei dat ze u graag wilde spreken zodra u binnenkwam.'

Hij bedankte haar en ging de trap op naar de kamer van signorina Elettra, terwijl hij zich afvroeg wat voor nieuwe informatie ze boven water had weten te krijgen sinds gistermiddag. Hij had slecht geslapen en zich telkens opnieuw afgevraagd hoe zijn verdenking over Gasparini – waarvan hij nu inzag dat die was gebaseerd op niets anders dan wanhoop om een reden te vinden waarom hij was aangevallen – zo gemakkelijk uit de hand had kunnen lopen. Had de instemming van Vianello hem aangespoord om zich zo ondoordacht te gedragen? Hij had gelezen dat mannen veel agressiever werden als ze deel uitmaakten van een groep. Waren Vianello en hij zo'n groep geworden? Met tegenzin moest hij erkennen dat in elk geval hun gedachten zich gegroepeerd hadden.

Het eerste wat hem opviel was dat de donkere bloemen in de kamer van signorina Elettra waren vervangen door een immens boeket van uitbundige gele bloemen. Zinnia's? Hij wist het nooit. Ze leken het fijn te vinden om in het licht te staan en zagen eruit alsof ze van plan waren om wat vrolijkheid in de kamer te brengen.

Signorina Elettra, zo merkte hij op toen hij haar bureau naderde, straalde dezelfde energie uit als de kleur van de bloemen. Haar uitdrukking maakte duidelijk dat er moeilijkheden op komst waren, alleen wel voor iemand anders.

'En wat hebt u ontdekt, signorina?' De toon waarop Brunetti die vraag stelde, was te vergelijken met het plaatsen van een handtekening onder een vredesverdrag.

'Ik heb Barbara gisteravond gezien,' antwoordde ze.

'Ik hoop dat ze het goed maakt,' zei Brunetti. Hij kende signorina Elettra's zus en mocht haar graag.

'Heel goed, dank u,' antwoordde ze beleefd. 'Ik vond dat ik het haar maar eens moest vragen, omdat zij dokter is en misschien wel iets zou kunnen weten.'

'Over dottoressa Ruberti?' vroeg Brunetti.

'Over Proust,' zei signorina Elettra en glimlachte. 'Barbara zegt dat dat haar bijnaam is bij de andere dokters.'

Geconfronteerd met het duidelijke onbegrip van Brunetti voegde ze eraan toe: 'Omdat ze zoveel schrijft.' Toen ze zag dat hij het nog steeds niet begreep, zei signorina Elettra: 'Zoveel recepten.'

Natuurlijk, natuurlijk. 'Voor ouderen?' vroeg hij.

'Zolang ze maar parkinson of alzheimer hebben, schijnt het,' lichtte ze toe. 'Ze heeft verder nog een aantal andere, soms jongere patiënten die een depressie of bipolaire stoornis hebben. In beide gevallen schijnt ze een voorliefde te hebben voor het voorschrijven van nieuwe medicijnen en generieke geneesmiddelen meestal te vermijden.'

'Heeft uw zus u dat verteld?'

'Natuurlijk niet,' zei signorina Elettra. 'Het enige wat ze me heeft verteld is die bijnaam. Ik ben even wat gaan rondneuzen toen ik vanmorgen hier kwam.' Haar gezicht verhardde toen ze zei: 'De gezondheidsdienst blijft me verbazen door de mate van achteloosheid: hun databank is afgeschermd door een systeem dat een uitnodiging is om in te breken.'

'Wat gaan rondneuzen?' vroeg Brunetti, die ervoor koos om haar verontwaardiging te negeren.

Ze gaf een liefkozend tikje tegen de zijkant van haar toetsenbord en zei: 'Ik heb hetzelfde gedaan als wat ik heb gedaan bij dottor Donato, commissario. Ik vond haar patiëntenbestand en zag wat ze voorschrijft.' Ze schudde haar hoofd in geveinsde afkeuring. 'Het merendeel van die medicijnen is nieuw.'

'"Nieuw" in de zin van "duur"?' vroeg Brunetti.

'Ja, en in sommige gevallen zelfs erg duur.'

'Hoe komt ze daarmee weg?' vroeg hij. 'Ik dacht dat de gezondheidsdienst op zijn minst in de gaten houdt wat doktoren voorschrijven.'

'Dat gebeurt ook,' antwoordde ze. 'Maar haar patiëntenbestand is enorm, meer dan duizend namen. Dus waarschijnlijk komt ze door wat ze andere patiënten voorschrijft toch uit op een gemiddeld bedrag per patiënt dat binnen de normen van de gezondheidsdienst valt.' Haar stem kreeg weer een verontwaardigde klank. 'Ze zijn erg nonchalant. Het kost nauwelijks tijd om de dingen die zij doet, dingen die zo in het oog springen, te signaleren.'

Voordat ze verder kon gaan met de uitleg van dit perfecte systeem, vroeg Brunetti: 'Zou u voor mij net zulke overzichten kunnen maken als die van de apotheek?'

'Natuurlijk, dottore,' antwoordde ze. 'Ik heb een programma dat...' begon ze, maar omdat ze zijn gebrek aan belangstelling hiervoor al zag aankomen, ging ze er niet verder op door. Ze reikte naar een vel papier en vroeg: 'Waar wilt u graag overzichten van?'

'Ik wil graag een overzicht van de mensen die medicijnen gebruiken voor psychische problemen en een overzicht van de mensen met enige vorm van dementie. Namen, adressen, leeftijden, wat ze hun voorschrijft en wat het kost. In de gevallen waarbij een duur nieuw medicijn door haar wordt voorgeschreven, graag ook de kosten van de generieke versie of het standaardmedicijn dat ze niet wilde voorschrijven.'

Ze keek lang genoeg op om te glimlachen. 'Natuurlijk, commissario.' Ze boog haar hoofd om verder te gaan met schrijven.

'Zou u er ook achter kunnen komen waar de recepten worden ingeleverd?'

Ze knikte snel om aan te geven hoe gemakkelijk dit zou zijn.

Een vage herinnering van iets wat hij ooit – misschien wel jaren geleden – had gelezen in *Il Gazzettino* schoot door zijn hoofd. 'Zou u ook kunnen nagaan of ze recepten heeft uitgeschreven voor mensen die al dood zijn?'

Ze trok haar hand zo snel terug dat haar pen een zwarte veeg op het papier achterliet. 'Wát?'

'Dat gebeurt echt,' zei hij kalm. 'Ik heb tenminste ooit in *Il Gazzettino* gelezen dat het gebeurt. Als mensen niet in het ziekenhuis sterven, wordt de Ufficio Anagrafe soms niet op de hoogte gesteld. Of de gezondheidsdienst. Het kan maanden duren, zelfs nog langer, voordat ze officieel dood zijn verklaard.'

Signorina Elettra staarde in de ruimte met een gefascineerde uitdrukking op haar gezicht terwijl ze de mogelijkheden hiervan overwoog. 'Dus ze gaan naar het voorgeborchte, blijven hun pensioen ontvangen en er worden recepten voor hen uitgeschreven?' Ze schudde een paar keer haar hoofd in een gebaar dat net zo gemakkelijk bewondering als verbazing kon uitdrukken. 'Heel verleidelijk,' fluisterde ze.

'Ik ben vooral geïnteresseerd in de apotheek die hun recepten klaarmaakt,' zei Brunetti.

Ze toonde een vreugdeloze glimlach. 'Ik ook.' Ze richtte haar blik op haar computer en het was duidelijk dat haar aandacht nu volledig daarop was geconcentreerd en de richting op ging die hij graag wilde.

Brunetti realiseerde zich dat het niet nodig was om daar nog langer te blijven en vertrok daarom naar zijn eigen kamer.

Onderweg naar de questura had hij *Il Gazzettino* gekocht en hij wist geen betere manier te bedenken om de tijd te verdrijven tot het moment dat signorina Elettra zou bellen dan door die krant te gaan lezen. Hij wist dat ze nergens anders meer aan zou denken totdat ze in de databank van de gezondheidsdienst zat en alles eruit kon vissen wat ze maar nodig had. Hij legde de krant op zijn bureau en bekeek de voorpagina, waar een foto van de burgemeester op stond. Hij poseerde breed glimlachend voor een kaart van het Canale Vittorio Emanuele, de nieuwste poging van de stad om ervoor te zorgen dat de cruiseschepen konden blijven komen, ongeacht wat dat betekende voor de inwoners. Brunetti keek ernaar en wanhoopte.

Rechts onderaan stond een kleine kop over het oprollen van een drugsbende in de stad door de carabinieri. Zie pagina 27. Pagina 27 vertelde hem dat de carabinieri, na een onderzoek van een jaar, gisteren zes verdachte dealers hadden gearresteerd bij een operatie die 'IJzeren vuist' werd genoemd.

De verkopers, zo werd onthuld, hadden praktisch onopgemerkt gewerkt bij drie scholen in de stad, zelfs na klachten van buurtbewoners en de ouders van de leerlingen van die scholen. Uiteindelijk konden de dealers worden gepakt, en bij een inval vroeg in de ochtend door de carabinieri werden er dertien kilo hasj, marihuana en synthetische drugs en pillen in beslag genomen. Alle mannen die waren gearresteerd waren illegaal in het land; allemaal werden ze naar het bureau van de carabinieri gebracht, ondervraagd en vrijgelaten met het bevel om het land binnen 48 uur te verlaten.

Kwesties aangaande jurisdictie boeiden Brunetti niet erg.

Evenmin begreep hij waarom mensen drugs gebruikten; dat zou simpelweg kunnen zijn omdat ze nu eenmaal gewoon verkrijgbaar waren. Brunetti was pragmatisch genoeg om zijn goedkeuring te geven aan alles wat de stroom van drugs in de richting van jongeren kon stoppen. Op korte termijn gezien zag hij ook voordelen. Misschien zou de tijdelijk verstoorde aanvoer Sandro Gasparini kunnen helpen; misschien zou de toestand van zijn vader kunnen functioneren als een moment van bezinning en zijn gedachten op ernstigere dingen brengen. En misschien ook niet.

Brunetti zag dat er een stapel nieuwe dossiers in zijn in-bakje lag, maar negeerde die en keerde terug naar de voorpagina van de *Il Gazzettino*. Zoals meestal sloeg hij de artikelen die over de nationale politiek gingen over, zuchtte hij bij het internationale nieuws en negeerde hij de sport. Daardoor bleef er erg weinig over, zodat hij de krant snel uit had. Hij kon nu óf uit het raam van zijn kamer springen, óf zijn verantwoordelijkheden aanvaarden en de dossiers gaan lezen.

Hij schoof de krant naar links, draaide hem om zodat hij de foto van de burgemeester niet meer hoefde te zien en trok de stapel dossiers naar zich toe. De klokken van de San Giorgio dei Greci sloegen twaalf uur toen signorina Elettra in zijn deuropening verscheen en licht op het kozijn klopte. 'Mag ik binnenkomen, commissario?'

Brunetti keek op van het dossier dat hij aan het lezen was en merkte op: 'Ik heb de keuze om uw nieuws te horen, signorina, of me te blijven verdiepen in de discussie over hoe – in afwezigheid van een stadsverordening betreffende fietsen – we het fietsen in de stad moeten aanmerken: als een misdrijf of als een overtreding.'

'Ik heb die richtlijnen zorgvuldig gelezen, signore,' zei ze op het oog volkomen serieus. 'Ik denk dat we het beter kunnen beschouwen als een overtreding.'

Brunetti sloot de map en legde die boven op de andere die al naar links waren verhuisd. 'Dank u, signorina,' zei hij. 'En wat komt u mij brengen?'

'De overzichten, signore.'

'Ah, mooi,' zei hij. 'Is er iets waar ik bijzondere aandacht aan zou moeten besteden?'

'Nee, commissario. Ik denk dat de cijfers duidelijk genoeg aangeven wat er aan de hand is.' Nadat ze dit had gezegd liep ze naar zijn bureau en legde de papieren voor hem neer. Daarna vertrok ze weer.

Signorina Elettra had al gezegd hoeveel patiënten dottoressa Ruberti wel niet had, maar toen hij naar de lijst met de kop 'Dementie' keek, verbaasde het hem toch om te zien dat die vier pagina's met namen van patiënten besloeg. Elke naam werd gevolgd door de naam en prijs van de medicijnen die dottoressa Ruberti had voorgeschreven. Daarnaast stonden de naam en prijs van soortgelijke, vaak generieke medicijnen die ook beschikbaar waren. In sommige gevallen was het prijsverschil drie keer zo groot, hoewel het meestal iets minder dan het dubbele was. Meer dan de helft van de recepten was klaargemaakt door de Farmacia della Fontana.

In het tweede overzicht stonden de patiënten van dottoressa Ruberti met 'Psychische problemen', dat eveneens vier pagina's besloeg en waar hetzelfde patroon werd herhaald, inclusief de naam van de apotheek. De medicijnen die ze voorschreef voor haar patiënten waren altijd veel duurder dan de generieke medicijnen die in de kolom ernaast stonden.

Het derde overzicht – *I morti* – bood wat meer variatie. De naam van de patiënt werd gevolgd door de overlijdensdatum zoals die stond geregistreerd bij het Ufficio Anagrafe, met daarnaast de datums waarop elk recept postuum was ingeleverd. In sommige gevallen was er meer dan twee jaar verstreken tussen de eerste en laatste datum. Op zes na werden deze recepten allemaal klaargemaakt door de Farmacia della Fontana.

Brunetti moest denken aan de kip en het ei. Wat zou er eerst zijn geweest, de suggestie van de dokter aan de apotheker om de kosten van het recept voor de duurdere medicijnen door te geven aan de gezondheidsdienst, zodat de apotheker een hogere vergoeding kon vragen? Of was het de apotheker die op zoek was gegaan naar meewerkende huisartsen die de recepten zou uitschrijven die hem de meeste winst konden opleveren? Wie van hen zou het aanbieden, wie van hen zou het accepteren, en welke financiële prikkel zou er worden gegeven?

Brunetti realiseerde zich dat hij met hen allebei zou moeten praten om te horen wat hun waarheid was. Hij kon maar het beste beginnen met de verleide persoon en niet met de verleider, al was het maar omdat de zwakkere persoon eerder de waarheid zou vertellen. Het leek hem het meest waarschijnlijk dat de apotheker de verleider was.

Hij zette zijn computer aan en zocht naar het adres en de openingstijden van de praktijk van dottoressa Ruberti. Hij zag dat ze vandaag op de Campo Santa Margherita zou zijn, niet ver van het huis van Gasparini. Ze had tot halftwee spreekuur, wat inhield dat hij daar ruimschoots op tijd zou kunnen zijn, in haar wachtkamer kon gaan zitten en dan de laatste patiënt van die dag zijn.

Even overwoog hij om Vianello of Griffoni te vragen met hem mee te gaan, maar hij geneerde zich nog dusdanig over zijn volslagen foute beoordeling van Gasparini dat hij er de voorkeur aan gaf om alleen te gaan.

Hij nam lijn 1 en stapte uit bij Ca' Rezzonico. Vandaar liep hij over de Campo San Barnaba, langs de twee boten van de fruitverkopers, tijdens de lunchpauze bedekt met groene dekzeilen, over de brug en omlaag in de richting van de Campo. Het was al na enen toen hij er aankwam en hij had nog een paar minuten nodig om het adres te vinden, naast een makelaarskantoor. Het bord vermeldde haar naam en de openingstijden, en de patiënt werd verzocht aan te bellen en daarna naar binnen te gaan. Hij deed het eerste, hoorde de deur openklikken en deed toen het tweede.

Hij liep de trap op naar de eerste verdieping en zag opnieuw een bord met daarop haar naam en een pijl die naar de achterkant van het gebouw wees. Aan het einde van de gang was een deur met haar naam op een koperen plaatje. Hij ging naar binnen.

Er zaten nog drie mensen in de wachtkamer, twee vrouwen en een man. Vier stoelen waren leeg. Zes ogen namen hem op terwijl hij binnenkwam en ging zitten op de stoel die het verst bij hen vandaan was. Voordat hij ging zitten, knikte hij naar hen. Toen ze niet reageerden, boog hij zich naar voren en pakte het tijdschrift dat boven op de stapel op de tafel lag.

De vrouwen, had hij opgemerkt, waren allebei erg dik, en de man juist heel mager. Hij had verder niets bijzonders aan hen gezien, en evenmin keek hij nog op om hen verder te bestuderen. In plaats daarvan las hij zes redenen om vegetariër te worden en wachtte. Een deur links van de drie wachtende mensen ging open, en een vrouwenstem zei: 'Signora Tassetto.'

Een van de vrouwen duwde zich overeind, liep niet zonder moeite naar de deur en ging naar binnen. Brunetti observeerde de bleke vrouw, die bij de deur stond. Ze was zeker zo lang als hij en droeg een witte doktersjas. Ze draaide zich om en volgde de vrouw, voordat Brunetti tijd had om haar goed te bestuderen. Een kwartier later kwam de vrouw weer tevoorschijn en liep naar de deur, terwijl de dokter riep: 'Signor Catucci'. Deze keer merkte Brunetti op dat de dokter geen make-up droeg en lichtbruin haar had dat aan weerszijden van haar gezicht met speldjes uit haar gezicht werd gehouden. Zijn blik zocht die van haar; het was duidelijk dat ze verbaasd was over de aanwezigheid van een onbekende man in haar wachtkamer. Ze volgde de patiënt naar haar spreekkamer.

Er verstreken maar vijf minuten totdat ze weer in de deuropening verscheen en de man de gelegenheid gaf om te vertrekken. Hij liep langzaam, alsof hij zojuist onaangenaam nieuws had gehoord. Het was niet nodig om de vrouw te roepen, die overeind kwam zodra de deur openging. Ze liep langs de dokter heen naar binnen. Opnieuw ging haar blik naar Brunetti voordat ze zich afwendde van de wachtkamer.

Het leek lang te duren voordat de vrouw weer tevoorschijn kwam, hoewel het niet langer dan tien minuten kon zijn geweest. Toen ze was vertrokken kwam de vrouw in de witte jas naar Brunetti toe en vroeg: 'Kan ik u helpen, signore?' Haar stem klonk aarzelend, alsof zij degene was die hulp zocht. Ze was in de veertig, schatte hij.

Brunetti ging staan en legde het tijdschrift terug op de stapel. 'Ik zou graag even met u willen praten, dottoressa,' zei hij.

'En u bent?'

'Guido Brunetti,' zei hij en pauzeerde. Daarna, nog steeds vol spijt over zijn behandeling van professoressa Crosera, voegde hij eraan toe: 'Ik ben politiecommissaris.'

Ze ontspande maar glimlachte niet. 'Ah, juist,' zei ze, terwijl ze een stap bij hem vandaan deed. 'Komt u maar mee naar mijn spreekkamer. Daar kunnen we praten.' Ze begon in de richting van de andere kamer te lopen, maar stopte toen en zei: 'Ik verwachtte u al.' Daarna liep ze gewoon door naar de deur.

Brunetti volgde haar naar binnen. Ze sloot de deur en ging

achter haar bureau zitten. Ze bewoog zich met een elegantie die vaak voorkwam bij lange vrouwen.

Haar spreekkamer was totaal anders dan die van dottor Stampini in het ziekenhuis: netjes, ordelijk, met een comfortabele stoel voor de patiënt tegenover het bureau van de dokter. Er was ook een onderzoeksbank, bedekt met het gebruikelijke papieren laken, die tegen de verste muur stond, waar twee ramen uitzicht boden op het pand aan de andere kant van de calle. Een kast met glazen deuren stond vol met doosjes medicijnen. Rechts op haar bureau stond een computer en er lagen verder twee stapels van wat ongetwijfeld patiëntendossiers waren, en dat was het.

De gebruikelijke doktersdiploma's werden afgewisseld met foto's van enkele bloemen, dusdanig vergroot dat ze onherkenbaar waren geworden. Het zouden oefeningen in compositie kunnen zijn. Brunetti ging ook zitten en keek naar dottoressa Ruberti. Haar gezicht was lang, net als haar lichaam; doordat ze zo slank was leek ze nog langer. Haar blik was kalm en ontweek de zijne niet. Haar ogen waren lichtbruin, het soort kleur dat door bewonderaars 'amber' zou worden genoemd en door kwaadsprekers 'modderig'.

Brunetti had zich vaak niet op zijn gemak gevoeld in sociale situaties met dokters. Hij vroeg zich af of ze dan altijd de gezondheid van iemand beoordeelden als ze naar je keken of je een hand gaven of vroegen of je nog wat wijn wilde. Zij daarentegen keek naar hem alsof ze zich afvroeg of ze hem ergens mee kon helpen.

'U zei dat u graag met mij wilde praten, commissario. Kunt u mij vertellen waar het over gaat?'

'Tullio Gasparini,' zei Brunetti.

'Ah, ja,' zei ze neutraal. 'De neef van signora Gasparini.'

'Hoe komt het dat u hem kent, dottoressa? Hij is toch niet een van uw patiënten?'

Haar blik was plotseling afkeurend. 'Commissario Brunetti,' zei ze met wat een oefening in geduld leek te zijn, 'kunnen we dit gesprek een beetje beleefd houden?'

'Natuurlijk,' zei Brunetti.

Ze keek hem weer aan zonder te glimlachen. 'Mooi.' Ze knikte een paar keer, alsof ze een gesprek met zichzelf beëindigde, en zei toen: 'Ik zal u de waarheid vertellen, maar u moet niet op een slimme manier proberen mij iets te laten zeggen wat ik niet wil.' Voordat hij onschuld kon veinzen, ging ze door. 'Is dat acceptabel voor u?'

'Ja,' zei Brunetti. 'Maar alle mensen met wie ik praat zeggen dat ze de waarheid spreken.'

'Net als mijn patiënten,' zei ze vermoeid. 'Dat ze matig drinken of roken, of nooit meer dan zes korrels rijst per dag eten.' Ze keek hem recht aan. 'Dat is een van de redenen waarom ik niet meer tegen oneerlijkheid kan. Begrijpt u dat?'

'Ja,' antwoordde Brunetti, maar was toen gedwongen om op te merken: 'Maar ik weet niet zeker of ik u moet geloven.'

Hij had gehoopt haar uit te dagen met die opmerking, maar dat lukte hem niet. 'Ik lieg niet, commissario, hoewel ik dat soms graag zou willen. Het zou af en toe wel zo plezierig zijn.'

'Als dat zo is,' zei Brunetti, die nu al de nieuwe regels volgde en haar vertelde wat hij dacht: 'Dan is dat heel zeldzaam.'

Haar gezicht verzachtte terwijl ze zei: 'Helaas is Tullio Gasparini ook zo iemand die niet kan liegen of oneerlijk kan zijn. Hij kwam naar me toe en vertelde me wat hij wist en wat hij van plan was te gaan doen.'

Het was nog te vroeg voor Brunetti om daar meteen al vragen over te stellen, dus zei hij: 'Hoe wist u dat hij niet loog?'

'Ervaring. Veel mensen, vooral mensen die binnen afzienbare tijd zullen sterven en dat ook weten, houden op met liegen of hebben er geen zin meer in, of zien er de noodzaak niet meer van in. Dus in de loop der jaren ben ik de symptomen van waarheid gaan herkennen, evenals van ziektes.'

'En signor Gasparini?'

'Helaas heeft hij nooit geleerd om andere mensen te herkennen die net als hij zijn, dus hij weigerde me te geloven toen ik met hem probeerde te praten.' Ze wreef over haar rechterwang, alsof dat een gewoonte was die haar hielp om na te denken. 'Of misschien komt het doordat hij zijn hele leven met cijfers heeft gewerkt en daardoor niet weet hoe hij mensen moet inschatten.'

'Wat heeft hij u precies verteld, dottoressa?' vroeg Brunetti.

'Voordat ik antwoord geef, commissario,' zei ze, 'mag ik ook weten hoe u mij heeft gevonden?'

Brunetti zag geen reden waarom hij spelletjes met haar zou spelen door te zeggen dat hij haar had gegoogeld en zo haar adres had gevonden. In plaats daarvan zei hij: 'Ik ben achter uw connectie met dottor Donato gekomen en besloot daarom met u te gaan praten.'

'Connectie?' herhaalde ze, terwijl haar gezicht verzachtte bij dat woord. 'Wat een mooi taalgebruik, commissario.' Ze glimlachte voor het eerst en hij zag dat ze ooit mooi moest zijn geweest, voordat het leven haar had uitgemergeld door problemen waar ze zich niet uit wist te liegen.

'Kunt u me vertellen hoe u met hem in contact bent gekomen?' vroeg Brunetti.

'Ik heb hem jaren geleden leren kennen, omdat ik af en toe in zijn apotheek kwam om met hem te praten over een paar van mijn patiënten. Ik wilde er zeker van zijn dat hij hun een schriftelijke uitleg zou geven over wanneer en in welke volgorde ze hun medicijnen moest innemen, en hen eraan te herinneren dat ze dat overzicht elke dag moesten raadplegen.'

'Staat dat dan niet op het recept?' vroeg Brunetti.

Haar blik was neutraal en koeler dan ervoor. 'Alstublieft,

commissario,' zei ze, 'als een patiënt zes of tien medicijnen per dag gebruikt, dan wordt het moeilijk om te onthouden wanneer je die moet nemen. Ik vroeg hem om een overzicht te maken voor ieder van die patiënten. Dat is alles.'

'Was hij bereid dat te doen?'

Ze dacht enige tijd na over hoe ze op die vraag zou beantwoorden en zei uiteindelijk: 'Ik heb hem ervan weten te overtuigen. Ik vertelde hem dat ik veel patiënten heb die zo oud en verward waren dat ze dit soort hulp nodig hadden.'

'En deed hij dat?'

'Ja.'

'En uw connectie?' vroeg Brunetti, die geen speciale nadruk legde op het laatste woord.

'Die kwam een paar jaar later.' Ze wachtte even, als een automobilist die bij een wegsplitsing even aarzelt welke kant hij op zal gaan.

'U komt uit Castello, commissario?' vroeg ze, waarbij ze de aandacht vestigde op het feit dat ze geen Veneziano hadden gesproken. Omdat ze zijn verrassing zag, zei ze: 'Uw accent, bedoel ik.'

'Ik heb daar in mijn jeugd gewoond,' zei hij. 'Ik hoor het zelf niet meer, maar ik weet zeker dat ik het nooit echt kwijt zal raken.'

'Dat doen we nooit. Niet helemaal.' Alsof hij om uitleg had gevraagd zei ze: 'Mijn vader was stemcoach bij het Goldini-theater, dus hij leerde ons om goed te luisteren naar de stemmen van mensen.' Haar blik dwaalde af naar een van de ramen, en ze bleef enige tijd stil, totdat ze zei: 'Ik heb er eigenlijk nooit meer aan gedacht, maar dat is waarschijnlijk een van de redenen dat ik weet wanneer mensen de waarheid spreken. Dat is ook te horen aan hun stem.'

Brunetti wist dat al bijna zijn hele professionele leven, maar zei niets.

'We hadden het over dottor Donato, dottoressa,' herinnerde hij haar.

'Natuurlijk. Neem me niet kwalijk. Ik denk dat ik dingen probeer uit te stellen.' Ze ging meer rechtop zitten. 'Omdat u Venetiaan bent, weet u hoe klein de stad is.'

Brunetti knikte.

'Het betekent dat het niet moeilijk voor u zal zijn om alles wat ik u vertel te verifiëren. Er blijft maar weinig geheim in een kleine stad.' Na een lange pauze vervolgde ze: 'Ik ben een paar jaar getrouwd geweest en ben nu gescheiden. Ik heb een zoon die ernstig meervoudig beperkt is. Ik ben dokter, dus ik weet hoe erg gehandicapt hij is en hoe het fysieke pad van zijn leven zal verlopen, maar ik heb ook enig idee hoe zijn... sociale toekomst zal worden.'

'Het spijt me om dat te horen over uw zoon, signora,' zei Brunetti.

Ze glimlachte weer. 'Dank u, commissario.' Ze bestudeerde zijn gezicht en zei toen: 'In dit geval is het geen beroep op medelijden waarom ik u dit vertel. Het is gewoon iets wat u moet weten.'

Brunetti knikte opnieuw.

'Mijn zoon, Teodoro, verblijft in een particuliere instelling, en dat komt doordat ik dokter ben en heb gezien hoe sommige van mijn patiënten en ex-patiënten leven in reguliere instellingen.' Haar stem was gespannen geworden terwijl ze dat zei. 'Ik ben huisarts, commissario. Ik heb meer patiënten dan ik kan hebben als ik een normaal rooster zou volgen, dus maak ik nog langere dagen om meer te kunnen verdienen. Maar toch is het vaak niet voldoende om de verzorging van Teo te kunnen betalen.' Ze zag dat Brunetti iets wilde zeggen en stak haar hand omhoog. 'Voordat u het gaat vragen: nee, ik krijg niets van mijn ex-man. Voor wat mijzelf betreft kan me dat niets schelen, maar wel voor Teo.

Mijn man is ook dokter; hij is hertrouwd en werkt nu in Dubai. Er loopt een gerechtelijk bevel tegen hem, waarin de helft van de kosten voor Teo's onderhoud wordt geëist, maar hij weigert te betalen. Zolang hij in Dubai blijft, is er geen manier om hem te laten betalen.'

Voor Brunetti was Dubai een nieuw element, maar het verhaal op zich was niet ongewoon.

'Zoals ik al zei is dit een kleine stad, en ik neem aan dat mijn geschiedenis algemeen bekend is in de medische wereld, waar dottor Donato ook deel van uitmaakt.

Twee jaar geleden – toen ik al achterstand had van een paar betalingen voor Teo's zorg – kwam hij naar me toe met een voorstel. Hij vroeg me om recepten uit te schrijven voor mijn patiënten voor het ene medicijn, terwijl hij dan een ander medicijn zou geven. Ik weigerde en vroeg hem te vertrekken. Ik ben bang dat ik nogal hoog te paard zat en ik zei tegen hem dat ik een eed had afgelegd dat ik mijn patiënten geen kwaad zou doen, maar hij zei nadrukkelijk dat wat hij in gedachten had niemand kwaad zou doen.'

Brunetti had door lange ervaring geleerd dat de meeste mensen, als ze tegen hem spraken en wisten dat hij politieman was, hun nervositeit op allerlei manieren uitten: ze zaten te schuiven op hun stoel, gingen met een hand door hun haar, raakten hun gezicht aan, sloegen hun handen in elkaar en maakten ze dan weer los. Dottoressa Ruberti daarentegen keek hem recht aan en zat er roerloos bij.

'Wat stelde hij uiteindelijk voor?' vroeg Brunetti.

'Hij zei tegen me dat als ik recepten zou uitschrijven voor de duurste medicijnen, hij op zijn beurt de beste van de huidige generieke medicijnen zou kiezen, en beloofde dat mijn patiënten die dan zouden krijgen. Verder zouden die worden verpakt als de duurdere medicijnen en er daardoor precies hetzelfde uitzien.'

'Hoe kreeg hij dat voor elkaar?' vroeg Brunetti, hoewel hij wel een vermoeden had.

'Hij weigerde me dat in detail te vertellen. Het enige wat hij zei was dat hij een goede relatie had opgebouwd met de vertegenwoordigers van enkele farmaceutische bedrijven en hij beloofde me dat die zouden zorgen voor de levering.' Ze liet Brunetti hier even over nadenken en zei toen: 'Toen ik bleef weigeren, verzekerde hij me – hoewel op een heel indirecte manier – dat de doosjes afkomstig zouden zijn van het bedrijf dat het dure medicijn maakte, en dat de barcodes echt waren.'

Brunetti knikte. Die truc was niet onbekend. 'Wat bood hij u?'

'Dertig procent van het verschil van wat hij betaalde voor het generieke medicijn en wat de gezondheidsdienst hem terugbetaalde voor de duurdere medicijnen. Ik maakte duidelijk dat de patiënt een medicijn moest ontvangen dat identiek was aan wat ik had voorgeschreven.'

'En het risico?' vroeg Brunetti.

'Geen. Hij zou ze hun medicijn geven dat in hetzelfde doosje zou zitten en hetzelfde effect zou hebben als het medicijn dat ik had voorgeschreven.'

'En?'

'Ik vroeg om een dag bedenktijd, ging naar huis en werd – hoewel ik hem toen nog niet kende – een soort Tullio Gasparini.'

'En dat hield in?'

'Dat hield in dat ik de nacht doorbracht met het doornemen van cijfers: wat de zorg voor Teo over vijf jaar, over tien jaar zou kosten, en hoeveel geld ik dan zou verdienen en of ik het me wel kon veroorloven.' Ze keek hem recht aan. 'En de cijfers zeiden me dat ik dat niet kon, wat zou inhouden dat Teo vroeg of laat in een reguliere instelling zou moeten worden geplaatst.' Ze keek naar hem. Ze vroeg niet of hij kinderen had. Ze zei niet dat zij, als moeder, niet kon... Ze vroeg hem niet om begrip te hebben voor haar situatie.

'De volgende dag ging ik langs bij zijn apotheek en vertelde Donato dat ik het zou doen. Hij gaf me toen een lijst met medicijnen die ik volgens hem het beste kon voorschrijven voor een aantal ziektes. Hij zei dat hij het aan mij zou overlaten om mijn patiënten ervan te overtuigen dat ze naar zijn apotheek moesten om daar hun medicatie op te halen.'

'Ver weg in Cannaregio,' zei Brunetti.

De blik die ze hem gaf was standvastig, gevolgd door een gelaten knikje: de politieman wist dus al waar de apotheek van dottor Donato was. 'Inderdaad. Ver weg in Cannaregio.'

'Wanneer begon het uit de hand te lopen?' vroeg Brunetti.

Verbaasd vroeg ze: 'Kent u hem soms?'

'Ik ken het type,' veroorloofde Brunetti zich om te zeggen.

'Ja. Zoals wij allemaal,' antwoordde ze en zat even in gedachten verzonken, totdat ze uiteindelijk zei: 'Een paar maanden later vroeg hij me om nog wat andere recepten uit te schrijven voor dure medicijnen en die simpelweg aan hem te geven in plaats van aan de patiënten voor wie ze waren bedoeld. Hij had kennelijk al gezien wie van mijn patiënten het minst in staat waren om goed op te letten of zich te herinneren wat hun was voorgeschreven, of misschien was hij erachter gekomen wie van hen alleen woonde. Het enige wat ik hoefde te doen was recepten uitschrijven en hij zou die dan wel verwerken. Ze zouden probleemloos door het systeem komen en hij zou worden betaald voor medicijnen die hij nooit had verkocht.'

'Het zou beslist gemakkelijker zijn voor uw patiënten,' zei Brunetti, denkend aan de reis die deze oude mensen dan niet meer hoefden te maken naar Cannaregio.

Ze leunde een beetje naar voren, alsof ze erop wachtte dat

hij een ironische slotopmerking zou maken bij wat hij net had gezegd. Toen hij dat niet deed, zei ze: 'En meer winst voor mij.'

Brunetti weerstond de aandrang om commentaar te geven. Hij herinnerde zich ineens zijn lessen in logica op het liceo en zijn oude favoriete logische fout, de reductio ad absurdum, en dacht erover om een poging te wagen om een ongerijmde vergelijking te maken. 'Is dat de reden waarom mensen een halfjaar wachten op een nieuwe heup?'

Ze keek op, geschrokken en, zo leek het, op het punt om kwaad te worden. Maar toen ze zag dat zijn vraag doelbewust provocerend en niet serieus was, gaf ze geen antwoord, dus vroeg hij: 'Wat als iemand erachter zou komen wat u aan het doen was?'

'Dat was onmogelijk,' zei ze resoluut. 'De enige mensen die wisten van de recepten waren dottor Donato en ik.'

'Het is heel slim,' zei Brunetti, alsof 'slim' een vies woord was.

'En vaak voorkomend,' voegde ze eraan toe.

'Maar Gasparini kwam erachter,' zei Brunetti uiteindelijk.

Ze glimlachte; het was een kleine, pathetische glimlach. 'Dat had niets te maken met de recepten,' zei ze en corrigeerde meteen haar opmerking, alsof ze preciezer wilde zijn, 'voor zover ik ermee te maken had.'

Brunetti liet een klein geluid horen, maar zei niets.

Ze steunde met haar handen tegen de voorkant van haar bureau om zichzelf terug te duwen in haar stoel. 'Het was hebzucht,' zei ze. 'Donato is een hebzuchtig man, en ik heb dat niet willen inzien.'

'De coupons?' opperde Brunetti, al was het maar om haar een idee te geven van wat hij weleens zou kunnen weten.

'Ja,' zei ze en schudde haar hoofd in wat in Brunetti's ogen oprechte verwarring leek te zijn. 'Hij wilde meer. Ik wist er niets van en dacht dat hij alleen de overheid aan het bedriegen was. Maar nu bleek dat hij dat ook met die oude mensen aan het doen was.' Het was duidelijk door de manier waarop ze sprak dat ze een groot verschil zag tussen die twee.

'Dat hij hen op wat voor manier aan het bedriegen was?' vroeg Brunetti, niet omdat hij niet wist waar Donato mee bezig was, maar eerder om te zien hoe zij 'bedriegen' zou definiëren.

'Hij liet ze contant betalen als ze hun recept waren vergeten en gaf ze dan een coupon die gelijk was aan de waarde van hun medicijn. Tachtig euro, zestig. Honderdzestig. Het maakte hem allemaal niet uit, zolang ze het hem maar gaven. Haar stem werd nog meer gespannen, en ze zei: 'Dan gaf hij hun een coupon, betaalde de twee euro om het recept te verwerken en hield het hele bedrag dat zij hadden betaald voor zichzelf.

Tegen de tijd dat ze terugkwamen voor het geld – een dag, twee dagen, een week, een maand later – waren ze al vergeten wat hij hun had verteld, en dan legde hij hun op zijn geruststellende manier uit dat hij ze alleen maar probeerde te helpen, dat hij het toentertijd duidelijk had gemaakt dat de coupons niet konden worden ingewisseld voor geld of voor medicijnen, maar dat ze die moesten inwisselen voor andere producten.'

Ze hield beide handen tegen haar mondhoeken en trok haar huid strak. 'O, hij is zo slim. Hij wist dat ze nooit zouden toegeven dat ze zich niet meer konden herinneren wat hij hun eerder had verteld. Door te bekennen dat ze het vergeten waren, zouden ze mijn diagnose bevestigen, en veel van mijn patiënten kunnen of willen dat niet.'

Ze trok haar handen weg, en de lijnen vielen weer op hun plaats aan weerszijden van haar mond. 'Om ervoor te zorgen dat ze zich niet bedrogen voelden en er misschien met iemand over zouden gaan praten die had kunnen begrijpen waar hij mee bezig was, verzon hij de slimmigheid van de extra twintig procent. Dus in plaats van te denken dat hij hen had bedrogen omdat ze tachtig of vijfennegentig euro moesten betalen voor medicijnen die eigenlijk niet meer dan twee euro hadden mogen kosten, konden ze een goed gevoel krijgen omdat ze twintig procent extra kregen in wat hij liet klinken als een bonus. In werkelijkheid was dat louter een manier om hen te dwingen producten te kopen waar hij een veel hogere winst op pakte. Dat wil zeggen, als ze niet vergaten waar die coupons voor dienden.' Hij keek toe hoe ze overwoog of ze daar nog iets aan zou toevoegen en bleef doodstil zitten wachten.

Ze keek naar Brunetti en hij zag hoe haar blik koud werd. 'Een van mijn patiënten vertelde me hoe genereus dottor Donato altijd voor haar was.'

'Bent u er zo achter gekomen?'

'Nee. Ik wist er niets van totdat Gasparini me ernaar vroeg. Nadat zijn tante hem erover had verteld, sprak hij met een van haar vriendinnen, en die vertelde hem hetzelfde verhaal.'

'En die dode mensen?' vroeg Brunetti, nieuwsgierig hoe Donato dat zou hebben gerechtvaardigd.

Ze keek weg, toen omlaag naar haar bureau om haar handen te bestuderen, die ze had gevouwen nadat ze de vraag had gehoord. 'Dat was...' begon ze en gaf een klein kuchje '...zijn idee. Hij vertelde me dat de man van een van mijn patiënten naar hem toe was gekomen om hem te vertellen dat zijn vrouw was overleden en hem uitnodigde voor de begrafenis; ik zag hem daar. Hij wachtte tot twee dagen na de begrafenis voordat hij naar me toekwam om mij te vragen wat recepten voor haar uit te schrijven.'

Haar blik flitste in zijn richting. 'Ik probeerde me te verzetten.'

Brunetti deed niets anders dan haar blik beantwoorden, en ze sloeg opnieuw haar ogen neer.

'Hij bood me de helft,' zei ze, waarbij ze heel snel sprak, alsof ze dit zo snel mogelijk achter de rug wilde hebben. 'Dus ging ik akkoord.'

Brunetti wachtte tot ze het nader zou verklaren of met een excuus zou komen over extra kosten voor haar zoon in die tijd, of een acute noodzaak om geld te hebben, maar ze zei niets meer.

Ze hief een hand om hem te weerhouden iets te zeggen en zei: 'Er is een bankrekening op naam van mijn zoon. Al het geld dat ik van dottor Donato heb gekregen – hij betaalde me altijd contant – staat op die rekening, evenals al het geld dat ik heb weten te sparen sinds ik heb aanvaard hoe Teo's toekomst zal zijn.'

'Is uw zoon wettelijk in staat om...?' begon Brunetti, maar slaagde er niet in om de juiste woorden voor die vraag te vinden.

'Nee, dat is hij niet. Maar een vriendin van mij heeft een volmacht voor de rekening en zal ervoor zorgen dat het geld wordt gebruikt voor Teodoro zolang dat mogelijk is.'

'Bent u voorbereid op wat er zal gebeuren?' vroeg Brunetti.

'Al vanaf het moment dat ik de recepten voor hem ben gaan uitschrijven ben ik voorbereid, commissario. Ik zal hierna nooit meer mijn beroep kunnen uitoefenen.' Ze leek ver weg met haar gedachten toen ze zei: 'Wat vreemd dat ik hiermee ben doorgegaan, terwijl ik wist waar het toe zou kunnen leiden.'

Brunetti was het niet met haar eens: hij kende gevallen waarbij doktoren onnodige operaties hadden uitgevoerd zonder enige schade voor hun eigen carrière. 'Maar...' begon hij, maar ze onderbrak hem meteen.

'Het lijkt vreemd dat ik u eraan moet herinneren, commissario, maar vergeet u signor Gasparini niet?'

Hij was die zeker niet vergeten; hij had het alleen uitgesteld. Hij volgde de draad van Ariadne van haar betrokkenheid bij de recepten en, ook al voelde hij sympathie voor haar door het verhaal over haar zoon, toch was hij niet afgedwaald van het rechte pad dat hem daar had gebracht.

'Kunt u mij daar meer over vertellen, dottoressa?'

'Er valt eigenlijk heel weinig te vertellen. Hij kwam een paar weken geleden bij mij en vroeg of ik dottor Donato kende, de apotheker van zijn tante. Ik zei dat ik die kende. Hij vroeg of veel van mijn patiënten naar zijn apotheek gingen, en ik zei dat dat goed zou kunnen, omdat ik veel vertrouwen had in de vakbekwaamheid van dottor Donato, wat inderdaad waar is. Toen vroeg hij me of ik wist van de coupons die dottor Donato aan zijn cliënten gaf, en ik was blij dat ik kon zeggen dat ik geen idee had waar hij het over had. Hij bedankte me en vertrok, maar ik wist dat ik hem terug zou zien.'

'Hoezo wist u dat, dottoressa?'

'Omdat ik zag wat voor soort man hij was. En omdat ik wist wat voor soort man dottor Donato is: hij zou erin slagen om de achterdocht van Gasparini op mij te richten.' Ze pauzeerde lang genoeg om nog eens diep adem te halen en voegde eraan toe: 'Wat inderdaad precies was wat er gebeurde.'

Brunetti vond het maar het beste om niets te zeggen.

'Een week later was hij terug. Kwaad. Donato scheen hem te hebben verteld dat ik het plan van die coupons aan hem had voorgesteld. Ik probeerde uit te leggen dat ik er niets mee te maken had, maar signor Gasparini wilde niet naar me luisteren. Hij was er door Donato van overtuigd dat ik hier de schuldige partij was: gescheiden vrouw, alleenwonend, zoon in een particuliere instelling geplaatst in plaats van in een reguliere instelling, waar de meeste mensen hun kinderen naartoe moeten laten gaan.' Ze haalde haar schouders op. 'Hij had het allemaal geloofd: een gesprek van man tot man. Toen ik hem vroeg hoe ik in vredesnaam kon profiteren van die coupons, weigerde hij naar mij te luisteren.'

'Wat gebeurde er toen?'

'Hij belde me op een dag op – ik veronderstel dat zijn gevoel voor rechtvaardigheid ervoor zorgde dat hij dat deed – en zei dat hij naar de politie zou gaan. Als ze eenmaal zouden beginnen aan een onderzoek naar die coupons, dan zou ik geen andere keus hebben dan hun te vertellen wat er verder nog allemaal gaande was. En dat zou het einde van mijn carrière betekenen, nietwaar?'

Toen Brunetti bleef zwijgen, vroeg ze nogmaals: 'Nietwaar?'

'Wat hebt u toen gedaan?' vroeg hij, in plaats van te antwoorden.

'Ik dwong mezelf om kalm te blijven en vroeg of ik hem kon spreken voordat hij erheen zou gaan. Ik zei dat het niet meer dan fatsoenlijk was om me dat tenminste toe te staan.' Ze schudde haar hoofd, alsof ze verbaasd was dat ze zo diep was gezonken.

'Hij zei dat hij me de volgende avond laat in de buurt van zijn huis kon ontmoeten, nadat hij thuis was van zijn werk. Dat kon niet in een openbare gelegenheid, omdat de mensen in de buurt hem kenden, en het zou er vreemd uitzien als hij een vrouw zou ontmoeten in een bar, zo laat op de avond.' Ze keek weer naar Brunetti en opende haar ogen wijd in geveinsd ongeloof.

'We spraken af op de brug, om kwart voor twaalf. Ik was daar vroeg. Ik was van plan geweest om Teo's medisch dossier mee te nemen, maar had uiteindelijk besloten om dat niet te doen, omdat dit voor hem geen enkel verschil zou maken. Ik was gewoon weer zo iemand die profiteerde van het overheidssysteem, lekker levend van wat ik had gestolen, en ik moest gestraft worden. Ik denk dat het zo simpel was voor hem.'

Ze keek naar Brunetti en vroeg op normale conversatietoon: 'Denkt u dat dat komt doordat hij zijn hele leven alleen met cijfers heeft gewerkt?'

'Dat zou kunnen,' gaf Brunetti toe, en vroeg toen: 'Wat gebeurde er precies?'

Opnieuw legde ze haar gezicht in haar handen en haalde er de jaren weg, liet ze toen weer terugkomen en keek hem aan. 'Hij was keurig op tijd, en niemand die ons kon zien.' Haar glimlach was bitter. 'Ik probeerde uit te leggen dat ik niets te maken had met die coupons, maar hij wilde niet luisteren, liet me zelfs niet eens uitpraten. Hij begon opnieuw over mensen die geen respect hadden voor de overheid en die spuugden op het gemeenschappelijke bord waarvan we allemaal geacht worden te eten, om er vervolgens uit te stelen om er zelf beter van te worden.' Toen ze Brunetti's uitdrukking zag, pauzeerde ze en zei toen: 'Ja. Zo praatte hij. En toen vertelde hij me dat hij genoeg had gedaan door met mij af te spreken en nu naar huis ging.

We hadden allebei wat heen en weer gelopen terwijl we stonden te praten. Ik stond met mijn rug in de richting waar hij heen wilde en bleek in de weg te staan.'

Ze hief beide handen tot op schouderhoogte, palmen naar voren gedraaid, als een kind in een spel waarbij het doodstil moet blijven staan. 'Dus hij moest om mij heen om de brug af te kunnen lopen.' Geschrokken keek ze naar haar handen en liet ze toen in haar schoot vallen. 'En toen, terwijl hij probeerde langs mij heen te komen, zei hij iets over hoe schokkend het was dat ik, als dokter, stal van de zwakken en weerlozen uit de samenleving en dat dan rechtvaardigde met het verhaal over mijn zoon, die prima af zou zijn in een reguliere instelling.'

Haar blik zweefde weg, ongetwijfeld naar de scène die ervoor had gezorgd dat ze nu hier met Brunetti zat. 'Ik heb waarschijnlijk een hand omhooggestoken om te proberen hem tegen te houden; hij greep die beet en duwde die weg. Ik zette mijn andere hand tegen zijn borst, en hij zei dat ik me moest schamen dat ik mijn zoon gebruikte als excuus voor mijn hebzucht.'

Ze ademde zwaar en sprak met een vreemde, onregelmatige intonatie. 'Ik weet niet meer wat ik precies deed. Hij begon om mij heen te lopen en schoof me met zijn lichaam opzij. Ik pakte hem toen beet. Misschien wilde ik hem wegduwen of misschien wilde ik hem pijn doen. Hij bewoog zich plotseling, maar in plaats van te gaan lopen viel hij ineens.'

Ze stopte toen en, nadat ze zichzelf voldoende tijd had gegund om kalmer te worden, keek ze weer naar Brunetti. 'In die hele situatie,' zei ze, 'deed ik één doelbewust slecht ding.'

'Wat was dat?'

'Ik liet hem daar zo liggen.'

Brunetti wist niets te zeggen.

'Ik ben dokter en ik liet hem daar zo liggen.'

'Waarom?'

'Ik hoorde de boot die aanlegde bij de halte San Stae, en toen mensen op de campo. Ik kon hun stemmen horen, die in mijn richting kwamen. Naar ons toe. Ik wist dat ze hem zouden vinden. Of misschien hoopte ik dat gewoon en besloot ik dat dat voldoende was. Ik weet het niet. Ik rende weg. Ik draaide me om en ging in de richting van Rialto, rende naar de eerste hoek en liep toen terug in de richting van San Stae. Ik ging naar de embarcadero, en ongeveer tien minuten later hoorde ik een ambulance komen. Ik wachtte totdat die de hoek omsloeg bij Ca' Pesaro. Toen de ambulance was vertrokken, ging ik naar huis.'

Ze stopte, keek weer naar Brunetti en sloeg toen haar ogen neer.

Brunetti merkte haar handen op die netjes gevouwen als die van een schoolmeisje op het bureau lagen. Ze waren glad, en vooralsnog zaten er geen donkere vlekken op. Hij moest denken aan die amberkleurige ogen en bleke huid. Ze had er goed aan gedaan om niet in de zon te zitten. Nou ja, ze was dokter, en doktoren wisten er genoeg van om mensen te waarschuwen uit de zon te blijven, als dat mogelijk was. Jammer dat ze er niet in was geslaagd om ook de andere risico's die zich in het leven voordeden te vermijden. Achteraf gezien had Gasparini maar beter een chanteur kunnen zijn. Ze had hem dan kunnen betalen van haar aandeel in de illegale winsten, die mogelijk waren door de schending van haar artseneed. En dan had er heel veel pijn vermeden kunnen worden.

'Geen kwaad doen.' Nou, wie had ze kwaad gedaan? De gezondheidsdienst was een openbare fontein waaruit alle Italianen konden drinken als ze dorst hadden. Laat je eeltknobbel weghalen, want je moet kunnen lopen. Laat je heup vervangen om dezelfde reden. Iedereen betaalde, iedereen werd geholpen.

Brunetti maakte zich los van zijn overpeinzingen en keek naar dottoressa Ruberti. Ze leek met haar gedachten elders te zijn. Brunetti vroeg zich af of ook zij dacht aan de keuzes die ze had gemaakt of juist niet had gemaakt.

Ze maakte haar handen los en liet ze van het bureau vallen. Ze keek naar hem. 'Weet u wat er nu gaat gebeuren?'

'Dat kan ik u niet vertellen, dottoressa. Dat zal afhangen van hoe de rechters zullen kijken naar wat er precies is gebeurd en wat volgens hen de oorzaak is geweest.'

Ze hield haar hoofd schuin naar rechts en keek omhoog. Het leek een poging te zijn om haar blik te focussen op iets wat verder weg was dan zijn persoon of zijn gezicht. Er ging een hele tijd voorbij, maar hij kon haar geen hulp bieden.

Uiteindelijk vroeg ze: 'Wat moet ik doen tot het allemaal begint?'

'U gaat gewoon door met uw leven, dottoressa.'

'Wat houdt dat in?' vroeg ze met plotselinge boosheid, alsof hij haar had geprovoceerd. 'Wilt u mij dan niet arresteren?'

'Ik wil graag dat u met mij meegaat naar de questura om een verklaring af te leggen aan een rechter-commissaris en die daarna te ondertekenen. De rechter-commissaris zal dan beslissen of u naar huis terug mag of niet.'

'En dan?'

'Daar ga ik niet over,' zei Brunetti.

Ze verviel weer in zwijgen en keek uit het raam naar de muur aan de overkant. Hoeveel vragen zou ze wel niet hebben, dacht Brunetti, en hoeveel onzekerheid. Wat leek ze op professoressa Crosera; hun levens die nu afhingen van wat er zou gebeuren met Gasparini, of hij zou blijven leven of sterven. Wat zou hij zich nog kunnen herinneren als hij uit zijn coma zou komen? Wat zou er met hun kinderen gebeuren? Met hun beroep? Met hun leven?

Ze leken allebei, vond hij, fatsoenlijke eerlijke vrouwen, maar in het geval van dottoressa Ruberti moesten daar nu vraagtekens bij worden gezet. Er was de zoon, die ongetwijfeld de achternaam van zijn vader zou hebben. Als signorina Elettra die eenmaal wist, kon ze ook zijn medisch dossier vinden. Dottoressa Ruberti was waarschijnlijk naïef genoeg om de rekening voor haar zoon te openen bij de bank waar ze ook haar eigen geld had staan. Die zou dus gemakkelijk kunnen worden gevonden, zeker door iemand die wist van het bestaan ervan en ook wist op welke naam die rekening stond.

Het kwam toen in hem op: als zij niets zou zeggen over die rekening als ze werd ondervraagd, dan zou het goed kunnen dat die niet werd ontdekt en er niets mee zou worden gedaan. Eventueel zou het geld daarop dan kunnen worden gebruikt voor de zorg van haar zoon, wanneer het geld dat zijzelf nog had op was. Als ze de rechter-commissaris erover zou vertellen, wat zou justitie er dan uiteindelijk nog van weerhouden om te verklaren dat het geld, als opbrengst van een serie misdrijven, door de staat in beslag zou worden genomen? Hoe zorgvuldig zou er worden gekeken naar wat de herkomst van het gestorte geld was; welke hebzuchtige ambtenaar zou nog zijn best doen om te onderzoeken welk geld er onrechtmatig was verkregen en welk geld echt was verdiend? Ze zouden alles confisqueren; jammer voor haar zoon.

Als ze het tegen de rechter-commissaris zou zeggen, was ze alles kwijt.

'Dottoressa,' begon hij, gekweld door de verleiding om haar te vertellen wat ze moest doen.

Ze bleef naar het verste raam staren en leek zich niet langer bewust van zijn aanwezigheid.

'Dottoressa,' herhaalde hij. Deze keer keek ze op, misschien reagerend op de plotselinge aandrang in zijn stem.

Brunetti pauzeerde, terwijl hij dacht aan wat hij wilde zeggen, totdat hij plotseling moest denken aan de naald die in de rug van signor Gasparini's hand zat. 'Als u zover bent, dan kunnen we naar de questura gaan.'

Ze kwam overeind en volgde hem haar spreekkamer uit. Hoewel ze er twintig minuten voor nodig hadden om erheen te lopen, sprak geen van beiden totdat ze bij de questura waren gekomen. Daar liet Brunetti haar achter bij de agent bij de balie, nadat hij afscheid van haar had genomen. Even later ging hij naar boven om te praten met de rechter-commissaris die haar zou ondervragen.